2月937日晴

天宫雁（著）

文化发展出版社
Cultural Development Press

For the lost ones.

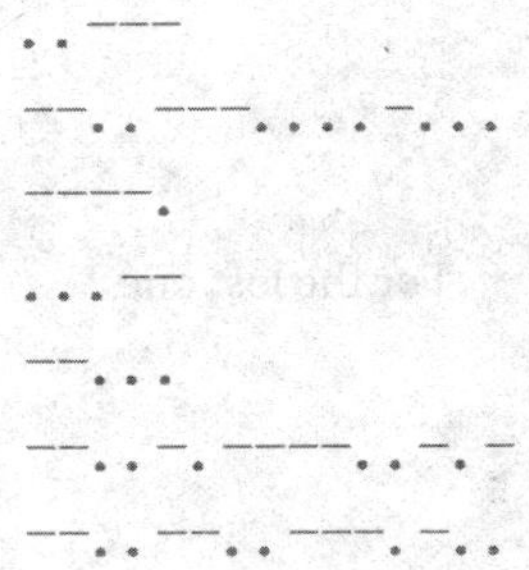

CONTENTS 目录

CHAPTER 1

安全模式

Safe Mode

I

都说时间能够治愈一切。那什么才能治愈时间。

2 月 570 日。小雪。冬天仍在持续。人类所知的四季消失了。

据说人类社会的基石建构在三个灵魂拷问之上——“我们从哪里来”“死后会如何”和“外星生物是否存在”。但，人终其一生无时不刻被其困扰与折磨的，对上司、同僚、客户、路人、邻里、朋友、手足、父母和恋人的究极疑问其实只有一个：他 / 她喜不喜欢我。

想知道又不敢问时该怎么办呢。

有一个百试百灵的方法，是邮一张卡片给对方。

收到回执的那一刻，即可从用纸、款式、字体、措辞上瞬间得到答案。

欧飒的外公过世前在靛川南部经营一家手工卡片屋。贺年卡、生日卡、感谢卡、致歉卡、致哀卡等，白事红事一应俱全。独立印刷，意义非凡，承包了慕名而来的客人们一生的纪念日。打烊后，无家可归的乞丐在门口台阶前扎营，天一亮就走，打扫干净，不阻人生意。外公也从不赶人，因此无论风霜雪雨，长街上只有这一家店门前永远光洁如常。

好景不长。信息时代来临。电邮代替信笺。扁平数码承载着扁平讯息，迅速而便捷，笑脸符号爬满屏幕，猜不出任何情绪。

纸制品业进入严冬。

订单骤减。外公年迈，遣散了员工，叫欧飒趁现在去她堂姐开的公司谋个职位，过上班族的稳定生活。她不愿意。外公过世后，仍独自镇守小小的卡片屋。生意寥寥，入不敷出。但她不肯拆屋顶的招牌。只要熬过电器崇拜的狂热期就好。只要肯等，再冷的冬天也会过去，她想。

然后，永恒的严冬毫无征兆地降临。

那是一个寻常的2月天。说好要来帮忙看店的学弟英和迟迟不现身。她挂上“半小时后回来”的牌子，准备去银行汇房租。忽然英和“嘭”的一声撞进来，惊慌失措道：“学姐你怎么不接电话！还以为你被游行的人怎么样了……”

“什么游行？”

“你还不知道？电话呢？快看看今天几号。”

她开机。明晃晃地闪着“2月30日”。

大门外喧哗一片。广场的电子钟下，围着“2月30日”手舞足蹈的人像在进行某种仪式。每个频道都在紧急插播同一条新闻。主播与专家面色凝重。有人说，人类果然是活在电脑模拟程式里的代码，如今系统崩溃真相大白；也有人说，这不过是变种的“千禧虫”加上地球过早进入冰河期，没什么可大惊小怪。

她茫然地往外走。英和一把拉住：“你这是要去哪儿？”

“还是……得付房租啊？”

“房租不是每个月的1号吗？现在可还是2月啊。”

……没错。2月30日也还是2月。2月坚不可摧，且毫无悔意，气定神闲地稳步前行。31日，32日……40日，50日，60日……到了2月95日，本该晚春初夏的气候仍旧雨雪凛冽。不只时间，世界停在了2月。

起初的民意沸腾被寒流狠狠地冷处理，熄灭下去。为方便各类结算，每30天划为新周期，错乱的时间被再度粗暴而迅捷地统一。房租还是得交。明明过不下去，还是硬给它过下去了，人类真强，她想。然而时序静止，纪念日全数消失，对以时间为基本的从业者来说无疑是致命打击。

“太天真了。”英和说，“真正的致命打击根本不是丢工作。只要地球还在，工作总能再找。真正的致命打击根本不是冰河期。”

“还能有什么比时序停转，人类灭绝还糟糕？”

“就是从现在起出生的小孩全都是双鱼座！我前女友就是双鱼座。一想到这事就浑身恶寒。”

“……”

然后，100日过去，200，300……500日。一年有余。寒冬毫无离去的迹象。再顽固的人也学会接受现实，永久的现实。

欧飒拆下屋顶的招牌，腾出一半店面租给开格子铺的小夫妻。同时在眼镜店和西餐厅兼职。奔忙的人生似乎又运转起来。某天，还在上班途中碰见大学时代的好友小唯。对方早已嫁人，带着刚出生不久的双鱼座的女儿在公园散步。格外亲切地打招呼，问起：“外公和店还好吧？怎么你看起来没精打采的。我朋友最近开了一家夏日体验馆，还有室内沙滩，有空的话改天要不要一起去试试？”

沙滩体验……看来她适应得很好，甚至找到新式生活的乐趣。仿佛只有自己停在弄不懂规则的世界，显得不解风情。

夜里，精疲力尽地回家。大门口台阶前，乞丐们早已扎好了营。她轻手轻脚开门进屋，忽听身后有人叫她。帐篷里探出半截灰蒙蒙的人形，自我介绍说老家在南方，栽种果物，怎奈连年冰封，只有北上找工作。近来听说这家店也要关门易主了，该不会是真的吧？

她愣了一会儿，才反应过来“这家店”指的是自己家。

哦对了，原来这里也曾是一家店。

她来到后院的仓库，对卸下来的招牌发呆。再过60天，房租还要再涨。想再撑久一点，恐怕要去问问英和还有没有别的兼职可做。

第二天，两人一起在西餐厅打工。排排站着刷杯子的空当，英和神秘兮兮地说：“小飒学姐，你听说过‘主机后台维护部’吗？”

“你们大四的课程？”

“不是。你还不知道？就是那个。”稍一抬下巴，“中枢主机。”

“什么主机？”

“不是有那种说法吗，说人类是电脑模拟的产物。这个世界的系统崩溃，所以时间轴才会坏掉。你别笑。我最近越发觉得可能是真的。不信你看。”又一抬下巴，点点天空，“你自己看，看上面。发现了吗！”

她望出西餐厅的落地窗。今天的城市也一如过去几百天一样冷冽灰暗。路人裹着冬衣，蹒跚前进。阴云密布，像蒙了一层纱：“看什么？羽绒服？雾霾？”

“那不是雾霾！你仔细看！那粗大的颗粒，低到可疑的分辨率，严重色差的天空，卡顿到慢吞吞的行人，不利于创业者的经济环境简直就像禁止第三方软件启动的电脑。你仔细看看那是什么？”

低分辨率，昏暗的桌面，禁止第三方软件……

那不是雾霾，是安……

“安全模式啊？”她笑，“想太多了吧你。怎么突然对这种东西感兴趣？”

他擦擦手，掏出手机打开一个网站：“有人悬赏三百万，找主机。”

她定睛瞧了瞧网页。主办方是颇有名的游戏公司，像真有这么回事。

“找到主机能怎么样？”

“当然是修理啊。”

“就是你说的‘主机后台维护部’？”

“不。”压低声音，“据说有这样一个神秘的地下部门，维护着我们这个世界的主机系统。由于他们的失职，主机后台崩溃，造成时间轴错乱。”

“哈哈，真敢想。如果真有，为什么是地下部门？正大光明的不行吗？”

“当然不行。那不就所有人都知道主机的位置了吗。”

“所以……有这么一个叫作后台维护的地方，机房里放着一台主机。

只要找到它，2 月就能过去，还能拿到三百万？”

“不，不是在机房里。这台主机跟别的不一样。”

“怎么个不一样？”

“这台主机，是个人。”

“……哈？”啼笑皆非，“你听谁胡诌的啊？有一个人是世界的主机？”

“怎么不行？《圣经》还是什么经里不是有句话说‘神就行走在我们中间’吗？怎么主机就不能行走在我们中间了？”

“哈哈哈，行行。可以行走。可是找到神，就只给三百万，这尊神主机的价位会不会有点太便宜啦？”

“算了，你不信算啦。”此处不信爷，自有信爷处，小声哼唧，“说的就好像你真能找到似的……”

“真想找也不是不行。”

“怎么找？”

“哼哼。”得意，“我家是做什么的？”

“卡片？贺年卡？明信片？”

“没错。不管寄卡片还是明信片，最重要的是什么？”

“……是什么？”

“地址！”

“所以呢？没人知道这个组织在哪儿，哪儿来的地址？”

“这么说就错了。只要它是实际存在的，人为运作起来的，不管是组织、部门，还是公司，都需要地址。除非这个部门不用一张纸，不买一台打印机，一只电话，甚至银行账户都没有，员工不发工资，否则它就需要地址。想平分三百万的话，等会儿下班跟我去趟邮局。”

“你要邮信给他们？”

“怎么？不行？”

“不是不行。但对方总不可能笨到挂牌‘主机后台维护部’吧。”

“挂什么牌也不打紧。只要是明信片能邮到的地方，就能把他们找出来。”

Ⅱ

岸真在后台维护部的技术协调工程科将近八年，三年前升到主任。上个月，他递了辞呈。人事极力挽留，说："主任，先别冲动，主机目前的状况有多方原因，你不必太过自责。说到对业务的熟悉程度和贡献，上面统筹部和其他同事对你的信赖，也都是有目共睹的……冒昧请问，辞职，该不会是另有原因？"

他不吭声。表情终年悬在"漠不关心"和"就快发火"之间，让人摸不清是该大举进攻还是抱头鼠窜。他这几年确实如鱼得水。从情报科地勤一路升到技术工程，主要负责中枢机周遭的生活调度。直到 500 多天前，世界停在了 2 月。员工没日没夜地排查时间轴停转前后各项指标。中枢机体既无外伤，更无内伤。毫无异样。黔驴技穷，一筹莫展之中，500 天过去了。也许以后的 1000 天，10000 天也会如此下去。

但这些都不是他辞职的原因。

人事赔笑道："如果是有什么不方便说的私人原因的话，也可以选择带薪休假。你这几年的年假都没用过……要不就趁这个机会好好休息一下？"

不。他心意已决。人事也不好再强求。请他再稍等些日子，至少在离职之前与继任妥善交接。不出十天，派来了候补人选。

听闻这位候补是统筹部某位高管家的二世祖。大学毕业没多久，直接空降技术工程科做主任，大概统筹的人也是认准了中枢机已经无力回天，反正也要在漫漫严冬中混吃等死，不如先把儿子送来充个闲职。

第一次见面，他就让岸真等了一刻钟。拿着咖啡，夹着西装外套，和女孩子有说有笑走在一起。见岸真冷着脸在等，和女生告别，不紧不慢走上前来，自我介绍名叫航平，抱歉啦刚才那位是去楼上期货公司面试的小妹妹，怕她迷路才带她一程。岸真懒得理他，转身带路：“最好别和其他公司的人扯上关系。”

“哦哦，明白。规矩听我爸说了。你放心，不该说的我不会说的。”

啧，这么快就把老爸抬出来了。真够讨人厌的。

岸真站定原地：“再往前是研究室。这条线以内看见听见的只能留在里面。”

“知道。我看过我爸的员工手册了，也在统筹待过几天。不过手册里也写了着装严肃啊。前辈穿毛线运动衫来上班不太好吧。”

“反正我快离职了。没差。”

“也对。还听HR的人说前辈辞职另有隐情，是不是因为在公司……”

嘶……表情指针往“就快发火”那一边偏过去。刚要发作，见联络员小葵从办公室一路小跑出来：“主任！怎么去这么久。快快。小唯姐已经就位了。再不快点要错过了。”边说边递过耳机话筒，顺便白了航平一眼，摆明没打算把新上司放在眼里。

一行人进入研究室，路过办公区和会议室，来到中控台。

数十个监视屏幕实时转播着繁忙的街景。

“目标距离240米。”技术员说，随即放大其中一个画面——十字路口，在行人中间一起焦急等待着信号灯，即将穿过公园，赶去展望台顶的西餐厅打工的人，正是中枢机，欧飒小姐。

“那就是中枢机？”航平感叹，本尊还是第一次见，“这是什么行动？日常维护？”没人搭理他，他就晃到旁边东摸西摸。白板上贴着注意事项，正中央是欧飒的照片，旁边依次是她从小学到大学的好友名单。最后一位是小唯。“你们要重贴补丁？”

还是没人理他。

岸真操起耳机贴近嘴边：“小唯，能听见吗？婴儿车推到更显眼的地方去。”

小唯在指定位置摆好姿势，左等右等，却见欧飒边低头翻找工作证边赶路，根本没往这边看，差点错过，连忙追几步：“欧飒！好巧啊！你怎么在这儿。”

“啊，小唯。”欧飒停步，笑说，“好久不见。你的小孩？”

“对啊。一岁了。女孩。”

“我看看……好可爱。像你啊。”

“真是好久不见。没想到在这儿碰到。改天去我家玩吧。”

岸真提示：“你问得太急了。她会以为你在客气。”

果然，欧飒说：“嗯。好啊。那我先去上班啦，多联系哦。”

“别放人。”岸真指示，“外公，跟她说外公的事。”

“你现在在这里上班啊？”小唯问，“外公的店呢？你不是在那儿上班？”

欧飒欲言又止：“外公前年过世了。”

“呀，对不起。我都不知道。我以前还吃过外公做的红焖鱼呢。”

“你现在是全职妈妈？”

“对啊。生这一胎简直丢了半条命。现在不抱着就不肯睡，哭到天亮。我老公还说要再生一个，明明连袜子都不会自己洗，把养小孩说得像网购一样。”

“哈哈，养得起不是很好吗。”

岸真又指示：“差不多了，再邀请她一次。”

“我白天在家闲得很，有时间来找我怎么样。”

“嗯……方便吗，带小孩不是很累？”

岸真下一句话还没出口，手上一凉，话筒被航平抢走，大声吩咐：“告诉她有个好玩的去处，有游泳池、沙滩，到时候一起去，有朋友想介绍给她……”

“这是干什么？！你疯啦？！”小葵眼疾手快，抢下耳机还给主任。还是迟了一步。那一厢，小唯邀请欧飒去夏日体验馆，对方似乎兴致不浓，谈话不冷不热地持续了几句，互相告别。

“呃……”小唯尴尬地整整发梢下的耳机，“喂？我觉得她好像不太想去欸……只能等她电话了。呃……请指示。请问可以了吗？我还得赶回去做饭，我老公快下班了。”

中控室内一片死寂。

航平感到满室杀意，退了几步：“干、干吗这么看着我？本来就是你们的计划有问题。邀请人家来家里坐，这么无聊谁会答应。要玩当然得去诱人点的地方啊。这种鬼天气已经一年多了，谁不想去沙滩？而且，多介绍几个人给她认识，多塞几个补丁，也不用像现在这样干着急。”

小葵怒目而视：“你以为谁都爱沙滩爱联谊？邀约也是要看对方性格的好吗。主机目前能接受的只有小唯姐。”

“喊，只能接受她，当时为什么要撤回？”

“小唯姐契约到期，当然不能强留。本来人每个阶段的朋友就会替换的。从小学到高中，每一届都顺利卸任，从没出过问题。大学之后我们也输送过补丁，谁能想到主机不接受。”

“既然不接受，当时怎么不延期？”

“你聋啊？就说了小唯姐要结婚生子啊！今天也是抽出时间来帮忙。”

“我看是你们无能才对。现在早就是信息时代，就直接在主机的周围，家里店里放上几百个针孔摄影机，实时监控一举一动，再也不用贴什么人工补丁。”

小葵气得发笑：“你是不是傻？摄像机会录到想法吗？要排查故障，怎么能只看外表，当然得有人工补丁。再说现在主机看起来好端端的，时间轴就已经崩溃了，请问她如果发现家里有摄像头怎么办？不会崩坏得连渣都不剩吗！”

“你们现在这些屏幕不也是监控吗？”

“我们只调用现有的公共闭路系统！你哪只眼睛看到我们架设监视器了？”

“都别说了。”岸真沉着声音，拉开小葵，转身对航平，“你跟我来。”

两人离开中控室，身后一片怨声载道。

电梯直升大厦顶层的空中花园。午休刚过，四下无人。

沉默片刻，岸真开口："你刚才问我为什么辞职。"

"呃……嗯。"航平自知理亏，只有硬着头皮听完。

"说到底，我们都是为了维护主机而存在的。这你能理解吧。"

"……嗯。"

"上个月，技术科有个同事声称他爱上了主机，已经不能满足透过屏幕观摩她的生活。心理学上叫'钟情妄想'。本来是建议他去做治疗，但他拒绝合作，并且意图人身骚扰。所以，我跟保全科申请，把这个人处理掉了。"

"'处理掉'……了。"

"我也算是引咎辞职。没办法。一切以主机的心理与生理健康为优先。你能理解吧。那个人的办公桌是靠窗第一个，已经帮你收拾好。我看今天气氛不太融洽，不如你下周一再开始上班。"

"……"

航平故作镇定，不知该不该信。总归出师不利，不如改日再战。匆匆告退。

岸真长叹一口气，见小葵也跟上楼来，笑眯眯地递过热茶："主任，那个小鬼被你吓跑啦。"

"哪个小鬼。你们年纪一般大。"

"我都听见啦。"她指指他掌中的耳机，"你干吗吓唬他啊？科室里死没死过人，他回去问他爸不就知道了吗。"

岸真不置可否，透过空中花园的穹顶仰望窗外，一片阴沉。看来主机小姐姐今天的心情也不太好。航平或许也没说错。"我看是你们无能。"这话，他不知自问多少次。如今只能寄希望于这位新主任能玩出新花样，带世界走出困境了。

然而到了下周一，航平却没来上班，只打了通电话告假。

啧……不会真的被吓跑了吧？还要重新找候补可就麻烦了，岸真想。

手机一响。新短信。来自“林奈”。

林奈：听说你提交辞呈了？为什么？？？晚上一起吃饭吗？

他把手机塞回口袋。不想回复，又显得鸵鸟。腹背受敌。长臂一挥，从杂乱的桌上揽过一摞资料来看，骗自己这并不是逃避现实，只是公务缠身。

难道还能永远不回复吗？

就回个“最近有点忙”也行吧。

啧，回不回都不胜其扰。他推开文件，想出门透透气，突然，眼前出现了一个奇怪的东西，将他拖出无意义的心理斗争。

那东西是一封信。不。正确来说是一张卡片。上面打印几行小字。

致 亲爱的管理员：

你的主机在我手上。想知道修理方法，请向以下户头汇款一万。我会再行联络。

没有落款。

这是……什么？

大脑被这神奇又惊悚的一幕刺激到缓冲失败，整个人卡顿到定格。中控室的监控屏幕上，欧飒正在眼镜店，笑容满面地为客人服务。

她没有被劫持，不在任何人手上。那……这封信是什么？

定下神来回头去找撕碎的信封。黑色铅字整齐地列印着维护部“数据分析公司”的对外头衔。再看信纸，那色号、质地、风格都眼熟极了。

这不是外公的卡片吗？

表情指针激烈挣扎，像无法承受更多折磨似的指向“喷火”。

“这是什么玩意儿？怎么进来的？！今天谁负责邮件处理！给我滚进来！”

CHAPTER 2

延迟

Lag

I

欧飒与英和借用计算机系的电脑印出 50 张“勒索信”卡片邮了出去。

上一次如此亲近卡片，已经是两年前的事。那时店头赤字良久，跑纸厂与印厂的工作落到她身上。她抱着最后一箱定制纸样回到店里，听外公说已经给堂姐打了电话，叫她下周有空就去广告公司实习。她学的就是设计，又喜欢写写画画，从文案和橱窗做起刚刚好。

“下周我没空。”她赌气说，“我要清点库存，忙得很。”

“真不去？”

“不去。”

“要是去了，这有好东西给你。”

“……我又不是小学生。这一招不管用啦。”

“真的。真有好东西。”

“……什么好东西？”有点好奇。

“现在的上班族，不是都有自己的名片吗？”

“嗯。”

“如果你去上班，你的名片，我亲手做。”

“真的？！”她眼神一亮。

“那当然。这卡片大小、薄厚、字面、手感也有讲究的。好名片可比字画值钱。”

“……骗人。”

“哈哈，可能说得夸张了点。那你想要还是不想要？”

她当然想要，而且还想要两种。一种平日业务用，另一种得是遇上敬仰贵重的人物才拿出来交换，寻常人不给的。不过到最后，名片也没做成。外公离开时，她还没有像样的头衔，也不需要名片。

如今两年过去，看来还得再拜托堂姐一次。自从时序停在2月，广告公司也受到不小的打击。固定合作的品牌砍掉了大半项目，服装只剩冬装可穿，家电主打保温，汽车重点推荐防滑，连化妆品香水的广告词也得推翻了重来。纷乱之际，还要养她这一口人，恐怕太过强人所难。

没想到堂姐爽快答应，还叫她去家里吃饭。不好空手，她给一对双胞胎买了几款电脑游戏。两个孩子明年上高中，欧森是弟弟，欧烁是姐姐，正是古灵精怪的年纪。见了小阿姨，好一阵叽叽喳喳，挤眉弄眼。

堂姐把饭菜端上桌，招呼欧飒来坐：“别管他们俩，饿不死。我们先吃。”

“我已经跟眼镜店请辞了，还要再做一个礼拜。西餐厅是晚班，应该不碍事。如果时间错不开，我会以公司为主的。”

“说实话，还以为你不会联络了。”

“嗯？”没想到堂姐会主动提起，她震了一下。

“之前我话说得太重了。”

“……你别道歉。”

“谁说我要道歉。就算再来一次，该说的我还是会说。那家伙后来联络你了吗？”

“……谁啊？”她装傻。

“装什么傻。成睿光……”

咔嚓——！噼里啪啦！轰隆——！

窗外，几道滚滚天雷震耳欲聋，像就落在窗边。两个孩子尖叫起来，跑到窗边去看末日天象。层层叠叠的密云不断翻滚，裹不住闪电千钧，放肆而狰狞。

哇！欧烁笑道，这鬼天气，明明是冬天，打什么雷啊。弟弟欧森不以为然，说这是传说中的春雷，代表春天不远了，这叫科学，你懂什么。随即遭到姐姐嘲笑，说拜托雷神快来劈醒这个白痴，都已经活在2月没完没了的异世界了，还提什么科学。你一定是那种一边看僵尸片一边吐槽尸体几星期内就会腐烂根本站不起来的杠精吧。姐姐今天来教你什么是真正的科学！你听过人体与宇宙相似论吗？说人体的细胞分布和星辰陈列极其类似，细胞的诞生和星体的死亡如出一辙，角膜和星云长得毫无二致，所以我们其实是活在一具巨大的身体里。为什么打雷？那当然是因为，身体在生气！

…………

那尊身体此刻正在餐桌前听训。躲不过堂姐的直球，记忆深处某个片段呼之欲出，如坐针毡。手机铃声响起，她像被救了一命，跑去阳台接。

“小飒学姐。”英和惊慌道，“你现在说话方便吗？”

“方便啊……怎么了吗？”

“我今天闲得无聊，去查了一下那个新户头。竟然有人汇款进来啊！”

“哎？”不会吧，“真的假的！”

“而且还不止一个人！其中一个汇款附言还写着‘限你三天内送回，否则后果自负。’这、这是什么意思？！哪、哪一个才是后台维护部寄来的？”

“你看汇款人，部门汇款肯定是公司名头，不是个人。”

“没有啊，这看起来都是个人账户。会不会是假借个人名义？”

“当然不会。既然决定要付款了，假借名义遮掩还有什么意义。”

"所以这些都不是后台维护？那这些人是谁啊？！"

"呃，听那个口气，会不会是真的丢了主机或硬盘，以为遭到小偷勒索？"

"如果真是这样，我们……这……算是电信诈骗啊？！"

"你怕什么，我们不是用假身份开的账户吗。"

"那管什么用啊，我们那点小手段根本不是'诈骗级别'的安全措施。早知道会这样，我就做个追查不到的诈骗网站什么的也好啊……"

"反正都这样啦。等上三天再说。我倒是想看看会怎么样。"

"……"

挂上电话，她索性站在阳台发呆。再等三天会发生什么呢。世界会结束吗，春天会来吗。大概什么都不会发生。一年多来，什么都没发生。

……他后来有再联络你吗？

她心悸。抬头与翻滚的乌云两两相望。

你到底怎么了。到底遇上了什么过不去的事。她想。

如果这个世界真的运转在一个人身上，究竟哪里坏掉了呢。莫名其妙地停转，该不会是死了？没有死，人生却停下来，是碰到什么样的事了呢？如果后台维护部确实存在，那群人真的有在好好工作吗。

Ⅱ

是的，后台维护部真的所有方法都试过了。

岸真还清楚地记得。2 月 29 日那天，他如常下班，吃了个火锅，去书店逛了逛，买了两盘一直想看的电影，在沙发上看到睡着。半夜一点零八分，被电话铃声吵醒。是公司的号码，夜班的同事。

所有电器进入了 2 月 30 日。新闻已经在播报了。

这……不会跟我们有关系吧?

客服部保全科汇报说，中枢机晚上平安回家，刚刚熄灯睡觉。如果明天没有准时开店，就以接到煤气泄漏的举报电话的理由砸门进去看看。

第二天，第三天，第十天过去。第五十天过去，电器持续失灵，春天没来。

但主机小姐姐活得好好的。

她每天按时开店，等客人上门，去同一家超商买食材，同一个印厂拿样品，比表走得还准。但世界的表停了。

维护部工程科焦头烂额。没日没夜的会议上，他们推想过一切可能性——是因为外公离世，过度悲伤?在打工的地方被同事欺负?有什么想买的东西没买到?大学都毕业一年多了，总不会是因为有哪科没及格吧?难道是因为男人?

小唯离职一年多，挺着肚子来研究室开过几次会，说还记得欧飒喜欢听成睿光的歌……于是立刻安排日常维护，地勤小组派人穿上超商员工的制服在店侧等候，待欧飒结完账走出门时追上前去，说小姐你刚好是我们第十万个顾客，这是一张演唱会门票，请笑纳。欧飒笑纳了，而且还如期前往。

但冬日依旧。

工程科连续加班四十天，小葵累到崩溃大哭，说主机小姐姐你究竟有什么不痛快?我们也想帮你报仇但找不到凶手哇。

即便如此，此时的岸真也还没想过辞职，甚至有点倔强的干劲。林奈就安慰他，说这事急不得，女孩子的心思就像个岩洞。一条路三百多个出口。说不准哪条就跟哪条搭上线。现下主机身边没有补丁，能做的暂时就只有保护她的安全。

林奈与岸真一起长大，从小学到大学同班同科。大学四年级，一起被征召进入维护部的情报科，负责收集与主机有接触的关系人信息。几年后，岸真调入工程科。员工之间名义上禁止往来，林奈还是常暗中输送许多前端情报给他，助他平步青云。有时，岸真钻起牛角尖，随性自由的林奈就开导说，算啦算啦，一份工作而已，有必要那么拼命吗。

“不拼命世界可就毁灭了。”他失笑。

“毁灭也没办法啊。”她不以为意，“对那孩子来说，我们就是她的守护神没错。但即便是神，也只是循规蹈矩的公务员啊。我们也有我们的难处。做不到的事就是做不到。她此刻或许是因为什么事觉得孤立无援，走不下去了，但为了保护她顺遂地长到这么大，拥有平凡中还有那么点小幸运的人生，我们背地里替她挨过多少刀？也对得起自己了。一份工作而已，做到恪尽职守就够啦。走走，吃火锅去。呃，还是说……你喜欢上主机啦？”

“别瞎说。”

“没有最好！你难道没听过那件事？客服部有个员工爱上主机了，去看心理医生也没用。部长就把人按一般障碍给处理掉了。”

“这故事部长跟每一届新员工都讲过……”

“管他真假。反正我们只是公务员。别把自己的命不当命了。我可还指望着跟你一起退休呢。”

一起退休，听起来不错，多半只是泡影。他和她这辈子，就是没办法等到彼此步调统一——一进高中，她率先交了男友。半年后，刚好有女孩子来追求他，也顺势交往。从此，两人被卷进了等距齿轮，永远有一个人正在交往中，像被充满恶意的神刻意排开了命运班表。

两年前，她与第三任男友开始交往，而他与第七任女友正走向终点。这次分手后，为了打破死循环，他开始享受单身生活。一只齿轮停下来，总能赶上另一只的节奏。然而无尽的 2 月就这样毫无预警地降临。林奈说，能和男友永远停在幸福的现在还挺浪漫的。岸真心惊，他与她的齿轮该不会也凝固在 2 月，永远对不齐了吧……而也只能继续等下去。

2 月 507 日，她终于与男友分手了。顶着一双红眼睛，大骂男人无耻。该死的前男友在无尽的 2 月中豁然醒悟，说不能再浪费时间，要赶紧去和真爱在一起才行，说罢就跑去向他幼稚园时代的老师求婚。

大受打击的林奈请了三十天假，说需要时间休养生息。

岸真也不去打扰她。从社交媒体看到她从萎靡不振到略有起色，又发些和闺密大鱼大肉的美照，去国外旅游的见闻感慨，知道她能振作起来，焕然一新。而自己就在她平安落地的这一边等着。新的人生终于要开始了。

三十天假期过去，他带着买好的礼物，叫上共同的几个朋友约在餐厅，为她接风洗尘。她姗姗来迟，坐在别人的机车上。机车骑士一身黑色皮衣，身材凹凸有致，摘下头盔，撒出一头油亮飘逸的长发。两人磨蹭了一会儿，贴着脸颊交换悄悄话，末了还啄一吻在嘴唇上。

轰轰——

信息量过大，他眼前的高清画面都快变成点阵。

“那不是……”她的闺密之一吗?

“是啊。”朋友说，“她们在一起啦，你还不知道？”

轰轰轰——

林奈满面红光，一蹦一跳跑过来，举起左手到大家面前，亮出硕大的婚戒。“好看吗？快说好看！”她说。

他不记得有没有点头。其后听到的笑闹声全都囫囵成一片。

防火防盗防闺密。万万没想到连这个角度的球，闺密也能补射。

是谁说新的人生终于要开始了?

不。没有开始。是冬天。是永恒的冬天。

他浑浑噩噩地过了几天，连小葵也看出他精神涣散，问他要不要休息。不，他需要的不是请假。他要辞职，而且越快越好。

统筹却派了个毛头小子来继任。全拜航平所赐，小唯的补丁计划失败了。从一线曙光回到一筹莫展。小葵提议：“不然就吸收主机的那位学弟英和，游说他成为我们的补丁？我知道有规定，但非常时期……不行吗？”

“规定不能这么做是有理由的。”先与主机有交情的人，就算被收编，也难保日后起恻隐之心，冒不起这个险，“不过你倒是给我提了个醒。健诚是不是还在卡片屋门口执勤？”健诚是客服部保全科的地勤，和小葵交往半年多。部门严禁办公室恋爱，多亏主任睁一只眼闭一只眼。

“你要用他当补丁？”不能用主机身边的熟人，就用眼熟的陌生人？

“她生活圈窄，打过几次照面而且也不唐突的就只有门口的地勤了。”

“能行吗……”

“你舍得？”

“有什么舍不得！要是做补丁，是不是就算转到我们工程科啦？保全科辛苦得要死，要是能调职，我开心还来不及！”

于是，当夜，健诚一如往常去打烊后的卡片屋门口扎营。等欧飒深夜归来，上前搭话说，我老家在南方，务农为生，结果连年冰封，只有北上来找工作。听说这家店也要关门易主了，该不会是真的吧？我之前睡过公园、地铁、停车场，总被人追着打，没一天安稳。以后找到工作了，一定前来重谢。

欧飒只是疲倦地笑笑，从书包掏出一只便当盒，说这是在西餐厅包回来的，不知道合不合口味，不嫌弃的话，请你吃。

健诚抱着便当钻回帐篷，对话筒说：“我刚才好像背错了一段。应该是‘今年冰封’来的吧，好像说成连年……”

中控室里，小葵抢白：“而且一点感情和音调起伏都没有。真吓死个人，要是我半夜碰到你这种家伙，早就报警了！”

“那、那有什么办法……我、我要是嘴巴不笨，早就去情报科啦。”

“算了。”岸真说，“过几天把便当盒刷干净送还给她，再试一次。实在不行就放弃这条线，不勉强。”

结果，还没等到下一次接头，岸真桌上就出现了来自卡片屋的“勒索卡片”。是谁寄来的。有什么目的。怎么知道这里的地址。毫无头绪。

这时，航平大摇大摆回来上班。大概确认过科室里的命案并不存在，又膨胀起来。拿着勒索信上看下看，左扇右扇：“说你们笨还不信。这纸上的账户去查查看是谁的不就行了嘛，又不是没那个能力。”

“还用你说！”小葵一脸嫌弃，“查到又怎么样，又不懂对方想干什么。”

“不懂就问啊！老师没教过吗？就让本少爷来解救你们于水火之中！你们就汇个款给对方，看有什么反应嘛！前怕狼后怕虎的能解决什么问题！”

啧，这个身段真是越看越讨厌。小葵翻他个白眼，向岸真求救。

岸真没接到求救信号，他的手机响了。新讯息，来自，林奈。

林奈：欸欸，你一直“已读无视”我是怎么回事啊！

林奈：怎么突然辞职？？？发生什么啦？？？跟我说说，帮你杀了他！

林奈：喂？？？在吗？？？在吗在吗？？？

…………

烦不胜烦。他想出门透透气，刚起身，就听见一阵尖锐的铃声，来自中控室控制台旁边那台红色电话。非紧急绝不作响的红色电话。

出事了。

室内一瞬屏息。他快跑几步接起来。电话那边是客服部主管，说保全科地勤发来消息，有几个身份不明的人疑似正在跟踪中枢机，请求工程科协助调度。

Ⅲ

英和赶到西餐厅时，欧飒刚帮几桌客人上了菜，站在屋角的窗边发呆，不时看一眼楼下，略显慌张疲惫。自从被汇款人威胁，她就怀疑被人盯梢，来打工的路上也几次发现同一个人不远不近地跟着。希望只是多心。

英和大惊失色：“我们赶紧把钱退回去吧！”

“不用。会这么痛快给钱，就说明对方要的是东西。难道我们现在退款说‘不好意思我们没拿过你的主机，之前全是逗你玩’，他们就会说‘啊哈哈原来是逗我玩啊，那算啦，误会一场，朋友后会有期’吗。”

“……只能自首了吗。”

“你大学不想毕业啦？！别往坏处想。你知道每年诈骗的破案率只有不到百分之一吗。我们总不会那么倒霉刚好是‘一’吧。”

“如果能找到主机……”他幽幽地说，“就算成为‘一’也无所谓。好想找到他，看看是哪几行烂代码惹的祸。”

“哈哈，找到也没有修的必要呀。东西刚坏也就算了，已经坏了一年半还没修好，就是彻底坏了。你有见过报销了好几年的电器再度复活的吗。”

“电器是不行，但这台主机是个人。”

“一个人，时间停了，还不算坏吗？”

“这么说的话，你觉得人通常在什么情况会停下来？”

“死？”

“世界又没有死机！眼下这只能算是后台崩溃中。”

“……崩溃中，离死也不是很远的样子。”

“Nonono。所有能够导致崩溃但又不影响整体运行的，通常不是天大的漏洞，只是一小段不起眼的代码。人也一样，遇到大悲大喜，人会自动重启，因为一眼就瞧得出问题在哪儿。那些害你卡顿又无法重启的，都是看起来不像问题的问题。说白了，人生过不去的，都是些小到不能再小的事。”

这道理她怎么会不懂。没人会眼睁睁走进坑洞，绊倒你的都是些细碎尘埃。

主机同学你又是为什么动不了呢。生理上和还是心理上动不了呢。该不会出了什么意外，变成植物人了吧。

吧台斜上方的小电视播放着新闻。世界各地持续出现原因不明的天坑，有一些深不见底，有一些云雾缭绕。世界仍在持续崩溃。画面一转，几位专家排排坐好讨论时下形势。其中一位对“人体主机论”嗤之以鼻，说文明社会怎么能不信奉科学呢，一堆异端邪说分子，真该给你们上上课。另一位也揭竿而起说，年轻人是玩电脑玩傻了才会相信这种理论，说到底，只不过是电子产品受到病毒感染停在2月，在没有电器，不，连发电机也没有的非洲原始部落，根本不会有时间停止的错觉。只要我们用回纸质的旧历，一切都能迎刃而解。

“这人脑子不怎么好使啊。”英和说，“气候就已经停在冬天了。再用旧历还有什么意义。现在春分夏至和立秋有什么差别啊？”

“今后出生的小孩可能都不晓得‘夏天’是什么。”欧飒说，“啊对了，前几天碰到小唯，她说有人开了‘夏天体验馆’，有室内的沙滩排球。”

“真的？你们要去吗？也带我去吧。”

“你有兴趣？”她是对户外运动没什么兴趣，不过既然学弟想玩，“那我再问问她在哪里好了。”

“好啊。她还是那么忙吗？我姐夫跟她先生是同事。好像公司近两年外派的工作比较多，夫妻俩都有定居国外的意思，正加紧学外语呢。”

“欸？有这回事啊？”小唯当时好像不是这么说的……

窗外风声渐厉。似乎预告着又一场暴风雪。

深夜时分，两人在车站分手。

她走在熟悉的长街，一眼望见街底的卡片屋，总觉得与往常不同。与学弟聊过天，还是没能甩脱体内的不安感。被人盯梢的错觉随着阴冷的夜风钻进四肢百骸。想走快几步，又想停下来看清楚对方的真面目。

街底的家门仿佛被长街拉得无限远。她哄自己别太神经质，坚定向前走去。

而拐角窄巷中的黑影，像借着夜幕出街觅食的老鼠，正向猎物步步进逼。

IV

下午，先是负责欧飒日间活动区域的保全人员报告说，有人跟她一路上班，驻足徘徊，脸又不熟。于是启动紧急程序，请保全科长动用红电话联络了工程科，确认是否增派了日常维护地勤人员，随后全员戒备，等待指令。但天一黑，那些人也相继离去。恐怕是正在跟拍某明星的狗仔娱记，虚惊一场。警备解除。

深夜，欧飒下班，负责交通安全的地勤伴她坐车，在街口目送她离去，以为卡片屋门口有健诚和宇鸿接岗，不到两百米的街道不会出什么事。刚走没两步就接到指令要他立刻返回支援。

原来大约二十分钟前，健诚刚到店门口扎营，就见一辆黑色小货车慢悠悠地驶过。驾驶席的两张脸面目不善，将门前的帐篷好一番打量。不像是在好奇，而是在盘算。他立即一边联络在附近待命的搭档宇鸿，一边上报保全科请求支援。

“是白天那伙人吗？”客服值班台问，“已经确认过了，是附近有明星出没，驻扎在那里跟拍的狗仔。”

“看着不像狗仔……”

“怎么个不像法？”

“说、说不好……就是鬼鬼祟祟，而且车子不熄火，好像有事。”

“不是记者就是小偷。”

“看、看着也不像小偷……”

“那边是商店街，值得偷的东西大把。反倒是卡片没人想偷。而且你都守在大门了，还有好几个帐篷，能出什么事？”

“请、请求支援……”

“大半夜的怎么帮你派岗。白天明明两个部门都大动干戈，确认过是狗仔。我这边能调用的镜头只有路口和旁边一家店的监视器，看不清那辆车的牌号。你把号码告诉我，我帮你查查。如果登记在某个报纸杂志下，你就放心了吧。”

健诚没有回答。长街上有个人影正快步接近卡片屋。不是欧飒，是租用店头开格子铺的老板娘。随着她的到来，黑色小货车也骚动前移，后车厢跳下两个人，跟了两步，发现来店里的并非欧飒本人，又若无其事地退回原地。

这不是偷窃也不是跟踪，是绑架。

健诚一边冲耳机说“请求支援”，一边给小葵打了电话，问工程科负责日常维护的人员还有没有出勤中的可以增援。

小葵刚好值晚班，立刻联络主任说情况危急。

岸真在电话里听了个大概，想了几个方案，都是下下之策。让小葵接通健诚的电话：“眼下区域内没人能及时增援。最快的增援是警察。”

“可、可是还没案发，报警恐怕没用吧。”

“所以你得做出能让他们来的事。”

“……”

“我不是你的直系上司。不能命令你做什么。但是，你明白的吧。”

“我明白了。”

“明白什么了？！”小葵着急，这两个男人好像达成了她不懂的共识。

“我会让工程科地勤尽快接应，在那之前，你只有先撑住了。”

“了解。”

健诚挂上电话，握紧汗湿的掌心。

这十万火急的时刻，不知为何又想起欧飒给过自己的那盒西餐馆的意面和甜点。如果主机不在了，世界会清零吗？在或不在，之于此刻的他来说，也不过是进一步退一步的差别。唉，本来还想用年假回老家看看的。算了。

他走向小货车，敲敲车窗，说想借个火。窗子降下，递出一只火机。他趁点烟的工夫算了下车内人头有五个。这么多人来绑一个小姑娘未免小题大做了吧。他盘算着对策，下一瞬间，车门猛地打开，将他撞倒在地。他听见有人从车上下来，随即头顶几番重击，血顺流而下迷住眼睛。对方毫不手软，大概是看他拾荒者的打扮，就算横死街头也不会有人觉得奇怪。

他拼命爬起来往后街跑。不断呼叫搭档宇鸿，听筒一片寂静。

宇鸿刚从便利店买了消夜回到车里，就听见健诚的叫声，正要回话，只见一个人气喘吁吁地扑到车前，满头是血。“你这是怎么了”还没问出口，就被拉出车外。健诚坐上驾驶席，仰着一张血脸对搭档说：“门口出事了。”

“啊？出事了？那你让我上车啊！”

“你不能上车。我过去。”

“什么？”

“我过去。如果等下还有人能动，就靠你了。”

“什么意思啊？没头没尾的！”

“我把他们撞飞。你报警，善后。工程科地勤就快到了。”

“谁？谁要飞？你能说明白吗！”

已经说了八百遍了！老子嘴巴要是能说明白，早就去情报科了！

印着“电信电缆网络维修”的白色卡车在黑夜中飞驰了起来。宇鸿紧追不舍，见卡车一个急转弯开上横街，在万籁俱静的真夜中以极限时速又准又狠地从斜后方顶上一辆黑色小货车，不仅将它顶翻，还继续向前拖行，直接垫着它撞进一家五金商店的铁卷门。

——如果还有人能动，就靠你了。

宇鸿记得这句话。虽然不明所以，反正，只要车上还有能动的，打就对了，是这个意思吧。他掏出别在腰间的小匕首，往前跑去。

此刻，两百米开外，欧飒走在回家的长街上。

激烈的撞击吓得她一愣。听声音仿佛也不太远。心惊之余，看见前方有个人影朝自己走来，边走边招手：“回来啦。今天这么晚啊。”

“啊，老板娘。你还在啊？”

“手机落在店里了，回来取一下。”

“刚才的声音，你听见了吗？好吓人啊……”

“是啊，旁边那条街有交通事故。一辆卡车撞进店里去了。还在冒烟呢。你赶紧回家吧，没事不要出来了。小姑娘注意安全。”

凛冽的夜风捎带来隐隐约约的警笛声。她扭头看了看旁边的窄巷，只能看见一截车身，旁边站着两个人正理论着什么。啊……是不是因为天气太冷了，大家火气都好大啊。她想着，掏出钥匙开门。啪啦一声，钥匙掉在地上。她弯腰去捡，突然想起什么。

好像有哪里不一样？

环顾门前，若有所思。

啊，好像少了一个帐篷。是谁来着？记忆中浮起一张模糊的脸。那人说什么来着。说他家本来在南方栽种果物，怎奈连年冰封，只有北上。以后找到工作了，一定前来重谢。

那人好像不在了。看来是找到了新工作。啊，天气这么冷。真希望是个不用在外面挨饿受冻的好工作。

她想，开门进屋去。

CHAPTER 3

害虫

Bug

I

岸真如常下班，吃了个火锅，逛了圈书店，买了几盘 DVD，在沙发上看到睡着。午夜时分，铃声响起。强烈的既视感——仿佛又回到 2 月 29 日，工程科值班室来电通知说世界停了。他迷迷糊糊坐起，深刻怀疑这套“吃火锅逛书店买电影睡沙发”的行程受到了诅咒。每次都不得善终。

三通未接来电，果然是工程科。小葵火急火燎地报告，有歹徒潜伏在卡片屋附近，伺机绑架中枢机，保全科支援无力，请求工程科增援。一时进退两难。工程科地勤只负责日常维护，没有功夫在身，若有危险只是白白送死。就算致电保全科主管申请增援，赶去也来不及。意图绑架的歹徒，多半没有伤人的理由，一旦败露就会灵活收兵以图卷土重来。只要打乱对方的计划，大多能挨过一劫。

折腾了一通，觉是睡不成了。他灌了杯茶，打算去加夜班。

一开门，险些撞上正举手要按门铃的林奈。拎着半打啤酒，两张比萨，穿运动衫，扎两只凌乱的小辫子，仿佛回到年少时代。那时候的林奈和她两个哥哥一样剃寸头，蹬球鞋，上房揭瓦，下河抓鱼。见岸真靠在墙角羡慕地偷看，大方邀请他，说可算是找到一个救场的，弥补了多年来三缺一的尴尬局面。当时岸真寄住叔叔家，虽然叔婶视如己出，但不知为何还是觉得，自从兄妹三人常常轮流来敲门问“叔叔阿姨岸真在吗”，那里才变成他家。

“哎，你要出门？”林奈惊讶。

“嗯。加班。中枢机出了点意外。你没接到通知？”

“今天我不当值啊。怎么了？”

“边走边说吧。”他接过比萨，一边并肩走向车库，一边简述事态。她听了，大吃一惊：“是不是跟上周你们送来的那封‘主机在我手上’的勒索信有关？”

“化验过了吗？”

“综合报告下周会送到你桌上。”

“怎么这么慢？”

“最近业务员都在忙啊。你听说过那个‘找主机大赛’吗？说世界的主机运行在一个人身上，最先找到这个人的优胜者可以获得 300 万。”

“哈？！”他一凛，“这是内部流出的消息？”

“我们一开始也这么认为。后来才发现是几家公司为即将出品的电影和联动游戏做预热而已。真是要命。现代人脑洞大，蒙对一两件事也不奇怪嘛。像是《第三类接触》《外星追缉令》不都是刚好跟事实相符的电影嘛。”

“……你举的那几个例子通通是内部消息泄露再变成电影的吧。”

“啊哈哈。我是说真真假假的事情，演绎得多了，只会钝化人的嗅觉，对我们来说是件好事。”

走到车前，他示意送她回家再去研究室。

她坐进副驾驶，索性开了瓶啤酒自己喝。想说的话说不出口，只有聊工作。

“所以你为什么辞职？”她问。

“为什么这种事会传到你们那里去。”顾左右而言他。

“就凭我是情报科一姐，有什么瞒得过我。到处都在传说你得了不治之症，已经是晚期，不得不离职。你还记得我们在二课实习的时候，有个很娇小像混血儿的小女生吗。她好像喜欢你很久，听到这个哭得鼻涕都出来了。”

“……你们情报科就是每天都在聊这些有的没的，报告才返得那么慢吧。”

“死公务员！三句不离本行真是要命！行行行，一姐可以先告诉你报告的内容！勒索卡片的化验结果，是和外公的卡片屋定制的规格相同，似乎是同一批。墨痕还没完全风干就邮出来的，而且邮戳显示是中心大学旁边的邮局营业厅。”

“中心大学？”那不是欧飒毕业的大学吗？

“没错，所以我们去调了营业厅的监视器。你猜是谁邮的。”

听这游刃有余的语气，应该是对欧飒毫无威胁的人：“她自己？”

“答对啦。”

原来如此。

但她为什么要邮这种卡片？

怎么会邮到维护部来？

难道她发现了主机的身份？不，怎么可能……

“如果主机发现了自己是主机，会怎么样？”他问。

“世界会消失……吧。”

“消失？”

“我瞎说的啦。从没听过先例。但是想也知道结局肯定不太美丽。一般来说，一个在做梦的人发现自己在做梦，不就会醒过来吗？那我们这些活在她梦里的人，你觉得会怎么样？”

车子停靠在小区门口。她拎走啤酒，叫他拿比萨去给大家吃。走了几步又转过身：“辞职之后有什么打算？”

“还不知道。去国外玩吧。”

“我大哥前些日子也要去国外出差。机票上的2月533模糊得像538，耽误了事。他就去大吵了一架。人家说我们也没办法，又不能每张机票都人工手写，你找到一台能印出3月1日的机器，我们送你免费来回。他就掏出一张纸巾拍在桌面，写上‘机票3月1日’，然后说，‘人工费我就不收了，机票拿来’。”

“哈哈，很像他会做的事。”

“有件事，因为太冷了，可能大家都没注意到——现在已经是春天了哦。”

“嗯？”

“2月4日那天，就已经立春了。所以，并不是冬天还没走。是春天还没发现自己来了。等它注意到的时候，天气会暖起来的。别放弃啊。”

Ⅱ

工程科的中控室内气氛低迷，大屏幕转播着情报科的侦讯实况。

几小时前，前往事发地点的工程科地勤伪装成医护人员，一共回收了六个人。健诚被送到后勤部。另外五个歹徒直接被运到情报科，五花大绑在椅子上还不减匪气，挺着腰杆，鼻孔看人。一会儿要烟抽，一会儿请律师。估计是电视剧看太多。侦讯三班班长披头散发，看样子也是刚从被窝里挖起来，面黑如土。咳嗽了两声，进来两只手推车，每辆三层刑具。

航平也在夜值。第一次见到这副阵仗，拍手叫好说“给本少爷打，往死里打”。又看了几分钟，笑不出来了。借口尿急一遍遍跑厕所干呕，脸上一阵青一阵白。不想再回科室，就在走廊里转悠。见小葵靠在窗边发呆，决定过去拌一会儿嘴，招招她的讨厌，打发时间：“谁死啦？这么沉重。”

小葵无精打采地回瞪一眼，懒得搭话，转身要走。

“欸！行啦，我知道啦。你是想去后勤部看人吧？”

“……什么意思。”

“保全科的。不是送到后勤急救去了吗。撞车而已，顶多断几根肋骨啦。”

“……不懂你在说什么。”

“行啦，别瞒啦。本少爷放你假。快去吧。”

“你还不是主任，凭什么放我假。”扭头进屋，不打算领这份情。

他也尾随进屋。大屏幕上已是腥风血雨，害他又想回去吐。余光扫见岸真抱着肩膀窝在椅子里面无表情，心想自己也不能输，硬着头皮上前：“告诉他们，今天不招个一干二净，就别想活着回去。”虚张声势之余，却见岸真回神扫了自己一眼，表情介于戏谑与怜悯之间，像听到了一则有点蠢的笑话。

五个犯人里年纪最小的不过十七八岁，实在受不住先松了口，说出委托他们绑架欧飒的幕后主使的名字。那名字虽不是家喻户晓，但也上过几次电视。

那种人跟欧飒能结下什么仇，竟然要绑架她？

什么仇我们怎么知道……我们也只是收钱办事。犯人们苦苦哀求。

“既然不知道，就请来问问。”岸真指示道。

“请来这里吗？”小葵惊恐，“那种人，平白无故消失了会闹大的。”

消失？航平不解。只是“请来问问”，怎么会消失。除非是“有来无回”。嘶……他倒抽口气，从喉咙凉到脚底。明白了岸真那个啼笑皆非的意思。原来“活着回去”的确是个愚蠢的笑话。

可是，犯人最小的只有十七八岁，不还只是个孩子吗。

“等、等一下……这些人该不会都当作一般障碍处理掉吧？”

“当然要处理。”岸真回答。

“那里还有个孩子呢。”

“所以呢？你有什么好建议。”

又来了，又是那副介于悲悯与厌弃之间的表情，看得人心里发凉。

“这……进来就不能放回去的话，不如收编当个地勤什么的呗？”

“哈？”岸真笑出声，“我们现在是在新人面试吗？”

“……”

“是吗？”

“……不是。”

“这种时候谈包容？你该不会也能面对被绑架后割掉手指切掉耳朵的受害者夸夸其谈什么‘废除死刑是社会进步，原谅一切才是世界大同’吧。”

“我、我只是说做事应该灵活一点！废物利用还能变成资源呢。”

“这里不是垃圾桶，什么垃圾都能扫进来。”

“那这个幕后委托人呢？他大小也算个人物，可不是底层垃圾，失踪了又不是没人找。你说请来就请来，说处理就处理，也太轻松了吧。”

“一切以主机的安危为先。这是规矩。出了事我来负责。”

“你负责？！”

“我引咎辞职。”

“你……”你都辞了八百回了。一块金牌挡了三万多只箭，你是草船吗！

既然主任下了命令说要请来，保全科也同意配合，地勤即刻全员出动去“请人”。剩下的文员继续枯坐苦等。中控室又回落低迷气团中。

岸真抱着肩膀，双腿伸得老长，一动不动像个木桩。他怎么不懂得多一事不如少一事的道理。但凶手既然已经出手，且出手就是置人于死地的招数，也就是说一次不成，肯定会有第二次，更没有停手的理由。只能快刀斩乱麻。

这也是上一任维护部主任教给他的规矩。

上一届主任姓牧，在职三十三年，为人亲和。16岁的欧飒刚上线，牧老大已经有退休的打算。精心物色了两年后，亲自去情报科找到岸真，说听说中枢机的三年级的人际报告是你写的，怎么来开调度会议的时候不是你做发表呢。

岸真迟疑。当时的情报科二课带实习生的班长喜欢出风头，奴役小员工做牛做马，拿他们的辛苦借花献佛已是家常便饭。反正都是些拿不上台面的理由。答道：“我社交尴尬，公开场合表现不好。”

老大心明眼亮，宽厚地笑笑：“要不要来维护部，给我打个下手。”

“我……可以吗。好啊。”

从情报科地勤到维护科主任助理，何止连跳三级，哪有拒绝的理由。

说走就走。当天下午，他就收拾好桌面捧着纸箱跟在老大身后离开了情报科办公的大楼。老大边走边说，多亏了你的报告，避免了一场麻烦。

所谓麻烦，是指他无意中发现某个跟欧飒走得比较近的男同学常常跟叔父二人去林中虐待动物。空有证据，也无法劳烦警方。

“最近好像没再看到那孩子来上学了。”他说。

“是啊。按照一般障碍处理了。”老大说。

一般障碍处理？那……他缓下步伐，感到脊背一片凉意：“……他只是跟着长辈无意中学坏的小孩，我们有必要干预吗？”

“一般像这样的案子有几种处理方法。我们可以增加补丁的黏性，插入娱乐活动，让主机渐渐疏远那小子；也可以强行破坏他的住所，迫使他搬离这个学区……但不管哪一种都有后患。留这样的人在生活圈里就是留未爆弹，斩草不除根，早晚惹出麻烦。所以我们先令他转学，然后按照人身意外处理了。”

“……都确定要死了，为什么还要先转学？”

“一来避免消息传播；二来就算传回主机耳中，‘曾经的同学好像死了’，也没那么震撼。好在你发现得早，他们还没熟到需要去致哀的程度。”

“已经处理掉了？”

“对。落水。”

全拜他的那一纸报告所赐。

他僵在原地，纸箱愈加沉重。在那一刻之前，他一直当自己是个尽心尽力的小业务员，每天跟在各色与主机有过交往的人背后观摩，刺探，写写心得体会。原来他的报告会致命。

“怎么？”老大回身看他，眉目间是关切也是考量。

“没什么。”他掂掂纸箱，跟上去。

“或许你认为许多牺牲是不必要的，也或许你是对的，但是，我们的工作是没有容错率的。恻隐之心也好，侥幸之心也好，你一次失手的代价，不是按一下重启键那么简单。”

又过了几年，他坐上中控室的椅子，明白了这番话的意思。

天不知不觉大亮。

他揉揉眼，伸展酸痛的关节，喝光剩下的凉茶，又去洗了把脸。

回来又听见争吵声。航平说：“现在已经不同往日，没有严守秘密的必要。趁现在放他们回去，谅他们也不敢说什么。就算说大半夜的被神秘组织绑架了又放了回去，谁会相信。搞得太严肃，反而把捕风捉影的都市传说变成现实了。”

四组的组长冠侑气得想笑：“你们这些养尊处优的，是没见过恶人吧？牛鬼蛇神放回去了，明天就有人去把卡片屋砸个稀巴烂。恫吓是用在自以为有筹码的人身上。有今天没明天的地痞流氓，威胁到他的生存空间，他就敢鱼死网破。”

“欸，所以说你们不会变通。我就不信有人会跟钱过不去。每个人放回去之前都给点小费，不但不会砸店，还会把门前雪都帮你扫好。明天开始，遍地都是我们的地勤，做起事来多方便。”

“你……你以为我们是收保护费办事的黑社会啊？！”

“不要在意这种细节。行不行得通，先试试才知道嘛！”

“你还有脸说，你来了之后出的馊主意，哪个管用了。”

电话铃声响起，毫无打断争吵的迹象。

小葵跑去接。一番点头摇头后，万分惊恐地转身。

怎么了?

又出什么事了?

委托人抓到了?大家问。

“是、是、是小唯姐打来的。”震惊到口吃,“她说一早接到主机的短讯。问她夏日体验馆在哪里,下个月中有没有空一起去。”

成功了?!

十几双眼睛齐刷刷地指向公认是白痴的未来主任。

这白痴的馊主意竟然真的管用了。

“哇哈哈哈!”白痴万分得意,“我知道你们现在都很想感谢我,不用急,需要我签名的同学把纸笔准备好,一个一个排队慢慢来没关系!”

…………

III

欧飒开始在堂姐的公司上班。工作较为轻松,只有一件事颇为困扰——茶水间的墙壁上装饰着成睿光为品牌拍摄的概念海报。见一次心沉一次,只有绕道而行。她与他第一次和最后一次见面都在十号会议室。说的最后一句话是“回头见”。是明知道不会再见的温柔冷静的“回头见”。也是一种职业病吧。她想。

上一回离开公司时,堂姐说:“欧飒,你给我听好,这个世界没那么大,如果两个人一直碰不到面,只说明人家不想见你。”这话说重也重,但句句在理。这个时代,除了死亡,大概是没有想见而不能见的人。

见不到,就是其中一位不想见。拜托你醒醒。

如今不想见了,却非见不可。抬头不见低头见。不能去茶水间热饭,中午只有出外觅食,一个月下来,开支反而增加。

到了月中，约好去夏日体验馆。

小唯带着两个新朋友加英和一起在门口等她。一走进大门，她又心口一沉。

中央广播娓娓流出成睿光温润清澈的声音："欢迎您来到夏日游乐馆。本馆共有九个分馆，娱乐项目包括日光浴、沙滩排球、温室果园等。提醒大家，在愉快玩耍的同时，也请保管好您的随身物品。下面，将由我来详细为您介绍每个分馆的特色……"

不仅大厅，分馆也有声音导游，项目之前还有成睿光本人录制的安全须知。在夏日星象馆躺着看星星，也要全程看他 3D 投影解说。欧飒失笑，干脆起身离席。心想如果有神，此刻肯定在看自己笑话。

这还真是错怪了神。

此刻的中控室内，众人严阵以待，期盼着补丁能顺利贴上。然而随着时间流逝，却见欧飒越来越浮躁，还跑去餐饮区独自喝闷可乐，好像恨不得立刻离开。早上见面时心情还挺不错，怎么突然急转直下呢。小唯带去的两个新任补丁，可都是精挑细选的优秀人才。机敏、体贴，有趣还有礼貌。即便是无法立刻成为亲朋好友，也实在不至于令人讨厌到这个程度。

到底是怎么了。岸真完全看不懂。好几天没睡，头开始作痛。

前几日，神秘的绑架事件委托人终于现身侦讯室。还没打几下就将一切和盘托出——原来，此人在商圈也算是有头有脸的人物，近几年玩起政商勾结的把戏。硬盘里装满了与政要人物的私密录影。豪宅却突然遭窃，金银珠宝事小，硬盘事大。焦急之际，公司的信箱收到一封信，说想要主机就汇款一万到指定账户。于是他请银行的朋友追踪账户动向，发现汇款先后转了几个户头，最后落在名为欧飒的女生账上。

说罢，还从兜里掏出那张勒索卡片。除了收信地址，与维护部收到的如出一辙。用大学的打印机印制，从校门边的邮局寄出的，外公的卡片。

岸真听得脑仁疼。

所以，她在给陌生人写勒索信？

若说是诈骗，金额也太少了。信的内容一致，不同的只有收件方。难道，她在测试什么东西的位置？

航平自信道："所以我就说杀人不解决问题嘛，假设她寄了 300 封信，十分之一都是这种凶神恶煞，难道你们还能一个一个全障碍处理吗。为了她一个，得要死多少人啊？又不是皇帝！"

"你闭嘴！"小葵瞪眼，去医院看过健诚几次，恢复吵架的元气，"你打破皇帝的杯子会被诛九族，我可不记得我们做过那么过分的事。"

"再怎么说也是你们办事方法有问题。我早就说了，就在她家装上几百个针孔摄像机，身边再环伺 50 个保全，谁都接近不了，哪还有今天这处闹剧。"

"保全人少了，你嫌办事不力；保全杀人了，你嫌处理过激。什么话都让你说了，还能更不要脸吗。"

小葵向主任求援。岸真只觉得头痛欲裂。

首要任务，还是先贴补丁。看来是又要落空了。

他叫小葵印出从早上到目前为止五个人的交谈记录。

长长的卷宗千回百转地拖了一地。里面无非是第一次见面的生疏客气，老友相见的百感交集，无伤大雅的小玩笑，试探彼此兴趣点的小话题……两位新任补丁的社交反应良好，实在看不出哪句话惹欧飒讨厌。

难道是气味？体验馆里有奇怪的气味吗？还是有人喷了刺鼻的香水？

他百思不得其解，保持一贯的姿势，抱着肩膀陷在椅子里。疲惫而坚定地看着大屏幕，看着餐饮区角落的欧飒一边喝饮料一边低头玩手机。

手机？

他眯起眼，看手机下方连接的耳机线。

她在听音乐？

"小葵。"迅速坐直，"能收音吗。"

"欸？收哪里的音？"

"餐饮区。"

“不行啊，这里的闭路电视是无声的。你要监听餐饮区吗？”

“不是。你叫他们其中一个人过去听听看，餐饮区的广播在放什么音乐。”

“好！”她吩咐下去，“怎么了？为什么？”

“你出去约会的时候会戴耳机吗？”

“这……跟朋友在一起的话，应该不会吧。”

“我也觉得。”

“你是说她……”

“外面有个声音她不想听。”

不一会儿，前方来报，餐饮区播放的不是音乐。是成睿光录制的导游简介。

成睿光。

这名字怎么这么耳熟。

“我们日常维护时给主机送过他演唱会的票。”小葵说，“但就算是讨厌的歌星，也不至于到要把耳朵堵起来的程度吧。”

那答案就简单了。“接通小唯的线给我。”

欧飒听见有人在叫自己，拔下耳机，见小唯来到身边，笑说：“累啦？我也有点累了。他们还在玩球，我们等一下吧。啊，给你看个好东西。”塞了一只耳机给她，端起手机，点开视频。缓冲过后，是成睿光的广告。他化身一只小精灵，所到之处，锅碗杯盘都亮晶晶。强效厨具洗洁，让你的食欲焕然一新！“我家最近买了这个，特别好用！啊，跟你推荐这种主妇产品是不是挺奇怪的？”

咔嚓——！噼里啪啦！轰隆——！

噼里啪啦噼里啪啦……

巨响从天而降，随后是紧密的锣鼓声。大厅内一阵惊叹，小孩子们跑去玻璃门前观望。无数粒冻成冰的雨点从天而降，像试图洗刷着什么。

是冰雹吗？冰雹啊……

中控室的玻璃窗也被无数颗晶莹剔透的小石子击中。

“哇哈哈哈……”航平大呼小叫，“哔哔哔！扫毒完毕。您的电脑有，一个，漏洞。哈哈哈，原来主机的 bug 在这里！”

小葵瞪他：“你哪儿来的结论！也说不定就是特别讨厌这个人而已！”

“别骗人啦！女孩子家的心思怎么能瞒得过本少爷！你没听过这句话吗，‘爱的反面不是恨，是漠不关心。’”

“你哪只眼睛看到那是爱的反应了？”

“可那看起来也绝对不是‘漠不关心’啊！”

岸真说：“从现在起往前推，到时间轴暂停前两年的数据给我。下周一下午开会，我要三四套左右接入维护的方案。”

小葵僵了一下：“接入？用谁？”

“成睿光。”

也许林奈说得没错。是春天还没意识到它来了。

春天不来就我，我去就春天也是一样的。

“但是，主任，那个人是明星啊。”

“我知道。你不是说送过演唱会的票吗。”

“我是说他不是普通的对象。让两个人在街边的咖啡屋偶遇，或是共同乘一台停掉的电梯之类的方法可都行不通。你确定要撮合他们吗？”

“有谁规定不行吗？”

“不是不行……但是生活轨迹完全不同，要铺许多路才……”

“所以就说了要三四套方案。”

他又抱着肩膀窝回椅子。凝视屏幕的眼神似是冷漠，又藏着几道寒光。明星又怎么样。管他天王还是地王，只要是他们欧飒想要的东西，没有他拿不到的。

CHAPTER 4

单核

Single-core

I

成睿光第一次出现在欧飒的生活圈，要回溯到四年前，大学四年级。正值建校周年庆，典礼上热热闹闹地请了几组时下风头正劲的艺人表演助兴。

欧飒躺在宿舍看漫画，远远地听见礼堂里的歌声，心想竟然有年轻艺人愿意唱这么老的歌，不知是走复古路线，还是纯粹取悦师长。小唯推门进来，说我刚才出去时你就这个姿势，再定格都要长蘑菇了。走走，金融系办的风味小吃一条街好吃又便宜，快跟我去暴饮暴食一下。于是相携前往。

宿舍大门口，穿高中生制服的小男生坐在长椅上全神贯注地玩游戏。小唯遥声一喊：“小英和，来来，姐姐带你去吃好吃的呀。”

英和常来找在此就读的姐姐乔薇。长得可爱，耿直仁厚，有了电脑就看不见女生，还总爱说几句老气横秋的话故作小大人，有趣得很，姐姐们都爱逗他。

“不去啦。”他说，“我吃完了才来的。”

“不光有吃的，还有偶像组合哦。那个十二个人的少女组合也来了哟。别害羞了，英小宅，肯定偷偷喜欢哪个美少女吧。”

“才没有呢！”小宅一推眼镜，“明星什么的，就和强制胜率50%的手机游戏一样，是流氓软件啊。”

“哈？！明星是流氓软件？”

“可不是吗。连胜连败，让你有种人生公平，每个人都有机会的错觉。但操纵胜率这件事本身就是作弊了。现实世界每个人的胜率本来就不同。姑且不说含着金汤匙出生和穷到连澡也洗不起这种初始值不同的人，后天的努力和资质才是胜率的根本。凭什么轮到一款游戏来教育我众生平等50%啊。”

“啊哈哈哈，这一点你可错了。操纵胜率并不是用来以示公平。那是因为玩家连胜连败的时候，比较会选择再多玩一局。是为了增加用户流量啦。”

“你看有多狡猾！而且，就跟流氓游戏一样，一旦开始追星，那些平常连见你一面的资格都没有的智障，突然间就变成一个战队的队友！如果喜欢同一样东西的人都能成为战友，比利时早就用巧克力统一全球了。”

“哈哈，你怨念好重，是不是游戏打输啦？姐姐我可是认得那个少女组合的小美女哦，和你差不多大，双鱼座的软妹子，给你介绍一下？”

“才不要。麻烦死了。”

聊着聊着，等来了乔薇。一行人前往礼堂，路上打打闹闹，吃吃喝喝，到达时演出已经结束了。舞台上空落落的，剩工作人员在缠电线收音箱。欧飒也没见到成睿光，只有他的等身海报。并不是张令人过目不忘的面孔。

当天晚上，地方电视台的小栏目又播出了建校庆典的演出片段。她这才第一次看见他，坐在台上弹吉他，唱那首想不起名字的老歌。恍惚之际，听见外公问：“唱得很不错嘛。声音放大点。那是你们学校的学生？”

“等我找找。”她掏出手机，搜索了一会儿，说，“好像叫成睿光。”

“成睿光。”外公轻声附和。继续夹菜吃饭。

碗筷碰撞的声响，杯盘摩擦的声响，电视机里的歌声，变成主播的声音，又变成广告的音乐，远处小孩子们玩耍的尖叫，冰激凌车和洒水车经过，电扇翻来覆去地抚慰，风铃琐碎的低吟……是寻常的夏日傍晚。

如今夏天变成了一个遥远的词。

英和也不再是戴黑框眼镜的英小宅。他个子蹿高了一颗头，学会戴隐形眼镜，给头发抓造型，勤工俭学，还在双鱼座上栽过两次跟头，是大人了。他跟欧飒说，上次一起去夏日体验馆的两个人真有趣，那个哥哥好像在有名的 IT 公司上班，好想多聊聊，下次大家再出去玩的话，叫上他一起好不好？

欧飒甚至想不起那人的名字。知道自己当时一定魂不守舍，太过失礼。

说也奇怪，自从那次出游之后，她总是动不动就看见成睿光的蛛丝马迹。西餐厅的电视画面突然变成他的预告片；走在路上，经过身边的车子在放他的新歌；去趟超市，广播里是他的旁白；坐个地铁，身旁的人下车时丢了本翻烂的杂志，有他当封面；去澡堂洗个澡，也看见他代言的商品；去餐厅吃饭，发票抽奖抽到他的 CD；在书店买漫画，腰封上竟然还有他的推荐；就连家附近的电线杆上寻狗启事的主人，长得好像也和他有几分相似。

这算什么……难不成真如英和所说，明星堪比流氓软件，卸也卸不掉了吗？

周五，公司会见客户。她被遣去倒茶。硬着头皮走进茶水间，尴尬地站着等水沸，不小心看到那张海报，见他隔着一张纸含情脉脉，心想算起来他也年过三十，不再适合这造型了吧。说不定也已经交了新女友。

“说到人生最开心的事，果然还是跟喜欢的人腻在一起。”还记得他说过，“啊，不过那是两年前的事啦，现在我是孤家寡人。”语气自然轻松，让人看不透是有意还是无意。对自己这种小助理说这些做什么呢。若不是公关稿背得太熟，对谁都说，就是温柔过了头。

啊啊啊——

办公区陡然传来惨叫。

她丢下茶杯，疾步前往。一撮人贴在窗前惊呼连连。楼下的路面突然坍塌，刹车不及，一众车辆纷纷顶着进坑里。地下水管爆裂，行人道的水栓射出一道直冲天际的喷泉。真是没完没了，她想，世界这具身体又生气了呢。

傍晚，趁势下起雪来。

她忘了带伞，湿漉漉地赶到西餐厅。客人不多，她上完一桌菜就站在角落盯着小电视发呆，心想该不会又突然跳出成睿光的脸来吧。频道一转，播放起坐满专家的辩论节目。这次的辩题是到底要不要保持一个星期七天的传统。

英和湿漉漉地赶来，说大学门口的路面塌陷，公车只能绕行，害他跑了好一段路。本想打个电话请假，但有件要紧事必须当面告知。

什么事啊，又神神秘秘的，哪家公司又在悬赏三百万了吗？

他从包里掏出一张样式眼熟的卡片。

“别拿出来啊！”她吃惊。

“不是啦，不是。”他摊开卡片，“你仔细看看，这不是我们的。”

大小，款式确实很像。但纸张质地不同，色泽手感也不同。

里面的内容也不同。

致亲爱的用户：

这里是后台维护管理处，由于我方疏失，造成世界主机系统停运，目前正在紧急抢修中。有意提供帮助的同学，请前往以下网址注册。等待您的加入。

…………

这是什么。

“这是你做的？”她问。

“不是啦。是系主任收到的。我姐说她们研究所也收到了类似的东西。”

“上面的网址，你进去看过了吗？”

“只是一个普通的网站，注册之后会进入一个聊天室。会员还不多，都说是收到类似的信，或是朋友转发，想来凑个热闹。”

“这……这该不会真的是后台维护邮来的吧。”

“又没人真的见过后维部长什么样，是真是假也没个参照物。不过，你不觉得奇怪吗？我们的卡片是针对数据分析机构，这一批卡片是针对学校，好像都有目的性，会不会也跟我们一样，是在找人啊？”

“……”

II

堂姐的广告公司是由一间独立的二层小画廊改装而成，没有联网的闭路系统，为后台维护工作增加了不少难度。几年前欧飒去兼职，一周一两天，几个钟头，保全驻留门口足矣。如今全勤排班，缺失监控系统意味着前线一片黑暗。

“别愁眉苦脸的啦，不就是家公司吗？想进去还不简单。”航平说。

“挖地道吗。”小葵撇嘴。

“发挥想象力呀。要进入一家公司，除了员工还能有谁。当然是客户啊。”

“去当客户？客户怎么可能全天留在公司？我们可没有那么多人力物力，创造出一个需要广告服务的虚拟企业来。”

“欸欸，要不怎么说你们笨。说到客户，你就以为是广告客户。一般公司不是都有文具需求吗？上门去推销文具也算啊。”

“……亏你说得出口。那三分钟就被拒绝，能起到什么效果？”

“客户是不能久留。但是可以变成朋友啊！事后在街上打个招呼聊起来不是也非常顺理成章吗？就从上次的两个补丁里选一个上门呗。都快半个月了，总不能一直被动等主机联络啊。”

岸真听进耳里。心想虽然都是些灵机一动的点子，若有周全的准备，也未尝不可一试，问道：“你觉得可行吗？”

“总比你们动不动就打打杀杀的好啊！”

“那这个维护方案就交给你做吧。”

“谁说我……嗯？”迟了一秒才反应过来这次是捧不是踩，想抖的机灵又吞了回去，咬着舌尖说，“叼……交给我，是什么意思？”

“字面上的意思。你挑几个人，照你的方法做。”

“贴补丁的维护交给我吗？！”

“大家都在忙接入方案，你如果有心负责这块，就交给你做。上次夏日体验馆的补丁维护也是全靠你的建议才成行，由你全权负责也很恰当。”再者，一个月后自己也会离职，从现在起下放权力也不算早了。

“哇哈哈！包在我身上！”干劲十足，还没上任已然烧起三把火。

两组人马分头行动。

接入维护这一边倾巢出动，见缝插针地在欧飒周遭安放成睿光的音容笑貌，在地铁扔杂志，去书店寄卖新刊，四处播放情歌，忙得不亦乐乎。然而收获甚微。欧飒起初还会随着意外的小邂逅放晴片刻，后来几乎不再有反应，路过成睿光的霓虹灯广告也只是略显困惑，好像在说“怎么连这种东西你也代言”。

难不成是曝光率太高，审美疲劳，导致免疫了吗?

“主任，不用怀疑。”小葵说，“你没发现？虽然没有彻底放晴，但是，从半个月前就没再下过雪了。我们每天坐办公室，没什么感觉。今天的最高温度有 15 度，好几个地勤都来问，能不能换春秋的制服呢。”

“气温那么高？”如果真是因为维护行动而回暖还好，万一是毁灭前的回光返照呢，“你说最后一场雪是半个月前？那时候我们做了什么吗？”

翻翻行事历：“工程四组弄断了中心大学通往邮局的路，摆了一个自己的邮筒。为了截下以后的卡片。”

“弄断了？”眉间一拧，“四组的谁在负责？”

“冠侑。呃，现在到处都在地壳坍塌，不会轻易发现人为痕迹的。”

“那动作太大了，叫他进……”

手机屏幕亮起，一则新短信，来自林奈。

林奈：外勤，午休，老地方，约吗？？？

约吗。约什么约。把手机塞回口袋，没过几秒，又响了。

林奈：接入目标的情报收集好了哦。想不想趁热听听？？？

略顿，回复：“给我十分钟。”

室外的气温确实比往常高，真有那么一点即将春暖花开的意思。滚滚云层外，太阳甚至还挣扎着递进几许薄光，颇为感人。他的毛呢大衣略厚，摘了围巾，解开几颗扣子，清冷的风钻进衣领，把人敲打得又僵又脆。

情报科和工程科的办公大楼相距两三公里。他和林奈从实习生时期最常去的便利店就在中心点的车站旁。那里距离欧飒高中时代爱去的商店街很近，任务多到来不及吃饭就在那里随便买个三明治果腹。

他们进入情报科的第二年，欧飒高中三年级，班上来了个澳大利亚的交换学生。游学为期两个月，本来并非重点调查对象。但没几天就接到通知，说此人坐在欧飒前桌，互动频繁，最好彻查敌情，以备不时之需。

两人分工合作，跟踪了个把月，将这人的亲戚朋友，喜嫌好恶翻了个遍。结论是他除了借东西不爱按时归还以外好像没有不可逆的人格缺陷。一无所获。他们就坐在那家便利店门前的台阶上垂头丧气地啃面包。

“查不到也是好事。”他说，“总比查到他是个变态强。”

“你之前就查到了一个变态对吧。后来怎么决定的？”

“不知道。协调会议我没去。”

“组长又把你的报告劫走了？真够恶心的。我的报告也是！我骂他说，别拿别人的辛苦当垫脚石。结果你猜他说什么？他竟然说你们知足吧，历代主机都是多核的，只有这一代是单核，只需要维护一个，还敢喊辛苦……”

“多核的？”

“大概是以防其中一个坏掉，有个备用的吧。中枢机曾经有个弟弟，但好像没生下来。这么一想还真有点后怕。万一她坏了可怎么办？”

“没那么轻易坏掉的，不用担心。”

“对了，科长前些日子跟我说，可以送我去进修外语，问我要不要。”

“……就因为这个交换学生？”

“也不全是。补丁的报告里说，主机大学志愿没填，打算毕业就回店里帮外公的忙，但是外公有意送她出国念书。万一她真的去了，又嫁给外国人，将来生的小孩都不一定会说哪国语，还怎么个维护法。”

“补丁的报告？那不是工程科内部的东西吗，你怎么看到的？”

“哈哈，我可是情报科一姐，自有办法！”

“你也想跟着出国？”

“想啊。你不想？”

“嗯……我都可以。”

他不可以。但他不想把话说死。因为明白，他可以为她留下来，但她不会。这从来都是一段需要她在瞬息万变的选择面前回过头来光顾他一秒钟的感情。他不是从一开始就知道吗。那就别在她头也不回地走入人潮时怨怼落寞啊。

是你选择留在冬天，等待她时不时的暖炉。

那你就留在那里吧。

他赶到便利店，见林奈坐在台阶上大吃特吃。他把围巾叠成一块方垫递给她说，不要直接坐在地上。她没客气，接过，摊成长方形，示意他同坐，继续大快朵颐，一手递来热奶茶说，你的最爱，最后一份被我抢到了！给。

他单刀直入：“接入目标有什么不对的地方吗？”

“这个嘛，有点一言难尽。按理说娱乐圈的艺人，报章杂志已经把应该知道的都写出来了。‘你不应该知道’的事情早就藏好了，调查也只能刮下皮毛。”

“……就是说，确实有‘不该知道’的？”

“怎么说呢……没有实证，只能算是我身为女生的一点直觉。”

“怎么？”

“他的那个女经纪人有点问题。”

“什么问题？”

“哦，是应该说‘他和经纪人’有点问题。”

“……这是直觉？”

“表面上确实看不出异常。相敬如宾，一起出席的只有工作。私下聚会必有第三人在场。也拍不到什么出格的举动。但是……怎么说呢，他们走在一起的时候，女方把一只购物袋递给男方，他接得有点太顺了。”

“……这能证明什么。”

“证明他把她当女人，不是经纪人啊！”

“他们也合作三五年了，这点默契不算奇怪吧？”

“反正我没凭没据，你不信也罢。不过一姐的直觉十有八九！”

起风了。吹散面包和奶茶的香气。

他走回研究室。围巾忘了拿，脸颊略感寒意，竖起衣领，只觉得空有满腹奶茶，也不解饿。晚上还得一个人去吃火锅。

回到科室，见航平被团团围住，得意扬扬地报告，说他带领的天才小组已经顺利完成任务。补丁友莉乔装成业务员，登门堂姐的公司推销文具，去过两次，已经跟欧飒搭上话了。

“搭上话还不算稀奇。”他得意，“友莉，快告诉他们你发现了什么？”

“我经过茶水间，发现墙上有成睿光的海报。拍摄的时间刚好是两年前，时间轴暂停前后，跟中枢机去兼职的时间也吻合。大概是请许多艺人拍了一个系列，最后大规模推广的成品里没有他，所以之前都查不到。”

“哇哈哈，所以才会放在茶水间里嘛！通常得意的作品不是都会放在一进门最显眼的地方或是会客厅嘛！还不快称呼我‘扫毒小能手’？隐藏这么深的 bug 都被我挖出来啦。”

岸真问：“你跑去两次，他们没起疑心？”

“没问题。后来再去的时候，我说不喜欢大学的专业，现在想换跑道，从事广告业。哪怕从无薪义工做起也好。”

“堂姐同意了？”

“还没见到堂姐。不过跟主机约好了下个月去看一个漫画家的展览。”

“做得好。在那之前，把几个接入方案改好，双管齐下吧。”

岸真回到办公室，隔着百叶窗看科室的繁忙景象，即便没有他耳提面命，大家都能维护系统，运作得很好。航平虽然看起来不太可靠，但也屡屡得胜，也许统筹派他来接班也不是没有道理。自己也能安心离职。

唯一的问题，是接入方案是否执行到底。

林奈的话在他心里埋下一根刺。用成睿光做接入，前路是不可测的。若接入成功，交往起来，无疑是把欧飒推到公共视野中去。实在不是个理想人选。但就这么拖着，等她对他热情消散，又不知道世界撑不撑得到那个时候。

——留这样的人在生活圈里就是留一颗未爆弹，斩草不除根，早晚会惹出麻烦。只能快刀斩乱麻，按照一般障碍处理了。

想起牧老大的话。

赶紧打消这个念头。

他揽过一份公文来看，试图忘却险恶。

手指却触到纸张之下的一个硬壳。

抽出来一看。

卡片。

……卡片？

又是卡片？！

眼熟的卡片。

不，质地与色泽稍有不同。内容也不同。

致 亲爱的用户：

这里是中枢机。什么？你还不知道中枢机是什么？不用怀疑，我就是新时代的锦鲤！转发这封信，让你的人生从此拥有坚实的后台，幸运无敌。

…………

哈?

这是什么……

这是哪儿来的卡片？！

这回又是谁干的……

万马奔腾急火攻心，眼前又要黑屏。

不不不，让他回想一下做错了什么。他今天只是稍微起了个“吃火锅”的念头而已，竟然也能受到诅咒吗？千头万绪聚成一股火窝在胸口，真想呕出一口老血，不用想也知道脸上的表情管理又失控了。火球喷射而出：“这是什么鬼东西！怎么进来的？！不要什么东西都往我桌上放！邮件处的，给我滚进来！”

CHAPTER 5

补丁

Patch

I

第二次见到友莉时，欧飒甚至没认出她来。只觉得坐在门口的推销员总往这边看，有点面善，又想不起名字。

“我是一起去夏日体验馆的友莉，还有荣伸，还记得吗？”友莉搭话。

“当然记得。”她只记得自己当天魂不守舍，怎么说也是小唯介绍的朋友，还是客人，不能再怠慢，“实在不好意思，今天总经理不在，而且我们好像有固定合作的文具厂家。你先坐一下，我请部门主管跟你说。”

“没关系。”以退为进，“那我就把我们公司的简介留下好了。”

没过几天，欧飒又见友莉在门口徘徊。说刚去了隔壁的设计公司，三分钟就被拒绝了。但上司说要跑满八个客户才行，不敢太快回公司，就在附近转悠。欧飒见她冻得脸颊通红，说刚好公司午休，就来坐一会儿吧。

两人就在成睿光的海报斜对过的小餐桌旁喝着茶聊了二十分钟。

告别前，约好去看漫画家的展览。

她还不知道，她不仅会看到成睿光的海报杂志人形立牌，还将见到他本人。

当天，随行大军里又多了之前见过的荣伸和吵着要跟伸哥当朋友的英和。

会场人满为患。一行人逛过的主秀场和摊位，血拼后就在休息区用餐。英和见了与自己兴趣相投的偶像，话尤其多，还取出卡片与荣伸分享，说这个聊天室有趣极了，好想破解后台进去看看是什么人在背后操纵。

荣伸不动声色拿出手机拍照，说：“好啊，让我来看看是何方神圣。”

“叮”的一声，十几公里外的工程科中控室，小葵的电脑桌面跳出荣伸的讯息，相片中清晰显示号称来自“后台维护管理处”的卡片，她将相片转发给情报科，同时请主任指示：“地勤二组报告，抽奖的箱子已经替换好了。”

岸真一贯抱着肩膀窝在椅子里，盯着转播会场的实况：“活动结束之后再替换回去。别出纰漏。”

航平也看着餐饮区四个人和乐融融，得意道：“你们就是前怕狼后怕虎。本少爷这不是一出手就把补丁贴上了吗。”

小葵翻他白眼：“你哪只眼睛看见贴上了。这不过是示好阶段罢了。”

“那不也是进展吗。搞不懂为什么贴个补丁也会磨磨蹭蹭拖了三年。”

“当然是有原因的。你这完全是走狗屎运。普通的补丁维护要经过重重审核，反复推敲和测试，怎么可能一蹴而就。”

“为什么？”

“为什么？你是真傻啊？培育一个补丁需要多少年你知道吗？一旦实施维护，就无法撤回了。”也反手一指屏幕上的友莉和荣伸，“像他们，一旦以现在的身份接近过主机，今后就算贴不上，也不可能再反复利用了啊。友莉现在是‘对广告设计有兴趣的文化用品公司职员’，就都一直得维持这个设定。就算失败，以后也不能再作为增援地勤安插在任意场合，用别的身份露面。一旦失败，两个前端业务员就会从此作废。之前的三年我们已经作废了四个业务员，不是闹着玩的。你一拍脑门想出来的馊主意，都是有严重后果的好吗！”

“没理由只有我们才遇到这种麻烦。前代就没遇到过贴补丁的问题？”

“以前跟现在怎么能比。过去的员工动辄终身制，在一家公司做个二三十年也不奇怪。现代人做个三五年不跳槽都很稀有了，我们也不能强迫签卖身契吧。小唯姐大学时本来要结婚的，是为了工作才拖到毕业。”

岸真突然起身，看人群流动的形态出现轻微不自然的阻滞，像投进石子晕开波光的池塘。“应该是到了。”或者有人带来了成睿光到场的消息，“叫他们早一步去礼堂，找个好位子。”

十公里外，友莉伸了个懒腰，提议：“要不我们先过去？对谈快开始了。”

众人起身，只有欧飒坐着没动。她本以为今天的活动只有漫画展销和作者签名握手，看了场刊才发现还有特别嘉宾现身对谈。近来，平面的成睿光阴魂不散地出现在各个角落就够惊吓她的，3D 福利她说什么也吃不下去了。说：“你们去吧，我想去别的展位。”

“……你不去？”友莉诧异。

“她不去！”小葵傻眼。

“她不去？！”航平笑出声。

她不去……？岸真揉揉干涩的双眼，周身乏力。俗话说，有钱难买我乐意。万事俱备，禁不住她不去。

工程科为了今天不知花了多少力气。漫画展览本来没有对谈的环节。工程二组先以展场的名义联络漫画家，说由于自己的过失，将成睿光的签售活动与展览安排在同一天。如果可以的话，能否同台出席，共襄盛举。之后再以厂商的名义联络成睿光一方，询问能否邀请他来为漫画家站台。幸好他的经纪人是只要价码谈得拢，对工作内容不太挑剔的类型……

各路英雄都到场，女主角说她不去。

为什么不去呢。不想见到这个程度，难道是真的讨厌？他忍不住往最坏的方向想去。难道几年前在堂姐的公司短兵相接时发生什么事了？不会吧。光天化日之下，还是公共场合，怎么可能行为不轨……但欧飒的反应实在不像有好感。

没有一个确定的结论，只有撤兵了。

“待机。”他说。

“欸？别待机啊！”航平跳起来，又一次抢过耳机吩咐道，“箭在弦上了，先来一发嘛。你们两个继续说服她去。如果不行，地勤二组，能听见吗？你们就把礼堂的音箱电线拔掉。她不过去，就把对谈搬到她眼前嘛。”

小葵想阻止，但见岸真未有动作，像是刻意放任航平接手。

会场内出现短暂的骚动。不一会儿，中央广播里传来主持人的声音，说由于出现了技术失误，请要观看对谈的同学持入场券移步东区三展厅，多谢配合。

“啊，东区三，那不就是旁边这里吗？”友莉说，拉欧飒起身，“现在过去能排到好位子呢。走吧。你想去的展位，我们等一下一起去吧！”

只好前去。

几个人在靠前的位子坐下，看明星被尖叫与掌声簇拥着入场。欧飒也跟着盲目地鼓掌，看台上的人有点陌生。时隔许久，他应该认不出自己才对，她想。

“为什么是我啊？”还记得他这么问过自己。当时她注视他弯弯的笑眼，心里嘶喊着“不是应该由你来回答我吗？不是只要找到你，见到你，握到你的手，就能得到答案吗”。嘴上只回答：“因为我很喜欢你。”他听了，似乎诚恳领会，又似乎驾轻就熟，温柔地笑笑，说：“谢谢你。”

谢谢你。

轰——轰隆隆隆……

雷声？

不是雷，是掌声。主持人说：“就请我们的男主角，成睿光先生为大家抽出今天的幸运观众。请同学们看好入场券背面的号码。抽中的同学请上台来！”然后手伸入抽奖箱。被调换过的抽奖箱里，所有的纸条都印着同一个号码。

是谁？是哪位幸运的同学？请举手！请举起手来！

欧飒感到有人在拉她，听见友莉着急地问:“你的入场券呢？放哪里了？”

什么，什么放哪里了。

她不明就里，被拉着起身，扯着上台，与成睿光的距离越来越近。想往后退，但眼前身后围堵了一圈笑脸。所有人都笑着，怎么能扫了所有人的兴。她跟着提起嘴角，面前立刻多了一只照相机，咔嚓，闪光灯晃得她眼前发昏。手中多了一个礼袋，是主办方的礼物，请笑纳。

然后有人碰她的肩膀。顺着那只手看见成睿光的脸，笑着安慰她说“不要紧张，看镜头就好”。那笑容似乎面向她，又似乎穿过她。视线从脸上平稳划过，一秒钟后又扫回来重新确认了一次，略带迟疑与困惑。他认出她了。

“谢谢你。”他说。

谢谢你。

又是这句。

“谢谢你来参加活动。”他说，“今后也请多支持。”

轰——轰隆隆……

掌声。掌声与欢笑声。将她包围得密不透风。像有一万只手戳着她的心窝，说笑一个嘛，笑一个。她从善如流，露出荣幸之至的笑容。心中反复着一句话——你满意了吗。如果世上真的有神的话，现在你满意了吗。

没有人满意。

中控室里无人喝彩，静得像目睹了一场屠杀。

岸真窝回椅子，太阳穴跳痛不已。窗外既无电闪雷鸣，也没风雪飘摇，只有滚滚云团低低地垂下来，几乎压上地面，仿佛喉间塞满棉花一样沉郁窒息。

小葵也看得难受，将实况切到展场外大厅。

“欸欸，你们一个个死了人的表情是做什么？”航平跳出来，“虽然这次没修好，但至少也没有更坏嘛。有什么遗憾，下次接入时改良不就行了嘛。”

“你还要继续接入？！”小葵转而跟岸真求救，“我反对。补丁没贴好之前再继续接入太危险了。今天留下这种恶劣的回忆，往后友莉再约也不一定约得出来。最糟的结果就是又报废了一个业务员。”

“才刚试一下就缩回去了，真是没有魄力！说到底，所有形式的维护都是在变着法地讨好她。她就算没有高兴到放晴，也不可能会崩溃啊。时间轴就已经不动了，她不动，你们也不动，干瞪眼有什么意义啊？”

“真受不了你！光是讨好有用吗？你在马路上看到一个坐着不动的人，是先问她到底哪里出了问题，为什么不动，还是直接给她一百万，给她三套房，给她十个男人，说‘现在你可以动一动了吗’？！”

“在马路上坐着不动的人，除了生理和心理问题，还能因为什么？关键不就在于她已经不动了吗。死马当活马医，不管什么都试一下就对了。”

“都像你这样瞎试一通，世界明天就会毁灭！”

航平退后一步，啼笑皆非道：“只有你们这些没见过世面的平民才会这么想。一身穷酸气，稍微拥有点什么就不肯撒手。‘拯救世界’说得好听。我问你，这个世界是你的吗？”

“……哈？！”

“就是说，你们把世界错当成自己的东西了吧？这个世界本来就是属于中枢机的。我问你，如果她唯一想要的东西就是去死，那作为后台，你们是不是还要助她一臂之力？”

“……”

争论朝不可控的方向直线冲刺。

小葵想叫主任仲裁，但人已不在座位上。

岸真回到办公室，焦虑升级，浮出的念头一个比一个险恶。比起垂头丧气心事重重，欧飒那任人宰割的笑容看了更让人寒心。好像经由自己的手往她背上狠插了一刀。她生生挨住，笑说现在你满意了吗。

——她不要的，你们绝不敢给；她想要的，你们鞠躬尽瘁。那如果她想死呢？你们要送她一程吗？

他设想过无数种可能性，但没料过她会想死。

所以时间才停下来的吗？但是……为什么呢？

他推开杂乱的公文，掏空抽屉，拿出一张淡黄的纸片。

是由原浆的布纹纸裁制而成的，外公的卡片。

Ⅱ

欧飒回到家已是傍晚。提不起胃口，又有点饿，于是烧水泡面。

水还没开，小唯先打来电话，问你们玩得还开心吗，要不是小孩缠人，真想去看展览，不如这样好了，下周叫上友莉三个人去漫画租书店泡上一天吧？

欧飒坐在地板上，没有讲话的心情。准备好的寒暄不知为何说不出口。心中只有一连串疑问。你为什么会联络我？不是许久都没联络了吗。为什么没说要出国的事？是怕我不能明白吗。

联络转淡之前，两人并没有吵架。大学毕业后小唯搬去和男友同居，关进二人世界。欧飒也跟着旅游团周游了一个夏天，晒成小麦色。保持着偶尔的互相关注，若有似无的淡出预示着一个时期的结束。

再联络，是外公的葬礼后。接到小唯的电话，说下个月要结婚，请她去玩，客人不多，不用穿得太隆重。她没对她说外公的事，服丧期间也怕给人家的喜事带去晦气，借口家中有事婉拒。小唯锲而不舍，她再度婉拒，你来我往几句话之间，不知为何越来越浮躁，脱口而出：“我不想去！”

听筒那边沉默片刻，小唯轻叹：“抱歉抱歉，是我不好……”

“为什么啊？！”她听见自己失控的声音，知道该适可而止，字还是一颗一颗蹦出喉咙，“为什么是你道歉啊？”

“……我？”

“为什么连这种事你也道歉？每次不愉快，就算我任性胡来，惹你不开心，也都是你先开口道歉。为什么连自己的婚礼都要向别人道歉？你这个人到底是怎么回事？”

“这……”这是补丁的工作啊。

小唯没再打来。

欧飒也没有打过去。陷入胶着的怪圈，以为心情冷却后总能找到更好的时机道歉。然而不久后，世界停摆，所谓“更好的时机”也是永远不会来的了。

水开了。水壶尖锐地鸣笛。

她醒过神，起身去倒水。杯面上方烟雾缭绕。

忘了自己多久没说话，突然出声道：“对不起。”

“嗯？”小唯问，“不想去看漫画？”

“不是……”她叹息，“一直都是我单方面地麻烦你。如果你遇到什么事情的话，也跟我说说吧。”

“欸……”没想过会反过来被中枢机维护，台词吞下一半，“哈哈，怎么好像在开反省大会。你们今天发生什么事啦？怎么不开心？”

又是这样。一句话，焦点又转回自己身上。她打断她：“不要说我的事了。你呢？我听说，你们要搬去国外。是吗？”

“我老公是有外派的机会，但各地公司都在倒闭，去了也过不安稳，就先放着了。怎么，你有出国的打算？”

又来了。为什么我们之间总是在聊我的事啊。自我中心的青春时期还不易察觉，如今看来，这种单向的传导非但不像关怀，反而像在跟一堵墙说话。“国外也一样冷啊，去了也只能待在家里。”

“有句话说‘阳光下无新鲜事’。现在阳光没了，还是没有新鲜事呀。”

“说到新鲜事。”她推开泡面，索性不吃，“你听说过世界主机的事吗？”

“……欸？”欸？突如其来的点名。

“就是说，世界是运行在一个活人身上，这个人出了问题，所以时间停运，这样的都市传说。你没听过？”

“……没、没有。”

“我最近在一个网站看到很多人讨论这件事。有趣得很。发给你网址？”

“好、好啊。你说主机出问题？是……什么问题？”

“各种说法都有。比如说，主机后台崩溃。嗯，简单来说，总之就是说有一个叫后台维护的地方是这台主机的运营方，这里崩溃了，所以现在有很多人都在找后台维护部。”

“……欸？”欸欸？“你是说，主机没坏，是后台坏了吗？”

“喏，网址已经发到你的邮箱了。你玩玩看。”

她挂了电话，吃糊掉的泡面。不一会儿，传来邮件通知。以为是小唯的回信，打开一看，简略里写着“感谢您的参与。附件中是今天的纪念照……”。

漫展活动主办单位发来的照片，装着两张过于刻意的笑脸。

她按下删除键，拥堵的心情似乎畅快了些。

收件箱里只剩下一封信。日期在三年前，已读，始终未移入存档。

发件人是外公的名字。无主题。内容只有寥寥几字。

——你在哪儿呢？

我在这里啊。还在这儿呢。你又在哪儿呢？

那封信她当时没有回复。今后也不会回复。

毕业旅行前，她买了一台平板电脑送给外公。帮他设定账号，注册邮箱。教他用视频通话，发送短信。外公一一记录在案，如临大敌般谨慎。几天后，她在游轮的房间里跟朋友玩牌时突然接到外公的视讯通话邀请。他颠颠簸簸地调整了好一番，正襟危坐，直面镜头，说有两件事想跟你说。一是今后工作要努力。二是如果有适合的对象，可以好好考虑一下。她笑得打滚，心想外公大概是把“对镜头说话”这件事看得过于严肃，当成电视演讲，每句话都像打过草稿。

她不记得当时回答了什么。

后来她偶然在某档节目里看到，说人对自己的寿命其实是有知觉的。回想起来，或许外公那时就知道些什么也说不定。

如果自己当时也诚恳地回答他就好了。

泡面又糊又苦。

她倒掉残渣，系好垃圾袋，拿出去扔。门前的帐篷又多了一个，还是熟悉的面孔。她走过去，在健诚旁边蹲下："好久不见。快两个月了吧。又在吃面包啊。正好我也没吃呢，准备做点蛋包饭，放了葱花的，你行吗？"

健诚冷不防看到主机的脸，惊得干咳了几声，心想这苦差事不但考验身体，对心脏的负荷也太大了："不、不、不用麻烦了。我差不多饱了。"

"这样啊。那好吧。不管有什么问题，总能熬过去的。别灰心。"

"嗯。你也是，别灰心。"

"嗯？"

"呃……嗯，呃，没事。"

"……"

…………

Ⅲ

另一方，岸真的胃口也不太好，只想回家倒头就睡。还没到门口，就望见林奈拎着啤酒和比萨跟他挥手。头更痛。这次没有借口外出，只好请她进门。

林奈迈入玄关，见屋里零碎用品散乱各处，大大小小几十个打包好和没打包好的纸箱占领了客厅和卧室。"你要搬家啊？！"

"嗯。住这里只是因为距离科室比较近。"

"哦哦，今后的住处呢？"

"在叔婶家附近。"

"哦哦，你以后要去叔叔的店里帮忙？"

“大概吧。”

“哦……那新地址告诉我，邮乔迁礼物给你。”

“好啊。”他满口答应，洗出两只杯子倒酒，又拿碗碟纸巾，装作很忙，不提新家。

她当然看得明白。辞职加搬家。之后两人连工作也没的聊，也就没什么理由联络。是他说再见的方式。她也无法怨他绝情，毕竟是自己先迈出离弃的一步。从 15 岁到现在，她甚至已经有点习惯离弃他。反正不管绕几个圈回来，他都还在原地，好像拴在咖啡屋门口的金毛。

无法回应对方的感情算不上罪过，而且她也自认为从来没有做出过什么给对方造成误解，留下希望，产生错觉的举动。如果硬要说的话，她内心深处黑暗的小秘密，不过就是，每次回到咖啡屋，她还是想见到金毛的，想投食送水摸摸它。如果我下次离开的时候，你跑走，别再回来就好了，她想。

现在，他跑走了。

按理说她该开心的。

她摸摸纸箱：“搬家需要帮忙吗？”

他转了个话题：“上次那张新卡片，有情报了吗？”

她知趣而退，撕了块比萨边吃边说：“啊……锦鲤的卡片？暂时还没看出有什么特别。不是常有吗，转发这封信，三天内愿望就会实现之类的。吉祥物膜拜是人类共性。如今有了具象的神明，各种追崇戏谑也不奇怪。”

“如果只是这样就好了。”

“别想太多。反正世界已经这样了，再糟下去也不过是进入冰河期。地球又不是没有经历过冰河期。”

“之前的跟现在可不一样吧？”

“谁说的？没准之前也是某一任主机卡住了导致冰河期的。谁知道啊？”

“上次冰河期持续了一万年。有主机能活一万年的吗？”

“这个嘛……新主机上线的时候，不是会承袭一部分从前任中枢系统下载的运行资料嘛。也许刚好就世袭卡呗！”

“胡说得有模有样。上次冰河期的时候，根本就没有人类。”

“你可说到点子上了！就是因为没有人类。之前的主机可能是动物啊。没准就是一只龟！欸欸，活了一万年，龟生又遭遇了点挫折，就连续卡了一万年，地球跟着冻了一万年！谁说得准啊！”

“……亏你编得出来。”

他随手打开电视。换了几个台，通通是地震、洪水、海啸、山火喷发，接连不绝。世界正在确实而持续地崩溃着。他不敢想有多少与自己有关。

“你们今天的接入维护进行得不太顺利？”她问。

他拧起眉毛：“你在我们部门放了眼线吧？被发现会出麻烦的。”

“就说了我是情报一姐！”又摆摆手，“不逗你了。刚刚经过你们楼下，一个个哭丧着脸像死了娘一样，还看不出来？怎么？不顺利？”

“嗯。”他失了食欲，把玩酒杯，若有所思，“主机对接入对象本身还是在意的，只是我们的方法不对。可能要从长计议。也是我离职后的事了。”

“从长计议？又从长计议？不要吧……”

“也没有别的办法。”

“做也要做完全套啊。你总是轻轻碰一下就闪怎么行？”

他下意识挺直脊背，拿遥控器指电视上的残垣断壁：“那就是我轻轻碰一下的结果。不必负这个责任的人不要说得轻描淡写。”

她也推开吃喝，正色道：“当然是你要负责。但不是从今天开始。”

“什么意思……”

“你有想过吗。主机一路走过来的那些人，高中的变态，大学一年级的说唱歌手，二年级的理工男，三年级的文艺青年，如果她通通都交往过，如今怎么会在一个活在别的次元的家伙身上栽跟头？难道不都是你惯出来的？”

“……不是你们情报科的报告，说那些人有的偷东西，有的有暴力倾向，还有的家里负债五千万，通通都是烂人吗？”

“是没错啊。所以如果她当时一一交往，有过十足的烂人经验，如今也不会一碰就散架啊！事到如今已经散了，你还不敢碰。是在怕什么啊？”

他无话可说，头痛，肚饿，心力交瘁：“大概我真的不适合这个工作吧。”

反正他也离职在即。到时再审判他不迟。

林奈被堵得说不下去。心里嘶吼，你倒是骂回来啊。这样算什么？各怀心事，吵架也不是吵架了。一想到最后的晚餐却以此收场，她一时竟有点生气。多说无益，她识相起身，寒暄几句后道别。出门后还想回头嘱咐几句，门板已然关紧。是干脆而彻底的终止符。

他窝回沙发，关了电视电灯，按揉还在跳痛的额头。他没有要决绝至此的打算，但也没有心力再应付一场文不对题的辩论。每句话都敲在太阳穴上，闷响生疼，疼到他一根手指也不想动。

——不动的人，为什么会不动。除了生理和心理问题，还能因为什么？

想起航平的话，他突然翻身坐起。

……还能因为什么。不就是在等人吗？

难不成她是在等着什么吗。

他从风衣口袋里掏出两张卡片。一张是外公的卡片，另一张是荣伸从英和那里要来的——亲爱的用户，这里是后台维护管理处……请前往以下网址注册。等待您的加入。

落座桌前，打开电脑。输入网址。

简洁的页面中心有一个聊天室登入口。

第一次登录吗？请选择用户名和密码。

随便填了个ID和密码，手指悬在鼠标左键，犹豫不决。光标来回游走，绕着“进入”转圈。这是犯规。他想。按照规矩，这是情报员的工作。为保证判断力不被干扰，不该接近的。

——事到如今你还不敢碰。是在怕什么啊？

啧。

他握紧鼠标，点下去。

CHAPTER 6

缓存

Cache

I

其实，除了林奈提起的几个烂人，欧飒也遇过几个不错的对象。

第一个在高中三年级。

当时值勤的补丁还不是小唯，而是美禄，23 岁，因一张娃娃脸和一副娃娃音在众多候补中脱颖而出。然而欧飒最常在一起玩的好友是从中学就同班的圣薰。美禄这块补丁贴得若有似无。虽然也算闺中密友，但亲密度差了一层。不但无法第一时间得知主机的私密想法，若有“二人限定”的活动也是立刻被排除在外。

美禄苦不堪言。轮休时常和小唯在小酒馆里诉苦到天亮。大口饮酒，手夹香烟，蜷起一条腿踩着椅子：“老娘这把年纪，竟然还得陪女高中生玩那套‘小团体亲疏鄙视链’的游戏，真是又蠢又 low。小贱人还当着我的面拿出什么闺密情侣项链给中枢机，说是请爸爸做珠宝的朋友定制的，‘你看你看，这个月亮和星星的图形，我们一人一半，戴上就不能拿下来了哦’。我呸！妈的咧，如果主机不在，看老娘不戳瞎她的狗眼！连平常走个路，也为了要硬挤进我们中间故意踩我的脚。各种伎俩都散发着暴发户的 low 气。也不知主机看上她哪一点！”

小唯跟着苦笑，填满酒杯：“消消气。唉唉，我拿那种人最没辙了。明年我要接班……她该不会也来上同一所大学吧？”

“考得上才有鬼。肯定是去她爸安排的私立大学吧。确定你明年来？”

“还剩我和冠侑两个人选。冠侑事业心还挺强的，对主任的位子也有期许，当过补丁的话，经验栏也比较好看。如果上面没有硬性规定，到时候我让给他来做也无所谓的。反正我期满就退役了，男朋友也一直催我。”

“你 25 了吧？如果当了补丁，期满不就 30 了吗？男朋友肯等吗？”

“唉……如果上学时能批准结婚就最好。不然也没有办法，只有等到一切结束了。谁叫我们在维护世界和平呢。”

“唉唉……”举杯，“敬世界和平。”

“敬毁灭世界和平的友情。”

幸好欧飒与圣薰的友情没有持续太久，就在恋爱的选择题中戛然而止。欧飒在补习班碰见隔壁班从没说过话的男生，一起温习的次数多了，变得熟络亲近。圣薰略受冷落，也来补习班凑热闹，偶尔娇蛮无理，但说风是雨、花样多端也是风情，特别招男孩子喜欢。二人行变三人行，学习小组变成课外联谊。又过不久，三人团体分解成一加二，欧飒又得一个人回家了。

美禄士气大增，乘虚而入的时机终于到了。她约欧飒去逛夜市，决意利用这次维护一举攻占友情的高地。

为提供安全的保障和及时的接应，工程科和保全科地勤也在夜市摆了两个摊位。岸真也在其中。

那时他刚被牧老大选到工程科做主任助理，大部分时间跟在主任身边熟悉工作内容，偶尔也跑跑地勤维护，了解前端工作流程。然而，在新岗位入职并不顺利。突然空降来的主任助理引起了所有人反弹。原以为摆脱了心机上司无端压榨的苦海，结果只是来到另一个仇视同侪的闷醋坛子。在办公室里惨遭无视，跑地勤时也分配到最差的装备，好几次轮岗时都没人来换班。有一次他联系不上总部，又不敢擅离职守，在冷风里白白站了四五个钟头，才有人看不下去，来拍他的肩膀：“四组早换到下个地点啦。你还在这儿傻等什么。”

他拔下耳机：“没人通知我啊？”

“组长早就叫我们切到私人频道 12 了，公共频道里没声音的。”

“……谢谢你。”

“嗯。快走吧。”

“等一下！”他叫住他，“你叫冠侑吧？”

“嗯。别说是我告诉你的啊！”

他怎么会说呢。这种事，无法跟林奈抱怨，显得小肚鸡肠；更不能跟牧老大投诉，显得琐碎无能。叔叔婶婶常对他说，不喜欢就回家里来帮忙，看你小时候还挺有点艺术天分的，怎么会半路跑去做股票分析师，一天到晚不见人影，搞得人枯瘦枯瘦的，看着好心疼……他只有听着，怎么敢说自己早被收编为维护世界和平的公务员，身家性命都寄托在一个女高中生的喜怒哀乐上。

欧飒一失恋，整个工程科四组都要去夜市摆地摊。

美禄带欧飒大游夜市，从傍晚到黄昏，吃吃喝喝玩玩乐乐。欧飒仿佛心不在焉。大概失恋的后坐力还未抵达，又或者根本没搞清楚该把失恋多当一回事才恰当。由隔代人的外公带大的她，缺乏更有活力的参照物，情感表达比同龄人更沉缓压抑。

回过神时，欧飒站在夜市深处，眼前是一家占卜摊位。桌上钱币签筒塔罗水晶一应俱全，尽显江湖郎中无赖本色。摊前冷冷清清。小老板背对观众坐在板凳上，弓着腰专注地摆弄着什么，不指望客人上门似的，顽固又可怜巴巴。欧飒觉得有趣，美禄又不在，心想就在这里等一会儿也好，于是拉开椅子坐下：“老板，打扰啦。”

岸真转过身来，看见中枢机，一瞬恍神。连忙寻找支援，但四组一个人都不在。自从发现他找到私人频道，组长干脆分配给他一个坏掉的耳机，不管调到什么频道也没声音。这会儿又合谋搞失踪，丢下他一个人看店。

他迅速打了个腹稿，想说老板不在，自己只是看店的而已。但见她身边也没跟着补丁，难道是出了什么事？暂时还不能放她一个人落单。

欧飒见这位小老板面色青一阵白一阵。消瘦的脸上架一副无框眼镜，二十出头的年纪，针织毛衣套衬衫，手里拿几样金属零件和工具，若再戴上两个袖套，比起占卜师，更像钟表店的学徒。她又问一次："现在有空吗？"

"嗯。有。"他塞回耳机，连连切换频道，一边硬着头皮拿出纸牌，"要算点什么？"

"都可以算什么呀？"

"嗯。都可以……"

"那可以预测未来吗？"

"嗯……我试试。"

试试？大师竟然还挺谦虚。她笑。

几公里外的中控室内就没这么轻松了。几分钟前，美禄因为吃了不干净的小吃闹起肚子，去上洗手间。而室外，欧飒等了一会儿，百无聊赖往前溜达，消失在人海。中控室连忙追踪定位，地勤们纷纷回复定位不明，只剩岸真没音信。将镜头切向夜市边缘的占卜摊，果然看见中枢机端坐摊位前。而对面的岸真一边煞有介事地洗牌，一边用手指敲打耳珠。

"那是什么暗号吗？"联络员错愕，"摩斯密码？"

"密什么码！"牧老大沉声，"他听不见！他的设备是坏的？"

"呃……"

"呃什么呃！四组死光了吗？为什么只剩他一个？"

"呃，主任别急，中枢机人没事就好。其他人可能在轮休。马上调过去。"

夜市说大不大，说小也不小。接应尚未到达的时刻，中控室只有干巴巴地看着黑白监控画面里，两人默默地玩着纸牌。

岸真对占卜是一窍不通。学电影里的样子摆了个煞有介事的阵型，开始信口胡诌。什么“这张牌代表眼前的障碍，显示你的人生有情感的困惑”，什么“这张牌代表解决的方法，说明你会得到来自女性朋友的帮助”，什么“这张牌代表最后的结果，图示一片光明，未来可期。”讲得他自己也云里雾里，见欧飒笑眯眯地看着自己，不为所动似的问：“‘未来可期’是指什么呀？”

“有一首英文老歌，名字翻译过来是‘最好的还没来’。你听过吗？”

“所谓‘最好的’又是指什么呀？”

“最好的？”

“对。最好的。怎么才能知道哪个才是最好的？最好的还没来之前，现在的不就是最好的吗？”她笑笑，“抱歉，我没有刨根问底的意思。只是有点想不明白的事，想找人说说话。”

他想了一下，说：“但是，没有人是为了现在活着的。”

“什么？”

“虽然有句话是说‘活在当下’。但没有一个人是为了现在而活着的。都是为了明天。如果明天不值得期待，现在就没有意义。换句话说，就算告诉你现在的就是最好的，你同样也不会相信。至于最好的长什么样，也要遇到了才知道。想遇到的人，才能遇到。你一定能遇到的。”

“哈哈哈，真的？”

“真的。”

“你怎么知道？”

“因为……”我们必须知道，“因为纸牌就是这么说的。”

她还想再问几句，忽然听见一声狼狈的叫唤：“小飒！”美禄面灰如土，风尘仆仆地赶到，“我只去了几分钟而已……你怎么跑出这么远。”

“说得好像我是走失的小孩一样。找不到我，打电话就好了啊？”

两个小女生手挽手渐行渐远。

欧飒偶尔回头，还能从人群的夹缝中看见岸真，又弓着腰认真地修理起什么来。摊前匆匆忙忙跑来了几个人，急三火四地问他话，他头也不抬，有一搭没一搭。好像什么都知道，但又什么也不想理。

真是个奇怪的人，她想。明明摆着一副狡猾卖相的摊子，却又好像竭尽所能地向她传达着什么。就像那些仿佛一目了然，又深藏玄机的签诗一样。

不，错觉罢了。占卜什么的，哪个不是故弄玄虚。

只是，教她明日可待的玄虚，姑且信上一信也无妨。

但这玄虚果然还是卖弄得太早了。短短三年后，她就等来了比青涩的高中时代不成形的三角恋更深刻的打击。

对象是隔壁体育大学高一年级的学长。两人在两校合并组织的运动会上相识。男方先采取攻势，从一两次搭话变成聊天，交换联络方式，从借一两片DVD变成相约看电影，从偶尔在食堂坐在一起，变成在宿舍叫外卖。四个月下来，恋情进展顺畅得惊人。连情报科也难得地发回了干干净净的调查报告——男方无不良前科，无人格缺陷，无家族遗传病，此前交过两个女朋友，也分得漂漂亮亮，父母亲在南部老家开钟表行，无债务，无风险投资，甚至连亲戚们也都是清清白白的手艺人或上班族。

相识相恋的时间点、程序，发展的进度条，都呈现健康的弧线。简直就是传说中的天作之合。如无意外，三到五年内结婚生子，再过十六年，于父母相爱健康和谐的环境长大的新一任主机就又能顺利上线了。

后维部无一不欣慰喜悦。

只有林奈不以为然，说总觉得哪里不对劲。某天和岸真吃饭时，突然灵光乍现，掏出男方资料，惊呼道：“我就知道哪里不对！你看！”

他细细打量。钟表店老板的儿子，相貌端正，身家清白，心理健康。没看出不妥：“怎么了？哪里不对？”

她狠狠地指照片：“那不就是你吗？！”

“哈？”莫名其妙，“你是说毛外套加衬衫？这种衣服谁都有吧。”

“不是指打扮！是人！她找了个跟你一模一样的！”

“哪里一模一样？！”

“感觉！”

“感觉？！”

“就是那种在钟表行长大的不紧不慢的严谨中又带点柔软的少爷感！”

“……我家开的可不是钟表行。”

“主机的初恋该不会是你吧……哈哈哈……”

“别瞎说。”

这时候的岸真已经是工程科的主任候补。尚未正式上任，但主理大部分维护行动。工作上缜密公正，张弛有序，与人周到，也不搞什么办公室政治，又有牧老大做后盾，人心稳稳握进手心。生活上也正和第七任女友相处融洽，舒心到他有时几乎会忘了林奈。可以说是事业感情双料丰收。

如今中枢机也找到如意郎君，情投意合，心有灵犀，若能成功接入，维护部今后的工作也会轻松许多。果真是前途一片光明，未来可期。

然后，就在这年初夏的某天，前方地勤发来急报——男方回老家过暑假，乘坐的火车脱轨失事，跟着一同前去做调查和保全的两个业务员均已丧生。

“……目标情况如何？”

“保全挡在他前面，无生命危险，但是两条腿断了。”

…………

惊天巨变毫无声息地到来，怀抱着满满的恶意。

维护部措手不及，一系列未来企划都泡了汤。推翻人事安排，将分配给男方的部分业务员都抽调回主机身边，准备应付接下来的全面崩盘。

欧飒把自己关在宿舍没日没夜地看漫画听音乐。其间也给学长打过许多个电话，不是没人接，就是父母亲代替儿子感谢同学关怀。等了一个月，学长亲自打来电话，说康复期间不想见到任何人，希望她能理解。她不愿放弃，还是照三餐致电关怀，直到某天，接电话的人变成学长的前女友，说：“病人需要休息，他的病情也不是感情戏的道具，请你别太过分了。”

是的。变故中唯一受到伤害的是学长本人，目标职业运动员的人失去双腿，人生何止重创。他不需要她为他大哭一场，她恐怕也没那个资格。

她变得不太爱出门。不想触景生情，去约会过的地方。更不想遇见熟人，劝她别太难过，放眼往前，未来可期。

小唯想叫她出门走走，但好像没理由开心享乐，更没有理由抱头痛哭。最后说动欧飒的，是一日旅游活动的登山项目。据说山顶的寺庙灵验无比，只要能坚持登顶，就会得到神的祝福，连考生应试之前都会去拜拜。

两人一大早随导游出发，中午才爬到山腰。坐在休息区看游人嬉戏，听欢声笑语，旁边有个孩子抱着母亲的大腿，喊着要回家，哭声震天。欧飒被震得耳膜生疼，肩膀酸痛，双腿麻胀，累得眉毛也不想皱一下，酸软、委屈、恼火，甚至断片，无论如何想不起为什么会把自己搞得这么累。

哇——我要回家！小孩哭号。她也想跟着哭一会儿，一张嘴，只溜出半声叹，扭头笑着看小唯，说："你觉不觉得，我们现在就跟那些声称要环球旅行寻找自我的人一样蠢？"

"寻找自我很蠢吗？"

"你不觉得蠢吗？一群从没走出过国门的人，为什么会把'自己'丢在国外啊？到底是去找什么的呀。"

"啊……哈哈哈。"

"走吧。"她起身，"我们回家吧。"

"欸？现在就回去吗？"

"不然呢？现在再往上爬，到山顶也半夜了。难道扎营？"

"可是好不容易到这儿了，好可惜啊。到了山顶，可是有神的祝福哦？"

她像被什么刺了一下，麻木地看她："你信吗。"

"嗯？信什么？"

"神。"都说因为有神，人的苦难才有了意义，得到神的眷顾，才算是没有白苦。用尽力气爬上天梯，就能得到神的祝福。因为有神，攀爬天梯的辛劳就不算空忙一场。但这根本是一厢情愿本末倒置。是人，从头到尾都是人，不想自己受过的苦难无处安放没名没分，"你见过神长什么样子？”

“没见过……”怎么没见过，她不就正看着她吗，“大概和我们一样吧。”

“和人一样？那神也可能不信他自己啊。”

“不信神？”

“不是吗？像普通人一样长大，那他也有可能是疯子，是白痴，是无神论者不是吗。这个世界的神也可能根本不信神。”

“……你在说什么。”

“我是说如果真的有神的话，那他也不一定是什么好东西。否则为什么坏事会发生在好人身上。都说因为有神的安排，所以每件事的发生都有教育意义。但我想不到有什么事是非要截断两条腿才能学会的。”

她清楚，这不知算是冲着谁的质问又越过了界，仗着小唯的好脾气，将恐慌与不安撒在她身上。而小唯就像一潭黑洞，将所有能量尽数侵吞，从没一句反弹回来。害她每次都想叫得更大声，说得更彻骨，像站在悄无声息的空谷里等不会到来的回音。

中控室内寂静无声。

岸真听着那声质问，像迎头一掌挨在脸上。

他想起的是那两位牺牲了的素未谋面的调查员和保全。为了保护学长，他们失去比两条腿更珍贵的东西。不只他们，维护部的每个人都毅然决然地为信仰舍弃过健康、自由与安逸，像对神的献祭。事到如今，神却说，她没有感到过垂怜，否定苍生，背弃自己，神也不再相信神了。

欧飒退了一步，寂寥地笑笑：“哈哈，抱歉，我又说些莫名其妙难懂的话。可能漫画看多了。别放在心上。走吧，现在下去还能赶在牛肉面店打烊之前买几碗消夜。”整好背包，作势下山。

“别放人。”岸真说，“旅馆都安排好了。”

“等一下！”小唯喊，“现在下山也半夜了，不如就在这里休息一晚吧。他们说温泉旅馆挺不错的，我腿软到走不动了。”

“就算有旅馆也早订满了。走吧。”

“呃，去碰碰运气嘛！”

“我的运气没那么好。”

岸真说：“劝她再试一次。”

“别灰心嘛！”小唯说，“好好地休息一个晚上，明天再出发嘛。神还在山顶等着我们呢。”

“那我一个人回去吃消夜喽。”

“等一下嘛！”

欧飒头也不回，背影愈加决绝，像对世界宣告，他们永远失去她了。

失去了信仰的神，还是神吗。

岸真握紧话筒，说：“最好的还没来。”

“嗯？”小唯迟疑，不知这句没头没尾的话从哪儿来。

他又说一次：“跟她说，‘最好的还没来’。”

“欧飒！我……”小唯还是没懂主任的意思，犹豫着该如何开口。

他说：“你跟她说。她能明白。”

“最好的还没来！”

…………

欧飒停住脚步，转身遥望好友。那身影披着透过树荫洒进来的点点光斑，好像蒙着面纱的吉卜赛女郎。一瞬间，她被拉入时空轨道，不断飞驰回溯，来到一切都还没发生的原点。不，这是错觉。她告诉自己。但一团团委屈、感怀、愤慨还是张牙舞爪地向上翻涌，涌向泪腺。一张口，又溜出半截叹息，和轻得像微风的声音：“所谓‘最好的’，是指什么？”

岸真捏住一口气。知道再往前探就是一根细细的钢索，若不能小心地走到彼岸，就是在中途一拍两散。

他说：“最好的，就是最好的。”

小唯说：“最好的，就是最好的。”

“神，或许没那么了不起。”

“神，或许没那么了不起。”

“至少不像你想得那么强。”

“至少不像你想得那么强。”

欧飒眯起眼，仿佛透过雾蒙蒙的视线看到别的人，听见别的声音，拧成一股，对她说着似乎她早就应该知道的事。“神，或许没那么了不起。既不能上天入地，也没有法力无边。他们也许只是一群循规蹈矩，看上去没什么用的公务员。每天为了你小小的需求四处奔走。最终的结果或许不尽如人意，让你失望了，对不起，但他们真的已经尽力了。”

她眨眨模糊的双眼，见小唯一步步走到跟前，要伸手帮自己擦脸，她躲开一步，问：“那‘最好的’怎么办？”

岸真回答：“‘对的’，就是最好的。”

“你怎么知道对不对。”小时候常听说神会带你找到对的人。后来电视里说，碰见了就是对的人，分手了就是不对的。周遭的人又说，只要双方肯经营，不对的也全对了。如果离开的人都不对，世界上还有“失恋”这回事吗？如果配对从来就没有规则，那求偶不就像是给没有地址的人写信一样吗。

“遇到的时候，就知道了。”他说。

“如果遇不到呢？如果对的人站在眼前，你却没认出来，错过了彼此怎么办。如果在你认出他之前，他就消失了怎么办。”

“不会的。”他说，“对的人，就不会错过。”

“你怎么知道？”

“他会一直出现一直出现，一次又一次到你面前，直到你认出他为止。”

他在遇到你之前，人生肯定也会发生许多事。但知道会遇到你，他就会想，不管什么事，总能熬过去的。

…………

那之后，还说了什么，岸真已经不太记得了。

后来再回忆起这段对话，难免觉得太过自以为是。几年后，林奈果决地抽离出他的人生，他才幡然顿悟，原来还是会错过的。不管多确定，也还是会错过。

然而擦肩而过这种事，微小到不值一提。毕竟在就算给陌生人写信，也会立刻收到“地址无效”的系统反弹的信息时代，光标也是只能往前看的。在这里，没有谁为谁停转的沉重，谁为谁顾盼的尴尬，只有谁比谁更游刃有余的快慰，与践踏着昨天昂首向前的潇洒。

Ⅱ

周末，英和迟了半个钟头到西餐厅。顶着精神不济的熊猫眼唉声叹气，说分手两年的双鱼最近再度洄游。上个礼拜突然发来一条奇怪的短信，“已经够了，我这就去死”。他莫名其妙，回她“你又要做什么！m9(`Д´)”，对方就不再理他。然后昨晚拉着行李出现在他家门口，不由分说在客厅打起地铺。经纪人打来八十几通电话，她说什么也不接。

他光火：“突然说什么‘去死’是怎么回事？”

“哈？”她从睡袋冒出半颗头，“只是为了试试看你有没有换电话而已。”

“你怎么知道回信的是我？也许是新机主呢。”

“聊到自杀，你竟然还能用到颜文字。普通人会那么爱用颜文字吗？”

“普通人会聊到自杀吗？！”

有一搭没一搭地吵到半夜，各自回窝，谁也睡不着。

这段孽缘源自小唯无心的介绍。当时双鱼小姐还是当红少女团体的成员，而英小宅还是个别扭的网瘾少年。碰到一起就像两颗激烈的小磁石。不在一起时相互刺探，在一起又吵个没完。女生在团里是公主角色担当，性格难免有些娇纵，动不动把分手挂在嘴上。事后也不道歉，只邮一大箱匿名礼物到英和的宿舍。

几年前，最后一次分手后，英和拒绝和解。拒收礼物，不接电话，为了躲人，干脆连公寓也不回，借住欧飒家好几天。

外公把工作室收拾出来给英和铺床。不懂年轻人为什么恋个爱也惊天动地。

“因为明星都是流氓软件啊！卸也卸不掉！只有我躲了！”他说。

“是明星？”外公感叹连连，“交往起来一定不轻松吧。不过，幸好是女方从艺，男方是普通人的组合，如果是相反的话就辛苦了。”

欧飒听出弦外音：“为什么不行？又不是男尊女卑的时代，难道女生一定要扮演弱势才比较讨喜吗？”

“不是那个意思。”外公说，“是说男女对感情的需求不同。女人希望得到能依靠和仰望的人，而男人希望被依赖和崇拜。但作为艺人，已经在舞台上收获了这些，除非事业不如意，否则很难把感情当成归宿。”

“时代不同啦。艺人什么的，只要我想，也能带回几个。”

“哦，谁？成睿光吗？”

“可以啊。”

“那请问他在哪儿？门外吗？请他进来坐坐啊。”

“哼，少瞧不起我了！改天真的带回来吓你一跳！”

如果没说那些话就好了。后来她想，整件事中途有许多可以踩刹车的时机，但自己在每个当口都浑然自如地百无禁忌地碾过了减速带。

“小飒学姐！”英和将她拉回现实，“那你呢？”

“什么我呢？”

“你也没睡好？”

“哈哈，我最近常泡在你上次介绍的聊天室。看到许多有意思的说法。一聊起来就忘了时间。”

“啊，关于世界主机的？”

“也有关于后台维护部的。主要讨论两件事。这个神秘组织为什么保持神秘和如何保持神秘。”

“嗯……‘为什么保持神秘’这个简单。一旦组织曝光，他们要保护的对象也会即刻曝光。被世人知道主机是谁，就像是对全世界公布了核爆原子弹密码一样。肯定有一堆疯子争先恐后，有要请神回去供起来的，有要大卸八块吃唐僧肉的，还有卫道士站在制高点谴责主机的存在就是对社会平等的挑战，誓死要把神拉下神坛的……自毁速度肯定比主机卡死得还快。”

“那‘如何保持神秘’呢？”

“其实也很简单。世界上人数庞杂但仍然保持神秘的组织很多啊。像共济会，六百万成员，不是还很低调嘛。”

“低调和神秘又不同。共济会有会堂，有联络人，有网站和标志，还有加入的方法，几乎是半公开的组织。我倒是觉得要保持神秘，人数越少越好。”

“其实跟人数无关。关键在于行事风格。比如，你听说过那几大家族的传说吧？拥有购买世界的财力的几大家族，动动手指就能引起金融风波、世界大战，但事后却绝对不会追溯到他们身上。只要事情做得够隐蔽够干净，不留下证据，避开公共的视线也不是件难事。”

“不留下证据太难了吧。不是说不存在‘完美犯罪’吗。”

“所以这不就流出了后维部的都市传说吗。但这也纯属倒霉，如果时间轴没停下来，谁也不会注意这种枯燥的传说。啊，为什么你这么在意？”压低声音，“难道你还想继续找下去？”

没等她回答，老板娘抱着博美走进后厨，说下个月初的班表要稍做调整。电视台的美食节目看中了这家餐厅，周末会有明星来录影。或许会拖到比平常时间晚一点，当然也会付加班费，你们两个时间上可以的吧？

明星……不会吧。欧飒心下一悸，压住某个快浮上来的念头。

英和替她开了口：“明星？是哪个明星啊？”

“成睿光。”

…………

成睿光。

她不记得是第几次听到这个名字。听到她有点想吐。啊，抱歉，我刚刚想起来，周末那天我刚好有事，也许不能来了，实在不好意思，能麻烦您请别人代班吗？这句话就悬在嘴边，几次要说，胸如擂鼓。

“说不定能认出来吧？”英和说。

“什么？”

“我说，之前画展上还见过面，拍了照，说不定他能认出你来吧。”

认出来又能怎么样，她想。有点疲倦，甚至厌烦。

……会一直出现，一次又一次到你面前，直到你认出他为止。

是谁说的来着。

是谁借着神的名义试探她的心意。

是不是只要是神选中的人，就算不愿意，也得去见一见呢。

好，那我就去见一见。她对神说，你可别后悔。

…………

同一时刻，几公里外的中控室内，岸真正在写离职前的最后一张备忘录。原定计划是下周才离职，但该交接的都交接过了，他索性决定做到今天为止，悄声离开，正好逃过欢送会。

第二次接入的准备工作已经完成。下个月成睿光就会去中枢机打工的餐厅录影。如果借由之前在画展拍照的小插曲主动拉近关系的话就更方便了。

一切准备就绪。只剩最后一张留给下届主任的注意事项备忘录。事有两件：一，为杜绝隐患，第三次接入之前要再对成睿光和他身边的人多加注意，林奈的直觉或许并不是多余的操心。二，自称“后台维护管理处”的聊天室，活跃程度远超过预估。对后台维护部的运行原理的几个推测都太过接近事实。不可忽视集思广益的力量。若直接斩杀聊天室的网站，反而印证了他们的揣测。最好在适当的时候投放散播混淆视听的谣言。

写完了，又重复看了几遍。

要嘱咐的似乎不止这两件。但就算留下兵书万册，新将军也不会多看一眼。

他将备忘录叠好，收进信封，走出办公室，放在航平桌上。

中控室内，大屏幕和几个小显示器都播放着西餐厅的画面。欧飒此时正站在吧台后面擦小桌，涮杯子，偶尔看看斜角的电视发呆。是再平常不过的一天。

岸真站在小显示器前出神好一会儿。屏幕上似乎溅了水渍，模糊了一块。他用袖口去擦。布料划过屏幕，擦起一串火花。画面切换到吧台上方的监视镜头，欧飒的侧脸就在正中央。她像察觉到什么似的，往这边看了一眼，回头跟英和说了几句话，两人不约而同笑起来。

在笑什么呢。

岸真退了一步，取下胸前挂了许多年的工作证，挂在电脑一角。

走出科室，进入被夜色吞没的长廊，几个值班的业务员擦肩而过，对他点头说“主任好”。他也点头，尽量不去注意此刻的感受。站在电梯前，最后一次按“向下”键。等门打开，又合拢。

2月638日，中枢后台维护部技术协调工程科第29届主任正式离职了。

CHAPTER 7

局域

LAN

I

林奈第一次接到同事的死讯是五年前。当时正在值勤中，突然收到情报科中控室的指令，说让她回去一趟，情况有变，已指派替补搭档给她，需要两人对接工作简报。她纳闷，问说现任搭档不是跟学长去老家调查两周就会回来吗？计划延长了？中控室没正面回答，发给她一条新闻链接——今晨出发前往南部的火车脱轨失事，39 人罹难。死者名单第一行就找到搭档的名字。

那一刻她才意识到原来情报员也是会死的。

而管理层光速填充递补，好像损失的只是一块乐高积木，不知该佩服专业精神，还是唏嘘命如粪土。即便如此，她也没想过辞职，更没想过升职。一同进入情报科的岸真扶摇直上，她却自有一套说辞："越是不起眼，活得越长久。这是'中枢机的生存法则'。不然后台维护部费尽人力物力就为了让主机在平凡的地方平凡地长大是为了什么。"

"没见过这么会为废柴人生找借口的人。"他说。

"欸，这可是黄金定律。你没注意到吗？最后会得到盖世神功的主角全是废柴路人小透明。一开始就身怀绝技的不是反派 boss 就是最先牺牲的炮灰。要让一个天才活到最后，就是要把他藏在白痴的队伍中。反而是皇族，从古至今不知道被屠杀了几百万回。”

“你的人生目标就是活到最后而已吗……”

“哈哈，不行吗。”

“情报员很难不活到最后吧。又不是保全，也没什么机会牺牲。”

“说的也是。”

搭档过世之后，她一次也没去其家中探访祭拜。只知道对方的表面职业是“导游”，不知怎么跟家人应对，怕说多错多。

替补的新搭档名叫冬丽，干脆利落，直言不讳，一条黑长直马尾，不苟言笑的杀手脸，颇不适合做情报员。问她原因，只说是之前在技术组做数据分析，整天盯着电脑，视力越来越差，所以申请了地勤。随性得一塌糊涂的调职理由。

二人开始共事。从生疏到默契，历经两年的艰苦磨合期，终于配合得得心应手时，就都到了婚龄。若其中一位离职，剩下的人又要从头开始适应新搭档。林奈彼时还与最后一任男友不温不火地交往着。她去冬丽家蹭饭，坐在桌边发起牢骚：“唉，男人就没有要在事业和婚姻之间做抉择的烦恼，真好啊。想工作到几岁全凭开心。他们的人生是不断锦上添花的，我们却是从完整的个体不断被拆分，还要被说如果没有男人和小孩就不完整。其实根本是遇到他们才越来越不完整好吗！遇到男人要抛弃自由，遇到小孩要抛弃健康，最后男人还会对你说‘你已经不是当初的你了再见’。”

冬丽垂着眼炒菜，不以为然：“男女本来就有别，社会角色分工不同，有好处就有坏处。如果曾经享受过带来的好处，就没资格抱怨。”

“哇！”大惊小怪，“想不到你竟然是会认同社会角色的人！你全身上下除了头发都充满弯弯的信息。我以为你至少也是个腐女什么的……”

“我搞不懂腐女的存在意义。”

“据说是代表女性意识上扬的产物哦。因为厌恶被社会角色限定的女性在恋爱中的单一又弱势的姿态，所以把两个主角都设定成男人，就能将自己代入进任何一方，享受多元的恋爱气氛？大概是这样，我也不太明白。”

“如果厌倦了女性局限而单一的角色，难道不是应该去创造更多足以匹敌，甚至比男性角色更有趣的女性才对吗。因为以自己为耻，所以干脆用男人代替自己，是女性意识上扬？我没看出来。”

“哇，毒气熏天！我喜欢！嫁给我吧！”

“离我远点。像你这种不管男女老少都要上前撩一撩的我也是不太懂。肯定小时候经常突然胡闹打断大人说话，又在大家都在看你时装乖吧？渴求注意力，又爱避重就轻，这么别扭的个性，该不会是家里的老幺？”

“别把侧写用在我身上啊。都是情报员，不要互相残杀嘛。”

冬丽端菜上桌：“彼此彼此。想问我的私生活就问啊，旁敲侧击算什么。你刚刚还偷看浴室有几把牙刷吧。”

林奈倒酒赔罪：“那我就问啦？你真有男朋友？怎么没看见他的东西。”

“真的有。”

“我不信。怎么认识的？”

“约炮软件。”

“哈？！我不信！那他跟你说的第一句话是什么？！”

“姐姐，我想要钱，给钱的话，我什么都肯做。”

“……骗人！像你这种一本正经地胡说八道的人才是变态啊！”

“那换我问了。”冬丽捧着汤碗，不紧不慢在嘴边晃，“我见过你和工程部的主任私下聚会。每次一聚会，工程科就出新维护。该不会是你悄悄递了什么消息？部门之间可是不允许私下来往的。”

“不允许来往是为了禁止徇私结党，我又没那种野心。”

“哦？那是有什么不得了的理由非得保持来往？”

“一起长大的老朋友了，怎么能为了员工手册放弃。”

“我不信。”换她调侃她，“到了我们这把年纪，异性交往可是与维持珍贵的友情毫无关系。少来这套掩人耳目的说辞。”

“好好好，看在盛情款待的分儿上，就跟你说了吧！”一改大而化之的态度，温暾地说，“前几年的火车脱轨事件你听说过吧。死了两个业务员。”

“我之前那位？”

“对。因为员工守则，我们私交也不算太深。她家人以为她失踪，找了一个多月。发现罹难者名单里的人就是自家女儿的时候，连骨灰都没领到。所以，如果我死了的话，还是希望能有朋友知道真实死因。”

冬丽没说话，替搭档填满酒杯。是的，情报员也是会死的。

又过了两年，时间轴停转，林奈被男友抛弃，人生全面暂停；而冬丽，不但结了婚，还火速怀孕，挺着肚子工作了八个月，然后说：“我要休半年产假，统筹的人事下礼拜会派替补的来，我们三个一起做交接吧。”

“不要。”她一口拒绝，“半年而已，我自己可以。”

“一个人怎么行？你不怕死得不明不白了？”

“所谓搭档，不都是一死就死一双嘛！你早去早回，我争取半年内不死！”

“好。那我也争取早日卸货。”

“欸，预产期是可以争取的吗？”

“死期是可以争取的吗？”

“哈哈哈，说的也是。”

随后的半年，林奈始终独来独往。能聊工作的只剩下岸真，然而自她闪婚之后也逐渐疏远。她不想为人生选择道歉，但也不知这段友情该如何继续，毕竟诚如冬丽所说，到了这把年纪，异性交友也是有成本的。而且虽然都说朋友肝胆相照，比伴侣长久，到头来去收尸的还是家属。有那么几次，她几乎破功，想跟另一半说说部门的事，还是咬咬牙吞下去。

岸真辞职两周后，情报科接到新主任带领下的工程科发来的申请，要求调查自称后台管理处的网络聊天室。

根据技术组提供的资料，架设聊天室的人在备案处留下的地址是一处废弃的工厂，而上线的IP地址则指向某科技园区的咖啡厅。

周末一大早，林奈就跑去蹲点。

消磨了大半天，目标终于出现，点了一杯美式，坐在角落打开聊天室，静静看着。鸭舌帽，羽绒服，牛仔裤，双肩背，标准的宅人打扮。林奈暗暗打量。姓名、职业、住址、性格、人际……只要先知道姓名，其他都不难查到。鉴于来者不善，走亲民搭讪路线直接问姓名恐怕行不通。她干脆尾随目标回家。摸清了门牌号码，然后潜伏在楼下等快递公司。

不一会儿，装满货品的卡车停在门前。她笑脸相迎："师傅，你好啊！请问有602的包裹吗？我自己拿吧。"小哥翻出两个箱子。她不动声色地探身向前，见收信人的姓名处只填了一个怪异的网名。啧，真够谨慎的。又问："只有这两个吗？没有其他的？"

小哥警惕地看她："我们规定送到家。不然半路上谁都可以冒充收件人。"

她笑笑，这点小障碍怎么难得倒她："这样啊。嗯，不过我现在刚好要出门，就麻烦你放在门口的置物柜里吧。我稍后去取。"

她转了一圈回来，从置物柜拿出包裹上楼。敲门。

快递。麻烦请签收。

来应门的正是目标本人，摘了鸭舌帽，二三十岁的面貌，惯用右手签字，门口的鞋架里款式单一，多半独居。她移交包裹，欣然离去。一掸手中的收据，名字到手了。回头请技术科按地址查户主，若是出租房，没登录租户的信息，还可以用这张签名检索留下过相似字体的收据。只要找出一张用过的银行卡，祖宗八代都一目了然。哼哼，在情报科一姐面前，整个世界都一丝不挂！

既然如此顺利，当然没有收手的理由，势必一鼓作气挖他个底朝天，一展一姐的雄风。第二天，她又埋伏在楼下的公园，从早晨等到下午，等到目标出门，趁机上楼，三下五除二开了锁，跃入虎穴。

室内陈设简单，空间开放。桌上只有一台电脑、草纸、零食。

她迅速唤醒电脑，页面停在一个暗网的交易网站。买卖双方匿名操作，交易的内容由合法到违法不一而足。啧啧，年轻人不好好工作，靠这种事情赚钱真是够呛，就让姐姐来看一下你都卖了些什么好东西。翻开交易履历——违禁药物、论文、货品运送服务……覆盖面还挺广。

下拉，下拉，再下拉……

找到了！

一百天前接了“破解世界主机真实身份”的委托，起价五万，还是开放状态。她拍下照片回传中控室。耳机里接通技术支持，回答说毕竟是暗网，仅凭客户 ID 暂时无法跟踪身份，网站里类似的委托也不只这一条，还有要求破解后台部身份的，收购后台部工作证的，希望加入后台部并重赏一万块介绍费的，各种奇形怪状的委托。再者，同类网站层出不穷，即便强制关闭一时，也没什么效果。

那还能怎么办呢。难道干脆从此走入公众视野，普及主机与后台的知识，提倡没有买卖就没有伤害，主机是人类的好朋友，请大家不要伤害她吗。

咔啦。

有声音。

门锁转动的声音。

这就回来了？！才十分钟而已……

工作室的格局一览无遗，无处可藏。她伏低身体，在门被打开之前钻进桌后。经验告诉她，此刻最安全的地方不是厕所，不是阳台，也不是衣橱，而是人平常绝对不会去看的地方，床底。不仅安全，而且最脏……真不想进去啊，她想，拧拧鼻子，一个侧滚翻，蹭进狭窄的空间。

噗——灰尘迎面扑来，害她差点一个喷嚏没憋住。

视野变得昏暗逼仄，脚步声向自己靠近。一波波恐慌冲刷着理智，浮出的念头一个比一个糟糕。这里虽说最安全，若被抓包的话，逃生概率也接近零。

拜托，拜托你只是回来取个落下的手机还是什么的……

拜托……

然而对方稳稳地落座桌前。

她想跟中控室求援，又无法出声。如果冬丽在就好了，哪怕敲几下话筒，她也能明白。欸欸，到头来还是要怪自己太过自满。刚入行的前几年还会按部就班盯梢好几天，弄清目标的作息规律才登堂入室。这会儿竟然没有想到宅人除非必要根本不出门的设定。万一这家伙是万年铁宅，外卖和网购解决一切所需，一个月不踏出房间一步怎么办？等房东发现的时候，她会不会已经变成干尸？

不不不，冷静！冷静下来！怎么可能。

就算不出门也会洗澡，到时自己就可以大摇大摆地走出去。啊啊，刚才看一眼浴室就好了，至少先摸清他的卫生习惯……

椅子发出摩擦地面的声音。屋主在桌前窸窸窣窣地摆弄。连个背景音乐也不放，屋里静得诡异，害她不敢呼吸。不一会儿，竟然还飘来烟味。她皱起脸，心中破口大骂，妈的，刚才竟然只是出去买烟。

时间一分一秒过去，寂静的空间，只有椅子随坐姿的改变发出轻微的吱呀声。一个钟头，两个钟头，天色渐暗，从床沿照进来的光越发暗淡。她腰酸背痛，想调整个姿势，刚一动，头顶突然发出一阵响动。然后是清脆的撞击声，似乎有什么掉在地上，并且朝自己匀速滑来。

她僵硬地转头，借着微弱的光源看那滚进来一截金属的小圆柱体。

子……子弹？

她口干舌燥，胸口一凉。

为什么会有子弹。非法持有？或者，难道也是在暗网上买卖的货品？

等一下，有子弹的意思……难道不就是说……也有枪吗。

随后，像是配合她的想法似的，头顶传来上膛的声音。一颗一颗装置的话，应该是左轮吧？她脑浆沸腾，这下恐怕等不及变成干尸了。但是……反过来说，只要躲过五颗子弹，就能活着出去了吧？别开玩笑了！她又不是李小龙。

吱呀。椅子移开，那人来到床边，双膝跪地。从床沿伸进一只手臂，左右摸索，寻找脱落的子弹，半晌未果，眼看就要俯身探头往床下看。她连忙缩起手臂，将弹头往外推去，见那只手拾走子弹，起身落座床头。

啊啊，这又是何必，如此一来就得躲掉六颗子弹才能活着出去了……

又开始漫长的死寂的等待。天色完全暗下来。窗外飘来谁家的饭菜香。

啊，糟糕。她警觉。从中午就没吃东西，肚子也差不多快要叫了……

啧，竟然是如此不体面的死法。早知道就对身边的人更温柔一些。她想起今天以前与家人朋友说过的最后一句话，想起大哥出差带回来的每个华而不实的小礼物，想起岸真甩在她脸上的大门。

吱呀呀，床板弹起，那人起身移步。

她看着那双脚走进浴室，没有关门。呃？独居的人，洗澡不关门吗？不会吧……脚步声停在马桶前，原来只是上厕所。

一瞬间，她训练有素的身体全副绷紧，肌肉记忆告诉她，要逃跑就要趁现在。比起洗澡，男人小便的时候更腾不出手来拿枪。况且也不知道下一次空当要等到什么时候，若耗到自己体力尽失，逃跑或抵抗都成问题。

就是现在。

只能一鼓作气了。她奋力蹭出床底，僵硬的四肢撞到床板，发出巨响。趔趄了几步，顾不得头晕目眩，对准大门冲刺。脑中只有一个念头，别锁，别锁，别锁，你千万别是那种回家后立刻锁门的宅人……

稍不留神，脚下一滑，踉跄之中，与浴室里的人在镜子中打了个照面。

惊恐的怒吼响彻室内。她拼命拧动门锁，只觉得耳后有一阵风紧追不舍，扑将而来。她一手掏出防狼喷剂向后瞄准，另一手拉开门把，拔腿飞奔，将哀号丢在身后。

逃亡还未结束。她戴上鸭舌帽，绕过装有摄像头的正门，跑进对面的公园，摘了帽子，脱了外套，散开头发，混入步行道上竞走锻炼的大婶中间。走了半圈，脱队拐入树荫，穿过草坪，出了后门走上小街。

“喂！你——”

身后有人叫喊。她不敢回头确认，拔腿就跑，一头扎进人潮汹涌的十字路口，深入再深入，直到身边的噪声盖过脑中的呼喊。

胸腔灌满凉风，冷却了适才的混乱与燥热。她按了下耳机，想接通中控室，犹豫片刻又放弃。也没什么好报告。她只是迫切地想跟谁说说话，把那股从脚底直冲上来的恐慌压下去。

但无法跟家人开口，冬丽也不在，岸真更是拒人于千里之外。

掏出手机，点开岸真的号码，编辑短信：“搬家还顺利吗？？？”

没有回音。

理所当然没有回音。

她站在街口，左右张望，不知该去哪儿。精神疲惫，肚子也饿了。

又低头看看短信，不但没回，连“已读”也没显示，说不定早把她删了。新家地址也不说，是彻底切断了她厚着脸皮突然登门的可能性。如此一来，唯一能找到他的地方就剩叔婶开的西点屋了。记得他说会回家帮忙，也不知是不是回总店，只有先碰碰运气。于是叫车前往。

西点屋在商店街入口。过了晚餐时间，还有三两客人。柜台后是值班店长和店员，叔叔阿姨都不在。她有点失落，点了几块蛋糕和红茶，端去角落坐。

行走之间，视线触到窗边一个眼熟的身形。

那人结实干练，挽起的衬衫袖下是与衬衫格格不入的坚硬手臂，头发也顽固地竖在头顶。姿势却是异常温柔，一手秀气地卷着意大利面，一手握着文库本的小说读得津津有味。

奇怪，这人应该不知道这里是岸真家才对，怎么会到离执勤范围这么远的地方来？她纳闷。端起盘子直接坐到那人对面的空位去。

“保全科的。”她说，“健……诚？对吧。”

健诚吓了一跳，全身肌肉绷紧，将叉子转了个方向紧握手心。

“欸欸欸，稍息！稍息！”她低喊，“自己人！别动手啊。我今天已经受够暴力场面了，再来绝对会超标，信不信我一口气都吐在你碗里。”

他定睛打量，认出她来：“好像见过……”

“怎么没见过！？我还去保全科送过报告。”

“……一姐？前辈好。”

“稍息稍息。反正是下班时间……欸，你是下班吧？怎么到这个街区来？中枢机搬家了吗？”

“没搬。堂姐的公司在附近，上面要我尽快熟悉这边的活动区域。”

“欸？”她脑筋一转，“这是要升迁的意思啊？恭喜啦。”

“啊？没有吧。”

“不是曾经让你试过做补丁吗？我看这是要提你做日常维护啊？”

“啊？”连连摆手，“我不要。”

“你不愿意？为什么？”

还能为什么。他这口条，去做补丁还不如再让卡车撞一回。而且，听说配角的戏份儿突然增加就是要去死的征兆，他才不想竖这把旗。最好让他安静地待在画框的角落，蹲在帐篷里活到最后一页：“因为话多的人死得早。”

“欸？”有、有这种说法吗？“是、是吗……”

一时间，两个都十分有配角自觉的人，陷入了相同的原因不明的沉默。

窗外街景如常。店内舒适恬静。没人注意到这个角落里两位守护世界运行的业务员。闪烁的霓虹与穿梭的车辆，仿佛与他们有关又无关。就像璀璨的舞台上两块寂寥的帷幕，肩负的是曲终人散后的尊严。

“前辈……”他翻出一块OK绷递给她，“你眉毛这儿一直在流血。”

“啊！真的？谢啦。”大概是被床板刮伤，她抽出几张纸巾擦拭，“了不起，果然是专业人士，还随身携带医药包呢。”

“你这是出什么任务啊？”情报科的工作这么刺激的吗？

“哎嘿嘿，向来都是我从别人嘴里套八卦，想挖我的料可没门！”她说，“来来，今天这顿前辈请客。陪我喝一杯。服务生！两瓶水果酒谢谢！”

II

自从几周前“工程科之魂”悄然离职，士气陷入了前所未有的低迷。而后，潜心准备许久的“第二次接入维护”又遭遇重大挫折，原计划的“美食节目餐厅邂逅”，由于成睿光一方不断的改期而迟迟无法推进。

航平新官上任就遭遇失利，当头棒喝。

他一周前搬进了主任办公室，随后就收到了九年份的维护日志和对话记录，三十公斤的纸张表格将他蜿蜿蜒蜒地包围在中心，打从娘胎里出来就没读过这么多字，看得他头晕眼花，堪比坐监。哪有想象中的主任大佬那般风光潇洒。精心设计的维护又因为目标的任性妄为无限期推迟，更是气不打一处来：“这家伙真的以为最近变得受欢迎都是自己的功劳？歌是我们放的！杂志是我们摆的！广告是我们协商的！话题是我们炒的！见面会还是我们垫的出场费！全是为了中枢机能多看他几眼而已，他该不会真以为自己一飞冲天了吧！？现在竟然给我耍大牌！信不信我让他一夜之间黑成炭？！”

小葵无精打采地翻他个白眼：“冷静点行不行。现在知道维护有多难了？”

他不想承认，搞不好自己就只适合在有大家长的团体里充当那个偶尔蹦出一两个鬼点子的小聪明。重任当肩，真的一秒也忍不下去想立刻辞职。也不知前任怎么待得了那么久，怪不得整天一副要杀人的表情。

“技术科有人去盯节目组的邮件往来了吗？到底什么时候拍摄！”

“不知道。最后一封邮件是七天前。他的经纪人说正在跟艺人协调中。”

“协调个鬼！什么事需要协调一个礼拜？！军事演习轰炸坐标吗？！”

“你在这儿发脾气能有什么用啊？这就叫‘大人的节奏’，不懂啊？！”

她端起肩膀说教，“回音越慢越显得游刃有余，立刻回信就输了。只有高中生才会急吼吼地你来我往。你不是自称在异性中非常吃得开吗？该不会也是对方几个钟头没回复你就坐立难安想方设法追问收到了没有的那种人吧？”

“欸欸，我说你啊！”他也端起肩膀，“现在这是在谈恋爱吗？明明是工作邮件往来，装游刃有余能有什么好处啊？不就是耍大牌吗！所以我就说嘛，这种夫妻档最难缠了！”

“欸？”

“……欸什么。”

“夫妻档，谁？”

“不就是这对白痴夫妻档嘛！成睿光和他经纪人。”

“欸……？”她吓得倒退一步，“情报科送来新报告了？”

“没有！没有报告。”他说，“虽然没有抓到证据，但这不就是明显的夫妻档才会干的蠢事吗？没有什么比让老婆或老公当你的经纪人更蠢的了！尤其是让老婆做事业规划，根本就是自毁前途。”

“哈？！你这是性别歧视！”

“并没有！我是说事实。夫妻档里，老公想的是如何将对方培育成根深叶茂的摇钱树；但老婆的蓝图往往是两个人的未来，着眼点哪怕歪上一丁点，事业路线也会偏离三千尺，不是野心过小，就是野心过大。这个大头经纪人很显然是对势头判断失准，但又很不幸地握有两性主导权。活该那家伙红不起来……”

“照你这么说，那还接什么入啊？还不叫停？”

“主机不是只对这一个人有反应吗？！还能怎么办啊？就算是垃圾食品，她想吃也只能让她吃了啊！也许一吃天就晴了呢？！”

“哈？！那不完全就是送她小三上位吗？！”

“不会啦！你想得也太远！”自信摆手，“垃圾食品是只要吃到，瘾就过了。等主机对那家伙失去兴趣，看我让他半份工作也接不到！”

“哼，说得像真的似的。”她扭头往外走，“懒得听你胡扯！”

“欸！回来啊！记得给我买午餐啊。”

“你自己没有脚不会走去买啊？”

“哇啊啊，这么严重的差别待遇？！你之前可是一天给主任送八百杯茶，怎么到我这儿一杯都没了？”坐在堆积如山的公文中央叫苦连天，“而且我被活埋成这个德行，能走得出去吗！”

“谁理你啊。”

她自顾自午休去。

工程部所在的办公大厦，第二和第三层是餐厅。其中有一家甜点屋是以前主任常去的地方。她常给他买午餐。她从没见过一个男人把甜点当饭吃还吃得如此坦然美好。缺点嘛，确实是严肃了点，但表情明朗起来，可就是另一番光景了。好看的人若是恰巧还拥有亲和力，简直是犯罪。就连他稍微抬眼，表示对话题感兴趣，都会让你满心荣幸，不知该如何回报这突如其来的关注才好。

现在可好了，唯一的盼头走了，补位的还是个白痴，连上班的动力也只剩之前的三成。唉，要不也跟着辞职算了。

她闷闷不乐地在甜点屋吃了个午餐，离去之前犹豫再三，还是带了一份外卖。那个白痴虽然脑回路清奇，废话又多，但该做的事却也没找借口推辞过。科室里每个人都在等他耗尽三天热度，耍一场少爷脾气甩手走人。但他竟然安安分分地开始啃那三十斤资料，满腹牢骚不停，可没有逃跑的意思。

听说跟自己年龄差不多……看在这点缘分的分儿上，姑且留校观察好了，她想。回到办公室，主任的位子上没人。屋角一阵响动，从纸山中探出一颗头：“好香！你买了什么？”

“你干吗坐地上啊？！”

“方便啊！比起搬文件过来，搬我过去比较快啊。”

“哦，那我东西放在这儿了，你要吃就在桌上吃，别把文件弄脏！”

“等一下！等等！”他叫，“我发现了一个问题。”

“什么问题？”

“这里……”扯出一长条印着密密麻麻的对话记录的资料，“这里！我才刚刚看到高中……这次维护，为什么中间缺了一块？”

“哪里？”她踮着脚越过重重纸山，蹲到他旁边。

“这里写着，从下午 3 点 34 分抵达夜市开始吃喝玩乐，然后，中途补丁进了洗手间之后，大概有二十分钟的空白。”

“空白？印错了吗？”

“不是。”递到她眼前，“就是记录缺失。下一段对话就是二十四分钟之后补丁说：‘我只去了几分钟而已……你怎么跑出这么远。’和‘那人跟你说什么啦？笑什么呀？’如果她之前在跟人说话，怎么没有收音？”

“还真的……”她反复核对几次，也摸不着头脑，“大概是设备故障？你干吗注意这种可有可无的小地方啊？”

“这可不是可有可无。在这之前主机不是没填大学志愿，准备去留学吗？在这之后就改了主意啊。”

“那是因为失恋吧？好像有一个撬走了她初恋的毒闺密，也非要跟着她去留学，所以惹不起就躲喽……不过那是我入职之前发生的事，具体细节要问问当时在职的员工。冠侑好像在。你要问吗？”

他摸摸下巴，想起冠侑一见他就面露鄙夷：“还是算了。再说吧。”

“怎么？你看出哪里不对吗？”

“这个嘛……我问你，你会因为失恋而改变人生方向吗？”

“如果是受了很重的情伤，当然也会吧？”

“那，被闺密挖墙脚，算是很重的情伤吗？”

“这……对高中生来说可能也算吧？”

“既然如此，主机从那之后喜欢的男人类型应该彻底改变才对吧？但大学的几次邂逅和交往过的学长都还是同一个调调不是吗。”

“什么调调？”

"反正……就是……"说起来竟然还有一点眼熟，到底是像谁来的？"硬要说的话，就是端庄、腹黑，还有点性冷感型的。"

"这有什么奇怪，人喜欢的类型本来就不会变啊。"

"那么，既然不会变，这个成睿光是怎么回事？他可和之前所有的人都不同，一看就跟本大爷一样，是闪亮的杂食系啊。"

对自己的定位倒是很准确嘛。她略感钦佩："偶尔口味也会变吧？"

"所以到底会变还是不会变？你不觉得奇怪吗？"

"呃，这……大概就像你说的，偶尔人也是会想吃垃圾食品的嘛。"

"是不是！哈哈……我就说嘛，本少爷久经沙场，直觉怎么会错！"

啊，不好，竟然让他得意了起来。她想改口，但见他席地而坐，浑身披满表格的傻样，好像个心无芥蒂的小孩。虽说是凭借关系被统筹的老爸空降来当主管，多少也有点赶鸭子上架的意思，大概也有不为人知的理由。所以仅此一次，稍微让他得意一小会儿好了。她起身："快吃吧。午休就要结束了。下午一点半开始是接入方案修正会议。三点整跟情报科的联络员开会。"

"了解——"他拖长声音，一手拿出甜甜圈，又埋头文件。

她走出办公室，回头看那熟悉的门板，和门缝后的物是人非。她到现在还对航平"喂"来"喂"去，叫不出"主任"。明明也不是什么需要坚守原则的事，但她宁愿把门带上，假装冬日将一切冰封在此刻，就当谁也没离开过。

III

岸真没想过离开后会被人想念。

他不觉得在职的几年有留下过什么不可或缺的痕迹。反而是自从进入后维部，自己的人生发生了180度的转弯。

那时他大学四年级，常和林奈一起参加来校招聘的企业讲座和创业家演讲。某天接到电话，感谢他提交问卷，各项分数都远超及格线，希望约谈。他实在想不起这家公司的名字，而且也早就选择了就业方向，无意外的话毕业前半年就要进入某家报社实习，成为记者。于是婉言拒绝。

几天后，林奈来找他，说也接到了怪异的面试电话，声称她之前在某个类似门萨智能测试网站的分数不错，希望约谈。好像很有趣，有点想去看看，但又觉得怕怕的，怎么办？

还能怎么办。一起去呗。他怎么拒绝得了她。

他甚至怀疑，直到现在都很难拒绝她的请求。只要她轻轻说一声留下来，他就会乖乖撕掉辞呈。所以才断尾求生般的，激烈地逃避。

辞职后第二周，终于适应了非制式作息。早上醒得晚了也不再有罪恶感，就躺着看天花板的纹路出神，心想这难道就是传说中的退休生活？不到三十就退休也是有点太过奢侈。如果当时选择做记者，现在恐怕仍然在事业上升期，被前辈、后辈、人际与业绩压得喘不过气。

简历上空了这么多年，忽然开始上班族生活好像也很吃力。不如彻底地休息一段时间，找到适合的行业，再去跟统筹申请定制一份退役员工职业履历吧。

他开始全心全意搞自闭。其间收到两条林奈的短信和电话，索性关机。

当然也不可能完全与世隔绝。所有频道还是滚动播放着没完没了的灾难报道。A市山火不熄，B市冰雹不断，C市气温浮动异常，D市地震不止，几千人流离失所……他不知该表现得多内疚才好。

有那么几次，他在路上见到工程科的地勤。几个小孩习惯性地打直身体，边行礼边叫“主任好”。他也不想刻意纠正，随意点了个头，继续上路。一边习惯性地看向灰蒙蒙的天空，像在审查成绩单的家长。

不，他已经不是家长了。

第三周过去，平凡人的生活渐入佳境。赖床赖得越来越得心应手，不再关注新闻，开始健身，还有那么几部追看的剧集。打雷下雨天崩地裂都是身外事，人生最大的烦恼也不过是想喝的奶茶刚好卖光和在超市付账队排得稍微久一点。原来当一切和自己无关，可以过得这么轻松安逸。

自觉所向披靡之时，他断然决定挑战一下那个古老的诅咒——那个只要“吃火锅逛书店看电影睡沙发”就会触发红色警报事件的诅咒。

周三，他睡到下午才起床，去书店逛了一圈，又看了场电影，傍晚独自吃了火锅。一切安然无恙。天空如常。现下只要再回家睡个沙发，古老的魔咒就被打破了。他略感欣慰。回家的路上突然嘴馋，决定转个弯去婶婶的店里蹭块蛋糕。

店里客人不多，店员跟他打了招呼，退居一角。

他自顾自钻进柜台，绑了条围裙，从冷柜拿出一整块提拉米苏，切下几块放进小盘，又去泡红茶。他还不知道，就在店门外不远处的街口，红色警报本人正在缓步接近——她刚刚下班，因为不爱去茶水间，自动贩卖机又缺货，从中午就没吃东西，现下正急于物色食欲满满的店家大快朵颐。在比萨店、牛肉面和西点屋之间周旋片刻，选定后者。信步前行。

红茶温度刚好，他又兑了些奶精，犹豫着要不要再加点蜂蜜，思考得过于认真，对店门的响动，和站定柜台外的脚步声毫无所觉。直到背后传来一把略微耳熟的，仿佛跨越万千时空姗然而至的声音。

“老板，打扰啦。现在有空吗？”

CHAPTER 8

备份

Backup

I

欧飒知道自己曾有个无缘见面的弟弟欧爽，与母亲合葬。小时候她常常看母亲的相册出神。若在街上偶然碰见成双成对的小兄弟小姐妹和妈妈牵手走在一起，心里就像浇了一团胶水，又稠又苦。也因此对堂姐与英和格外亲近。

堂姐比她大 10 岁。她上高中时，堂姐年近而立，身边带着两个孩子。听说她要报考中心大学，大为震惊。说早就托熟人帮办好留学手续，租了地址最优的公寓，还要来了一年级的课本和讲义，怎么说不去就不去了，该不会就因为那个……叫什么来的，圣薰？那个小贱人肯定还双手抱脸用《呐喊》的表情故作惊讶地说“啊啊对不起我都不知道你也喜欢他”吧。你干吗怕她啊？

欧飒哭笑不得：“我不是为了要躲她啦……”

“那不然呢？你可别告诉我某个明星就读中心大学，你想去沾沾仙气。”

“不是啦……”

“也别说是暗恋对象在那所学校，想在校园偶遇什么的。根本不会遇到！”

“……为什么？”

“因为双方都想见才能见到面。这是大人世界的规则，见不到是不想见的借口，忘了是不想提的借口，忙是万能的借口……真的是因为暗恋对象？谁？不。不管是谁，一定会后悔的。你现在体会到的名为‘喜欢’的‘使命感’，只是前额叶发育不全的冲动。是会随着年纪消失的。到时候剩下的就只有冲动的恶果。就像小时候自以为炫酷前卫文了一个大便的刺青，就算醒悟过来刺青也不会消失。我可是在以切身的惨痛教训向你提出警告。”扬扬下巴，指着坐在客厅一个玩游戏机一个搭乐高的两个小孩，“重来一次你以为我还会在腿上绑两颗大沙包吗？根本练不成什么武功，只会很累而已。”

那时欧森和欧烁 10 岁，已经是懂事的年龄，尤其是姐姐，人小鬼大，竖着耳朵听了半天，揭竿而起：“说得那也太过分了吧。又不是我们主动要求成为包袱的。难道不知道有两句话绝对不能对我们这种年纪的小孩说嘛。就是‘全是为了你我才如何如何’和‘如果没有你我就如何如何’。”

堂姐眼皮也不抬，伸手掏出钱包，稳准狠地投向客厅，脸上写着“别以为我不知道你偷听半天了”：“上个月你说想要的那台相机，去买。”

“世上只有妈妈好！”姐姐准确接球，喜上眉梢，拉起迷失在游戏世界的弟弟夺门而出，“走快一点。请你吃炸鸡。别说姐姐我没想着你啊。”

不愧是堂姐的女儿，果然识时务。欧飒失笑。

两个小孩走了，屋里变得安静，像在提醒二人该聊些禁忌话题。

“前几天我碰见姐夫了。”欧飒说，偷看姐姐的表情，“我订了一箱纸板，回家的时候路上碰见的。他帮我拎回店里。”

“哦……”堂姐似乎并不关心，“他过得怎么样？”

“他也问我你过得怎么样。所以，也有这种‘想见却没见’的例子吧。”

“别现学现卖啊！我可没说想见。”

“真不想？”

“我像是那种想见不敢见的扭扭捏捏的人吗？”

“哈哈，感情的事谁晓得。”略顿，“为什么不想见，你还能想起来吗？那个突然觉得‘不想见了’的瞬间，是怎么样的？”

堂姐抿抿唇角，似是不想回答，又或是没什么好说。但其实她精确地记得那个瞬间。那是某个假日，他们睡到中午才醒，赖在床上看电视。她随意转了个台，电影中的镜头正是一对中年夫妻和衣而眠，女儿夺门而入，问吹风机在哪儿。就是那个瞬间，她突然发觉那对夫妻的姿势了无生趣，一张床，两人选好了边，一辈子都无法改变。关了电视，屏幕一黑，映出自己茫然的脸。她看看趴在身边，脸埋进枕头的老公，心里只有一个声音在嘶吼说，能不能别靠我这么近。

然后她跳下床，收拾行李扬长而去。提出离婚后的第二个礼拜才发现怀孕七周。老公当她孕期情绪波动，姑且顺着她同意分居。

她向他诚意道歉，说一切都是自己不好，原以为借着冲动结了婚就能顺势习惯。但是不吸烟的人，再怎么练习，也不会喜欢烟味的。和他在一起是很开心没错，但一想到今后每天都得看他的睡衣，就好像呛到一口黑加仑比例过重的甜酒，根本咽不下去。

他竟然也对她道歉，说这些你不是早就跟我说了嘛，说最讨厌“过日子”几个字，说人生若只是在过日子还不如去死。虽然我嘴上说不想改变你，但心里说不定就是那么想的。以为日子只要过下去，就能改变点什么。如果不要每天见面，你就不会想死的话，那就不要每天都见好了。偶尔一起吃个东西吧？

但她怎么好意思继续藕断丝连。最好是能不见就不见。每年情人节，她都寄离婚协议书给他。他每年又给她原封不动地寄回来。然后，就过了十几年。

后来她想，他们也相识于前额叶脑残的高中时代，说不定那时的他也莫名地感到了命运的安排，认定神把人格如此残缺的女生送到他面前，就是叫他去感化她、安抚她、改变她的意思。谁知神不怀好意。

她长叹一声："我只知道'越不准见面越想见'。现在越是拼命说服你，你就越铁了心要去上那所大学，所以我什么也不会说。但是，你知道'神是缄默诈欺犯'的故事吧。"

"没听过。什么样的故事？"

"是说某个村庄里有位年轻人看得见神明。神指着远方，示意他跟着来。他告诉所有人，神要带他去桃花源，愿意来的就一起走。但没人相信。于是他跟着神上路，不管问什么，神也不说话，久了就像跟着一个幻影。三年过去了，他到达一片荒芜的旷野，哪儿有什么桃花源。这时神开口说，我希望你能开垦这里。他当然不愿意，但也无法再走三年回家，问道，原来你会说话的吗？神点头说，当然会啊，只是后来发现不说话的时候，跟着来的人比较多。"

"这是什么烂故事啊！不会是你们公司编的广告吧？"

"我该说的都说完了。要怎么决定都随你，外公那边自己去好好说明。"

"知道啦。不会有问题的。"她耍赖道，"本来我连大学都没打算去上的，现在只要我肯报考，他就很开心啦。"

"嘶……瞧你那得了便宜还卖乖的嘴脸，真是讨厌！"

一掌呼上她脑门，推得她一歪，哀号道："好痛！干吗打我啊。"

"想看看能不能把你的脑仁打到增生。"

…………

然后，又过了六年。她见识够了一片片无论用心血、用热情、用诚意浇灌也什么都长不出来的荒芜，终于走出那片旷野，神却又一次把名为成睿光的种子撒在所有她看得见的地方，仿佛在说，你再浇浇看啊，说不定这次会开花呢。

她以为自己不会再中招。但铺天盖地的巧合偶遇好像一股微风乘虚而入，把种子递进心缝里。越不去想越在意。然后，就在她只好承认确实开始有点期待西餐厅的录影节目时，又接到消息说，对方改变了计划，行程另行通知。

神果然是缄默诈欺犯。

害她差一点又上钩。

堂姐见她闷闷不乐，问是不是工作遇到难处。她差一点和盘托出，说最近又见到成睿光，而他也好像还记得自己，被这点小事搞得心神不宁，真没出息。堂姐或许会再骂她一顿，说你活该，早知道当初就不该帮你们见面。

横竖都是自己的私事，既然都 25 岁，大脑也长好了，就该自己处理。于是只借口说没睡好头痛。

此时，堂姐竟然冷不防说："对了，有个案子，顾客和导演都指明要约成睿光，如果确定合作的话大概是下个月。你可以吗？"

……谁?

她定格几秒，解析失败似的重复一遍："我可以吗？"

"就是说开始拍摄时，如果你不想去现场，就安排别人替班。"

"我可以吗……"

"你可以吗？"

"我可……"

"啪"的一掌呼上脑门："卡什么带啊。只是一个潮牌的小广告，是不错的学习机会。但后期你不想跟片拍摄的话，脚本的负责人就换成别人。"

她犹豫："我考虑一下？"

"好。周末去我家吃饭。欧烁交了男朋友，现在抢着煮菜。难吃得要死。"

她含含糊糊地答应，飘飘摇摇地回到办公桌，受到来自神的压倒性攻击。神此刻穿着全套球衣，摩拳擦掌，说已经把球射到你脚边了哦，有本事你就再踢回来一次试试看。她若不踢，就是认尿；踢了，就是自投罗网。

情绪低落，午餐也没吃。熬到下班，心力交瘁，一心想快点找到香喷喷的店，告慰被暴击的身心灵。走到商店街口，徘徊片刻，选定西点屋，提步进门。

老板始终背对着她在流理台前忙着什么。弓着背的姿势，乍看之下还有点眼熟。大半天过去，无人理睬。她开口："老板，打扰啦。现在有空吗？"

老板的身形一僵，极不情愿似的转过身来，见了她的脸，表情降到冰点，说："久等了。请问是在这里吃还是外带？"

"在这儿吃。"啊，是错觉吗。怎么好像回答在这儿吃后，他的表情更难看。

"好。无烟区的位子请随便坐。"

"谢谢。"

她挑了个靠墙的位子，遥望这位小老板手法娴熟地夹好蛋糕，做了一壶果茶，吩咐店员送来，然后摘了围裙，抓起外套，疾风一样夺门而出，留在流理台旁刚切好的提拉米苏和红茶碰也没碰。

岸真走入寒风，像刚跑完两万米一样近乎虚脱。挑战魔咒这种事绝对不敢再干了。听到主机的声音时，只觉得一只黑枯枯的手从下盘探到喉咙，别说胃口，连心跳都快没了。再一转头见到主机的脸，竟然有一瞬智力退化，只想着"是谁把镜头摆这么近，换二号镜头，给我切换二号镜头"。当然没有二号镜头。主机还近前一步，跟他点餐。他环视四周，没看到保全科的人，又瞄一眼屋角的监视器，恐怕中控室早已切入。这下哪还有什么吃提拉米苏喝牛奶红茶的心情。

他舒了口气，想找个地方压压惊，忽然听见有人叫"主任好"。健诚一手拿着刚咬了几口的面包和保温杯，靠在路边围栏，还是那副风餐露宿的劳碌样。

"执勤中？怎么不跟她进去吃一点？"

"她见过我。怕认出来。而且我家煮饭了。等我回去呢。"

"嗯？"等他回去？"你平日晚班不是在主机家门口扎营？"

"换岗了。宇鸿在门口。分配了新区给我。"

“新区？为什么？主机要搬家？”

“没搬。堂姐的公司在这附近，所以……”

那不是只要增加负责这一区的人员就好了吗？也没必要特意把已经有熟练业务范围的专业人员调去新岗位从零开始吧。“熟悉新工作，不轻松吧？如果对工作内容有疑问，可以跟上司沟通，是正常流程，不算逾矩的。”

“我问过了。上面说，是总务科派的新岗。”

“总务科？！统筹部的总务科？”

“嗯……前辈说可能要培养我做补丁。”

岸真还想说什么，又咽下去。总务科是统筹下直属的部门，级别确实高于工程科，执行调度也无不可。但从来没见过这个科室的代表出现在任何一次简报会议上，也不清楚它的具体职能，一直以来都当它是和人事后勤差不多的协理单位。怎么如今竟然亲自派起岗来了。

事有蹊跷。但已经不是他的事，不该多管。

回家的路上，脚步越来越沉，犹豫再三，还是翻开手机，一鼓作气点开林奈的名字编辑短信：“统筹的总务科，你了解吗。”删删改改，加上一句问候，删去一句寒暄，就剩直奔主题的一行问话。思索再三，又全部删掉。既然决定要放弃那个世界，就该彻底放弃才对。况且部门员工个个都是出色人才，也轮不到他指手画脚。

还在犹豫，屏幕上方弹出提示，“后台维护管理处”发来的近期热门话题推送——主机已定位！

……哈？

……这是什么。一股恶感悄然爬上心头。

点开网页，正中央明晃晃地写着：主机的身份已经确实。女性，年龄20+，传播业者，两年前被倾心的男性无情拒绝，而迟迟无法忘记对方，导致人生卡死，事业滑坡，转业危机，故引起时间轴暂停！现有实证。想知道的人给我点赞！集齐3000个赞就放照片！

…………

欸……

这是什么……

这是什么！

谁能告诉他这！是！什！么！

脑内轰轰作响，抽进满满一口凉气，埋不住直冲脑门的心火。

什么玩意儿！这是什么玩意儿。技术科的给我滚进来！

不，没有技术科。没有任何人给他训话。只有四面北风。原来“无关”是把双刃剑。可以很轻松，也可以很空虚。四周行人信步，毫无所动。只有他像是突然接到一颗烤热的红薯，扔也不是，不扔也不是。

而另一边，欧飒对即将来袭的风暴一无所知。她正享受着美味的蛋糕和酸甜可口的温热果茶，回忆起岸真那眼熟的背影，埋在深处的片段几乎要浮上来。如果她能想得再用力一点，或许就能记起许多年前的那个晚春，热闹的夜市一角，装模作样的占卜摊后，弓着腰修理着什么的青年。青年转过身来，深色的毛外套里是米色的麻布衬衫，领口别着一只中心大学的徽章。

前路模棱两可的她，恍然觉得若能成为眼前这样的人也不错。

春天过去，她填写了大学志愿。也不确定是否渴望再遇见。又或者只是把那当成传说中的路标。在茫然的人生当口，往哪里走似乎也无所谓的混沌时刻，听到了一个方向，就顺势将那当成了正确的方向。

但她不知道的是，那颗圆扣并不是什么大学徽章，只是情报科标配的一枚坏掉的收音话筒。那之后的许多年，她从没遇见过他。事实上，只要她活着，他就得在中控室看着她，能遇得见才有鬼。

而在这期间她遇见的所有人，有的不想再见，有的不能再见，有的不如不见。而今又遇到起点的那个人，近在咫尺波澜不惊。看来人生大可不必纠结于见或不见，因为就算辨出一个结果，也还是有可能落入见了也等于没见的盲区。

II

英和在厨房为疲于应付毕业论文的自己炖骨头汤，腰间一震，掏出电话，一眼看见那条来自“后台维护管理处”的热门话题推送。眼疾手快点进去，津津有味读起来，越读越觉得那段对主机的描述眼熟。

黑着脸走出厨房，怒瞪客厅地上那一团瘫了一个月的人形睡袋，举起手机大声说道：“这说的是你吧？！别装睡了，给我起来！”

“哈？”双鱼小姐探出半颗头，瞄了他一眼，“你表情那么丰富干吗。一个男人，脸上自带颜文字不害臊吗。”

“什么？！你还敢说！你是不是惹祸了？”

“没有。”

“20+，传播业，事业滑坡，转业危机，这说的不就是你吗？！”

“谁说的。十个人里有九个都符合条件吧？”

“下面说会放照片！普通人放照片有什么意义？肯定是艺人吧？！”

“条件差不多的艺人也有不少好不好！”

“可是只有你睡在我家客厅啊！”他干脆挽起袖子，把她从睡袋里扒了出来，“到底发生什么事啦！你再不说话我要赶人了！”

双鱼小姐披着头发坐起来，离开温暖的被窝，脱了壳一样脆弱，抱着肩膀别过头不说话，吃定了他会心软。但僵持了一会儿，不见他低头，窘迫感迅速上涌，耻辱得想去死。

其实，想去死也不是三两天了。

从 13 岁入行起，大概有一半时间都在想死。先是担心接不到工作会羞死，工作接个不停也怕会累死，工作越来越少又唯恐会穷死。到头来也不确定有没有红过。十年过去，除了前几年拍过的几个广告，发过的几首歌，拿不出像样的代表作。新人团体层出不穷，三下五除二将他们的版图分割得一干二净，毫不客气地将前辈们推向穷途末路。

前不久，好不容易争取到一个偶像剧，还没试镜，就听男主角的经纪人发话，说如果女主角是她这种咖位，那他们也要再考虑考虑。其后就用“正在跟艺人协商”的借口一推再推。制作方活活等了三个月，无奈之下撤掉了她。

就在这时，也不知道是谁在网络上起了个头，说像她这种从外表上看不出问题，各项指标也还算过关，但不知为何事业就是卡卡的，就是所谓的“后台崩溃型”艺人。一时间全网笑开，趁着“世界主机”的都市传说的余热，走过路过的都来翻炒这个笑话。更有神秘人爆料，说她根本就是主机本机。

不出几天，暗网的黑市上开始有人买卖她用过的东西，三餐的清单，甚至还有头发和牙齿来做纪念。骤然发展到这一步已经很恐怖，她的经纪人竟觉得遇到了翻身的好机会，就该趁这股东风再红一次，也在网络上帮她吹风，并安抚道：“说得难听一点，你也二十多了，难道还能永远维持着小公主的形象在少女团体一辈子吗？世界主机的游戏那么红，接下来肯定也会再翻拍电影版。你先预热，到时候去试镜也名正言顺，不然永远在第一轮就被人家用‘不好意思我们要18岁以下的’借口赶回来，不窝囊吗？”

她也不知是哪根筋不对，竟然就答应了。直到某天，发现抽屉里少了好几件内衣。竟然是经纪人拿去网拍，又安抚道：“这也是不得已的，我本打算买几件新的做做样子算了，但买家一眼就识破了。而且你不知道行情有多夸张，你的一颗牙齿有人叫价六位数……啊，对了，你两边的智齿都拔过了吗？”

她咬紧牙关。收拾行李连夜逃出了宿舍。

从那天起，谁的电话也不接。

事已至此，一半飞来横祸，一半咎由自取，没理由跟团员商量，父亲也肯定叫她少啰唆早点寄钱回家给他去赌，无人可诉苦。更别提多年来走的都是傲娇路线，越是落魄越是尖锐，触底反弹，更是软不下来。

英和放轻音量：“是工作出问题了？和经纪人吵架，还是有人欺负你？”

她又瞄他一眼，算是接受求和：“试镜落选了。”

“哈？！就为了这种小事？！”

“这哪是小事啊？！”

“比起这个来是小事啊。”指指手机屏幕，“你怎么成了主机啦？”

“这已经不是新闻了好吗。我还是‘后台崩溃型人生’的代言人呢。世界主机的真人版偶像剧没听说过啊？我去试的就是它的镜！”

“娱乐圈的事我哪清楚啊……”

“娱乐圈不懂，宅圈你总该懂了吧？本人的牙齿在暗网的黑市可是叫出六位数的价位，你竟然不知道，还有脸自称宅人。”

“我又没去黑市买过东西，怎么会知道。六位数？！”他打量她睡衣扣全系错的傻样，“怎么会有人相信你这种白痴是主机，出钱的人也太蠢了。”

“这就叫天时地利。以前没人信。时间轴停了两年，连猪会飞都有人信。”

“说你蠢还真的蠢。这叫天时地利？这叫祸从天降！”戳她的额头，“你知道那些人有多危险吗？真有人拿着钳子来拔你的牙，我看你怎么办！”

厨房的锅子在叫。他去关火，又回来掐着腰对峙，看她小孩似的抱成一团蜷着脚趾，不知该说什么好。他当然知道她爱逞强，又固执。大概小时候被抛弃惯了，长大后感情一出现问题总要赶在对方之前先说分手，显得毫发无伤。之前那次分手并不算善终，她如果还有别处可去，绝不会到自己这里来。

他思索片刻，落座沙发，捧起电脑飞速敲打起来：“你说你是代言人？”

她栖身过来，看他指尖流出的行行代码：“后台崩溃型人生的代言人？”

“都替谁代言？这个感觉很白痴的组织还有谁啊？”

“……你要干吗。”

“分散压强啊！”他说，“他们泼你脏水，你就泼回去呗。踩鸡蛋的杂技没见过啊，多拉几个鸡蛋下水就行啦。我来写个自动发送邮件的程式，匿名爆料一下其他崩溃的主机，分散一下注意力。”

“哪儿会有这么容易，你爆料就有人信？”

“你不是说现在猪会飞都有人信吗？”他说，“还有谁啊？不是说十个人里有九个相符？其他人还有谁？”

“成睿光。”

“成睿光？”竟然听到一个耳熟的名字，“他怎么崩溃了？”

“崩没崩溃我不知道，反正他的经纪人妨碍我试镜，还嫌我咖位不够，我气不过！欸，我可是比他早出道一年，按理说也该叫我一声前辈才对！”

“你会不会想太多。她的意思可能只是你们年龄差太多不合适演情侣吧。”

“欸欸欸欸欸！你！你这个烂人！怎么总是替别的女生说话！你那个学姐也是！这个死经纪人也是！你都不认识竟然就替她说话！”

“……我只是理性分析一下而已，你又发什么脾气啊。”

“不管！反正我就是讨厌他！”她撇嘴，“凭什么女性艺人多交了几个男朋友都要被骂得抬不起头来，男性艺人却隐婚劈腿做尽坏事照样大摇大摆，只要道个歉，还能带着老婆小孩一起上节目，换上爱家男人的嘴脸更受欢迎？！”

“你这是在说谁啊？成睿光？隐婚劈腿做尽坏事？你听谁说的啊？”

“你不是对娱乐圈没兴趣吗！”

他不说话了，专心敲键盘。她看看他，又看看密密麻麻的代号，心情沉静下来，肚子也跟着咕咕叫。去厨房盛了一碗排骨汤回来，盘腿坐上沙发，边看他打字边享受美味。心里有点温热，又有点得意，像回到山中巡视的狮子大王。

他不意间瞥了她一眼，哼道：“看你那嚣张的样子，哪里像后台崩溃中。”

“还不全都是你的错！自从遇上你，我整个人就没流畅运作过！”

“我才是都被你卡到连毕业都延了一年哩！”

“那是你天生就卡！你没听过吗，我们这一代单核的机身，特点就是卡！”干脆夹了一块肉塞进他嘴里，“还敢怪到我头上来！”

Ⅲ

中控室内，航平也在吃晚饭。经过一个多月的努力，终于摆平了艰难重重的第二次接入维护。调整作战计划，变成在堂姐的公司进行。为了促成合作，技术科和地勤人员费了不少力气。又是在网络散布无数以成睿光为榜首的排行假数据，又是在客户和制作方的邮箱里塞入无数成睿光特写广告……总算是成功为所有人洗脑。客户和导演一致向堂姐提出，希望成睿光来当男主。

万事俱备，只希望这次那脑袋缺根筋的大头经纪人别又自断生路。

航平边盘腿坐在转椅里啃泡面，边盯着大屏幕上繁忙的街景，镜头跟随着中枢机下班回家的路线一截一截地切换着路面监控摄像。盯得久了，眼睛又酸又痛。他转转脖子，伸伸懒腰，做起面部按摩操，心想那位前任一定是每天吊着眼睛盯屏幕太久，脸才会变得那么僵。

“主任！”小葵响亮的声音。吓得他一抖，心中窃喜，这丫头终于肯跟他说敬语……刚要接一句“到”，却见她根本没跟自己说话，而是翘首望着大屏幕。

镜头跟随着主机切进一家西点屋。

柜台里专心泡着茶的，那肩线，那腰身，那颗后脑勺，不是主任是谁！

不会吧……航平惊诧，还以为岸真辞了这份工作是要另谋高就呢，竟然到去西点屋打工，也太出乎意料了。

“有收音吗？”他问。

“没有。监视器一般都没声音的。”

“啊啊，真可惜。”

两人协同所有还在值班的技术员一齐仰望屏幕。

只见中枢机不紧不慢地等了一会儿，然后上前搭话。背影迟疑了一下，转过身来。刹那间，似乎有一只装有世间所有情绪的麻袋悬在他面前，袋口一松，倾泻而出。而栖息在他脸上的面瘫小勇士却拔剑而出，左砍右杀，挡了个零零落落，收刀入鞘，下台一鞠躬。他迅速操作点餐机，手法娴熟地切蛋糕泡果茶，还抽空抬头对上墙角的监视器，隔着镜头狠狠地瞪了中控室一眼。

“哇，又不是我们安排她进去的，瞪我们干吗啊！”航平说，“不愧是情报科出身，反应真够快的。”

中枢机在靠墙的位子坐下，眼神却飘到柜台，跟着岸真的动作起起伏伏进进退退，似乎是在回忆什么，又似乎只是在放空。啊啊，还以为他能和主机擦出什么火花呢，竟然就这么结束了。众人略感失望。

“喂，你觉不觉得哪里怪怪的？”航平问。

“怪？”小葵凑近，“你说谁？”

“中枢机。他们两个以前认识吗？”

“怎么可能？！当然不认识。”

“奇怪了……那为什么一直看着他。一见钟情？”

“你这个人脑袋里除了这些乌七八糟的东西还有别的吗。”

“一见钟情哪里乌七八糟啦？！”

“是你乌七八糟！你这种自恋到没救的才会觉得看了一眼就是爱上你！”

“欸，我想的可是正事！我们要死要活地忙了一个月，就是为了让中枢机和那块垃圾食品接上线，搞得自己都心虚。如果她能迷途知返，喜欢上这种正常一点的对象，不是更好吗？”

她翻他个白眼，扭头走开：“就算是这样也不能拿自己人开涮啊。你这家伙做事怎么不先想想后果？”

航平盘坐转椅，继续左三圈右三圈，吃几口零食，看几眼屏幕，心中不以为然。原则上，后台维护是只能遵从中枢机的自由意志选择对象，除非行状恶劣，有负面影响或人身威胁，否则不得过度干预。但非常时期总有个非常手段嘛。

岸主任啊，反正也是造福人类，要么你就牺牲小我好了。

岸真像是有预感似的，抓起外套逃出了屋。只剩欧飒边吃边玩手机。这两人凑在一块，就像伏特加配苹果酱，球鞋加礼服，数学老师和嬉皮士一样，由内向外透着一股鸡同鸭讲的迷茫感。啊，甜点，说到底也算是垃圾食品吧？航平想。想得脑袋疼，索性将桌面上的显示屏切换成电视节目，打算偷偷开会儿小差。

综艺栏目里，嘉宾A又在对最近流行的主机传说大放厥词。说如果双鱼小姐真的是主机，由于她个人的恋爱失败就害时间暂停，可真是无能。现在的小孩啊，素质差，头脑笨，感情又脆弱。区区一件小事，就觉得人生过不下去，没出息透了。自己崩溃就算了，还拖所有人下水，这算什么？！

嘉宾B看不过眼，站起来反驳说，你骂双鱼小姐也没用，又不是她的错。真正的主机肯定另有其人，而且还不知道自己是主机，所以才裹足不前。

正因为这样才该骂！嘉宾A怒道。既然背负着全世界人类的命运，有什么资格和立场崩溃？！我倒是很想知道他是为了什么事崩溃。如果只是不起眼的小事，就让我们所有人的人生停摆了两年，那真是够欠揍的！快点，我呼吁所有知情人立刻把这位不负责任的主机供出来。不管他是失恋、失业、失婚，还是失血过多，都给我立刻振作！没事学什么偶像剧多愁善感，还暂停时间轴哩，我呸，就让我把他钉在十字架上拿鞭子抽他的屁股，看他还敢不敢磨蹭！

啧啧……航平眯起眼。抽主机的屁股？你口气不小啊。若现在坐这把椅子的还是岸先生，你早就连夜被地勤绑到情报处五马分尸了。当然就算分了他的尸，还会有无赖来替补。世间总是不稀缺人渣的。算了，先解决主机的事再说吧。

他失了开小差的兴致，跳下椅子，回办公室去看30斤的公文。

凌乱的桌上，除了小葵的红茶，堆积如山的公文，还有一份崭新的、还没开封的、来自情报科的、关于成睿光的报告。报告已经放了一整天，他还没决定看或不看。文件夹不是红色的，也就是无人身危机。那看，还是不看呢?

他缩进椅子，与它遥遥相对。伸手拿过来，又推回去。

眼看第二次接入维护已铺陈完毕，各路人马都进入轨道，如果报告里抖出了不可告人的秘密，难道临时喊停？喊停之后能做什么呢？进入新一轮的苦等？再去开五百个会讨论毫无功效的维护计划？那和之前有什么两样。

非常时期不是要有非常手段吗。

他伸手拿过报告，然后打开抽屉塞了进去。

CHAPTER 9

缓冲

Buffer

I

周末一早，欧飒被隐约的捶打声吵醒，四下巡视无果，想起久未开封的外公的工作室，连忙找出钥匙。门一打开，几道黑影飞蹿而过。满室狼藉。原来是一窝松鼠，从通风孔爬进来，占山为王。地板和墙壁满目疮痍，原木的工作台也被当成磨牙工具，咬得破烂不堪。

她打电话给堂姐，说要联络动物管制和保险公司，晚些才能过去吃饭。

堂姐大惊：“松鼠也是鼠吧？是不是也有鼠疫？赶不出去就立刻打死啊！”

“两只大的已经顺着通风口跑走了。我在工作台的隔层里发现了四只幼崽，刚出生没几天。不知道爸妈会不会回来接它们，就这么丢出去会死的。”

“对老鼠爱心泛滥个什么劲儿啊，真受不了你。”

“不是老鼠，是松鼠啦。”

“这种事动物管制是不会理的！”

“那也没关系的，小松鼠几个礼拜就能长大。让它们暂时住这儿好了。”

修缮人员一一到场，验伤，估价议价，商定修理条件和工程日期。几个人七手八脚地把桌子搬上车。她靠在墙边，手里拿着抽屉里收拾出来的外公没完成的草稿，和自己当年的涂鸦。心想原来这个房间没有桌椅时长成这样。童年时代她几乎每天都和外公泡在这里，现在却想不起上一次进来是什么时候。

与外公逐渐疏远是上大学以后的事。一是急于享受突如其来的自由，二是因为开始恋爱。几个追求者虽然都没能走到最后，也激起不小的波澜，但她却无法对外公启齿。她太过习惯在外公面前扮演一个小孩，充其量煞有介事地聊聊虚无缥缈的情感课题。有时甚至怀疑，她或许是羞于令外公意识到自己是个女人的。

与学长的那段苦闷恋情，她更是一个字也没提过。

学长因事故退学后，过了三个月，她还没走出阴霾。不想出门，也不敢回家，姑且以课业繁重为借口留在宿舍。整日看漫画，听音乐，钻牛角尖。偶尔也会突然焦躁亢奋，一心要到学长身边去。堂姐发现苗头，打电话给她，说听你外公说已经两个多月没回家了，你可别学那些有的没的给我搞失踪。什么？你要去找那家伙？你都不晓得他家住哪里，要怎么个找法？

“我知道大概的方向，他说过常去的店名，只要去到那附近总能遇……”

“欧小飒！”气不打一处来，“你清醒一点！他都叫你滚远一点了，还死缠烂打跟上去，不丢人吗？再过三年回想起今天你会后悔得想死！”

“我还没全力争取过就这么放弃以后才会后悔……”

“你用尽全力才会后悔！世上是没有别的男人了吗？”

“别的都不是最好的。”

“二十出头的黄毛丫头少把‘最最最’挂在口上，惹人贻笑大方。”

“别说得好像年轻人的感情一文不值一样……”

“你给我听好。现在你正在走火入魔的兴头上，别人越是阻止你越是兴致高昂。所以我不会叫你别去。可是有句话你记住，见面是两个人都想见才见得到，表情要浪费在值得浪费的事情上。你要用尽力气也没关系，但你要想清楚，现在用光了，‘最好的’来了的时候你还剩下些什么给他。”

——所谓最好的，是指什么啊？

——要遇到了才知道。想遇到的人，才能遇到。你一定能遇到的。

好像有人这样对她说。

堂姐的话，当时的她并不完全理解，但也明白她在声嘶力竭地维护自己。所以最终还是哪里也没去，就闷在宿舍里把新伤熬成痂，熬成疤，熬得索然无味。熬到某天小唯推门进来说，你再定格都要长蘑菇了。走走，我们去金融系的小吃街暴饮暴食，去礼堂里看歌手助兴。歌手唱着一首老歌。外公问那是你们学校的学生？叫什么名字？

叫什么名字。

“……什么名字？”有人问她。

她回过神来：“你问我？”

“涂装的材料我们会直接订购，请厂家送过来，需要姓名地址。”

“懂了。”她拿过纸笔，签惯了外公的名字，犹豫了一秒才动笔，“壁纸的花样是二十几年前的，如果还能找到类似的就拜托了。”

傍晚，她给小松鼠喂奶，纸箱里铺了暖垫，安置妥当，搭车去堂姐家。一路上晃晃荡荡，回忆与现实搅成一锅糨糊，挥散不去。鼻尖几乎飘起原木书桌的味道，和许多年前某天放学回家的饭菜香。好像下一秒钟外公就会打电话来，问她是不是又在公车上睡着，什么时候回来。

堂姐家离公司不远。欧烁神情落寞地来应门，打了招呼就坐在餐桌旁玩手机。欧飒去厨房帮手，还没问，姐姐就先指指女儿：“别提了。分手了。一道菜都还没学会就放弃了，说这辈子别想让她给男人煮饭。看来今后也指望不上。”

“这么快？”还没来得及祝福竟然就分手了。

“欸欸欸！”欧烁移驾前来，“你们又说我的坏话！”

“为什么分手啊？”欧飒问。

“因为人生观不同。”

“‘人生观不同’？！你们已经有人生观这种东西了吗？”

“怎么就不行？！”

“你几岁？”

“十五岁零六个月。”

“他呢？”

“十六岁零一个月。”

“所以啦，你们现在的人生里应该只有‘壁上观’才对吧……”

“少瞧不起人啦。你们大人躲起来悄悄聊的禁忌话题，我们全都懂。”

“这么聪明？”她笑眯眯地逗她，“那我考考你。你刚刚说他比你大六个月对吧。那他先进入 18 岁的那半年里，和仍然是未成年的你交往算不算违法？”

“哈？肮脏！你们这些肮脏的大人！”气哼哼转身离去。

欧飒不禁笑出声，心想在这个年纪的失恋，无论付出多少都能全身而退，真是多姿多彩的年月。小姑娘气哼哼地转了一圈又返回来，眨着鬼灵的大眼睛，跟母亲撒娇道：“你们下个月不是有跟成睿光的合作吗。带我去呗？”

意料之外的话题。

堂姐不自然地停顿，说：“不行。是工作日，又不是假期，你别想逃学。”

“为什么啊，你不是说兴趣第一学业第二吗？”

“明星是消遣不是兴趣。”

“通融一下呗，我最近是真的被他的人格魅力吸引。”

欧飒失笑：“你们这个年纪能感受到‘人格魅力’的吗？”

“当然啦！”欧烁摇头晃脑娓娓道来，“现在不是流行世界主机的都市传说吗，有人拿成睿光开玩笑，说他就是那台后台崩溃的主机，才会卡到三十几岁还红不起来。本来只是个无聊的小插曲，但他立刻就承认了，说自己的后台确实出了一点小 bug，然后就在某期深夜电台节目里自爆了暗恋的故事。”

"……暗恋……的故事？"

"说他两年前在工作中遇到了心仪的女生，但互相都没留联络方式，后来也一直没有机会再见面。因为身份特殊，又不知对方的心意，也不敢贸然去找。还为了这事去见算命大师，结果大师却只说缘分该来就会来。就这样等了两年。是不是傻得很夸张？但我觉得还挺可爱的，让我见见本人嘛。"

"'傻傻的'不叫人格魅力，是人格缺陷。"堂姐说。

"哼，你不带我去算了！小阿姨带我去！"

"她也没说要去。你不要一直站在这里碍事，不煮饭还添乱！"

再度气哼哼地走了。

堂姐抽空看欧飒的表情，想问的话又咽了下去。姐妹二人在心照不宣的沉寂中切菜倒水添火加油。欧飒当然知道姐姐想问什么。她本来已经决定，这次的案子，她能离多远就离多远。她受够了和神玩进退攻防，眼看他把成睿光塞到面前，再抽空，又送来又抽空，再送来再抽空……到了第四次，她要是还上钩才是真蠢。然而这突如其来的插曲就像在钩上涂了一层蜜，几乎是在羞辱她的定力。

几番思量后，堂姐开口："说的该不会是你吧？那个故事里的。"

"……嗯，不可能吧。哪儿会那么戏剧化。"

"你不是把联络方式写在卡片上给他了吗？"

"是啊。请经纪人和礼物一起转交的。而且我又没死，也没失联，想见不是随时都见得到吗。"她说，见堂姐面色尴尬，才意识到语气过于强硬，像在赌气，连忙补充，"所以说应该不是我啦。怎么了？你不觉得？"

堂姐停下手里的活，认真看她："你想听实话？"

"你又不是害怕说实话的人。"

"我觉得什么暗恋的故事，只是故事，是刚好借着热门话题绑定痴情的人设而已。但我的想法不重要。如果你想去，就去见见也好。"

"哈？"她略惊讶，"你改变立场啦？就因为那个奇怪的故事？"

“不是……只是我觉得……”犹豫再三，决定直抒胸臆，“只是我觉得，你之前做的许多决定都像是在练习自毁。看见坑就往里跳，故意摔得鼻青脸肿。有路不走，偏去踩水，搞得狼狈透顶一身湿，拉都拉不住。旁边看着的人都不懂你要糟蹋自己到什么程度才罢休。”略顿，见妹妹也停下动作，靠在流理台边，肩膀松垮下来，像被刺中靶心，泄了一身的气，“但是，你现在的状态比几年前好得多，如果想得清楚，去见见也无妨。”

欧飒头一次以别人的视线检视自己头破血流的样子，错愕又坦然。鼻尖似乎又飘来木材与纸张的味道，听到外公的声音，对她说些什么。说了什么呢？

——你在哪儿呢？

邮件的正中央孤零零地飘着那一行字。

她当时没有回复。今后也不会回复。

她在哪儿呢。正如堂姐所说，她仍在坑底，不断攀爬着，但哪里也没去，哪里也去不了。爬得再高，也还在原地。

“是因为外公的事吗？”堂姐问，“我不是你。不知道你的心结在哪儿。当然就算打了死结，人也不是活不下去。你考虑清楚再决定吧。”

“我考虑过了。”深吸一口气，如释重负又精疲力尽，“短片不是我的强项，还是请叶华负责就好。但是如果需要帮忙，我可以去现场跟着跑一跑。”

“好。”堂姐欣然点头，伸出手来，这次没有一掌拍上额头，而是帮她将散乱的发丝梳到耳后，“去叫他们把餐桌摆好，来端菜。”

一席饭吃得沉沉静静又恍恍惚惚。

欧飒听着家人稀松平常的谈笑，错觉一切苦难都过去了，下一秒外公的筷子就要伸过来夹菜给她。吃过饭，又坐上公车晃晃悠悠往家走。邻座的小姑娘津津有味地端着手机看成睿光唱唱跳跳。她情不自禁收紧掌心。是这样吗。他是她对自己的惩罚吗。不是救赎吗。不是只要握住他的手，就能爬回到地面上了吗。

原来她还在坑底。

但问题是，她想不起来是怎么来到坑底的。

是被朋友背叛的时候？是遇见占卜摊的小老板的时候？是被学长抛弃的时候？还是终于大学毕业回到家里，却被外公告知店面就要关门大吉，叫她趁早去堂姐的公司谋个职位的时候？他说，如果你肯去实习，我就做世上独一无二的名片给你。

“那怎么行。”她说，“店里只剩你一个人，需要帮忙怎么办？”

“不是还有这个嘛。”外公拿出她买给他的平板电脑，说，“如果有事就用这个找你。反正店里也没什么生意，你干耗在这儿也是白费力气。”

她不愿意，但也没有坚持到底。独立的大学生活，积累出越来越多不同的习惯与私密的心事，在两人之间铺出一段成人的距离。听说所谓成长就是懂得尊重距离，说不定借这个机会划开彼此的生活圈，相处起来才更轻松，她想。

她开始去公司实习。案子的流程记不住，写商务邮件用错社交用语，设计理念跟客户要求水火不容……琐碎的挑战每天变着花样扑面而来，常常回到家一句话也不想说，需要独处和散热的时间越来越多。有一次，经由堂姐介绍接到一件零活，就在家里没日没夜地修改设计稿。日期将近，毫无进展，她慌到睡不着，跑去工作室放空。闻着画具和颜料的味道，心中焦虑又落寞。忽然听见外公的脚步声，心想大概是被吵醒，来告诫自己早睡早起，一时竟烦躁起来。

外公敲开门，端进一盘水果和三明治，问说：“你是不是饿了。”

“吵醒你了吧。截稿日快到了，工作做不完。我会早睡的。”

“昨天也是早上才睡的吧？”

“嗯……做完这个我会把时差倒回来的。”

外公走近，放下水果，帮她把尘封许久的工作台擦好，拉出凳子，点起台灯：“也不用急着倒时差。只要睡眠时间足够就好了。工作还习惯吧？”

“还好。”

“什么时候有个正经的职位，我帮你做名片。”

正经的职位，是什么职位，她想。她已经尽全力飞奔，想做个出色的大人了，为什么他还嫌不够。她望着灯下那盘水果，怎么看都不舒服，突然开口叫住他：“有件事我想跟你商量下。我想搬出去。”

外公难掩错愕，但并未阻拦，只问：“找到地方了？”

“还没有。”她不敢看他，晃悠着双腿，假装轻松道，“现在的工作我还蛮喜欢的。再过一阵子想申请成为正式员工，到时可以申请员工宿舍。”

“找住处不简单，安全最重要，麻烦欧珊多帮帮忙。”

“知道了。”

堂姐听她说想做正式员工，颇为惊讶：“你是喜欢坐班的人吗？还以为你更愿意待在家里接单，时间比较自由。比起广告文案你更喜欢设计吧？还是只是为了住宿舍？你跟外公的关系变得那么恶劣吗？”

“没有啦……大学时也是至少一周两周才回去一次，恐怕我们都习惯了，现在每天大眼瞪小眼反而尴尬。”

“尴尬？”

“我是那种爱跟长辈献宝的个性。做了上班族以后，每天回家都有种忘带伴手礼似的焦虑感。总觉得……如果拉开一点距离，每次见面都有成绩单可以拿出来汇报就好了。不然会觉得不好意思……”

“白吃白喝长这么大现在才觉得不好意思也太迟了吧。我看你是体验过自由生活，翅膀越来越硬，飞不回去了吧。如果只是不想回家，偶尔在我这边留宿就好了。有客房可以住。突然就搬出来的话，外公的心情肯定也不好。”

就这样，那之后，偶尔工作得迟了，跟同事玩得晚了，她就在堂姐家蹭一晚。外公并没有表现出明显的失落，更像是松了口气。或许他也希望早日与不再是小女孩的小女孩建立新的相处模式。是时候迈入人生的新阶段。

然后，就发生了那件事。一件渺小，零碎，随机的小事。

外公的八十寿辰，姨妈专程从国外赶来操办宴席。亲朋好友齐聚一堂。唯独少了欧飒。她头几天才刚跟外公报备，说不擅长应付长辈云集的社交场合，事后两人私下庆祝就好。于是当天就留在堂姐家赶一件设计。全神贯注之际，手机屏幕亮起来，是外公发来的视讯请求。欸……这个时候大家应该正吃得兴高采烈，该不会是要她隔空向所有没见过的亲戚们问好，再即兴祝寿，表演个节目什么的吧……她想。看着晶亮的外公的视讯请求不停闪烁，闪烁，闪烁，闪烁得比预想中久，随后熄灭。

她推开手机，继续画图。

“叮——”收到新邮件。发件人是外公。无主题。

——你在哪儿呢？

不是说了我在工作吗。不要这么笃定随时都能找得到我行不行。她轻盈地滑动手指，将邮件画面利落地推开，继续工作。

就是这样一个再琐碎不过的细节。就像每时每刻，无数个同时上演的小动作一样看似毫无意义。

她还不知道，从那台平板电脑向自己发送的请求，那就是最后一次了。

不久后，外公入院，到他过世的半年间，欧飒无数次地回想起当时看着未接来电熄灭时疏离而坚决的情绪，和手指洒脱地推开打扰的动作，心中的疑问不停地翻搅上来。难道自己原来是这种人？

这种人……是哪种人呢。

每个人，一生中肯定都有能够定义他人生的那么一件小事，一段插曲，一个瞬间。例如，做了见义勇为的好事，就是见义勇为的人。过着随波逐流的生活，就是随波逐流的人。打着洒脱不羁的招牌，就是洒脱不羁的人。还有宽宏大量的人，抛弃妻子的人，拾金不昧的人，卖主求荣的人……

她孤零零地站在外公的墓前，有个声音不断捶打她，说从现在开始，你一生都是“没有接电话的人”。

姨妈说：“你当时接起电话就好了。来祝寿的人特别多，他一直问我你怎么还没到，是不是还没放学。我那个时候就觉得有点不对劲了，说你不是早就毕业了吗。但他给你发邮件时还挺熟练的，我就以为是自己多心……他那天特别高兴，要是也能和你说上话就更好了。你接起电话来就好了。”

电话铃声响起。

她一抖，头撞在车窗上，醒过来。

手机屏幕显示着店里的座机号码。真像是外公打来的。她甚至环视四周，确认时间倒流的奇迹没有发生。

接起电话，是格子铺的老板娘。一番寒暄过后，说最近的生意实在不太好，本来打算再租半年，但老公觉得麻烦，所以下个月底到期之后就不再续租了。抱歉了，你一个女孩子也不容易。如果有朋友也想租，一定会介绍给你的。

她连忙表示理解和感谢，又为施工的噪声道歉。

挂了电话，不禁怅然。拉开车窗，猛吸几口冷风，彻底清醒过来。适才的旧梦仿佛烟消云散。从早上起，一桩桩一件件小事，好像真的得到谁冥冥中的指引，不知是叫她快点想起来，还是早点忘记。

如果能快点想起，或早点忘记，她就能爬出坑底吗？

当然不行，她想。不管是人还是主机，要尽弃前嫌，或云淡风轻，或雁过无痕，恐怕都只能重启。

Ⅱ

英和又哭丧着脸前来西餐厅打工。跟欧飒并肩洗碗的聊天时间，幽幽地说：“小飒学姐，我可能知道主机是谁了。”

欧飒愣了一秒：“真的假的……是谁？！”

“是我。”

“……欸？！欸欸欸？！”

原来自从有人在电视上呼吁知情者站出来爆料主机的真实身份，涌现了数不清的“知情人”。各个信誓旦旦，宣称自己推举的才是真正的主机。一时间主机满天飞。众人拾柴火焰高，知情人们火速归纳了一套“主机识别条件”。

英和一一比对，认为那台被全世界追杀的中枢机十有八九就是他本人。随即遭到双鱼小姐的无情嘲笑：“你现在就跟那种自我感觉良好的人生失败组一样。就是玩游戏的时候，纯粹因为遇到蠢翻天的对手，才痛快地赢了一局。结果就顺势误认为自己很强，还互相给队友点赞。你真的对自己误解很深。明明没有主角光环，就不要硬加戏了行不行。”

“凭什么我就不能当主角。”

“就凭你那一看就能活到电影最后大结局的蠢样！”

“活到最后？那不是主角吗？”

“错错错。看过电影就该知道，就算是男女主角也可能会在决战中死掉。有一种人却绝对不会死。让你活到最后的技能不是盖世武功，也不是绝顶智商。是‘好笑’！”

“哈？！”

“就是这样没错。男女主角死了你只会幸灾乐祸地看作者接下来要怎么办。但是调剂气氛的好笑角色死了你会撕书。”

“你是说我可笑？”

“不然呢？人生失败组组长。”

“你才是崩溃后台台柱呢！”

…………

欧飒顿了好一会儿，说：“所以你们复合啦？恭喜啊。”

“重点不在那里！”英和哀叫。

“好好好，主机的特征是吧。都有什么条件啊？”

“首先，主机的年龄大概在20到25岁。因为每次假日基本都是晴天。

而且寒暑假的时候，晴天的概率也很高。”

“你这么一说我倒是想起来，好像平日阴雨的日子确实比较多，礼拜日常常是晴天。还一直以为是有控制天气的黑科技让大家假日都有好天气出去玩呢。”

“然后然后，还有人仔细研究了晴天指数最高的区域，推测是主机日常活动的区域。”

“……那只是因为地形的关系，所以有些区域晴天多吧？”

“不不！他们还将这些晴天多的区域抽调出来，以时间轴暂停为界限，做了前后对比。然后发现这些区域在时间停下之后反而阴天比较多，还常伴有诡异的雷阵雨，小冰雹之类的。我对比了一下，根本就是我的活动区域啊！”

“在这一区？”

“你不觉得吗？我们餐厅这一带的天气常常很诡异。之前还突然下冰雹。”

“呃……那……不是因为商圈的排气量比较高吗？”

“不，你仔细想想，之前我们去夏日体验馆，冰雹还跟着我过去了啊！还有，我们大学的邮局门口前阵子还突然地壳塌陷，记得吗？”

“如果真是这样的话……现在你们复合，天应该晴了才对啊。”

“也许留下了终身阴影，永远都晴不起来了。”他长叹一声，“毕业照都要穿着棉衣照了。好想穿春装啊。”

春装……她心中一颤，像被一只突如其来的钟摆迎面锤回几年前的那天。成睿光穿着当时的新款冬装，坐在公司会议室的一角等待拍摄。她倒了杯水送给他。他盯着她瞧了一会儿：“欧小姐，对吧。听说你竭力推荐我。这一类广告我拍得很少。为什么是我啊？”

她千头万绪，只说：“因为我很喜欢你。”

他笑笑，看她的眼神像感激又像施舍：“谢谢你。”

她屏息凝神，手掌发热。就是现在。她告诉自己。就趁现在拿出电话来，轻松地说，可以加个好友吗？我保证不发奇怪的信息打扰你。如果他不愿意，大概会回答不方便，从来没有用过，或者电话没带在身上等一下再说……无论如何，只要趁现在说出口就好了。被拒绝的话，就能死心了。

她深呼吸，刚要开口，却听见有人叫他的名字。他冲她礼貌地笑笑，走到摄影师和化妆师身边去。她留在原地，像有延迟似的，脑中还短暂地预习着该如何开口。直到堂姐走过来敲了她一记，低声问："问到了？"

"没有……"

"啊？那你都在磨蹭些什么？你是笨蛋啊？"

"呃……拍摄结束之后还有时间吗？"

"之后他还有别的工作，肯定无法闲聊的啊。啧，你真是够笨的！唉，算了，你去我办公室拿几瓶酒还是什么的包起来，临走之前送给他，里面放一张名片，写上私人电话。"

"啊……可是我没有名片。"

"那就手写卡片啊！这还要我教你？！"

她连忙照做。小巧的感谢卡里，几行祝语，签上名字和联络方式。对了。就是这个，就是它。这就是能够解答人终其一生无时不刻被其困扰与折磨的究极疑问的神器。只要派它出马，在收到回执的那一刻，即可从用纸、款式、字体、措辞上瞬间得到答案。

会得到答案的吧。

不，就算没有答案，也算是答案吧。

只要有了答案，我就能继续往前走了吧，她想。

但是，没有开始。是冬天，永恒的冬天。

轰——！轰隆隆隆！噼里啪啦……

冰雹。漫天冰雹激烈而密集地敲打在窗子上。像在极力摆脱着什么。

"哇！"英和大惊，"你看！我说什么来的。冰雹跟着我来了！"

"啊……还真是的！"

"对了，我还没跟你说更劲爆的呢。"

“更劲爆的？”

“我不是一直想要破解后台管理聊天室的网站吗。”

“怎么？有进展？”

“我最近终于钻进后台去了，结果你猜怎么样？竟然有人比我先一步破解，还在程序里留了个后门。”

“什么意思？有人在监视那个网站？”

“对啊。大费周章监视这种网站，肯定是真正的后台维护部！”

“哈哈，也可能只是跟你一样闲的人。”

“你听我说啊。然后我就试图找到对方的所在地，跟踪到了一个IP。然后，被我发现在这个IP之下登录过聊天室的一个用户名。我就继续跟踪那个用户名，结果发现这个用户名在其他地方也登录过。包括家庭网络，还有手机网络！”

“……我没听懂啊。能不要讲术语吗。”

“就是说，我猜啊，是后台维护部的员工在家里登录过网站，然后去公司的时候，手机又自动联网登录了。哇哈哈哈，被我抓了个正着！”

“欸？你抓到了？”

“只要跟踪下去，电话号码和住址都不成问题！”

她吃了一惊，压低声音：“别闹了。我们前不久才差点变成勒索犯被抓起来了，你忘啦？如果那个什么IP背后是个不得了的组织，就真的危险了。”

“知道啦。啊对了，学姐，哪天有空要不要去喝一杯？”

“庆祝你抓到后台维护部的员工？”

“还有庆祝我毕业！之后我可能要请辞这里的工作了。给挺多IT公司发了简历，还没收到回信。”又小声嘀咕，“如果我真的是主机，找工作肯定没这么麻烦。后台维护部一定会千方百计给我安排上稳定工作，有钱又有闲。”

“我倒是觉得他们没那么万能。都两年了还没修好，如果我是顶头上司，整个部门还不如解散算了。”

“其实我最近一直在想一件事。就是啊，万一主机不只是后台崩溃那么简单怎么办。不是崩溃，也不是死机，也许比死机还糟糕……”

“……比死机还糟糕的事是什么？”

“就是，用尽全力了。你见过那种钟表吧，电池耗尽时，秒针在原地一抖一抖的，不管怎么抖也走不到下一格。好像活着，但又好像死了很久。”

“别说这么恐怖的话啦！”

“如果真的世界末日的话，那一天你要怎么过呀？”

“嗯，没想过。”竟然到了需要思考这种问题的时候了吗？不断为明天做准备，却没想过最后一天。现在想来，好像也没有特别重要的人可以一起度过。不想去打扰堂姐一家四口，也没必要联络各路亲戚，一个人去海边等海啸也行，到山顶看日落也行，或就在家里煮点东西饱饱地吃上一顿再上路也行。

画面太过具体，她甚至有点感怀。

“那一天之前，有还想再见一面的人吗？”英和问。

她心下一紧，下意识抬头去看墙角的小电视。这一看，还真看见了正在某档综艺节目里谈笑风生的成睿光。哪有这么巧的事，她想。巧得她想笑，想抬头跟神说，真是难为你多事至此。她几乎看见神趴在门边，露出半张脸，像恶作剧过头的小孩一样面露歉意，而同时又想拐她再玩一局。现在的她好像没有力气去跟任何人见面。但是，告别的话，或许是可以的。

如果前提是世界末日的话，去告个别也没什么不好吧。

CHAPTER 10

界面

Interface

I

岸真倒是很认真地考虑过世界末日要如何度过。既然是末日，自然可以尽情地执行那套会触发红色警报的魔咒行程，先逛个书店，再吃个火锅，最后舒服地躺在沙发椅里边看电影边在半梦半醒中结束。叔叔婶婶大概会叫他过去，但一家人面对面一起等死也很奇怪，不如各死各的内心还平静一点。

辞职三个月，他自觉面目越来越和善。最大原因莫过于不必跟任何人撒谎。面对家人朋友，再不用捏造什么数据分析师的工作。说什么都能直来直去，聊什么都有根有据，去哪里都有去有回，爽快到一个心花怒放。

2 月 711 日，接到林奈的大哥发来的短信，邀他参加生日聚会，他一口答应。街上到处是情人节的预告。又一个“2 月”快来了。

上一个情人节，他也是独身一人，前女友还醉醺醺地打来电话，问他可不可以来过夜。他正要回工程科值班，婉拒说要见客户。她却说，大半夜的见什么客户啊，直说你身边有女人就好啦，都分手了，又不必躲躲藏藏，何必再骗人。该不会就是那个叫“奈奈”还是什么的人吧，我就知道直觉没错，红粉蓝颜都是借口，怪不得交往那么久你一点进一步的表示都没有，亏你婶婶还那么喜欢我，太过分了。真搞不懂你们这种人，明明后台同时偷开好几条程序，表面上还能若无其事地跟别人交往，根本在浪费我的时间。

他百口莫辩，辩了也是谎言，索性不说。心想她的指控并非毫无根据。回想起来，他甚至不确定对她说过几句真话。因为内疚，常买贵重的礼物给她，当她问起“数据分析师怎么会有这么多钱，你该不会是给黑手党洗钱的会计吧”，又要再扯一轮谎，再内疚一回，再补偿一次，恶性循环，源源不绝。

他专门为此请教牧老大，问他进入工程科三十几年，如何权衡公私。牧老大说这可问倒我了。以前的人讲究一个“余地”，夫妻之间也是如此，只要人和薪水按时回家，后台里跑几个程序也不妨事。现代人不同了，示爱偏要天下皆知，狗仔恨不得钻进底裤里拍照，连电邮也出了可监视，对方何时收信开封的插件，什么事都要翻个底朝天，把唐突当成磊落……每个人都想掏你一个实底，要你一句实话，但同时也没有人肯交实底，讲实话。你的罪过并不比别人重。这么想就好了。我们维持最高限度的保密措施，比起保护自己，更多的是保护民众。这种超出自然规律的事情，若论起对家人隐瞒真相还是开诚布公更好，那当然是前者啊。自我质疑自我反省不是一件坏事，但也要常常提醒自己在做的是什么。

“在做的是什么……”他轻声附议，像在说服自己。

牧老大沉默片刻，问道：“你还记得员工守则第一条是什么吗。”

“当然记得。”他说，“不得妄呼神名。”

他甚至还记得第一天去维护部人事科报道，前辈带他做了体检，填了表格，签了文件，指着屏幕上欧飒的资料说，这个名字，你只见这一次，从此无论公私一律称呼中枢机。世人不能从我们嘴里知道这个名字。这是第一条。

“三十几年我从没叫错过。”牧说，“这是我们的工作。”

平心而论，岸真是喜欢这份工作的，和记者一样同是情报交换，还更刺激有趣。为它怠慢健康，疏远亲朋，以为会跟牧老大一样坚守数十年，再把一生的经验交代给下一位，没想到最后却是为不相干的事辞职。

林大哥听说他辞了工在家闲晃，立刻问他要不要来自己的报社工作，驻外的人几个月后要离职，刚好需要精通外语的记者，常年飞来飞去是辛苦了点，但作息自由，待遇不错，专业又对口。有什么问题，聚会那天详细聊聊好了。

他爽快答应。

“啊，对了。”大哥又说，“林奈也会来哦。”

“嗯？”妹妹来参加哥哥的生日会不是很正常吗，“好啊。”

“呃……哦，还以为你们吵架了。”

“没有。怎么了吗？”

“本来叫她帮我约你，她说找不到人，叫我自己打电话……”

“哦，是我搞自闭，很久没出门。之前工作有点累，想清静一段时间。”

他答得有点心虚，知道自己的任性决绝恐怕在几个人的关系里撕了挺大的口子，实为不明智。但感情这码事本来就与理智不共戴天。

在他心里不为人知的角落，从孩童时代起，就有个方寸长的小人马不停蹄地编织着他和林奈的未来图景——他们以后住在什么样的房子，养什么样的宠物，吵什么样的架，和什么样的好……高低起伏，巨细靡遗，像绚烂的巨型壁画，真切得吓人。然而林奈却常常远走高飞。不知跟谁野到哪里去。等她回来的时间里，他逐渐清醒，壁画的色彩逐一淡化、凋零、覆灭，变成一面冷静的白墙。他在墙前重新雕刻自己的人生。淡然、自持、平整。而这时，只要林奈再次飞奔而来，拉他起舞，雪白的石膏就又裂开，露出鲜活欲滴的内脏。冷却又复燃，再冷却再复燃，没完没了。他怎么能允许自己永远被套牢在死循环。所以撕裂也好，薄情寡义也好，他也只有认了。

Ⅱ

傍晚，他准时抵达聚会的酒吧。与林大哥打招呼，送礼物，聊工作，又叙旧，然后坐在靠墙的位子玩手机，心想这恐怕是多年来头一次心无旁骛地参加社交活动。不用观察在场的人，也不用担心被叫去加班。

林奈姗姗来迟，略显匆忙疲劳，肩头有灰尘，衣角也划破了，看来是刚出过任务。她跟大哥嘻嘻哈哈地聊了一会儿，转眼看见岸真，笑靥如花，快步跑来。

“好久不见。”他说，指她肩头的划痕，“刚‘下班’？”

“啊啊……别提了。”她直接拿过他的水杯喝了个痛快，“冬丽再不回来我就要死在前线了。那个孔雀男也太会藏了，翻遍他家都没找到什么。”

“成睿光家？入室调查不允许一个人去的。”

“欸欸，情报科一姐我事故率可是零。有什么不允许的。”

“这么久了，怎么还在调查他？”一说出口，又后悔过问得太深。

“本来是已经告一段落了。结果那家伙自己爆料说两年前见过中枢机。”

她掏出电话打开娱乐八卦网站，硕大的标题写着“成睿光自爆暗恋对象”。下面详细地写出了他与对方擦肩而过的前因后果，再追问女方身份，便以不好意思暴露对方隐私打扰人家生活为由婉拒。

“这里说的……不一定是指中枢机吧。”他皱眉。

“不管是不是，调查令是又下来了。没事找事。”她嗤之以鼻，“如果真的不想打扰，何必故意提起人家呢。吊人胃口，撩拨话题的还不是他自己。”

“即便只是炒作，这人的人品也是堪忧。二次接入暂停了？”

“暂停？现在的工程科主任可是像个没头火车一样拉都拉不住的角色。”

“还要继续？”

“当然继续。下周三是二次接入，再下个月是第三次接入，计划都铺好了。”她说，“我下个月还得出差去孔雀男的老家挖祖坟。这家伙迁过户籍，得去调他的通话记录，找他父母的号码所在地，如果不行，就得去搞汇款记录，查家人账号和地址，如果是用什么假户头汇款手续就多了，有够麻烦的。万一接入成功，跟主机还开花结果，以后还得伺候这么个主子，烦都烦死了。”

还没水落石出之前就继续接入，过于鲁莽了，他深觉不妥，但也不好太过诟病，一来，毕竟接入计划是他在任时起的头，如今只是一步错步步错，再者，或许工程科如此操作有其深意也说不定。

突然想起什么，他干脆问出口：“统筹部的‘总务科’，你听说过吗？”

“总务科？”情报一姐表示迷惑，“怎么了吗？”

“一段时间之前，听说总务科给安全科的人调了岗。是有人事变动吗？”

“总务科给安全科派岗？”她诧异，“总务科什么时候有这种职能……”

“我也是没怎么听说过这个部门。你了解吗？”

“略有耳闻，他们的人是一次都没见过。听说是个……专门给下面的科室收拾烂摊子的部门。大概是协调管理吧。”

“收拾烂摊子？我们有什么烂摊子可收拾？”

“要是这么说的话，以前是没有，现在有这个活宝新主任了啊。我看他指不定哪天就要捅出娄子来，他爸不是统筹的顶头上司嘛，大概是先派出一队兵在旁边等着给儿子擦屁股吧。”

“有那么夸张？”

“是不是真的不知道，反正流言满天飞。总归就是说他草率无能玩忽职守呗，人缘那么差，被黑成炭也不稀奇。”她伸了个懒腰，聊够了工作，“欸，你跟大哥招呼也打了，该谈的要是都谈完了，就陪我吃火锅去吧。我蹲了一天点，现在又喝一肚子凉水，要晕死过去了。”

他迟疑，知道一不小心又要顺势被牵走，得拒绝才行。正在想借口，眼前突然闪过欧飒的影子。

不，不是影子。

欧飒就站在酒吧大门口，身边还跟着英和，和补丁友莉。三人走进门，服务生立刻笑脸相迎，说鄙店今天里面的半场被人包下开生日会了，如果不介意坐在外面吧台的话，三位这边请。随即带几人入座。

岸真僵在椅子里，走也不是，不走也不是。曾在西点屋跟主机打过照面，动作太大怕引她注意。犹豫之时，还真见她往这边瞄了一眼，连忙转过头去。

“哇，主机……”林奈小声惊呼，笑眯眯地说，“你干吗这么害羞啊。”

“她身边跟着补丁，是在维护吧。”

“估计是在贴补丁吧。”

林奈猜得没错。欧飒与英和相约喝酒，友莉从半个钟头前就在附近闲晃，等待“偶遇”。终于相认，大呼好巧，欣喜同行。

“我们走吧。”

“等等！”她反而不急了，坐回沙发，好整以暇道，“你都辞职了，又不必增援，紧张什么。情报员的热情所在就是看好戏啊！陪我加一会儿班！”说罢，抬头搜索屋角的摄像头，笑着招了招手。

中控室的航平大喜，也隔空跟林奈招招手。小葵在旁边翻个白眼，就怕他又心血来潮节外生枝。刚想提示一句“你给我冷静一点”，只听友莉说：“你们先坐，我去一下洗手间。在外面跑了一天，膀胱要炸了。”是说给欧飒、英和，也是报备中控室和门外的保全。

“欸，等等！”航平抓起话筒叫，“你人走可以，把话筒给我留下，别又出现音频资料空缺啦。”

友莉闻言，作势解开领口下方的话筒。欧飒注意到这个动作，惊喜道：“你怎么会有这个呀？你不是东南大学毕业的吗？是我记错了？……”

“这个？”她尴尬，“这只是个小胸针。”

“哦哦，还以为是我们学校的徽章。”

这么一提，话筒这物件变得太过显眼，友莉只好戴回身上匆忙离席。欧飒想回头问问英和有没有戴着学校的徽章，却见学弟神色凝重地盯着手机画面，随即取出手提电脑，十指飞快地敲打，黑漆漆的屏幕滑过无数代码。

“怎么了？”她问，“女朋友发现你不在家，又连环轰炸了？”

“不是……”

“那是……欸，考试成绩出来了？很糟糕吗？你要给教授写信？”

“也不是……”

“那是面试的公司有结果了？到底怎么啦？别吓人啊。”

他合上电脑，喝了几大口啤酒压惊，凑近学姐耳畔：“我不是说过找到一个后台维护部的员工吗。他使用家庭网络和手机登录网站……你还记得吗？”

“呃，记得啊。你还在找啊？”

“不，我写了一个程序，他每次上线的时候提示我。”

“所以呢？他现在上线了？”

“不仅上线了……”艰难地吞咽口水，“他跟我们的 IP 是一样的。”

“……什么意思？”

“他连了这家店的 WiFi。”

……欸?

她愣了几秒，反应过来：“你是说他现在也在这里？在这家店里？”

两人如受惊的兔子竖起耳朵凑在一起，悄咪咪地审视四周，看谁都可疑。记得服务生说里面的半场是生日会，难不成其实是后台维护部的聚餐?等、等一下……英和喉咙干涩：“小飒学姐，后台员工在这儿的意思……不就是……”

“不就是……？”

“是主机也在这儿啊。”

“欸，真的……”转念又一想，“不会真的是你吧？！”

“别取笑我啦！你看谁比较像？”

“你们在看什么呢，那么专心？”友莉归来，见姐弟二人直勾勾地看着店内，也顺着他俩的方向看去。这一看，吓得不轻，靠墙的沙发座上那不就是岸主任吗？！没想到自己的补丁之路竟如此崎岖。不是数九寒冬在外罚站个把钟头，就是跟着主机四处追星，喝个酒还要遭受前任上司的死亡凝视。维护世界和平这么心累的吗？她暗抚虚弱的心脏：“呃，里面好吵，要么我们换一家店？”

两姐弟正找主机找得上瘾，怎么肯换。

中控室的航平更是不肯了。他看见欧飒饶有兴趣地盯着岸真瞧，心中无限窃喜，连忙指示：“快问她要不要认识一下里面那位美男，帮她介绍。”

小葵一听，全面奓毛：“你疯啦！你这又是要干什么！”

“不是跟你说了吗，只要能矫正主机的审美，带她改邪归正，就让岸主任牺牲奉献一下，也算是为国捐躯了。”

“岸主任已经辞职了，是一般民众，凭什么捐躯啊？！”

“那如果是一般民众，用他做接入不是合情又合理了吗？”

“你……你……你快住手！”

“友莉。”他抓起话筒，“试试看主机的意思，只要她喜欢，咱们就免费大放送了啊。全员给我听好，只要主机点头，今天补丁就不贴了，坐地接入！动起来啊！还愣着干什么！是嫌我没有岸主任那么杀人不眨眼吗？我是不会杀人，但别以为我没有撒手锏。员工守则护得了你，护不了别人。谁敢磨磨蹭蹭的，本少爷明天就拿他的家人做接入！”

哇，被拿去做接入，惨过被抓去当壮丁，岂止生不如死。这位新主任的独门绝技竟然是乱点鸳鸯谱。众人连忙各自埋头电脑前动作起来。

友莉接下这道命令，暗暗叫苦，对不住了岸主任，我也是身不由己，转而壮士断腕，探身对欧飒说：“快看，那边有个帅哥。”

欧飒有点近视，又隔着人群，看得不甚清楚，只觉得岸真的轮廓有那么一点眼熟，好像在哪儿见过。旁边的英和倒是戴了隐形眼镜，把岸真看了个仔细，但对帅哥毫无兴趣，继续搜寻主机。

“要不要过去说说话，认识一下？”友莉问。

“呃，不好吧，他身边好像有女朋友。”

“那个不是、呃，不像是女朋友。”

“还是算了。那边在过生日，贸然搭讪，惹得人家心情不好。”

“怎么会啊。聚会，生日会，婚礼，现代人参加这些纯粹是为了联谊，不然谁会大老远跑去跟一群陌生人交际，还不是指望跟陌生人发生点什么。”她意有所指，“我们这个年纪，就算发生点什么也很正常嘛。有什么好害羞的。”

“嘘——别看了别看了。他好像在瞪我们了。好吓人。”

“是、是吗……”我才被吓死了呢，友莉想。话说到这个份儿上，也算是尽了人事，松了口气。工程科全员也跟着松了口气。只有航平一脸惋惜，暗暗较劲，发誓下次非送球进洞不可。

另一方，岸真可不知道自己刚逃过了一劫。四周谈笑继续，一切如常，他逐渐放松下来，才发觉好像从没在这个距离毫无顾忌地观察主机。她坐在朋友中间，仿佛灵活自如，心无旁骛，如果不是主机，如今大概过着更轻松的日子，不必背负任何人的期待和怨怼。不，如果她不是主机，大概永远也不会有人知道她卡住了吧。不知道自己卡住的人，也能若无其事地过完一生。

“欸欸！”林奈打了个响指，“打住打住！你瞪她干什么呀？”

“嗯？”他回过神，想自己大概又面目狰狞了，“我没有。”

“哈哈哈，不是亲手执行的维护，是不是看着不顺眼？就像自己的老婆被别人给拱了似的吧。皱个眉头是要吓死谁。”

“我只是觉得为什么日常维护要带她喝酒。”

“成年人喝个酒有什么不行的。而且也不只是喝酒。”瞥一眼友莉，“想喝酒在家也能喝酒。在外面喝酒当然是社交啊。你看补丁不就一脸正在物色猎物的表情嘛。算他们找对地方了，大哥的朋友不说是青年才俊，至少也都算品行端正，就算不交往，当道小菜吃一吃也有益健康。嗯嗯，这个新主任，冒失是冒失了点，思路还是挺沾地气的嘛。”

他眉头锁得更深：“你都不觉得这样有问题吗？”

“有什么问题？她都二十四五岁的人了，有需求很正常啊。欸欸，你有资格说人家？你自己不就是来者不拒，这些年来来回回，正式的非正式的女朋友有没有二十个？你自己说。”

“她跟我怎么能一样。”

“哈？！”她拉长声音，啼笑皆非地看他，“不一样？不然你以为牧老大当年为什么选你做继任？”

他哑然，像撞到埋在土下多年的一块硬结：“什么意思？”

“你不知道？！”她掰正他的脑袋面对欧飒，简直想用教鞭敲黑板，问他有没有认真听讲，“你仔细看看她。还不明白？”

“……看什么。”

“还以为你早就知道。只要有眼睛就看得出来，你们啊，父母都不在身边，由亲戚带大，独生子女，身边有固定两三个朋友的小团体，闷葫芦，心思重，又爱装没事……欸，大家都是情报科出身的，别逼我给你侧写啊。牧老大为什么专程跑到情报科去挖你，当然是因为你长她那么几岁，知道会走哪些弯路，要吃哪些苦，人生才会更脚踏实地。你清楚自己的临界点在哪里，也就能替她掌握火候。如果遭的罪超过忍耐极限了，也方便出手相帮。结果你可倒好，直接把所有的罪都挡掉了。真是放手里怕碎，放嘴里怕化，比亲爹还亲。还……算了不提了。话说回来，至少今天来这里的人质量还算过关，如果能发展起来，总比拱手送给那个孔雀男好多了吧？”

他张张嘴，没发出声音。好像在交了卷之后被塞了一张正确答案，才发现所有的感觉良好全是误会。换了个话题：“你说接下来要出差去他老家调查？”

“按流程是这样的。不过感觉去不去结果都一样。第三次接入方案都出来了，调查报告只是做做样子。就算查出那家伙是个变态，新主任也不会踩刹车。看样子是铁了心要做到底。”

“没那么夸张吧……”

“我看难说。新主任才多大，还是个黄毛小子，又是养尊处优长大的，有钱家的少爷，都是人家‘维护’他，他怎么懂‘维护’这种事。我可是听说他把以前的资料一把火烧了，说‘新官上任三把火，第一把火就先烧陈仓烂谷’……”

“不会吧。我跟他共事了一段时间，看起来不像这样的小孩。”

“就算是假的，传成这样，也知道多招人烦了。而且你不是说，连总务科都待机准备好收拾烂摊子了吗。唉……这也没办法。历届的主机，有过得好的，也有过得不好的，毕竟工程科的水准参差不齐。只能说这一届运气不好啦。况且现在世界卡成这样，上面的人应该也放任他撒欢，随便怎么维护也无所谓吧。主机今后的人生可要精彩了。”将水一饮而尽，放下杯子，“走吧走吧，吃火锅去，你再瞪下去，主机就要烧出洞来了。”

“……”

两人与大哥辞行，先后离开酒吧。经过前台时，欧飒匆匆回头看了一眼，这次又没能将岸真瞧清楚，只觉得那身形确实在哪儿见过，若换上一身别的行头，领口再别一枚别针，在哪儿见过来的？

“啊啊，追悔莫及了吧！”中控室的航平大叹扼腕，挥舞手中的薯片，“刚才给你制造那么好的机会，又不好好抓住。现在看人家还有什么用！”

“你老实一点吧！”小葵冷眼，“成睿光那边怎么办！”

“什么怎么办啊。接入不都准备好了嘛。”

“那突然把岸主任扯进来干什么！”

“试试嘛！先试试再说呗，万一有意外收获呢？生活就是充满各种突发的可能性嘛。难道有了接入方案，就干巴巴地等着接入行动吗？系统的维护和更新，就是要频繁稳定，见缝插针嘛。”

“不都跟你讲了三千遍了，我们承受不了突发事件吗。”

“好啦好啦，别念了。我再怎么修，机体也绝对不会更坏的。放心吧。”

她听出端倪，追问道：“什么叫不会更坏。你知道些什么吗？”

他却罕见地闭紧了嘴巴，不肯再说，跳下桌子，抖落一身薯片渣，扬手往办公室走去，把她的质疑挡在门外。

屋里的公文依然堆积如山。他拣了块空地席地而坐，随手抄起一捆记录文件，看了几行，又丢在一边，索性躺平，把自己埋在纸山之下。他才刚补习到主机大学毕业的记录，勉强过了半数。下周接入行动结束后，纸山之上又要再加两捆调查报告和行动记录，要赶齐进度是遥遥无望。

大学毕业……?

他突然想起什么似的，一骨碌坐起来，伸手打开办公桌的抽屉，掏出一个小盒子。里面是几款在职人员的设备样品。他拿起那颗纽扣话筒端详，跟中心大学的校徽确实有几分相似。她之前是在哪儿见过这个东西呢？难道是补丁小唯身上的话筒被她发现了？但和补丁的谈话记录里又从来没提过。

奇怪了……她见过部门员工吗？是谁呢?

CHAPTER 11

探测

Ping

I

双鱼小姐心情不错，起了个大早，优哉游哉地边看电视边炒了两道菜。

新闻一刻不歇地实况转播末日天灾最前线的救援画面。她换了几个台，丢了几颗坚果入口，又扫了几眼手机。经纪人打了三百个电话，也渐渐放弃说服她归队。多谢这场灾难，人人自危，冤头债主们都逃得不见人影，哪儿有功夫对她穷追猛打。兵荒马乱最好永远持续下去，她想。英和竟然说她疯癫，她才想骂他天真哩，都不知有多少走投无路的人多亏了一场末日才得到解脱。

她盛了碗小排骨，去英和的房间馋他，见他又对着黑漆漆的电脑屏幕敲来打去，怒道：“你不是说在投简历吗？竟然在偷懒！”

他头也不回：“我才不想被人生一天班也没上过的人这么说呢。”

“你说反了吧？！我可是从 13 岁起一直在上班。反而是你一天班也没上过！该不会又在找什么硬件维修部吧。”

“后台维护！维护部！”

“我看你是活得不耐烦了。电影里哪个去找神秘组织的人有好下场？”

"你不是说我能活到大结局吗。这个世界的神，你就一点都不好奇？"

"我不信那些。"她盘坐床尾大吃特吃，"因为世间不公平，人才会去信神。信了神，又祈祷世间公平。这不是很蠢吗？信神的都说有神佛庇佑，善有善报恶有恶报，难道不就因为善恶不分好人没好报，才去信神的吗？信神不如信自己，我的每一分钱可都是辛苦出卖色相赚回来的。"

他当然也明白，所谓后台、主机或神都一样缥缈。但他不甘心："算了吧，像你这样的，神也未必想见你。"

"哼哼，我看神也未必想见你啊。你不是说找到了一个什么聊天室的IP吗？结果怎么样，人家肯见你吗？"

"那叫动态IP，又不是联络方式。"

"电影里IP只要追踪就行啦。你怎么这么笨。"

"那是电影！要由IP追查真身，要么是拿着搜查令去找运营商，要么就只有自己动手黑进营运商的资料库。那可就是实打实的重罪了。"而且万一真像小飒学姐所说，找了半天，对方根本不是什么后台员工，而是跟像自己一样的闲散宅人，那就蠢翻天了，"即便找到IP对应的户主姓名，也不代表是使用网络的人，像我这里，就是房东开设的网络。难道还能去问房东你租给谁了吗？"

"为什么不行？！"

"为什么不行？人家凭什么回答我啊？！"

"哼哼，是不会回答你。但是会回答我。"她得意，起身拿小排骨"咚咚咚"敲敲碗边，"您是这边的房东吗？打扰了！我们是电视台寻人节目组的，想跟您打听一个人。啊，您是我的粉丝啊，哦呵呵呵，好害羞哦，今天都没怎么化妆，要合个影吗？"表演完毕，回身斜睨他，"刚刚是谁说神不待见我来的？本人可从没遇过拒绝见我的人。"

"走开。我现在就不想见你。把肉留下！"一把抢过饭碗开动。

她大人不记小人过，趴在床上百无聊赖地翻杂志："所以，说了半天，你找到了后台又想怎么样啊……"

“呃……”支支吾吾，“想跟他们投个简历什么的……”

嘶，敢情这个傻宅是找工作找疯了，竟然把主意打到邪门歪道去。刚想吼他几句，她突然想起什么：“倒也不是没有办法。”

“欸？”眼睛一亮，“什么办法？”

“卖我牙齿的那个网站，有许多类似的产品啊。什么后台工作证、介绍信之类的。假货不少，真货肯定也有那么几样吧。”

黑市交易？说来说去全跟犯罪道路脱不开关系。他兴趣不大，但……闲着也是闲着，于是敲打键盘，前往网络丛林深处的未知地带。

这一去就像老僧入定。若干个钟头过去，身后的女友翻完了杂志，玩过了手机，看了一部电影，还稍微睡了一会儿，醒过来又煮了一壶咖啡。夜色降临，屋里只剩屏幕的光亮。突然，灯光大亮，他吓了一跳，见女友已经独自吃过晚饭，正倚在门口舔冰激凌。

“还说我们女生逛街慢。你逛起黑市来也挺六亲不认的呀。”她说，“怎么样，看到我的牙了吗？是不是很贵？”

他茫然揉眼，不太情愿似的回到现实：“我买了个东西……”

“欸？！买了？！”她瞪眼，冲到电脑前，“你怎么买得起！”

“买了个便宜的……”

“什么便宜的……”

“网址。”

“网址？！”

他打开页面向她展示。交易内容下方写着“后台维护部入职测试网址”。备注里详细说明了来龙去脉。声称后台维护部历年的入职测试都会选择性地发给应届的大学毕业生，只有达到指定分数的人才会接到对方的电话。说得头头是道。页面旁边的“猜您喜欢”栏还有“历届后台维护部入职测试考题参考答案A卷B卷C卷和D卷”……

“这是什么玩意儿，捆绑销售？！”她说，“一看就是骗人的。”

“但只有这个比较便宜，就想买来试试看。没想到……”

“没想到？你通过了？”

“没有。我没做测试。”他说，“是分析了网站，想看看注册人和IP什么的。当然对方隐藏了网站IP，我就……”

“听不懂！直接说结果！”

“网站真实的IP，是个A类地址。”双手捂脸，陷入挣扎。

“还是没听懂。A类是什么……”

“IP这种东西是有限的，而且分等级。A类是预留给超大型组织机构的。”

“所以呢？”

“所以如果只是随处可见的、垃圾广告一样的‘智商测试网站’，怎么可能分得到A类地址啊！看到数段的时候我都要吓死了。”起身长叹一声，飞身跃入床中，痛苦得滚来滚去。

“意思就是说，被你找到了？那真的是后维部的入职通道？”她问，“那你还沮丧个什么劲儿啊？”

“我是应届毕业生啊！”他捶胸顿足，“不是说会选择性地发给应届毕业生吗。那意思不就是说他们筛过我的资料，选择不发给我嘛！为什么会落选啊！”

“行了，别犯傻了。我看是你想太多。”女友说，“什么A类B类，后台入职。找工作这种事，有熟人介绍是最方便的了。你不是说有个‘IT大神’吗？”

“欸！”一个鲤鱼打挺坐起来，“什么大神？”

“就是在有名的IT公司上班的那个……什么来的……”

“伸哥！荣伸哥！”

“你给他们公司递过简历吗？”

“那么有名的公司，怎么会要我这种应届生。”

“有熟人就不一样了嘛。他不是个组长什么的吗？就算说不上话，也能分享点经验。面试的时候，你再稍微提一提名字，面试官也会对你另眼相看的。”

“哇哦……”不愧是在鱼龙混杂的龙潭虎穴混了十年的老油条，攀亲道故的交际手腕真是驾轻就熟，“我对你刮目相看了。”

“不需要！你还是只专注于我的美色就够了。”她说，留给他一个潇洒的背影，优哉游哉转去客厅吃零食看电视。

他思虑片刻，决定先给荣伸写一封电邮邀他吃饭。一来联络感情，二来讨教经验，提起找工作的事也不会太过唐突。

于是，就这样，第二天早晨，后台维护部工程科六组的荣伸一到达科室，就接到了来自英和的邀约信。由于对象是主机身边的人，不敢贸然应邀，立刻上报联络员，请求支援调度。

小葵将情况写进简报，连同日程安排一起整理好，赶在主任上班之前送去他桌上。推门进去，只见文件的海洋中，纸片的波浪下，埋着一具人体，吓了一跳，声音提高八度：“你什么时候进来的，还是你昨晚没回去？！”

航平从纸堆里爬出来，顶着一双黑眼圈：“给我咖啡。我不要茶。”

“你没睡？”她惊叫。自从这个家伙来做主任，她的特技简直只剩下翻白眼和惊叫，“后天就接入了，你现在不睡觉是打算做什么。”

“我这不是在补习吗。”

“临阵抱佛脚还有什么用……”

“问题就是在于没找到佛脚啊。”他嘟囔着，趔趄起身，靠上桌子，掸掸手中的几捆文件，“给我咖啡，争取今天内看完。”

“‘佛脚’是什么……”

“成睿光。没找到成睿光。”

“找他？你看到哪儿了？”

“毕业后，小唯的继任补丁缺席，日志缩水。23 岁这年的文件只有 5 斤。”

“没办法，外公生病，主机也没什么心情结交新朋友。”

“问题就在这儿，她的社交圈又不宽，也没认识什么别的人，是谁跟他提起成睿光？”他说，用手指在桌上画了一条时间线，“现在的已知条件是，外公两年前过世，而在这前后，日志都没有出现过成睿光的名字。不仅如此，毕业、实习、家变，无论哪件事都跟他毫无关系。”

“他不是自爆说是在工作中结识的吗？”

他窝进椅子，按揉酸痛的肩膀：“我问你，假设你是主机，跟成睿光之间要发生什么样的事，才会连提到他的名字都浑身不舒服？区区在工作场合见过几次面，至于吗？”

“你是说，在工作的时候，他、他、他……对主机干了什么吗？不可能吧，如果是那样，他怎么可能自己拿出来说。”

“当然不可能！那里好歹是堂姐的公司，自家地盘，谁敢对主机怎么样。”

“那……那你什么意思。”

“我是说，得有个前因后果。”把近几年的文档按照时间顺序一摞摞排开，“所谓‘崩溃’无非两种情况。一是被没注意到的小事突然绊了一跤，一是已知矛盾经年累月积压到爆发。不管哪一种，总得有个蛛丝马迹吧。但我看得眼睛都快瞎了，也没找到成睿光。到底是谁提起过他的名字……”

“那你要怎么样？现在喊停也停不了。接入都铺开了，就算你不去，人家成睿光广告也照拍。就等于我们又白白给他介绍了份工作。”

“不停不停……挣了老命安排上的，怎么能停。先接上再说。”他从她手中接过简报和日程，扫了一眼，问道，“这是什么？英和？”

“对。英和给荣伸发了邮件，说想见面聊聊。”

“聊什么？现在哪有空理他啊。”

“那怎么办？已读无视？”

“无视啊。等我们忙完了这阵再说。你不是说只有高中生才会急吼吼地你来我往吗。先晾他几天吧。”

“明白了。还有……”她从门外推进一个半人高的纸箱，“这是统筹的总务科今早派送来的，限你本人签收。回执我放在简报里了。你签好后再叫我。”

总务科有什么包裹好派送的？他撕了封条，掀开纸板。毫无悬念的，里面又是满满当当的文件。翻了几页，是针对堂姐一家的背景资料。他哀号一声，屋里的纸山还没看完，竟然还要补习主机周遭的亲友报告，还不如叫他直接去死比较快。他拉开门，门板撞上纸箱，只开了一条缝。这下可好，出也出不去了。他叫：“小葵！咖啡！四杯，给我四杯！”

II

欧飒比闹钟还早清醒，第一个念头是成睿光。是成睿光拍摄的日子。她望着天花板发了一会儿呆，起身洗漱，吃了早饭，喂了松鼠，打扫房间，跟来修缮的工人打招呼，晾衣服，垃圾分类，出门赶车。

刚到公司，坐定没几分钟，叶组长就到她桌前来：“有个礼物送给你。要不要。”说着递出一个长方形的小盒子。

她对那个形状再熟悉不过，心脏还是漏跳了一拍。

“名片啊。”她轻声说。

“对啊。等一下见面的时候也许用得着。”

“呃……我这种小助理印自己的名片会不会太好笑了。”

“帮你加了个艺术总监的抬头。怎么样。是不是很撑头。”

“谢谢组长！”她乖巧地说。

名片上印着她的名字、职称、电话和地址。像一封给自己的信。标准版型的名片，自然不比外公亲手做的精致讲究。但外公的信，她是收不到了。

第一个发现外公异样的是隔壁邻居。那时欧飒正在公司开会，电话里说外公穿着睡衣在门口转悠，跟他说话也不应。她连忙驱车赶回家，见外公坐在门口的台阶，冻得嘴唇发紫。见了她，笑着说，等你半天了。你不是说今天半天课吗?

姨妈又从国外赶来，说几个月前过生日时还好好的，怎么突然变成这样。医生说，病人有静默性中风史，大概他自己都没察觉。家里不能再住，得去专业的护理机构，也得请人照看。帮外公打包行李的那天，他坐在轮椅上，无辜地环视四周，问欧飒说：“那我们还回来吗？还回家吗？”

“当然。”她说，把他喜爱的保温杯放进旅行袋，“当然回来。”

安置好外公后，姨妈送欧飒回家，站在卡片屋门口，嘱咐道：“你有空把房子收拾好，正好这次趁我回来，联系几个朋友，看能不能把铺子转手。”

“那怎么行？！”她错愕，“外公回来住哪里？”

“哈？！怎么回来？你不是都听到了吗，失智症是不可逆的，他现在不是去治病，要怎么回来？”

一想到外公不会再打开工作室的门，心里就蹿火，她压着声音说：“他想回来的时候，总能回来住几天吧……”

“就说了他不是去治病。来来回回哪有那么容易。家里又没有配套的设施、扶手，无障碍通道都没有，上厕所也不方便。再说，从现在起，情况只会持续恶化，他要洗澡按摩大小解甚至灌肠的话，你一个小姑娘怎么办？”

“我……”

“我知道你跟外公感情很深。但他也是我父亲，看到他的样子我也很痛心。这是我能想到最好的安排。可不可以请你不要表现出你的伤心比我们大家的伤心更真诚更深刻更值钱的样子？！”

那股火被生生抛上一抔泥土，灭得灰头土脸。她低头：“……对不起。”

“我也抱歉。话说重了。大家心情都不好。希望你理解。”姨妈退一步，回到车里，降下车窗，留下最后几句，“我会联络几个朋友过来看看。店面的开销太大了，不解决早晚是个负担。你好好想想吧。”

她望着计程车绝尘而去，站在风里迈不动步。只要推开店门，就能闻到外公的味道了。她怕会号啕大哭，显得不够体谅世间的生老病死。就在风里好好想了很久，想不起来是怎么走到这一步。而且越是回想，每个细节都越像先兆。

她想起外公变得不太爱出门，送纸样的人来了也要隔着门板问上好几句才敢开。想起他为了电视上不起眼的政论节目置气。想起他常常枯坐桌前，几个钟头一动不动，见她来了，就问你什么时候才有个正经的职位，我好帮你做名片。被问得烦了，她以为他嫌自己不够上进，索性留在堂姐家玩游戏机。又想起某一次，她见他坐在沙发上吃点心，口水流出来，垂得老长。他惊慌失措，连忙抓纸巾擦嘴，却不得其法。她以为那只是年迈的常态，退开一步，瞥开视线，怕他知道自己看见了，心里难过。

她还想起他端着平板电脑，直面镜头，郑重其事地跟她说，今后工作要努力，也别忘了恋爱。

还想起他最后一次清醒的生日，她没有接他的电话。

每想起一件，心口就拧一下。如果每一次琐碎的细节，她都注意到就好了。如果注意到，如果多跟他说一句话，他是不是……就不会一个人走出那么远。

她的不安汇聚成焦虑，又转化为怨恨。她怨恨这个世界的神，如果这世界真的有神的话。都说因为有神的安排，所以每件事的发生都有教育意义。但她想不到有什么事是非要让一个人丧失尊严地活着才能学会的。

没有人活该得到这种惩罚。如果有神的话，该死的是神自己。

她的生活变成三点一线。公司，家，护理中心。

外公有时状态好，能跟她连贯地聊上几句，有时视线一错开，就要从头聊过。你现在几岁啦。做什么工作。工作忙不忙。薪水够不够。什么？你大学毕业啦？哪年毕业的。现在几岁啦。做什么工作。工作忙不忙……

她不厌其烦地回答同样的问题，觉得只要不断回答，就能把他身上脱落的碎片粘回去。都粘回去，就能修好。

她就一直粘，一直粘。

然后，就发生了那件事。一件渺小，零碎，随机的小事。

那天，她煲了外公爱吃的汤，拿去护理中心。门一推开，室内一阵冷风袭来。几扇窗户大开，秋风穿堂而过。外公靠在床上，穿着单薄的睡衣裤，被褥不翼而飞，他冻得手脚发抖。叫天不应，叫地不灵。

这是什么？这算是什么？

她怒火攻心，把锅碗一摔，出门去找护士理论。就在走廊里大吵了一架。对方连连叫屈，说外公刚刚解手，弄脏了床单，才拆下去换洗，屋子里有味道，所以开窗通风，可绝对没有别的意思。

胡扯！她心想。手脚冰凉，根本不是刚刚发生。想跟外公对质，他又说不清楚，苦无证据。这些人就是吃定了老人无法诉苦，才任意怠慢。她想跟外公大哭一场，但一见他置身事外似的笑容，又不忍心再提。

她笑着看他，盛一碗热汤给他，说，给你做了好吃的，你猜猜是什么。

外公指指门外，问，你刚才在跟谁说话呀。朋友也来了？

“嗯？朋友？没有啊。”

“我都听见了。他在哪儿？门外吗？请他进来坐坐啊。”

“谁啊？”

“成睿光。”

…………

她慢慢把汤盛完，心中浮起的苦楚，不知算是错愕，还是释然。好像之前的每一个微小的转折，都是为了带她来到这一步。在这里等着报复她。

她笑，喂他喝汤，说，没有朋友，是我一个人来的。

净瞎说。我都听见了。他在门外吗？请他进来坐坐啊。怎么没进来？你一个人来的？净瞎说，我都听见了。他在门外吗？请他进来坐坐啊。你怎么只盛了一碗？给朋友也盛一碗啊。他在门外吗？请他进来坐坐啊。

请他进来坐坐啊。

谁啊。

成睿光。

…………

"……成睿光……"组长说。

"嗯？怎么了？"她回过神来，"怎么了吗？"

"外面又下起冰雹来了。成睿光的经纪人说他们会晚一点到。这鬼天气，不知什么时候会停，上次都把车子砸出坑来了。"

"那我跟场地的人联系一下。"

她把名片收起来，咽下喉间的酸楚。起身去影印资料，又到茶水间灌满水壶。墙壁上巨大的海报与她两两相对，像欲言又止，又像已无话可说。如今见了面又能说什么呢。也许人生就是这样。远远看着反而心存侥幸，一旦接近了，谁也不能给谁抚慰。

"你还好吧。"堂姐也来倒茶，"怎么还没出发？"

"天气不好，对方会晚点到。"

"你不想去，就跟组长请假，找人替补。"

"我没关系。"

姐妹俩靠着流理台，在成睿光的海报前静静地喝茶，相对无言，好像翻山越岭到了终点，没有感言，只有疲倦。

欧飒想说点什么，或感谢或抱歉。她还记得第一次跟姐姐提起成睿光，正值落叶时节，是记忆中最后一个秋天。她踩着被雨水浸成泥的落叶，从护理中心一路走到堂姐家，眼睛又红又肿。站在门口，说，姐姐，你听说过成睿光吗，早间新闻之后有个乳酸饮料广告里那个人。

没听过。新人？他怎么了？

我想见他。

堂姐看看她，什么也没问，只说，好。

然后秋天结束，冬天来临，两年过去了。

电话铃声响起，她接起来，是在家中施工的人。说为了修补墙壁，拆开了工作室通往仓库的门，才发现水管被冻裂了，半地下的小仓库整个地面浸在一掌深的水里，墙壁爬满了霉斑，看来至少事发月余，水面的冰碴化了又冻，冻了又化，泡在里头的纸样和招牌全数变形发黑。

“说是连招牌都烂掉了……”她心急如焚。

堂姐大惊：“住在发霉的房子里可是会死的。”

“还不晓得情况有多糟糕，我得先联络除霉专家和保险公司。”

“你收拾东西到我家去吧。”

“不用啦，如果要拆卸施工什么的，我也得看着才放心。”她犹豫，“那……现场……”

堂姐摆摆手：“明白了。你先去吧。”

冰雹不知何时已经停了。她立刻跑出公司，叫了车回家。

而此时，在马路另一头，等候多时的工程科地勤见到这一幕都傻了眼。女主角这是……临阵脱逃了吗?

中控室里，航平也从路面监视器目睹了实况。只见欧飒一手抓着外套，一手拿着钱包，一路小跑上了车，头也不回地开走。丢下一屋子人大眼瞪小眼。差点背过气去。“这、这、这是发生什么了！所以我就说了要放监视器在公司里面嘛！这算什么！又是怎么啦！她这是又要逃到哪里去！给我抓回来！抓回来！”

技术科来报，跟踪到主机的手机软件叫了车回家，最后一通电话来自工匠。

“什么？这紧要关头她竟然回家补墙去了？！”

小葵白他一眼：“你不是最爱突发事件吗？现在开心吗？”

“你别气我了。”他目眩气短，“快去把主机给我绑回来！”

“绑谁啊。别做梦了。”

他还想说点什么，只见技术科的联络员快步跑来，惊慌失措地报告，有人试图黑进后台维护部的前端测试网站，请示处置措施。

“前端网站不是统筹的人事管的吗，关我什么事！”

“就是人事的技术组发来的消息，请求共同作业。”

“这有什么好请示的啊。有黑客，我们就黑回去啊。以牙还牙以眼还眼没听过啊。走开走开，这里正忙着。”

“呃，但是技术员跟踪回去，发现……是英和。”

“哈……？”

“黑客是英和。所以要一般障碍处理吗？”

“欸？等、等等，别处理……等我先处理完这边的接入再说。”一想，又觉得不对，“英和怎么会知道前端测试的网址？”

“我们怀疑是在暗网购买的。”

“暗网能买到我们的网址？！”

“不仅有网址，还有人挂出了中心大学的毕业年册，里面有所有的学生照片。并且宣称主机就出在这一届毕业生里。”

“这怎么不早说？”

“接入维护优先，本来准备下次情报会议时请示处理措施的。请问要投标拿掉商品，封锁卖家，黑瘫网站，还是有别的指示？”

他搓搓脸，脑中糊成一团:“不能投标，买了反而是给了它市价行情。”

“难道就任它挂在上面？”小葵异议。

“这种网站,关闭了一个也会立刻出现另一个,轻举妄动会打草惊蛇。”

“一届学生就那么多，就算用排除法，早晚也会把主机揪出来。总不能就这么装死，放着不管吧？”

“学生年册那么多本,难道每本都买。那不就等于坐实了主机的坐标？”

工程科地勤举手：“主任……前方地勤说已经跟着主机回家了，还绑吗？”

“绑……绑什么……呃，不绑。等一下……”

小葵补刀：“四组的人还等在拍摄现场等着维护，请问是否待机？”

“等一下！等！一！下！都给我等一下！又不是在玩打地鼠的游戏，你们不要一直冒出来了行不行！都给我闭嘴！”

静了下来。

无人作声。

即便无人作声，他糊成一团的脑袋还是转不快。铺开的一个个路障仍然横陈在前，像在跟他示威。耳边嗡嗡作响，头也开始痛起来。

“请问……”人群后方，个子最小的邮件室员工弱弱地举手，“那个，情报科刚刚派人送来了接入对象的调查报告，请主任签收。”

主任气不打一处来：“这边忙得快冒烟了，邮件室的凑什么热闹啊！？”

“呃，不，那个……是紫色的……”

“什么紫色的！”

“信封是紫色的。您还是立刻就看比较好……”

“……”

而在城市的另一端，欧飒火急火燎地赶回家。本想亲自确认情况，但底层的湿气沿着楼梯，带着腐腥的味道漫到大门口，根本迈不进去。

她打了几个电话，等大队人马把抽水除湿仪器搬进来，并交代她说，仓库里的东西，尤其是纸制品，有一样算一样都不能要了，接近仓库最好也戴口罩。她也不好过于坚持，显得感情用事。就靠在墙边看一箱箱纸样和斑痕累累的招牌依次撤离。招牌一步步远离她的视线，下意识地跟了几步，被工人拦住，问仓库是否也需要修缮，如果打算长期闲置的话，不如不要花冤枉钱，封起来更方便。

她想起姨妈的话。知道这又是一笔无意义的天价开销。还是无法点头。

“我跟家里长辈商量一下再答复你吧。”她说，“还有，那块木头招牌，如果无法完整保存的话，可以切下一块给我留作纪念吗？就麻烦你和账单一起寄到这个地址就好。谢谢。”

工人陆续搬进又搬出。熟悉的大门口变得陌生。

她避开这副场面，走进卧室去给英和打电话，说明天工人可能会作业到晚上，大概无法去西餐厅打工。

“小飒学姐！”英和惊呼，“我正想着要不要打电话给你……”

“出什么事了？”

“也可能完全是我的错觉啦。”

“到底什么事？”

“那个，我们不是跟小唯姐介绍的两个哥哥姐姐出去玩过吗？”

“友莉和荣伸？”

“对对。你还记得荣伸哥说自己在哪里工作吗？”

“嗯？好像是 GR 科技吧。你不是还很崇拜人家？”

“对不对！我也记得是 GR 科技来的！我们上次跟友莉姐一起喝酒，她好像也说是 GR 科技啊……”

“哈？怎么啦？”

“我给这家公司投了简历，今天才刚刚去初试面谈……”

“哇，恭喜啊！”

“最后结果还不知道呢。只不过，有一件事有点奇怪。呃，怎么说呢……我跟面试官提起了荣伸哥的名字和部门，他们都说没听过这个人。害我尴尬得要死，还以为是记错了。”

“欸？不是 GR 科技吗？”

“我记得是啊……去漫画展览那天，他还跟我聊了挺多工作的事。难道是我听错了，或是有两家同名的公司？啊，不好！一定是我听错了吧。”

“有名片吗？”

“欸？”

“荣伸当时有跟你交换名片吗？”

“名片？”

“对。同一家公司的名片都是统一定制的。如果你有他的名片，拿出来跟 GR 科技面试官的名片比对一下不就知道了吗？”

“……”

CHAPTER 12

插件

Plug-in

I

岸真决定去报社工作。距离就职尚有数月，他盘算着或去大学旁听几节课，或在数字媒体兼个职，找回上班族的状态。在那之前，还得去跟统筹申请定制一份退役员工职业履历和配件，包括几年来“数据分析公司”的职员档案，老板推荐信，客户好评，业务来往邮件邮箱，异地出差票根，土产纪念品……

统筹行政科的联络员接了订单，说：“既然接下来是去报社工作，我们可以定制更有助益的职业背景，没必要沿用数据分析公司职员的身份。比如，数字媒体类的公司里策划或文员的简历，可能对报社的职位更有用哦？”

“没关系，我是去熟人的报社。对方知道我在做数据分析，不好改口的。”

“了解。如果今后要更换下一份工作，可以来我们这边重新定制。不过有两到三周的制作周期，无法加急的，请您安排好时间哦。”

等了三周，他去取履历。对方拉来一只旅行箱，说从文书票据到配件都在里面，旅行箱也是特别做旧，上面还贴着若干张往年的托运行李贴纸。之后推给他一个婚戒大小的绒布盒，里面是他的耳机和声筒。耳机从现在起只能连接到紧急调频，而声筒的电路底盘也被拆掉，变成了真正的徽章。

他略感钦佩，拉着箱子往外走，就在走廊里碰见林奈和情报科的年轻后辈排排坐在总务科门外长椅上，像在等候发落。

后辈先认出他，跳起来打直了身体，紧张得声音发抖："主任好。"

"哈哈，别紧张，稍息稍息。"林奈笑眯眯地介绍，"这位是植羽，去年刚来情报二课的新人。啊，你来取履历啊？这么大一箱，好可怕，都装了些什么啊。我听说曾经有个员工退役后嫁入豪门。那种门第不是都会对儿媳妇彻底调查嘛。结果给她的配件里，连七年份日记都写好了。"

他看出她不同往日，神情稍显疲惫，问道："你怎么会来统筹。"

"来送年度报告啊。"

"两个人一起？"

"哈哈，说来话长，一言难尽啊。"指指背后的办公室，"他们在批示回执呢，一会儿弄好了，一起去吃个饭吧。我们家那位这几天回娘家。我再吃外卖就要吐了。"她说，像怕被他拒绝，又像准备好被拒绝，"箱子看起来挺沉的，有事的话，就不耽误你了。"

他从未见她如此士气低沉，况且还有第三个人在场，也没必要闪躲："车停在后门。你们弄完去找我吧。"

"我、我也去吗？"植羽举手。

"当然去！"林奈勾上她的肩膀，"主任请客，还不好好蹭他一顿！"

三人前去相熟的火锅店。

刚一坐定，林奈就点了几瓶啤酒，不解渴似的干掉一瓶，长叹一声，扔出一颗炸弹："我觉得部门应该就快要解散了。快，你也来喝一瓶压压惊。来来，小植羽，快跟前主任汇报一下这个月有多精彩。"

"我、我……"小女生怯生生地咬着筷子往后缩，"不、不可妄证。私下里聊工作的……这、这样好吗……"

“欸，跟一姐混就是要把员工手册抛在脑后！”她一挥手，干脆自己来说，“我们上次见面到现在一个月，二次接入失败，前端网站瘫痪，主机的学生年册被定位，接入对象的调查报告是紫皮的，工程科还要再继续推进第三次接入，接到主机被彻底玩坏为止，怎么样，精不精彩？”

根本不知该从哪里问起好：“调查报告是紫皮？不是说下个月才去他老家？已经去过了？”

“还没，这次的报告是我们二课技术组的小植羽写的。快，你来说一下。”

又被点名，植羽只好放下汤料，加入对话：“我们组的任务目标是成睿光的经纪人。我们拷贝了她的手机，同步了信息和账号……呃，过程省略三千字，总之发现她除了常用的网购账号以外，还有另外一个账户。本来一个人有多个账户也不稀奇，但那个账户下网购的都是四五岁的小孩的童装。”

“……不是用来送人的吗？”

“送货地址确实是她姐姐家。但地勤去过她姐姐家，发现只有 6 岁的双胞胎女儿，没有四五岁的男孩。”

“这……”这往好处想，买一套衣服的理由有很多；往坏处想，大概只有一种解释，“找到孩子了？”

“还没呢。”林奈插话，稍事停顿，等服务生把菜上齐，接着说，“但有比孩子更糟糕的事。就是，恐怕主机已经知道这件事了。”

“怎么可能。我们都不知道，她怎么会知道。”

“不就跟你说过女生的直觉都很准的嘛。而且他们在工作中碰过面，聊上几句总能露出马脚。我估计，八成因为这样，所以二次接入才会失败。听说当时所有人都在原地待命了，结果主机死活不想见孔雀男，直接叫了辆车逃回家去。”

“……你没听错？”他失了食欲，“这不像她会做的事。”

“什么不像？逃跑？逃跑可是不分男女老少，所有地球人的第一应激反应。她从大学起就倾慕的偶像，见了面，共了事，才发现是个已婚的沙猪，而且还在节目里说暗恋了自己两年，有意进一步，是你，你不逃？”难掩鄙夷，“现在想想，立了春，春天却不来，不就正是这种状态吗。好不容易发现春天，走近一看根本是一摊没化干净的烂泥。”

“不会吧。如果男方这么糟糕，没理由继续接入的。”

“我可是听说新主任在中控室大放厥词说他的撒手锏就是乱点鸳鸯谱。我今天就是跟来探探统筹的风声，看总务部到底要怎么收拾这个烂摊子。谁知道总务部还是大门紧锁，像不存在似的，其他科室的联络员也各个坚如磐石，不该说的话一个字也不说。”不胜唏嘘，“不过这才叫正常运作。反观工程科现在是四面漏风。我去打听第三次接入的虚实，还没旁敲侧击，对方就一股脑倒给我了。”

“所以还有第三次？”

“就在这几天了。没有红皮报告，谁都拦不住。新主任是这么说的：‘她会坐车跑，我们就不会驾车追吗？本少爷这就把那男的给绑了，开车送到她家去！看你往哪里躲！’我看主机被玩坏是分分钟的事。”

越说越离谱。他推开碗筷：“他们应该是有什么特殊的理由吧。新的人事关系还不稳定，大概也是无暇顾及网站那些……”

“你干吗替他们说话啊？”

“只是觉得传闻不可靠。继任是年轻气盛，但也不至于胡闹到这种程度。”

“对、对吧……”植羽小声说，“我也觉得他不至于像别人说的那么夸张。我们跟工程科的技术组一起开过会来的，他见了谁都笑呵呵的，看起来很和善。而且，最重要的是，故意把主机修坏，对他又都没有任何好处，何必啊。”

“哦哦，年轻人，头脑很灵活嘛。”林奈逗她，“在情报科做技术员可惜啦，要不要姐姐推荐你跳槽到工程科去呀。来来，你就来分析一下局势好了。如果是你，要怎么个维护法？”

“前辈别、别拿我开心了。我、我哪儿懂啊……”

“怎么会不懂，主机的年龄跟你差不多大，快来说说，让我们参考一下。你觉得她和孔雀男之间是怎么回事。喜欢还是讨厌？如果喜欢为什么不想见面？如果讨厌为什么只对他打雷？”

“这、这个嘛……除了这些，还有‘既喜欢又讨厌’的选项嘛。”

“一边喜欢一边讨厌？！”

“呃，正所谓‘因爱生恨’啊。”她搔搔额角，不好意思地说，“我上学的时候暗恋过同班同学，告白后被拒绝了，虽然心里也明白不是人家的错，但还是有很长时间感觉不舒服。也不知是不是自尊心作祟，总觉得有把柄握在别人手上。甚至还恶毒地诅咒他下一段恋情不幸福，最好一生都不幸福……”

“所以，你觉得是主机告白被拒，爱不到所以才打雷下雨落冰雹？那我问你，你当时的人生‘停止’了吗？被拒绝之后，有感觉卡住吗？”

“嗯，不管做什么都能想起他来。一会儿希望他最好干什么都不顺，一会儿又希望他想起我的好，回心转意来追我，满脑子妄想，反正感觉挺鬼打墙的。”

“但就为了这点事鬼打墙两年多，也太奇怪了吧。”

“不奇怪呀，人这么精密的仪器，少一根针都会报废的呀。”

“哦？那你觉得，少的是哪根针？”

“嗯嗯，其实吧……我觉得‘停下来’，也并不一定是少了什么。一般来说，考虑‘人为什么会停下来’这个问题时，大体上会有‘在等着什么’‘在怕什么’，或者‘受伤了’之类的理由。但是，除了这些，还有‘没什么目的地停下来’的选项嘛。”

“没有目的地停下来？”

“比如，‘不知道该去哪儿’的时候，不是也会停下来吗。走在路上，拿出手机查地图，不知道该往哪里走，就在原地站一会儿，人生不就是这样……”

“不知道该去哪里？她身边每天围着二十多个地勤，随时都有人带路好吧。”

“那是从我们的角度看上去嘛。我们是几百个人热热闹闹地在一起没错，但从她那边看上去，美禄姐姐走了，小唯姐姐走了，学长走了，外公走了，店也没了，追了好几年的偶像还是个渣，做着算不上喜欢的工作，前途都不知道在哪儿……我们这边，再正常不过的职位轮替，人事流动，对她来说，不就是身边的人一个一个都消失了吗，仔细想想，简直就像恐怖片现场。如今岸主任也走了，她就谁都没有了，如果我是她，还不如去s……”正说到兴头上，只见主任欲杀人灭口的表情，吓得一缩，“对、对不起，我有点得意忘形了。我、我刚来工作没多久，其实业务什么的也都还不熟……”

“稍息稍息，不要怕。来来，给你点个草莓圣代压压惊。”回头拍拍岸真，“好啦好啦，你再瞪下去小植羽要原地自燃啦，聊点轻松的。”

但能聊什么呢。都说没话讲的时候最好的解药是聊天气。他们当然不能聊天气，聊起来像作战会议。

一席饭吃完，心事又多了几件。

他先送两个女生回家，又想去西点屋蹭点甜食，正值下班时间，怕碰到主机，就多绕了两个街区转去分店。婶婶正在柜台里算账，见他来了，忙拿出焦糖芝士和红茶，说几星期没见你怎么比之前更扁了，是不是每顿只吃糖都没有蛋白质？啊，对了，晏宁上次出国前还留下什么俱乐部的健身卡，你要不要？

他摇头，问堂弟最近如何，又聊了几句店里的生意，再想不出说什么，闷头啃蛋糕。婶婶也不再追问，坐在一旁低头理账，知道他是个爱藏心事的小孩，虽然也试过交心，想他变得开朗，但毕竟隔着一层血缘，逼一个寄人篱下的孩子敞开心扉恐怕适得其反。幸好他身边有林奈和那两兄弟，跟喜欢的女孩子一起长大，也就没什么机会和理由变坏。

岸真当然明白婶婶的苦心。他七八岁时，父亲病逝，母亲改嫁之前将他送来叔叔家。年幼如他，也明白这与之前常来玩耍寄住不同，背后没了靠山，今后的日子不会好过。但想象中的苦难不曾降临。叔婶待他视如己出，堂弟出生后，也一视同仁，弟弟有什么，他就有什么。

多年以后，他将自己有的都给了欧飒。

他给她补齐三四个固定对象的朋友圈，帮她排出时间和英和堂姐见面，只要是她想要的东西，他都尽量满足，连交通灯都恨不得一路绿色……如今看来，反而是弄巧成拙，把道路连同她身边的人都一一摘空了吗。然后自己也抽身而去，两袖清风。他还记得在职的最后一天，欧飒在吧台后边洗杯子边跟英和说笑，全然不知那天之后的凶险。而自己单方面地告别，逃离了现场，把她归进前尘往事的旧货柜里有条不紊地等死。是啊，谁都会逃跑的。他不就逃跑了吗。

所以在她看来，身边的人一个个都逃跑了呢。

也因此，小唯之后才贴不上新补丁吧。人来来去去，再没有留下谁的兴趣。

小唯宣布卸任的那一次维护，中控室严阵以待。毕业旅行途中，两人在游轮的房间边打牌边聊天。挑了个心情不错的空隙，小唯说，自己想学那些毕业后环游一年的文艺青年，去看看国外是不是真的能找到自我。已经跟家里申请了“丢人基金”，这次旅行结束后，就要独自上路。

欧飒并没有什么激烈的反应，只是笑笑，说世界真奇妙，总觉得别人的时钟比自己快，在没注意到的时候就走到下一格了，只有她还在原地。

为确保正常维护，几乎所有补丁都要比她大上三五岁。这么一想，她确实好像是被快了几步的时光隧道包夹在中间的绝缘体。

小唯卸任后八个月，准备与交往许久的男友成婚。并不打算邀请欧飒。为此特别跟主任陈情，希望一生只有一次的大婚之日能留给自己。暂且不论她已经退役，如果真的请主机参加，不但精神紧绷，婚礼上还要多出二三十口不相关的人，根本无法跟家人交代。她做补丁的几年，哪怕是深夜凌晨，刀山火海，只要主机有需要都是随传随到，从未怠慢。只有这一天，她希望自己能当主角。

话说到这个份儿上，也只有随她去。

然后，欧飒就在共同的朋友那里看见婚礼的请柬。她想不通自己突然被踢出交际圈是错在何处，也无法兴师问罪。既然对方要与她保持距离，她就得尊重距离。几个月后，外公过世，葬礼不久，接到小唯的电话，请她去婚礼玩。她越听越觉得那温婉的语气里透着浓浓的不情愿，点燃了她积压许久的情绪。

“我不想去。”她说，“为什么连自己的婚礼都要向别人道歉？你这个人到底是怎么回事？”

小唯放下电话，抬起头。所有视线都集中在她和岸真身上。

她说：“抱歉，我试过了。”

“谢谢你。我才抱歉。”他说，“开口让你做这么为难的事。”

然后，冬天来了。冬天没有离开。

岸真想不出是错在哪一步。

“好吃吗？”婶婶问，“最近进了点艺伎豆，要不要尝尝？就是这个时间喝咖啡怕你睡不着。啊，不过反正也还不用上班，没关系吧，你等一下。”

“不用。我饱了。”脑袋里的事又杂又沉，他就想趴在桌上睡一觉。

“都不上班了，怎么还烦成这样。报社没安排好？”

“不是。也没什么。之前的事……之前，有件没处理好的事。”

“是没处理好的人吧？”婶婶反问。

“啊？”他装傻。

“事只会烦几天，人才会烦几年。怎么啦？遇到喜欢的了？”她笑，“没处理好还不快去，都世界末日了，等什么。”

“嗯……”这要怎么解释才好，“总之已经过去了。”

“被别人追走了？”

“嗯……嗯。”

“那就追回来呗。年轻人不就是追来追去的才有意思。人家结婚了？”

“不说她了。问你一件事。人生如果停下来了要怎么办？”

“人生？停下来了？”婶婶摘掉花镜，笑道，“那不是很好嘛。如果可以，我就选停在 25 岁。有时间，有精力，有希望。就算穷一点惨一点也附加凄美的爽利感。很多事都还没想开，但有没想开的情趣。是酸甜可口的水果拼盘。多好。即便是你这个年纪也很不错。二字望三，担当和抱负都握在手里，只待施展。可以说是杏仁巧克力塔派加鲜奶麦片吧。”

“塔派和麦片……吃起来很腻的感觉。”

“没错，就是在油腻的边缘左右试探！”她说，收起玩笑，帮他整整衣领，“别烦了，要不买张机票去找晏宁玩。他们应该还在放暑假。但听说那边也挺冷的就是了。”

“不用，我没事。”

“遇到喜欢的别轻易放过。试过了，实在不行也就算了。这世上谁离了谁也都能活，谁离开谁也不是末日。离不开才是。但如果能遇上离不开的人，一起享受末日也挺好的。年轻人活得铤而走险一点嘛，走一步想三步，热菜都凉了。”

“……”

他昏昏沉沉地回家，开了电视，窝进沙发，睡了醒，醒了睡，脑袋里雾罩罩的，梦又多又乱，看不出个所以然。耳边播报员的声音绵延不停：沿海城市持续坍塌，地壳开裂，达总面积的百分之二，请大家持续关注警讯，及时避难……

百分之二。听起来像个进度条。走完剩下的九十八会发生什么呢？他想。

在走完之前，他能做些什么呢。

不，或许什么也做不了。现在的他，没有资格做任何事。

——如今岸主任也走了，她就谁都没有了。活该被刺探，被欺负，被耻笑。

——不然你以为牧老大当年为什么选你做继任？

——历届的主机有过得好的，也有过得不好的……只能说这一届运气不好啦。

一周过去，脑中的雾气始终不散。去跑步，练球，散打，都不解恨。情绪指针像无法承受更多压力似的，颤抖着指向“爆发”，却什么都爆不出来。懊恼、焦躁，和空虚拧成一条蛇，在心腹细密地撕咬，尤其猖狂。

或许真该去找晏宁玩几天，他想。

正打算要订票的时候，接到林奈的电话。

听筒里阵阵风声，她气喘吁吁：“中控室的密码告诉我。”

“什么？！”

“红电话的密码。不是只有主管知道吗，按了密码才能拨通的红电话。”

“发生什么了？”

“呃……嗯，你还是不知道的好。快点告诉我。要来不及了。”

“密码怎么能随便说。到底怎么了。你在哪儿？”

沉默片刻，说：“给你发了邮件。自己看。”

听到那几个字，他心里像泼进一盆凉水，已经差不多有数。来自林奈的新邮件，附件是几百兆的视频档案。颠簸的镜头里，是从高处的树丫中俯瞰一处洋房的后院，老两口带着五六岁的男童。

“这是在国外？”

“如果在国内，三秒钟就被我找到了！我正赶飞机回去，你快点告诉我。工程科已经开始接入维护了，没有红电话不会停的。”

“那也应该由情报科主任来打，你隔空取一个密码能做什么？！”

“已经联络过我们主任，他说这不够红皮报告的级别，顶多一个紫皮，不涉及人身安全不好插手。”

“那就递话给工程科的联络员，小葵你认识的吧？她的私人电话你有吗？”

“我早打过了，她也跟新主任沟通了，没用。”

“没用？！知道了也没用？”

“总之不肯停。除了红电话，一概不接，谁也挡不下来。”

"为什么……"

"我是听说了点这个新主任的黑料，你肯定又觉得夸大其词。"

"什么黑料……"

"说他的初恋女友要结婚了，时间轴暂停前就定了六月的婚期，他就是想要时序停在现在，阻人家的婚礼。所以天气每次稍微暖起来他就出各种馊主意。"

确实夸张，但也来不及细想，更不知该信谁："你拿了密码又能怎么办，打一通电话是解了气，上头盘问下来，你要鱼死网破？"

"我怕什么，大不了辞职。反正也都这样了。我们拼了命拿回来的情报，工程科根本不当一回事，有没有情报科也无所谓。"

"但是你不在科室吧？帮你打电话的人不是也要受牵连？"

"那你说怎么办！就眼看那个黄毛小子无法无天？"

"维护在哪里进行，什么计划，你知道吗？"

"不是说了吗，'本少爷这就把那男的给绑了，开车送到她家去'！"

"哈？！把人绑了送到她家去？"

"没错。他们黑进了经纪人的行事历，趁孔雀男独自出门工作的时候，扮成来接人的专车，然后一路把人送到主机家去！"

"……开始了吗？几点？"

"你们那边三点半。"

看表，还有半个钟头。他起身，抓起钥匙、外套，快步走出门去。

II

这个月，工程科并不太平。

二次接入失败之后，原定的三次计划也被取消。航平大手一挥，说我们辛苦搭鹊桥，他们又不来走，偏要走独木桥，那就别怪我把路直接铺到她家去。就选一个主机无事在家，而成睿光也独自出行的时机，派人驾专车把他送到她门口。脸贴着脸的距离，看还有什么意外能阻止男女主角轰轰烈烈地重逢。

一切准备就绪，计划万无一失，去接成睿光的车也已在他的公寓附近徘徊，随时等待调遣，这时，小葵却忧心忡忡地从会议室跑出来，拉航平进了主任办公室，说最好趁现在收手。

天杀的。这次世纪大重逢是被诅咒了吗？！他在心里骂街，嘴上也顺便骂出来："这是要死的节奏吗。又怎么了？！这次又是什么？！"

"情报科的人说找到了成睿光的小孩。"

"哈？！谁跟你说的？报告呢？"

"来不及写报告了，情报员还没回来呢，先暂停接入要紧。"

"这种事情，没有报告，随便谁一说，我们就停止维护，有这个道理？！"

"不是事态紧急吗……说是去了男方老家，没找到什么，就又去了女方老家，两个老人早已去了国外，带着个五六岁的男孩子。"

"那……那也可能是那个女的跟别人生的小孩啊？"

"情报员去看了幼稚园的名册簿。你猜孩子姓什么。"

"……成。"天旋地转，急火攻心，想随手拿什么砸一砸，但屋里堆满的除了纸还是纸，一口气憋在胸口差点晕死过去。

"现在暂停还来得及。我去叫开车的地勤回来吧。"

他抓着头发一言不发地想了一会儿，定下神来："那对男女有问题这事我们早就知道了，如今只是多了一个孩子，也没差多少，接入继续。"

"'没差多少'？！以前只是有个'地下女友'，但是'小孩的妈'地位可就不一样了。万一接入成功，跟主机更进一步的话怎么办？这不是活活把她塞到麻烦最中心去吗？你能不能有点前瞻性，再往前多看两步。"

"是你看了太多步了吧？只是见见面，聊聊天，又不会怎么样。了解得深了，知道男方是个怎么样的人，她不就也能清醒了吗？反过来说，如果深入了解后还能接受全部，包括小孩，那也算是真爱啦，不是很好吗？”

“主机了解之前，我们得先替她了解才行吧？把男方和所有亲戚都查个底朝天才好放心进行啊。”

“哎呀呀，麻烦死了，报告都看了多少份了，查了这么久不就也只有紫皮而已吗？现在随便递来一句话就要我暂停接入，情报科是疯了吗。别以为本少爷我没有脾气啊。是谁叫你做的，我就不问了，你告诉他，要么交红皮报告，要么打红皮电话，否则接入继续。”

“等……”

他跳下桌子，越过她前往中控室。她也无法追问，知道自己拿情报员的一句话搪塞他，多少有点胳膊肘往外拐的意思，是不太妥当。

中控室的无数屏幕显示着各个路段的车况，主机家门口的动静，和地勤人员的位置。几分钟前，成睿光已坐进安排好的专车。一路上只低头看手机，标准的艺人架势，不说话，也不太关心路况，浑然不觉路线早就在中途打了一个弯，往卡片屋快速驶去。

“还有几分钟？”航平问。

“路况正常的话大概十五分钟。”

“那就现在打吧。”冲话筒说，“友莉。”

友莉在商店街的拐角待命，得到指令，拨通欧飒的电话，说自己大概十分钟到她门口，取之前说好的电影DVD，那边不能停车太久，麻烦你送出来给我好吗。不好意思，谢谢哦。

剩下的就只有等待了。

过了今天，无论刮风下雨打雷闪电，至少都有个名义，不用再瞎子摸象了。

航平靠在桌边，眼球酸涩，肩膀酸痛。入职也有小半年，乌七八糟的人际，层出不穷的失误，又累又恼，不但脾气见长，连发际线好像都开始后移了。但只要熬过今日这次，天就能大亮了，他想。

“主任！”有人叫。

“干吗？怎么啦？”

“呃，不是……是主任。”指向其中一面屏幕，“岸主任。”

他跟着抬头看去。载着成睿光的车子旁边并驾齐驱一起等红灯的车里，驾驶席上的不是岸主任是谁。

好巧……顺路？只是顺路？

不，竟然一道转向了商店街，这也太顺路了吧？

接近商店街的路口，岸真一脚油门超上前去，稳稳地停在卡片屋对面的街角，熄了火，盯着店门前的台阶，有人敢过去就用视线把他烧出一个洞。

这是什么意思？航平不明所以，转身看小葵：“他来干什么？”

“我哪儿知道啊？他是一般民众，去哪里又不需要跟我们报备。”

“呃，主任，还继续吗？”联络员问。

“继续啊！死也要把人给我送过去！”

专车加了一脚油，拐进卡片屋的小街，停在门前不远处。

两辆车各占一边，沉默相对。

这是什么局面。中控室内鸦雀无声。自从这位新主任上任以来，大家也算是见识了无数奇葩场面，如今竟然遇上维护途中被截和，也算是大开眼界了。

当事人成睿光对身陷窘境一无所知，感到车子停稳了才抬起头来看外面。这就是要去做采访的咖啡馆？怎么连个招牌也没挂？但司机一脸淡定，他也不疑有他，付了款就要开门下车。全然未见马路斜对过有人比他先一步下车，并朝这边直直走来。还没来得及往外迈步，就被一道强大的推力给撞了回来。

航平也目瞪口呆，眼看着岸真从车上下来，沿路走过去，经过成睿光半开的车门，一个掌力，“砰”的一声，把他整个人生生拶回了车里。

成睿光一脸震惊加迷茫，看岸真若无其事地走开，心想大概是开门太快挡了别人的路，但也不必如此粗鲁，心下有些莫名其妙。一莫名，脑袋清醒过来。悻悻地跟司机确认：“你确定是这儿吗？我没看到咖啡厅。”

“导航就是这么说的。”地勤回答。心想我的祖宗拜托你快下去，我可不想夹在两届主任中间当炮灰，“是这里没错。”

“哦，是吗。那麻烦你等一下，我再看一下地图。”又拨弄起手机。

岸真走出十几米，见专车仍停着不肯走，似乎是铁了心要做到底，顿时火冒三丈。四下寻找可利用的道具，要再过去赶一次人。没走几步，只见卡片屋的大门掀开，欧飒推门走了出来。她在屋里听见停车声，想友莉大概已经到了，拿了 DVD 出来迎人。环视一周不见人影，又去核对车辆，一台一台找了过去。

岸真远远地看见她左看右看，随后盯住那台专车，试探着走了过去，俯身看驾驶席，伸手要敲车窗。

别敲！

啧……

他来不及赶上前去，想厉声喝止，又不知该喝些什么。

喂，等一下，看这里，那个谁。

张张嘴，声音扑了个空，然后听见自己说：“欧飒！”

…………

时空凝固。中控室像被一瞬冰封纹丝不动。小葵倒抽一口冷气，捂住嘴巴，怀疑他们集体经历了一场幻听。但不是幻听。岸主任又叫了一声。

欧飒探出的手收了回来，转过身，看不清来者，眯着眼往声源走，走到岸真身边，细看他的眉眼，还是没认出来，礼貌地笑笑：“我是欧飒。您是哪位？”

CHAPTER 13

接口

API

I

岸真没想过有一天要跟主机自我介绍。

您是哪位。他是哪位呢。

他是她人生的前排观众，是一切选择的看门人，也是渺小的公务员。是守护神，是偷窥狂，又是陌路人。谁都是，又谁都不是。

此刻他是谁呢。

一个情报员的自我修养告诉他，在这种时候，不是亲戚，不是朋友，也不是邻居或同学，最安全的身份是“不太熟的朋友的朋友”，有点联系，又没有太多共同话题，最易过关。

老板娘。只要说是格子铺老板娘的朋友。上次来店里忘了东西，特地取回，不必周旋太久，事后也不用担心她会特地为了这种琐碎的小事去跟当事人核实。

他说：“我姓岸，老板娘的朋友……”

…………

“他……他说什么？”航平头皮发麻，僵僵地问，“老板娘的朋友？

他不知道老板娘已经退租了吗？没人告诉过他吗？”

没人接话，几十双眼睛注视着屏幕，等待见证泰山崩盘。

铃铃铃……电话铃声。

“是谁！”他吼，“维护期间开什么电话！”

“不是我们……是主机。”

欧飒掏出电话，笑着接起：“啊，说曹操，曹操到。欣姐的电话。”

老板娘的电话！要死的节奏。这是要死的节奏！航平抓头发：“这家伙撞到枪口啦！撞得还真够准的！技术科，给我掐断，电话给我掐断！”

“哪儿来得及啊！”小葵也急了，“掐断也会再打来！掐断有什么用啊！”

“那就切进内线里去，至少得知道他们说了什么！”

“喂，老板娘。”欧飒说，“好久不见。我这边才刚提到你呢……”

“小飒。”老板娘说，“是这样的，之前不是跟你说过，如果有朋友也想租店面，就会介绍给你吗。我刚好有个朋友需要铺面，我就把你的联络方式给她了，大概这几天就会过去。”

“哦……原来如此。他……”

“她叫小美，性子直，人看起来是凶了一点，但挺好相处的。说想跟男朋友开一家餐饮店。两个人之前开过几家店了，算是有经验，也挺可靠的。”

“小美……”她一愣，再打量岸真，这轮廓，这棱角，这连条褶都没有的大衣，确实颇有些玩味，大概是他没错了。

“啊，不好意思，也不知道你那边找到下家没，就突然说了一大堆。”

“不会不会。麻烦你了。谢谢你哦。”

岸真心里一阵擂鼓。撞到枪口不说，还是自投罗网，真是一塌糊涂。不一会儿，见欧飒挂了电话，走到自己跟前来：“你是小美？”

……小美是谁。

“小美是谁？！”航平叫道，“找到她，别让她来店里。不，以防万一，叫四组做个计划，介绍别的铺面给她。”

“呃，主任，那成睿光怎么办？”

“哈？！”完全忘了那家伙的存在。

“他还在车里，地勤发来暗号，说拖不下去了。”

“放他走放他走！该送到哪儿去就送到哪儿去！”一扫阴霾，挽起袖口，坐上桌子，兴致高昂地盯着屏幕，“这不是钓到了一条更大的鱼吗！”

“什么鱼啊？你别又对岸主任胡来！”小葵嚷。

“我可什么都没做，他自己送上门来的。”航平乐开了花，指着屏幕上的两人眉飞色舞道，“你看怎么样，我就说过那是双向箭头吧！还矜持个什么劲儿，早该把他献给主机享用，早点吃掉，天早就晴了。”

“吃个鬼啊！你没看到她以为他是小美,还有男朋友吗？怎么吃？！”

“哎哟，不要在意这种细节！”

“哈？！”

“别以为我不知道工程科漏得跟筛子一样，维护方案竟然能透到一般民众手里去，你们谁干的心里有数，这笔账本少爷我还没算呢。一个都跑不了！”

“……”

是的，岸真这边也跑不了。变成了小美，不能承认也不能否认，骑虎难下。

欧飒见他面色迟疑，心想小美多半是昵称，第一次见面就叫出口太过冒失，连忙说：“呃，我听欣姐说了，请问你们是打算租多久呢？是做餐饮的店面对吗？什么样的餐饮呢？”

餐饮？老板娘已经不在，还介绍人来租房？那现在说是去店里取东西的朋友也行不通了？他试探着说：“餐饮的话……甜点？”

“哦哦，好，不知道我们这里够不够大，是需要用餐位还是点餐外带型的呢？啊，抱歉，别站在外面说了，这么冷，进去看看吧。后院在装修，涂料的味道还没散，不知道你今天过来，什么都没收拾，不好意思哦。”

“就不麻烦了。来之前应该先打个电话，刚好没电了。”顺着话头撤身，“路过看见你，想说来打个招呼。改天再拜访。”

"你怎么认出是我？"

"嗯……我来过店里。你可能不记得了。"

"原来如此，那好啊，我们交换个联络方式吧。啊，你手机没电了。"

"没关系，我知道你的号码。"

"哦，对哦！那麻烦你。"

他接过她的手机，输入号码。她得空打量他的侧脸，心里升起好几个问号。按理说长成他这样也不能算是大众脸了，但她怎么总觉得在各种地方见过他呢？忽然间，脑中电闪雷鸣，她轻声嘀咕："老板？"

"嗯？"他惊得手下一滑，险些摔了电话。

"艺术区东街的西点屋，你是店长吧？我好像见过你。"

"哦……"哦，是那个老板，"那里是朋友的店。"

"真的啊？好巧！"

咔嚓——！天空电闪雷鸣。这回是真的电闪雷鸣，落在肩上一样洪亮。

"哇！什么声音！雷暴？"航平惊奇。

"雷阵雨，从东街一带往主机的方向前进中。"联络员回报。

航平大喜，摩拳擦掌，见屏幕上的二人也被雷声吓了一跳，笑着聊了几句天气，约了时间再见。完美！他跳下桌子，大获全胜的姿势："哇哈哈，打雷好，我看主机这是要活过来啦。叫地勤跟着岸主任，他现在是咱们神坛上的祭品，也算是半个补丁，得好好保护起来。"

"又在做梦了。"小葵泼他冷水，"谁是你的补丁啊。"

"野生的补丁也是补丁啊。"

"他已经辞职了，就算不辞也不会做补丁，从主任到地勤是连降几级你知道吗，想得倒是挺美。"

"他又没说不愿意，而且谈什么租店铺，那就是把大门给我堵死了，有他在谁也别想进去的意思，还挺霸道的嘛。"

"你瞎吗？那是在告诉你，少让一些不三不四的家伙接近她家。"

"无所谓，反正结果是一样的。结果好就是一切都好！啊哈哈哈，本少爷果然是天才，一手扭转乾坤，还钓到一尾大鱼，你没听到雷声打得多脆？我看这是要变天喽！哇哈哈哈……”

“主、主任。”联络员慌忙报告，“地勤回来了！”

“什么？回来干什么？不是让你们跟着岸主任吗。把他给我跟住！”

“是、是跟着。”

“哈？”

“岸主任往这边来了。”

来算账了。

……笑容一秒消失。他倒退几步，果然看见岸真的车穿过一个个交通灯，笔直地往商圈开来。大事不妙。锁起来！把整栋大楼锁起来！不，锁大楼不如锁自己，这层楼是有锁的吗？

小葵没见过如此阵势，招呼门口的保全：“快！快点！保护主任！”

保全也很傻眼：“保护哪位主任？”

“欸，呃……”

岸真一路快车，行驶在熟悉的线路。几分钟后稳定在大厦门前。工程科的保全已等在门口，见他下车，连忙迎上前，似乎要好言相劝。他经过保全身边，没有停步，突然伸手，长臂一捞一抬，把对方胸前的员工通行证摘了下来。大步走进正门，刷卡入内，将保全隔在门外。

上了电梯，按下熟悉的楼层。

门一打开，工程部的走廊悄然无声。他穿过或站或坐地定格在原地的员工，将工作证随便扔到谁身上，径直来到航平身边，面无表情地扯着他一同走进办公室。门板在两人身后合拢，阻断了众人的视线。

“不会出人命吧，岸主任看着凶悍，也不至于残忍至此。”有人嘀咕。

“你傻吗，障碍处理算什么？他手上可是有人命的，也算杀人不眨眼了。”

“……”

主任办公室即将上演密室杀人。航平后颈汗毛直立，想故作轻松，又不想输了气势，脑袋一打结，顺口溜出一句：“小美，别乱来。”

岸真没理他的笑话："你派人跟着我，是有话要对我说吗？"

"我、我才想问你呢。不好好在家养老，跑到维护现场来捣乱。你就不怕本少爷一个不高兴把你当作一般障碍处理掉？"

"什么样的人该障碍处理你不清楚吗？把那种杂碎引到她家去做什么。"

"人是渣了一点，但也还不到威胁主机生命健康安全的地步吧……"

"小孩的情报你收到了？"

"收到啦。多一个小孩也没什么，两个家庭四个老人再加上一点亲戚而已，一边推进一边调查就来得及了。"

"四个人？"

"不然呢……"

"粉丝呢？成睿光有多少粉丝。那些人都能做出什么事来，你查得过来？艺人交往是一回事，婚外情是另一回事，下场是截然不同的，你们开会的时候没人提过？即便他是清清白白的单身汉，什么都不了解的情况下见个面，喝个咖啡也就够了，你把人送到她家里去？！你知道有没有人跟拍？跟拍的都是些什么人？你全都查得过来？！"

"我……"质疑像散弹枪崩得他浑身是孔，灰头土脸又不甘示弱，"安排了那么久都见不到面，总这么拖着不是更不健康？早点深入接触，主机也好早点下定决心是要活还是要死吗……"

"要活还是要死？"岸真一口气没提上来，脑浆发浑，好像一颗鱼雷炸出水面。理性飞出天外，握起拳头逼上前去。

航平慌忙后退，拉来一张座椅横在中间，徒劳地遮掩，后背顶上纸山无处可逃，鼻梁眼看要吃拳头，急忙喊道："开玩笑，开玩笑的啦！不会死啦！我再怎么修，机体也绝对不会更坏的！而且再过小半年就会自动好起来！我这不过是加快她修复的速度而已……"

静。

好像说出了些不得了的事。

什么叫作不会更坏？他知道些什么吗？

“什么意思。什么叫不会更坏。小半年是什么意思。”

“呃……我不能说啦！本来我也不应该知道的。”

“你知道些什么。”逼近。

“呃……总之不是什么坏事啦。”

“你知道什么。”

“呃……就是……欸，是我爸跟统筹的人通电话的时候，我偷听来的，说再过几个月就能熬出头了。”

“再过几个月有什么？”

“我怎么会去问啊，不过想也知道，就是那个吗。两年半啊。”

“两年半？”

“从时间停下来开始，刚好两年半。”

“两年半怎么了？”

“真爱两年半，你没听说过？不管有多喜欢，热度都只能维持 18 个月到 30 个月之间。时间一到，她对成睿光不管是什么感情都会一笔勾销。当然就自动修复了。我这不过是提前让她见识对方的真面目，早点清醒不是比什么都好吗，要不然谁知道世界崩成这个样子，还能不能再坚持小半年啊。”

……这说法太过猎奇，不知该不该信，但他又没理由说谎。“你没听错？”

“这么重要的事，我会听错？”

所以，是早就知道有这层保护伞，所以动作才如此大手大脚？一切行动，都只是为了磨损她对他的兴趣，只要磨光了，就能重新走上正轨？这听起来完全是玩笑，但统筹的人可不会开这种玩笑。

“所以，唯一的指望是等她丧失兴趣？”

“不然有什么办法啊。她对人家念念不忘，听了名字就要落一场冰雹，安排了见面又不肯去。女人家的心思，女人自己都搞不清楚。不想见，又忘不了，不知道的还会以为她有什么事怀恨在心呢。”

“也许我们知道的事，她早就知道了。”

“小孩的事？怎么可能？不，就算知道了，也不必为这种事崩溃两年啊。遇人不淑而已，当被狗咬一口不就结了。”

“心里过不去吧。”被讨厌的人欺负反倒没什么关系，若是被喜欢的人欺负了，就像被笑着捅了一刀，不知该接住还是发怒。这事难道他不是比任何人都清楚吗。

“原来是这样吗？所以应该往死里整他才对？！”

“不知道。”退开一步，“总之别让我在她家附近再看到那个人渣。”

“哈？”玩心再起，找死道，“难不成你真要把铺子租下来，把公主围在城堡正中心。孩子大了就要放她出去经历各种苦难才对。哈哈哈，你这样不行哦，有没有听过‘慈父多败儿’。”

岸真没心思听他胡扯，旋身往外走：“还有，别叫人跟着我。”

“欸，我们也是秉公办事。你突然跳出来横插一刀，我们又不知道什么意思，当然得做好防护措施啦。”

“现在你知道了。叫他们滚远点。”

“不然你能怎么样？难道岸主任还有武功在身不成？”

他停步，转身看他：“之前那六个绑架犯你还记得吗。为什么保全科抓了人却要送到情报科去侦讯，不明白吗。情报员为了获得情报，能干的事可多了。”

“……”

岸真走到门口，刚要开门，视线突然触及什么，周身一顿。

门旁墙边立着两个纸箱，标签上明晃晃地印着“总务科”三个大字。

总务科寄来的箱子？总务科怎么会往工程科派资料？

心头浮出糟糕的预感，往摊开在箱子上的资料里多看了几眼，首当其冲的是堂姐的照片。为什么总务科会派亲戚的资料给工程科主任？

“这是总务科派人送来的？”他问。

“是啊。怎么，你当时继任的时候没有拿到过这些？”

“什么时候送来的？”

“有些日子了。怎么了，有什么不对？”

确实有些不对，但又说不上个完整的理由，还是先把疑问揣起来，转而问道：“总务科是统筹下面的吧，你了解吗？听到过些什么吗？”

“听到什么？从我爸那里？哈哈，你这是叫我大义灭亲啊。”

“有还是没有。”

“没有。从没见总务的人出现过，我一直以为是个摆设。大概只是帮统筹的老家伙们跑跑腿的角色吧。文件应该是统筹派的，总务科只负责派送吧。”

“不应该的。主机的资料统一存放在工程科，其他有关人等的资料应该全在情报科才对。怎么会由统筹派资料。你最好立刻看起来。”

“身后这些都还没看完呢，新送来的这个也只看了几页，没什么特别的。怎么？你是怀疑权力交接时期出现政局不稳？不可能啦。我们这种部门，吃力不讨好的活儿，想拉人进来都费劲，怎么会有人打什么歪主意。”

“没有最好。”

岸真又看一眼满室的纸山，并未如传言中那样被航平付之一炬，果然新主任不得人心，被传得天花乱坠。想再提示几句，又觉得他心里应该有数，又是不爱被说教，越骂越反弹，越夸越飘然的个性，干脆闭嘴出门。

中控室内又一瞬定格，几十双眼睛盯着二位主任完好无损地出来，还一同走到电梯，心中大叹惊奇。航平送走客人，回到科室，见所有人各司其职，佯装没事，心里自然明白，局势摇摆之时，岸真大可以当着众人的面数落自己一番，反正他两袖清风，可以拍拍屁股就走，不必担什么责任，但是，他却愿意私下谏言，还为自己做足了面子，很是仁至义尽了。啊啊，果然是慈父多败儿。

岸真觉得脊背一阵发凉，打了好几个喷嚏，一路开车回家，车子入库，人累得不想动，觉得这一天比以往要漫长。就坐在车里发呆。

眼前不断飘过总务科的纸箱，说不清道不明的疑虑仿佛泼下一块乌漆漆的水痕，化不开擦不掉，越揉越模糊。

老板……

耳边响起欧飒的声音。她这么喊他。滴水成冰的天气，裹着一条披肩就出来等人，认出他时，眼睛里闪亮亮的，恐慌又热切。像在试图抓住自己与这空荡荡的世界的一丝联系。

什么时候变成这样的呢?

每天在中控室的大屏幕上看到的她，是这样的吗?

他想不起来。下车上楼往家走去，远远地看见婶婶在公寓门口等着他，手里还拿着两个旅行袋。

“发生什么事了？”他快步上前。

“嗯？你不是说要去找晏宁玩。我买了点吃的，想带给他的，拿过来给你。订了几号的票？”

“哦……”原来是这件事，他揉揉疲劳的双眼，“可能暂时没法去了。”

“怎么啦？你这是从哪儿回来？去找人家姑娘了？”

“呃，嗯。”

“那很好呀。进展如何？”

“没什么进展。”

“别气馁呀。哈哈哈……”

“……突然间笑什么。”

“看你好笑呗。年轻的时候不多练习一下追女孩子，坐享被倒追的果实，现在从零开始，傻眼了吧？呵呵呵……”见他脸色发暗，笑得更开心，把旅行袋塞给他，“那我先走了，东西留给你吃吧。记得跟晏宁说一声，他还以为你要去，在订什么演唱会的位子。”

他看她离去的背影，把玩着家门钥匙翻来覆去，犹豫了好一会儿，还是开口叫住她：“婶婶。”

“嗯？怎么啦？”回头。

“有件事情想和你商量……”

“什么事呀？”

“我们家能再开一处分店吗？”

Ⅱ

欧飒做了一个梦。梦见第一次见到成睿光的光景。

她对堂姐说想见他，堂姐看她失魂落魄的样子，什么也没问。当时广告公司的生意还很不错，客户都是动辄百万的品牌，没有能与半红不红的偶像合作的机会。但不久后，堂姐就说已安排妥当。说跟姐夫打听到，相熟的杂志社刚好做娱乐专题，就托他与主编推荐了成睿光，还出借公司的会议室给他们做采访。

“像他这个段位的人，已经算是为他免费增加曝光率了。也不知他那位经纪人脸大到什么程度，竟然狮子大开口要采访费。”堂姐说，“杂志的人听了根本不想理。我已经垫付了。不过这样也有好处，先付了定金，不怕他们到时候出尔反尔不肯来。你当天就去做记录吧。”

“我……”她像突然吞下一颗糖，甜味全无。

“也不是真的要记录。他们都有自己的录音笔。你就在那边当个助理。事先想好要说什么，找个机会跟他讲了吧。”

堂姐没问她要说什么，知道人一生中最怕的不是孤独寂寞，或愁苦艰难，而是没有盼头。堂妹恐怕是陷在低谷无法自拔，眼前一抹黑，才没头乱撞。

但她也只能帮她到这儿。见面后的事任凭天意。

欧飒也没怎么想过见面以后的事，她一心相信只要见到，就能抓住生机，就能得到启示，再往哪里走似乎也毫无意义的混沌时刻，得到一个提示。一句话也好，一个手势也好，一颗校徽模样的纽扣也好，她都愿意借着那股力量，把自己从地上捡起来，拼起来，再往前走一走的。

那样的奇迹并没有发生。

见面当天，负责采访的作家因为堵车迟了半个多钟头。欧飒端茶进会议室，见经纪人坐在成睿光身边，灰着脸看手机，显然已经不耐烦。看见她，立刻正色道："其实像这样的采访，我们一般都是邮件往来，也省了很多麻烦。"

她连忙道歉："高速上车祸，道路管制，实在抱歉。这样好了，我这里有提纲的，打印出来给你参考。等一下人到齐了，就马上开始。"

"不好意思，我们一个钟头后还排了另一个通告，是不能迟到的。"经纪人小姐说，蓦然抽身，走到门口去忙着回邮件接电话。

她尴尬地站着，又要道歉，却听成睿光温柔笑说："这个是你的名字？"

她一愣，见他指着她怀里的电脑，明白过来，说："啊，对。公司配的电脑，要贴名签的。"

"我还是第一次认识姓这个姓的人。"

"是吗……嗯，今天真是抱歉了。"

"没关系。我还挺开心的。"

"开心？"

"这本杂志我从以前就常买。"

"哦，是这样。那太好了。"

"总觉得你有点面熟，我们是不是见过？"

"欸？不会吧……"

"啊，不好意思，说得好像你应该认识我似的。"

"没有没有……很久之前你来过我们学校参加校庆表演，那个时候我就知道你了。"

"啊！"他惊奇，"中心大学！啊，我想起你了。"

"哈？想起我？"

"你们是不是来过后台？"

"没有啊……"又仔细想了想，"啊，是去了那天一同来表演的女团的休息室，刚好有个朋友认识里面的成员，就大家介绍……”

“对吧！我就记得，我们的休息室就在隔壁。”

“我……该不会做了什么丢人的事吧？”

“哈哈，没有，你们一群小女生在走廊聊天。说起如果今天就是世界末日的话，要怎么过。然后你说，想寄明信片。”

“啊，好像有这么回事……”

“后面我就没听到了，为什么要寄明信片？”

“那是因为……”

话说一半，杂志社的人风风火火地赶来，边为迟到道歉，边落座寒暄。

她连忙让路后撤，坐在一角观摩双方互谦互让，谈笑往来。脑中回放着刚才的对话，心思飘到若干年前那次算不上初遇的初遇，试图找到什么凭据或寄托。

回过神时，宴席早散了。她与他说到一半的话自然也只能晾在半空。

她站在门口看着各方人马的车子驶离，深陷一片浓稠的茫然。

堂姐来到她身边：“怎么样？”

她知道堂姐希望听到自己已被这因缘际会感动，重新注入了生命的活力，现在起又是一尾活龙。哪怕是为了表现出对这场因她而起的兴师动众的感激，她也理应活跃起来才对。笑说：“本人脸真的好小，不过增高鞋也太夸张了。”

“满意了？”

“他说他记得我。”

“哈？他说他记得你？”堂姐瞪眼，“这王八蛋，撩妹竟然撩到姑奶奶地盘上来了。你该不会信了吧。”

“好像真有那么回事。”她问，“姐姐，你相信这种事吗？”

“什么事？一见钟情？因果循环？命中注定？我是不信的。不过，我也不好跟你说有没有。怎么？被撩了？他有跟你要联络方式吗？”

“我们话只说到一半就……”

“唉……”堂姐无奈地看她，“世上的话，没有只说到一半，只有没兴趣听完。想知道就不会被打断，想见面就不会太忙。你这小笨蛋。啊算了，我不浇你冷水了。如果那么喜欢他，要不要也进这个圈子试试？我倒是认识几个经纪公司的，在招经纪人和助理。可以从带艺人做起。你有兴趣吗？”

“我考虑看看。”

“好，别考虑太久，年尾是淡季，选择多。开春人就多了。”

“好。”

然后年尾过去了，但春天没来。

她深吸一口凉气，醒过来。

窗外的天空阴霾低垂。

她爬起来洗漱打扫，喂松鼠，习惯性地巡视前后院。工作室已差不多修缮完成，地板和墙壁焕然一新。只等外公的工作台回来。但是，前几日来过的岸先生似乎是有承租整家店的意思，到时后院加盖的工作室恐怕也得交出去。半地下的仓库本就是个酒窖，是外公围着地窖盖起一间房。若是开起甜点屋，存放点食材还是挺合适的……啊，对了，她忽然想起一事，走到正门，压着窗帘往外看。

门口果然又架起了一个小帐篷。

如果店面出兑，这些在门口扎营的人恐怕就没处可去了。书本纸墨，日用杂货还好，若是饮食店，门前总不好留着没饭吃的人。但又不能因为这种理由拒绝出租，只能宽慰自己，在能力极限之内已经撑得够久了。

抱歉啦。她对帐篷说，我也已经尽力了。

帐篷内执勤的早换了人。此时的健诚正在暖和的小公寓看电视，一边等着女友小葵端菜上桌。两人身材相差悬殊，就像犀牛与小麻雀，性格也一样。小葵叽叽喳喳地抱怨这礼拜的科室风波，健诚偶尔沉沉地应上一声。她捅他一拳：“你倒是认真听我说啊。”

“在听在听。两个主任短兵相接王对王嘛。”

“简直是世纪奇景。跟着这个智商追不上脑速的新主任，感觉每天都在提心吊胆，他竟然还说……欸，你倒是认真听我讲啊，又发什么呆！”

“呃，嗯，其实……”欲言又止，“我有件事想跟你说。”

“怎么？”

“不，是想让你跟新主任说。”

“跟他？！”

“嗯……不，我也不知道该跟谁说才好，但事关主机，实在奇怪。”他说，“我不是被调岗了吗，分配了新区，负责公司一带，宇鸿接了我的班。最近两天见到宇鸿，他说他也被调岗了。现在主机家门口放的是新人。”

“都是总务科派的岗？”

“对，总务科发邮件给我们科主任，又转发给我们的。”

“奇怪了。培养新人？”

“按理说主机家门口是重地，怎么能拿来练习。”

“那是为什么？”

“就是不明白啊，你要不要跟新主任说说。他爸不是统筹的人吗，总能通通气吧。”

“我可不敢跟他说！这次就因为替情报科的传话，差点把他惹毛，还说要秋后算账呢。现在我们部门又乱成一团。这个节骨眼上拿保全科的事去烦他，岂不是找死。”她虽然爱跟航平唱反调，但那是辅佐主任纠错的义务，如果忙里添乱就是彻底的帮倒忙了，“找机会再说吧。不用担心。现在有岸主任守着大门，神佛鬼怪，谁也进不去的。”

“怕的就是这个。”

“怕哪个？”

“我是说，怕就怕他们不是在防人进去，而是不想里面的人出来。”

CHAPTER 14

闭环

Loop

I

岸真与欧飒约好周日下午去看铺子。前一天夜里睡得不安稳，凌晨就心烦意乱地醒过来。迷迷糊糊洗了个澡，刮脸吹头发，身体遵照上班时的习惯走进衣帽间。推开深处的暗门，是另一个衣帽间。里面挂着各色职业人群的衣着服饰，服务生、消防员、清洁工、会计、牧师、机长、教授、特种兵，应有尽有，是情报员时代留下的配件。搬家时也没舍得扔。

该穿哪件呢。“小美”该穿什么样的衣服。博柏利的丝巾，CK的外套，加宝格丽的大吉岭香水？不……反正她也见过自己穿私服的样子，现在补人设也有点太晚了吧，他想。这是在做什么呢。

你这是在做什么。

长叹一口气，想起牧老大的话。

你以为这是在做什么呢。他说，维护这件事，说难不难，说简单也不简单。就像养花一样，要送她去适当的土壤，让她沐浴阳光和水，同时也要勤加修剪。最难不过是“平凡而妥帖地长大”，不能太过于养尊处优，才足够明白疾苦；也不可太过于卑躬屈膝，免得奴颜媚骨，拥有健全的审美，正常的判断，公正的信念，世界才拥有这些。相反，若是台骄纵成性、是非不分、审美单一，甚至扭曲的中枢，世界跟着面目全非，荒唐、残忍、黑白颠倒，随处可见顶着同一张整容脸的行人，也是常有的事。难就难在善恶常常是一念之间，听朋友说了句什么，偶然去了什么地方，不小心嗑下什么东西，皆是天翻地覆……就算是披荆斩棘，为她开出一条笔直向前的路，她也不一定去走。但是，即便在她迷路的时候，你也要记得那条路通往哪里。维护员，就是这样的工作。

那条路，通往哪里呢。

通往哪里来着。

岸真关上拉门，回到外侧的衣帽间，挑了一套普通衬衫，拿了条领带系了又摘下来，换了一条摘下又系上。你这是在做什么呢。他想。

往前走下去，这条路通向哪儿呢?

倒退些年，在他的预想中，前路最好的方向，最“平凡而妥帖”的方向，自然是结婚生子。欧飒的个性虽然看起来灵巧温和，骨子里是有些固执的。遇到喜欢的不容易，若喜欢上错的人，就更钻牛角尖。如果可以选择，他希望对方和她年龄不要相差太多，长相也只在中上，免得招蜂引蝶不亦乐乎。开始稳定交往的时间最好在二十六七岁，留出毕业后出国游学和工作的空当，积累经历和眼界。最好能够门当户对，专业领域略有距离，兴趣爱好稍有重叠，够亲密也够自由。交往两年上下再往婚姻推进。

以此类推，他其实是不太属意大学那位学长的。虽然都说学生时代的恋情纯粹美好，若能修成正果，要比入了社会后相互衡量试探的伴侣更真挚而长久，但他却认为，年少时定情不乏冲动，固然炙热汹涌，或星火燎原，但火总有灭的那天，只剩一片荒原无可凭吊时，心里自然会冒出别种花芽，后悔当初没能多采几朵，告慰人生。然后手一痒，身体就循着外头的香味飘走。所以，骚动的年龄就该完全燃烧，彻底止痒，好过年纪一把躁动不停，吃相难看。

好在，学长通过了层层审核，家世清白，人品端正，跟欧飒又谈得来，算是上上之选。两情相悦也实属不易，那时的岸真想，若是有心走到一起，当然也就顺着她的意思来，大不了先做出男方婚后出轨的方案以备不时之需。

然而，后来每一样都事与愿违。

意外事故，学长性情大变。欧飒没去国外游学。一心继承外公的店，铺子却关了门。补丁缺失，亲人离世，分支路径一条条闭合，跑出一个成睿光，卡得动弹不得。

如今这是在做什么呢？

眼下还能再修出一条路来吗？

电话铃声响起。来自“林奈”。这种时候打电话来，恐怕是一姐又听到了风吹草动，将他的行程摸得一清二楚了。也没什么好躲的。他接起来，还没说话，对方先是劈头盖脸：“你这是要做什么？”

啧，问得好。他还想问呢：“‘小美’是不是比较适合深红色系的领带？”

“哈？！你还有心思开玩笑！”

“我没开玩……”

“你把店盘下来了吧？”

“你的消息网太密集了吧。”

“这算什么消息网。我去店里吃早餐，听阿姨说的！你盘了主机的店？”

“今天去看排水设施和通风管道，没问题的话，月底签了约就装修。”

“你这是打算干什么……”

“还没想好。”

“是因为我吗。”略带歉意，“之前跟你唠叨部门的事，不是让你蹚浑水的意思。因为能说这些事的人不多，而且当时情况……”

“我知道。店面一直空下去也不是办法，总要有人租的。那边地段不错，只是不太适合文艺文具类产品，铺面又老旧……”

“打住！打住！我们现在不是在聊开店的事啊。”

“……不然呢？”

“装什么傻啊！”她嚷道，“我看不懂你在干什么。现在掺和进去可是没完没了的，你不是多管闲事的人。”

话讲得有点急了，他听出点潜台词，问道：“你也不是胆小怕事的人，怎么突然不爱凑热闹了。是知道了些什么吗？”

她一窒，犹豫片刻，说：“嗯……是打听到些不知真假的事。”

“跟中枢机有关？”

“算是吧……是跟部门有关。”

“我们部门？”

“总务部。”

“总务部？！”

“我不是在统筹探风声吗，就顺便听来了些总务部的传闻。都是别人嘴里听来的，可能夸张了点。但人心惶惶的时候，听什么都像真的。”

“什么传闻？”

“嗯……是说，员工守则。总务部的员工守则，跟其他部门不一样。”

“怎么个不一样？”

“十条里面，有两条跟我们的不一样。具体是哪两条，每个人的说法都不太一致，但是，大多都提到了最后一条。”

“不得伤人？”那不是为了避免员工之间明争暗斗，禁止部门内部自相残杀的条款吗？这一条不一样……是什么意思？难道是总务部的人可以对自己人出手的意思吗？但是……为什么？这种做法没有满足任何人的利益啊。

“我也觉得奇怪。但是，退一步仔细想想，这个幽灵一样的部门，不和任何人打交道，真要动起手来不是得天独厚，非常方便了吗？！”她说，“反正，我是看不懂接下来要唱哪出戏，这种时候掺和进来准没好事啊。我都打算再观望一段日子，实在不妙就也辞职。如果真的夹在新旧两班人马之间，沦为他们火拼的炮灰，岂不是死得不明不白！我这辈子最怕的就是死得不明不白啊！”

若扯上两套班底的权力斗争，就太浮夸了。诚如航平所说，维护部的工作吃力不讨好，若不是薪水不菲，恐怕都做不长久，怎么可能会有人从斗争中牟利。但是，如果传闻是真的，这样的总务部不就像是一个专门用来肃清内部的白血球部门吗。关键是，有什么好肃清的呢。

“应该没那么耸人听闻吧。”他说，“我们本来就是个目标一致的组织，保主机万全，我们才有活路。毫无理由跟自己人作对的，又得不到好处。”

“当然我也希望是假的。”她说，“万一是真的……不就太可怕了吗？你想想，只知道这么个有攻击性的人，但不知道身在何处，目标是谁，何时下手，他们要宰起人来可是一杀一个准啊……”

“……别想太多了。自己吓唬自己。我们不是那种组织。”

“你已经决定了？”

“我只是去附近开一家店，不会有事。”

“为什么？”

“什么为什么？”

“……为什么非去不可。”为什么要自找麻烦，为什么不肯全身而退，为什么在这种暗潮汹涌的时刻投入到旋涡的最中心去。

他当然懂得她在问什么，但他只知道这不是内疚，不是同情，不是好奇，也不是一时冲动，却想不出一个简洁而有说服力的答案。或许是感怀，或许是探索，或许像他深埋心中的壁画一样难以捉摸。现在的他只知道一件事。

他回答：“因为我跟她约好了。我得去。”

…………

好吧。

她对听筒默默点头。既然他决定了，不管发生什么，也只能支援到底了。

岸真挂了电话，放下领带，换了一身私服，驱车前往。室外的气温比平常高一些，天空被薄云包裹，透出些许阳光。他下意识地在每一个十字路口搜索高空摄像头，心想中控室的人说不定也正看着这里。那里的情况又如何呢。如果林奈的消息是真的，免不了一场浩劫。

车子停在卡片屋门口，比约定的时间早了十几分钟。

卷帘门掀起，大门欠了一条缝，大概是叫他随意进去。

他推开门，没看到人，在入口晃了几分钟。仍不见声响，联想起适才林奈那番话，悬起糟糕的预感，赶紧喊欧飒的名字。

“来、来了！”传来她音调有些怪异的回应。

他连忙跑过去，拉开后门，见她捧着一个纸箱，手上脸上都是血，浸红了T恤领口。警戒线一瞬间拉到最高，边寻找歹徒，边把她往身后拉：“怎么回事？”

“别、别过来，别靠太近。”她连退几步，眼神点点纸箱，“松鼠，被松鼠咬了。今天天气不错，想在院子里玩一会儿的。我想教它们学电视上那样，站在主人肩膀的动作，结果……”下巴和虎口都遭了殃。

他定下神来，脸色一暗：“你养老鼠？！”

“……呃，松鼠。”

“都一样。”他扯过箱子放在地上，拎着她到流理台边往脖子和手上的伤口擦肥皂，“打过针了吗？”

“呃，我还是松鼠？”

“你俩谁打过针。”

“都没打过……”

“……在哪儿买的松鼠？”

“野生的，跑到旁边的房间做窝，那天本来是……”

“你养野生的松鼠？！”

“呃……不是，做窝的是松鼠爸妈，这是它们留下来的幼崽。本来想说只养几个礼拜，长大一点就放出去，但是它们也没有要走的意思。还会回来敲窗户，外面又那么冷，怪可怜的……”

他简直无言以对，一边帮她把血脸洗干净，心想补丁要是再贴不上，这丫头就要翻天了，总是闷起声来鼓捣些有的没有的危险勾当，一会儿给人写勒索信，一会儿又玩野老鼠，总有一天死在家里没人知道。

“你穿件外套，我带你去旁边的诊所。”他说。

她感到一片暖意，心想小美真是好姐妹，果然比直男贴心多了。又想人家是来租餐饮店，楼上养着鼠类总是不妥：“不麻烦了，它们没在野外生活过，应该没事吧。我这就把它们放到后面的公园去。”

“还是到医院检查下吧。你把租约合同带上，我路上看。”他说，心想十年来你哪次头疼脑热我没跟着，毕业旅行时跟朋友在游轮上喝得烂醉，吐了满地的衰样都见过，还客气什么。

她不好再推辞，顶着齿痕若无其事地跟人家介绍店铺也有点尴尬，于是乖乖跟他前去。诊所不远。假日人满为患。虽然挂了急诊，医生扫了一眼她那不起眼的伤口，又指指满屋断手断脚头破血流的病号，让他们等在后面。两人在候诊室落座。岸真低头看起合同，不动声色地打量四周，若有地勤，说不定能神不知鬼不觉地帮他们排到前面去。忽然听见身边扑哧一声，只见欧飒双手捂脸，不知在笑还是在哭。

“……有那么疼吗？”他问。

“对不起。”她抬头，笑红一张脸，“这个场面实在太尴尬了。”

“……会吗？”会尴尬吗？说到尴尬，他自己才是真正的行家。喜欢了好几年的姑娘，亲都没亲到一下就眼看着她比自己先娶了老婆；十年来走在维护世界和平的最先端，然后世界被他一手维进火葬场；保护了人家小半辈子，最应该把他当成硬汉的人，如今当他是“小美”。还有什么能难得倒他。相比之下，陪“初次见面”的朋友打狂犬疫苗这种事简直是和风细雨，毫不尴尬。

但是，见她笑得有点开心，像在给自己解围，他就也有点想笑。笑意如一缕细芽，勃勃然地向面颊延伸，眼看就要破土而出之际，输给了面瘫小勇士，在嘴角边化为无形。他转而问起店铺的租约。

欧飒也细心讲解，说最初只租了店铺，当时还是每十年续约。后院的工作室是围着地窖加盖的，也可以送给他存放仓储，里面的桌椅送修回来之后就搬到楼上的小公寓。公寓是前几年买的，之前她和外公一直住在店铺后堂的休息室，现在偶尔也还是习惯住在楼下……

事无大小，巨细靡遗。说得口渴，她起身去走廊的自动贩卖机买了两杯热饮料，几乎忘了自己是来看病的。远远望着他坐在候诊室低着头看文件，那个姿势说不出地眼熟。难道在其他地方也见过吗？不，是错觉吧。

她把饮料递给他：“今天真抱歉啦，还麻烦你陪我过来。”

“不客气。”他说，“我以前也被咬过几次。”

“真的啊。你养了什么？”

情报员时期，潜入任务的时候被调查对象养的猫、狗、蜥蜴、狐狸，各种东西都咬过。他说：“别人家的各种动物。”

“‘各种’动物……”

“嗯，可能我不太招动物喜欢吧。”

“哈哈，我外公也是，以前养过金鱼，明明养了很久，很熟了，每次喂食还是会被咬。电视上那种摇头摆尾亲密地蹭主人的手的画面，从来没有过。我也是同一种体质，喂过的野猫都是扭头就走，大概是不适合养宠物……”

“然后你挑了最难养的老鼠，起步会不会太急。”

“不然呢，什么动物比较好养？”

“嗯……龟。”

“……居然给出了个这么具体的例子。还以为你会说电子宠物什么的。”

“但现在这种状况，电子宠物长不大吧？”靠着吃电子时钟的数字长大的生物，应该也会永远卡在 2 月吧。

“嗯……说的也是。”

诊疗结束，室外已是夜景。他送她到家门口，又约了改日。她明白他是在顾及她的感受，谈得再热络，也不过见了几面，天色一晚就不好再请进门。于是就着门口的街灯闲聊了几句，互道再见。

而在街角的另一侧，英和正往这边前进。他刚从图书馆回来，顺路经过学姐家，打算接她一道去西餐厅打工。隔着两台车的距离看见岸真跟学姐交谈，随后驱车离去。某个记忆片段若隐若现，忽明忽暗，拱出了一个问号——为什么这么眼熟？那个人是谁来的，他一定在哪里见过。

在哪儿见过呢？

“小飒学姐，我来了哦。”象征性地敲了敲门，探头进去。

欧飒刚进去几步，又迎出来：“怎么这副表情？”

“欸……”他挠挠头，“刚才门口那个，就是要接铺子的人？”

“啊，你看见啦？”

“嗯……总觉得有点眼熟。”

“哈哈，他是艺术区东街甜点屋的老板。我第一次见也觉得眼熟。”

“……但我可没去过甜点屋。”他嘀咕，“算了，可能我最近太神经质。”

“出什么事了吗？”

“呃，说出来有点惊悚……我最近总觉得有人跟着自己。”

“什么时候开始？”

“嗯……最近一个月左右？”

“你该不会又干了什么冒险的事吧。之前那个什么聊天室ID，你还在找？”

“呃……”他何止找聊天室，他还找到了人家的前端网站，还一不小心把它黑瘫了。真的是一不小心。大概对方以为他们完美地伪装在垃圾广告网站的皮囊之下，多年不曾惹人注意，放松了警戒。他只是稍微玩了一下，就黑它了个透心凉。事后才惊觉大事不妙。想收手，也该收手，但又心痒痒地想顺着这条线再摸摸看——如果这真的是后台维护部的入职测试网站，那意思不就是说，从这个“简历投递入口”往前探去，就能顺藤摸瓜，直通对方的人事资料库吗？！这样丰厚的胜利果实就在唾手可得的地方，他怎么能置之不理。然而，也正是从那时候起，他总有种被监视的错觉。双鱼小姐还对他发火："嫌我住在你家碍眼就直说好了，什么感觉被监视！你宅成这样，到底谁会监视你！"他也答不出个所以然。想跟学姐商量，但她早就叫他停手，免得遇险，他却一意孤行，捅出个暗搓搓的娄子，如今怎么开得了口。

"呃什么呃。"欧飒说，"你该不会真的干了什么吧？"

"没、没有。也可能是错觉。最近准备面试有点累，大概昏头了吧。"

"我说啊，你为什么这么坚持，非要找下去不可？"

"那可是主机啊，是世界的运行系统。如果我是登山者的话，那就是珠穆朗玛；如果我是宇航员，那就是外太空；如果我是电影人，那就是奥斯卡……对我来说就是圣域呀。只要是程序员，这辈子谁都想亲眼见见宇宙的代码吧？就算被黑衣人什么的盯上我也认了。"

她也不是不能理解，无论如何也想见一面专业领域的制高点的心情，但以生命作为代价未免得不偿失："其实，我也有过那种被人盯上的感觉。就在咱们邮了卡片之后一段时间。不过什么也没发生就是了。但总觉得没那么轻易结束。"

"还没结束？都过了大半年了。那之后就再也没收到汇款和恐吓了呀。"

"嗯，按理说是该平息没错，可这半年主机的传说闹得越来越凶，以前只是个娱乐话题，捕风捉影，现在可是全民都在找主机。"

说到这事，他也出了不少力，为了帮双鱼小姐脱身，硬是拉全世界下水，个中原委，更不敢跟学姐说："民众就是爱跟着瞎起哄，这阵风吹过去就好啦。"

"只要时间不往前走，风恐怕是很难吹过去了。所以，你真的要小心。就算不去找麻烦，麻烦也可能会自己找上门来。"

"为什么？"

"不就说是全民找主机的时代。我们呢？我们可是曾经寄出过数十封'主机在我手上，一手交钱一手交货'的信给全世界啊。到时候所有人气势汹汹地来提货，你觉得我们跑得掉吗。”

“……”

II

工程部的主任办公室里，航平也想到了同一件事。

他正坐在一摞纸山上看资料，为等一下的维护会议做功课。经过三次失败的教训，如今的维护方案换了思路，简单地总结，即是把成睿光往死里整。

“这方向掉转得也太突然了。”小葵疑虑，“你跟岸主任开的会，就得出这个结论？”

“没错。我们英雄所见略同，认为主机对那个渣男的感情不是喜欢也不是讨厌，叫‘敏感’啊。所以这次的维护计划就叫作‘成睿光脱敏大作战’！就是要把他最挫最傻最一蹶不振的死样拿去给主机消遣，保证药到病除，明天就立夏！”摩拳擦掌，“哼哼哼，本少爷早就看他不顺眼了，从今以后我要是让他还接得到一份工作，就再也不吃肉！”

于是，整死成睿光的行动如火如荼地开展了起来。

三个小组分头制定了方案，预计在下午的会议上合并讨论。

小葵敲门进入主任办公室，身后跟着荣伸，面色略显沉重：“英和侵入前端网站后，情报科对其进行了严密跟踪，发现他正在 GR 科技应聘，已经通过了二次面试。而贴补丁的时候荣伸的职业设定就是 GR 科技，现下恐怕是露馅了。”

航平愣了好一会儿，像没听懂似的：“谁说露馅了？”

“英和约过荣伸见面，我们当时有别的行程，没有立刻回复，这几天荣伸联络回去，对方没有回音。恐怕是知道了些什么。”

“有可能只是在忙吧？”

“那样当然最好。但也不能不设想最糟的情况，就是两位补丁都作废了。需要批示，荣伸和友莉是否还加入今后的维护。如果确认作废的话，可能要跟人事科申请新的补丁名单。”

航平按揉隐隐作痛的太阳穴，回想半年多前那次补丁计划，也算是他进入工程科后的头一份指导行动。从预案到实施都参与其中。荣伸入职维护部之前本就在 GR 科技，与主机的生活圈又无交集，沿用身份本并无不可。谁知她身边的人会那么巧挑中这家公司。不是都说不要跟朋友当同事，也不要跟同事变朋友吗，这个英和是宅到没常识吗？事已至此，若真往最糟的状况发展，补丁和英和就得作废一样，总不能处理英和吧。

“对了，还有。”小葵说，“等下的会议要增加一项议题。”

“还增加？！眼前的事都做不完，不能下次再说嘛？！不想下班啦？”

“等不了了，事关主机的人身安全。电视、电台、网络，搜寻主机的热潮不断升温，四组一直负责投放烟幕弹，转移视线及善后。但现在找主机是全民运动，四组人手严重短缺，需要支援。”

“支援支援，说得简单。其他组也有各自的任务好吗，我上哪儿去借人给他们啊，光是上个月就……”

敲门声。

联络员探进头来：“主任，主机跟岸主任去医院了。地勤请求指示。”

“……什么？！”航平跳起来，头痛到飞起，迈步前往中控室，“为什么去医院，她怎么了？”

“前方地勤说，她跟急诊的医生要求打狂犬疫苗，被松鼠咬了。”

“严重吗？”

“不严重。现在前面二十几个病号，地勤想问要不要帮他们往前排一排。”

大屏幕显示着医院的走廊、食堂和候诊室。正坐在靠墙的位子说话的两个人可不就是岸主任和主机小姐。男人低头翻看合同，女生在旁边有一搭没一搭地说着什么，好像聊得还挺投缘。

“往前排什么排！”航平说，“人家两个人不是相处得挺好吗！往他们前面多塞几个才对！欸欸，不过松鼠还是不太安全，派个人去扔掉算了。”

“你要扔掉她的宠物？”小葵插嘴。

“我早就说那个东西不能养在家里！禽兽的爪子可是不长眼的，就算没有生命威胁，被挠破了相，抓瞎了眼什么的也不好吧？欸欸，松鼠本来就是野外生物，叫地勤拿去放生，又不是拿来煮了吃，有什么好哀怨的！”

联络员有点为难：“工程科地勤无法入室，那是保全科的工作。但是保全科的换了新人，怕业务还不熟练，破坏现场。”

“哈？贴身的保全，换了新人？”

“啊！”小葵灵光一闪，“对，我也听说了。”

“之前的人去哪儿了？辞职？”

“被调到别的区域了。现在驻扎门口的是新人。”

“……这是什么操作。”

“还听说……是总务科派的岗。原因只有统筹知道喽。”

航平看她一眼，听出她在敲打他——想知道为什么，回家去问你爸呀。但哪有那么简单。且抛开员工守则不谈，他们根本也不是无话不谈的父子。再者统筹本就高于底下的三个科室，派岗合情合理，想问也不知从何说起。

“算了，暂时不管那些。”他说，“先脱敏吧。除掉成睿光，晴了天最重要。还愣着干什么，都四点了，赶紧开会啊，还想不想准时下班啦！啊！对了，还有那两个人。”一指屏幕，“远一点跟着，别被岸主任发现。有什么进展立刻报告。至于英和那边，再联络个几次，看看是什么动静。主机跟友莉不是还保持联络吗，借 DVD 什么的……或者找个机会让友莉探探口风。尽量不要两个补丁都作废，有什么脏水就都先泼到荣伸一个人身上吧。哎呀，行了行了，别哭丧着脸，就算补丁作废，你也还能回技术科嘛，这么丧做什么……欸欸欸，麻烦死了，事情越做越多。赶紧开会！谁去给我买杯咖啡！”

小葵还想说点什么，但航平已跟所有人往会议室移动。多事之冬，确实也不好再分神去想管理层的事。眼下他们的共同敌人，是成睿光。只要让他黑出十里长街，其他人就能光明起来。谁叫他得罪了绝对不能得罪的人。

事实证明，要捧红一个人是千难万难，但要丢石头可是轻而易举。

从这一天开始，成睿光的人生进入了一百八十度的逆转。

工作骤减，风评骤降，坐车车堵，吃饭饭凉。人生被卡出一个新高度。

小葵问航平："怎么不直接公布他和经纪人和小孩的事？那不是一击毙命吗？哇，难不成你还真是菩萨心肠，在为小孩着想？"

"哼哼哼，菩萨心肠？"他说，"他这种半红不红的艺人，爆个隐婚反而是帮他炒热度。炸弹当然是要等他黑到快入土的时候再放出来，落井下石再把洞口挡住呀。这辈子他要是还爬得起来我就退出维护圈！哇哈哈哈哈……"

果然是与岸主任开过会，小葵鼓掌，传承了魔头的风范，有气度，有气度。

而与此同时，另一边，卡片屋也在进行翻天覆地的变化。

卸掉了旧式的铁卷门，拆了橱窗和小黑板，门前的台阶铺了防滑布……老店在一点点消失。外公当年摆上去的小零件，被一个个拆下去，放进纸箱，封存起来。墙面，地板，光洁如初，家具一件件搬走。

一个月下来，岸真只去过一次，带人核对室内的管道和电路位置，为装修做准备。公事公办，干净利落，和欧飒的互动也不多，仿佛真的只是想去那里开一家普通的甜点屋。

真的是这样吗？航平实在捉摸不透。以他对岸主任浅薄的了解，可不认为对方是个凡事毫无计划，只跟着感觉走的人。但观察多日，却见他始终中规中矩，好像确实只是去一家商店街盘一间甜点屋开展一下退休后的副业而已。

不。他不信。岸主任呀岸主任，你这是在做什么呢。你究竟想做什么呢。

Ⅲ

堂姐听说欧飒下定决心转手店面，劝她干脆把楼上的小公寓也租给住在附近的店主或上班族，搬到离公司近一点的市中心来。欧飒舍不得，说一来住得习惯了，二来新老板人特别好，说店修好了以后她也可以去甜点屋兼职呢。

堂姐戒心满满："世上哪儿有那么好的事。我倒觉得这事有点太顺利了，那人该不会是个骗子吧。有没有照片给我看看。"

"哈哈，你想太多了。"她其实想跟她说一说和小老板的几次巧遇，说一说初次见他就觉得眼熟，说一说他身上好闻的甜味，有时让人想哭……但想也知道堂姐一定回答"因果循环？命中注定？这种事情我是不信的"，于是就什么也不提了，只说，"如果不放心你就来亲自看看嘛。我这周末就把房子收拾出来了，跟他约了周一交钥匙。"

听说房子就要易主，英和也提议要来帮忙收拾，毕竟前几年还在工作室住过一段时间，也算有点感情。

周末的午后，欧飒边等英和来，边下楼去店里闲逛。室内只剩几件桌椅、镜子和灯具。她想仪式性地进行最后的检视，又不知视线该放在哪儿。认识了一辈子的地方，只剩下一块空虚的皮囊，就像最后那段时间的外公。唯独这件事，她一分一寸也不敢多想。

后院的工作室，地板与墙面均已修复完毕，还剩一面墙没粉刷，刷子和涂料放在角落。她心血来潮，想在底层悄悄地写点什么，再用油漆藏起来。或许能跟很多年后入住这里的人分享点小心事，又或者就这样沉睡在一层层新的涂料下，随着世界土崩瓦解，永远不被发现。是寄往末日的明信片。

如果今天就是世界末日的话，你说，想寄明信片。

为什么想寄明信片？成睿光这么问她。

因为，如果今天就是末日的话，那所有地址的有效日期，就到今天为止呀。只有今天寄才行。到了明天，这里就不是这里，那里也不是那里。世界可以无数次毁灭，又无数次重建，但地址不行。废墟上就算重新升起城市，也不再是原来的名字。我能找到你的日子，就到今天为止。

是个有点别扭的答案。她实在羞于启齿。

但他却那么诚恳地问她，就好像真的想知道似的。

为此，她跟堂姐说，拜托你，我想再见他一次。

堂姐大惑不解："再见一次？这是着魔了吗？你一向是个挺清醒的小孩，连偶像剧都不爱看，他的那一套对你怎么会管用的？！"

她答不上来。对那个时候的她来说，世界已经末日，而成睿光就是最后的、唯一的、发着光的地址。她只能前往那个方向。除此以外四面全是礁石。但她不知该怎么说，对谁说。即便说了，对方大概也只会惊奇地问她，怎么会呢？怎么会是末日呢？你怎么就来到末日了呢？

就因为家人的生老病死？因为漏接一通电话？因为跟朋友渐行渐远？因为工作不够如意？因为被抛弃过那么一两次？

就因为那么缥缈，那么零碎，那么随机的小事？

无论为什么，好像都不成立。她只有说："因为他说他记得我。"

"什么？！你开玩笑吧？那种话他每天要说几十次。"

"我就是想要跟他再确认一次。我想再见他一次。"

"见一次，又能怎么样。"

"我也不知道……就是想再见一次。拜托再帮我一次。"

"你听好，见面这种事根本没那么难。他想见你就会问你的联络方式。"

"拜托。"

"……"

你这是在做什么呢？她也想问自己。但她的理智好像全被更虚无、更隐忍、更荒谬的念头充盈，听不进别的声音。那个念头拉着她、拖着她、坠着她，越沉越深。落入大海般迷茫而窒息的梦里。

海水结了冰。她就像一块琥珀，冬眠在最中心。

凛冬已至。

此时的室外，岸真的车子停靠路边。欧飒跟他约了2月823日周一交房，但823日是周日，不知是日期或星期写错，发了邮件，她又没回。想起上次两人也约了周日，于是如期前来。推门进屋，前堂又没人。喊了几声，无人应答。

她该不会又被什么东西咬得不省人事了吧？他想。

店里不见人影，通往后院的门透进些许光亮。地面的薄雪留下通往工作室的脚印。他尾随前去，推开门，暖风扑面而来。室内幽沉昏暗。油漆与木材的味道还未散。他环视一周，看见躺在墙边睡着的女孩子。

不像是知道有客人要来的样子。看来果然是约周一。

就这么悄悄离开，像做贼似的有点怪异。但顺势叫她起来，也不太合适。他脱了大衣盖在她身上，然后靠着墙落座一旁。

小屋极为安静，好像暗夜中的一座堡垒。

他想，自己虽然也搬过家，但这好像是第一次坐在什么都没有，也什么都不需要有的房间。没有人，没有声音，没有屏幕，没有想法，没有责任。好像谁也不用回应谁的期待。这里只有他，和世界。

世界还在睡。不知逗留在哪一幕梦境。害他也有点犯困。

上一次这么安静，是在父亲的葬礼之后。他坐在空荡荡的礼堂。隔着窗户看母亲在跟叔叔谈着什么，表情既委婉又决绝。无声的画面，看起来像别人的事。

“你手里拿的是什么呀？”婶婶来到他身边坐下。

“领带。爸给我的。”他说。

“你喜欢领带吗。”

“……”

“不想回答也没关系。不想说话的时候可以不要说。”

他并非不想说话，只是不知该说什么好。他跟叔叔婶婶感情不错，常常玩闹在一起，没把对方看作长辈。但他知道从这一刻起，他们成了他的长辈。而自己若是说错了话，是要惹长辈生气的。

“我知道你不想被困在这儿。”她说。

“不。我愿意。”他抢白，像怕被拒绝，“我愿意跟叔叔婶婶一起住的。”

“我的意思是说‘困在这种情绪里’。”她摸摸他的头，“但是，今后可能有很长一段时间，你都会卡在这种情绪里，哪里也去不了。这是没办法的事。我也帮不了你。但，若是到了很难熬的时候，我来教你一个不用在这儿的好方法。”

“什么方法。”

“去十年后。二十年后。那时候你想成为什么样的人。”

“什么人？”

“对，你想做什么样的工作。”

他没想过。摩挲着手中柔软的布料，说：“能系领带的工作。”

“好。那你就去十年后，告诉那时候的自己，说你想成为什么样的人。这样一来，有一天你就会变成他。”

“真的吗。”

“真的。”

“如果我去了，他不在怎么办。”

“他在的。”她说，“你们约好了。你去，他就在的。”

他握紧领带，用力绞在指尖，似乎想扯出一个洞来放走情绪。仍是徒劳。于是把头埋进婶婶怀中哭了起来。

很多年过去，他几乎没有再哭过。直到现在，他都还不确定自己究竟有没有走出过“那个地方”。偶尔午夜梦回，还能看见父亲教他打领带。怎么打也打不出漂亮的活结。一次次拆了重来。

“欸……你在啊。”欧飒迷迷糊糊坐起身，抱着他的大衣蒙了一会儿，清醒过来，“欸？欸？我睡了一天？不会吧？！周一了吗？”

“周日。”他说，“是我看错日期了。”

“太好了，吓我一跳。我没说梦话吧。嗯嗯，今天也没问题。我合同和钥匙都准备好了。等一下我学弟来，帮忙搬走家具就行了。”

“不急。家具你想留，可以搬到这屋来。我可能用不到。”

“不需要仓库什么的吗？地窖可以存酒哦。夏天可凉快呢。”

“没关系，没那么大库存。店里也不放席位。”

“不放席位？是……外卖型的吗？”她迟疑，“不是甜品店吗？”

“是甜品。”他说，“你吃过‘幸运饼’吗。”

“幸运饼？就是那个三角形，里面夹着一张命运语录的点心？”她笑，“你要做幸运饼的店呀？哈哈哈，好可爱啊。”而且关键是和他整个人好不搭，简直就像一壶黑咖啡说它爱吃棒棒糖一样，“怎么想到的呀？”

“我大学时靠写那些小语录赚过学费。”

“欸……你写？”

“语录也都是人写的啊。一年写个几万条，还挺好赚的。”

“哈哈，虽然知道是人写的，真的看到本人还是有那么一点失望。”

“你要不要也写写看？”

“嗯？”被问得猝不及防，“写幸运饼吗？”

“这里之前不是卡片屋吗。都差不多啊。”

“差不多吗。卡片和幸运饼？”

“而且幸运饼不需要收信地址。”

“……”

她想说点什么，肯定或是否定。但胸口像是洒了几罐满满的油漆，五颜六色地黏住她想出口的字。幸好，他只是坐在原地，看着她，或穿过她看着暗处，并不期待任何回答似的。

突然前厅传来呼唤声：“小飒学姐，我进来了哦！”

“啊，学弟来了。”她爬起来，“我去拿合同给你。”

英和已在前厅等了一会儿，又上楼敲门也没人。刚要走，见学姐和那天的男人一起从后院回来，衣衫略显凌乱。还以为自己撞到了什么不该看的场面。一时有点尴尬。打了声招呼后，连忙退居后厅一边悄咪咪地玩起了电脑，一边偷偷看那二人一本正经地讨论合同内容。

啧，怎么会这么眼熟呢。他到底是在哪儿见到过那个人呢……仔细想想，店面转手的事情也有点太顺了，他该不会是骗子吧。会不会是在什么通缉令上见过这张脸？我看他比起甜点屋店长，更像牛郎。学姐啊，你可不要被小白脸给骗了呀。

他一边嘀嘀咕咕地敲打键盘，一边偷看岸真的一举一动，绝不掉以轻心。

叮叮……

你有一则新信息。

他暂时收回猎犬的目光，低头看手机。新信息既不是短信，也不是邮件，而是来自他自己写的程序。

“你正在跟踪的用户，已在以下地址上线。”

他扫了一眼，没当回事，正要关闭，突然被一串数字勾住。

是一样的。

他正在跟踪的聊天室的ID，此时上线的位置，和自己是一样的。是一样的。是一样的。是一样的。他们在用同一个Wi-Fi。他们都在用店里的Wi-Fi……？

等、等一下……给他等一下。

一瞬间，他只觉得全身僵硬，像被无形的巨大的黑暗笼罩，周身弥漫压倒性的激奋与恐慌，不敢移动分毫。能动的只剩下眼球。视线缓缓上移，锁定在那两个细声交谈的人身上。心脏像要撑破胸腔般激烈颤抖，眼前越来越花。

细碎的回忆片段接连不断砸上他的脸，拼出一个惊人的真相。

…………

“快看，那边有个帅哥。”友莉说。

英和转过身把岸真看了个仔细。

服务生说酒吧里面的半场是生日会，难不成其实是后台维护部的聚餐？

后台员工在这儿的意思……不就是说……是说，主机也在这儿啊。

…………

他定定地看着岸真，将这张脸与记忆完整重叠。而，站在他身边的，小飒学姐，不……不对……不对，不该叫学姐了。该叫她什么，他却叫不出来。一口气咽下肚，哽在胸口，迟迟发不出来。原来，他一直站在离答案那么近的地方。快点，快点劈一道雷下来，让他清醒一点。

“嘿，我们弄好啦。”欧飒走过来，“你怎么啦？”

他惊恐后退：“别、别碰我。”

“啊？你脸色有点糟啊。是低血糖吗，楼上还有栗子，快去拿。”

“不，不要动，让我稍微休息一下。”

“突然间怎么啦。”

“我缺氧。”

“哈？”

“我站在珠穆朗玛。我缺氧。”

“？”

CHAPTER 15

规程

Protocol

I

成睿光觉得自己八成是中邪了。明明刚迎来期盼已久的事业高峰期，一夜之间却风云变色。不，连变色都没有，他就像穿越虫洞，一瞬从巅峰抵达谷底，从鼎盛来到末日，甚至来不及反省做错了什么。难道这就是所谓的天妒英才？

他出生在南部一座小山城。家境普通。与父母亲的关系既不亲热也不疏离。还算平顺地长大，与同龄人一起步入自命不凡的青春期，认为只有辉煌的舞台才是真正的归宿。于是跟父亲提出去北部闯荡。父亲说，我知道你一向是个有打算的孩子，所以不会阻拦。但也得事先说明，我们不是那种有余裕为你营造后路的家庭，所以你最好有所准备，抱着失败以后无法回老家来哭诉的觉悟。他笑说，放心吧，我一定会回来哭诉的，我的房间可得保持原样，千万别改装成健身房啊。

如果说他有什么与生俱来的优势的话，那就是母亲的多愁善感和父亲的云淡风轻，有自知之明，也懂得察言观色，审时度势，算是适合娱乐圈的个性。于是带着父亲的劝诫与少年的意气北上。不久，倒是真签到了公司。但还来不及雀跃，就发现同期签入的新人多如牛毛，几个月也排不到一份通告。又不能擅自接洽，只好去餐厅打工补贴家用。最糟的时候，一袋早餐包还要分成两天吃完。七八年过去，仍然只是坐在综艺节目效果团的后排。他想，这也算坚持得够久，对得起年少的梦想，可以准备抽身回家哭诉了。

就在这时，经纪人小姐正式进入他的人生。两人早些年在工作中相识，说过几句话。现下，他的经纪约差不多到期，而她也刚好和原公司闹翻，打算自立门户。她帮他设计新形象，安排新工作，寻找新出路，鼓励他说，每个人的蛰伏期是不一样的，如果他愿意，或者以深造充电的名义送他出国一段时间，镀了金总是不一样的。自己的父母也在那边，可以顺便照应。他看着她殷切的目光，心想要是她能再温柔可人一点，就算跟她求婚也可以的。

两人就这样前往异国。一年过去，小孩出生不久后和平分手。他在当地找到平面模特的工作，替百货公司拍应季广告。日子过得舒适散漫，乐不思蜀。经纪人小姐又说，是时候重新投入战场，小孩就麻烦父母亲照料，事业要再出发。

他错愕："我还以为当初来这里只是为谢幕找个台阶下。原来还有重整旗鼓打算吗？"

她也明人不说暗话："我也以为事业失意的时候只要生个小孩就能变得伟大，顺便跟父母交差，别人看起来也很圆满。但根本不是这样。我没办法在'小孩比别人家的早几个月说话''买到了超市特价商品'或'男朋友很听话'这类事上获得满足成就感。"

"呃，那你加油。我已经对那个圈子没兴趣了……"

"你那是没红过就凉透了，凉怕了。"

"就算这样吧。这件事我已经认真过了，今后只想不那么认真地活下去。"

"你放心，我不会妨碍你交女朋友。只要不是粉丝或同事，我一句废话也不会说。”

“……”

话虽这么说，实际操作起来又是另一回事。他也知道自己是她手上为数不多的资源，更何况当初她也帮过自己，而且还是孩子的妈，于情于理也该支持。只有硬着头皮跟着上了战场。

但这次，他没来错地方。或许是海外的工作履历，又或许是莫名的天时地利，他以新人之姿迅速崛起，接通告，接邀约，还去大学校园表演。与他同台的正是当红的少女团体。他坐在休息室，听隔壁一群小女生叽叽喳喳，毫无“走红”的实感。或许是等待了太久，饿得感觉不到饿，再丰硕的果实也索然无味。又或许像经纪人小姐所说，他这种就是所谓最适合这个圈子的体质，吸血鬼一般隐匿而贪婪，来自别人的关注和喜爱，无论吸收多少都觉得不够，像个黑洞。

黑洞……吗？他想，我有那么危险吗。但这世间谁又不是黑洞呢。谁不是拼了命地缠斗、魅惑、吞噬着对方，所以才是彼此的末日，不是吗？然后他听见有人说：“如果明天就是世界末日的话，我想寄明信片。”

哈？他失笑。将门推开一条缝，看见说话的女孩子，穿大学的运动服，系一条马尾，眉目间有率真也有宽容，清爽又温润。能说出这么浪漫的答案，大概对世界还满怀期待与信任，是个被好好保护着长大的孩子，仿佛尘嚣中的一片净土。按照经纪人的说法，那孩子是佛陀的话，自己大概就是魔吧。

下一秒，经纪人推门进来，阻断了他的视线，黑着脸说：“你干吗跟他们说高中时候的事啊？！”

“啊？早上的采访？”他愕然，“那是高中生的杂志啊，人家问了高中时代的回忆，不然我要说什么才好……”

“随便说说暗恋了谁，收到情书什么的就算了，干吗提打架的事啊？万一被其他杂志转载呢？而且不要乱提学校的名字，又没拿到钱，免费宣传个什么劲儿。真被人翻出点陈年旧事怎么办？你现在要改走不羁浪子、校园小霸王的路线吗？我好说歹说他们才撤销那一段。不要帮我增加无谓的工作量行不行。”

“只是觉得蛮有趣的就说了，没什么吧。我都这把年纪了，还维持‘好想恋爱好想结婚好想被抚慰’的形象也是很微妙啊。”

“你的形象是用来给女生吃的，别人觉得香就够了。别计较那么多。”

“你确定女生喜欢这么甜腻的口感？”

“哈？这是什么意思。你可别打什么歪主意。这里全都是些女大学生。敏感又难缠。最好有多远躲多远。”

“有那么恐怖？哈哈……不过，如果我是黑洞的话，也许会吸过来也不一定。”

“哈？！”

当然这话只是开玩笑。茫茫人海，能够再见第二面的人本就屈指可数。而且这个时候经纪人的态度也有些奇怪，虽然表面冷淡疏离，公事公办，但偶尔也不排斥留下过夜。像是不想离得太近，又舍不得他走得太远。说到底我们两个都是黑洞啊，他心想，只是在不断试探与消磨的过程中等着看谁先吃掉谁。而他确信自己是不会输的，因为他有的是深不见底的多愁善感与变幻莫测的云淡风轻。

再见到欧飒是几年后。她站在会议室门口，局促不安地环抱着电脑和资料，不住替迟到的合作方道歉。经纪人黑着脸，说没见过这么不负责任的对象，如果不是预付了定金，真该抬腿就走。他见她有点可怜，跟她搭了几句话，心想许久未见，这孩子竟然还是性格温良，面目清朗，像完全没有被尘世折弯过腰。又见她的姓氏跟公司老板相同，这才恍然大悟。告别之后，坐计程车回家的路上，跟经纪人说起这事，听她嗤之以鼻道：“开始我就觉得奇怪，为什么杂志采访不安排在杂志社或酒店，却指明要来广告公司，还以为是租了一间会议室……原来完全就是任性的大小姐以公谋私，拿着公共资源，给她自己办了一场个人的偶像见面会。啧，娱乐专题特稿什么的该不会是假的吧……我得跟进一下。”

"啊？你想多了吧。应该只是巧合。"

"怎么会是巧合？！她几年前跑到休息室去找你，现在她姐姐突然就跟主编推荐采访你？这是巧合？"

"她不是去找我，是去隔壁的……"

"行了行了，不用说了。你可别随便发情，以为这是命运的安排什么的。那种多愁善感的大小姐，黏上了就甩不掉的，也不知道能干出什么来。啧，早知道是这样，当初就该开价更高点。"

"……别说得好像在用我拉皮条一样啊。什么开不开价的。"

"难道不就是这样？不然你以为这是在做什么。名模陪富商吃顿饭还得几千万呢，跟我们聊了两个钟头，竟然只付个采访费。他们倒是很会精打细算。"

"再怎么说也算是客户，收了钱就别气鼓鼓的啦。"

"接洽的人是我，麻烦的人也是我，你别站着说话不腰疼了。要不然我们就打赌试试看，那种人绝不会善罢甘休，肯定会再找理由贴上来的。"

其实，这个赌，他倒没那么介意输赢的。在这个圈子那么久，他当然一眼就看得出对方的渴望。像欧飒这样，性格和长相都蛮讨喜，情商在线，家世又不错的小姑娘也算是及格了。如果她的身材能更辣一点，就算交往一下也可以的，他想。来找我吧。更喜欢我一点。说不定我就能感觉到些什么了。

他没有等太久。

几个月后，再次接到了拍摄广告的工作。自然也是同一家广告公司主管向客户和导演做了推荐。由于是难得一见的著名服装品牌，这次经纪人小姐倒是嘴巴闭得很牢，没有抱怨。他揶揄道："也是时候反省了吧。经纪人不是应该更八面玲珑吗，你总是只看眼前，捞一笔就翻脸的态度不太好吧。"

"你懂什么，谄媚也是要分对象的，难不成要我讨好所有人？"

"所有人都可能是潜在客户，来日方长的嘛。"

“别要天真了行不行，广告公司在选角上的主动权很小的，你如果真有心，还不如拍摄的时候好好表现，我去拿个厂商或导演的名片什么的。”她狐疑，“我看你这是动了别的心思了吧。我是说过不会妨碍你，但是那种难缠的女人最好少接近，于公于私都没有好处，出了事可别怪我没提醒你。”

“别紧张嘛，我又没打算要做什么。”

这是实话。而且他也不需要做什么。黑洞只要等着，周围的东西就会自动被吸过来不是吗。他坐在会议室的一角等待拍摄。见欧飒拘谨地站在门边，像只期待主人注意力的小狗。于是开口叫她：“欧小姐，对吧。”

“啊，嗯，对的。”她走过来，递过一杯水。

“听说你竭力推荐我。这一类广告我拍得很少。为什么是我啊？”

她似乎有些错愕，轻声说：“……因为我很喜欢你。”

“谢谢你。听你这么说真开心。”

“你一定都听腻了吧。”

“不会啊。人生最开心的事，不就是跟喜欢的人腻在一起吗？”他说，“啊，不过那是两年前的事啦，现在我是孤家寡人。”

他温柔地看她，像在鼓励她把剩下的告白讲出口。再说点什么吧，他想，都已经告诉你我是单身了，你再走过来一点也可以哦，再说点什么，或许我会被感动也说不定。但她再无话。退一步，双手捏着电话，像不知所措，又或无言以对。

结束后，经纪人与他在门口等专车。欧飒从后面快步赶上，手里拎两只礼品袋，露出红酒的瓶颈，连声道谢，说期待下次合作。

经纪人先一步接过两个袋子，垂眼扫了下酒瓶和贴在旁边的感谢卡，笑笑说：“好啊，期待再合作，不过我们只接到春装的案子。刚才跟他们聊了一下，好像夏装的人选已经定了。”

“这样啊……”欧飒说，“嗯，有机会再合作。”

“那，回头见啦。”他说，跟经纪人坐上车。

后视镜里的欧飒越缩越小。

经纪人抽出两只感谢卡片，前后打量片刻，揉碎了扔在脚边。

“写了什么？”他问。

“客套话，没什么重要的。”她回答，看了他一眼，转而又说，“哦，对了，写了她的联络方式。你要吗？”

他斜睨蜷缩在她脚边的纸团，转头望向窗外，没有回答。好像并不在意，又好像在那一瞬厌恶透了与她之间的权力角逐与心理游戏。但过了那一瞬，他又恢复了从容。心中有个预感，觉得和欧小姐的事情不会就这么结束。欧小姐呀，如果你还想见我的话，如果还有话跟我说，就再来找我吧。反正你有的是办法，不是吗。他想。有点游刃有余，有点忐忑不安，还有点势在必得。

然后，春天就来了。又好像没来。

两年过去，他的仕途又落入低迷期，不红不黑不清不白。虽然做了各种尝试，事业线就是不见往上走，甚至还随着年龄的增加稳步下滑。这就是所谓的看见了尽头吧，他想。唯一值得骄傲的是，多年来无论境遇如何，他都按照自己的意愿前进，没有沉迷于诱惑，也没玩弄过规则，算是无愧于心，可以全身而退。

就在他考虑着是时候二次谢幕时，神奇的事情发生了。他竟然在出席漫画展览时再次遇见欧小姐，而且还奇迹般地合了影。他既惊喜又愕然，默默感叹她几年来脱胎换骨，几乎没认出来。倒不是五官面目全非，而是表情。那不再是眉目间有率真也有宽容的小少女，而多了些沉淀，隐忍、困惑、坦荡、取舍，与了却。发生什么事了呢。连佛陀也坠入魔道了吗？

但无论如何，兜兜转转，竟然又在如此微妙的时间相遇，害他都快要相信命运了。而如果相信命运的话，是不是也可以顺便相信，此番见了她，就代表着事业的高峰又要来了？

然后就真的来了。所到之处，总是出其不意地看见自己的脸，听见自己的歌，书店有他封面的新刊，地铁有采访他的杂志，能见度高到不可思议，连网络上的风评都几乎一面倒地把他捧上云端。

难不成，真的是欧小姐的功劳？每次遇到她，总是出现好兆头。下次再见面，还真得诚恳地道一句谢。

这个时候的经纪人小姐除了他以外也签到了另外两个新人，似乎也交了新男友，注意力早已转移。而他在各种意义上都更加自由。如果能再碰见欧小姐的话，就算发生点什么，时机也是刚刚好，几乎可以说是佳偶天成。

之后，就像心有灵犀，他接到欧飒的广告公司承办的品牌宣传片拍摄。衔接得如此巧妙，就算说没经过她的特意安排也没人信了。经纪人一副料事如神的表情，说："你正在事业上升期，不要牵扯得太深比较好，而且，别嫌我说得难听，像这种情况，当然是慢慢吊着她，保持对你的兴趣，才能发挥最大的利用价值。不要告诉我事到如今你开始相信真爱。"

他当然不信，但也不知该信什么。他甚至还在深夜广播节目里大胆地提到她，想知道会发生什么事。

但是，什么也没发生。不仅如此，广告拍摄的过程中，欧飒全程没露面。

而且，从那一天开始，他就像坐上脱轨列车，一路滑铁卢到深渊。不仅工作像被吸尘器卷走一般消失，连生活也像是安置了无数面无形的墙壁，走上几步就要撞个满头包——莫名其妙地丢钱包，摔跤，被行车溅一身水，买好的电影票无故失效，餐厅订位被取消，手机密码遭窃，家门口躺着好几只死老鼠，衰事层出不穷，衰到他连站在自动贩卖机前都怀疑饮料不会掉出来。衰到他就快要相信神的存在。

是的，人一帆风顺时什么都懒得信，一旦倒起霉来，各路神仙谁也跑不了。

只是他实在不懂自己得罪了哪路神仙。不明白究竟做了什么伤天害理的事，竟然活该被这样针对。即便人生态度和感情生活飘摇不定了一点，但也从没刻意去伤害过谁。世间那么多渣男恶霸都活得有声有色，没理由他这种务实又灵活的好青年却遭到天谴。不是天妒英才是什么？怎么好像有人未经允许就齐心协力将他推上反派 boss 的宝座。这顶王冠他可一点兴趣也没有呀。

然而这一点，中控室的是神明们并不认同。

除了直接的生理伤害，航平已经替成睿光准备好了九九八十一难，受挫行程排得很满，一波连着一波，只要他稍有喘息的空隙，就迎头送上新惊喜。一个月下来，工作丢了无数份，争执不断，风评扫地，人生岌岌可危……

技术科业务员前来报告，说发现成睿光已经开始在手机备忘录里打起了“无限期休假”的草稿，估计熬不过下个月。航平伏案批改公文，一手喝咖啡配薯片，头也不抬，说：“谁管他熬不熬得过啊，再派人去把他的车子刮花。”

“……没那个必要吧。”小葵说，“我们又不是流氓。”

“因为这家伙，世界都末日了，本少爷没一枪崩了他都很客气了好吗！”

“一枪崩了也算磊落，总好过小动作啊……”

“开什么玩笑！崩了他，明日一见报，他就成了英年早逝的流星，主机看到了，不仅不会厌恶还会缅怀，从此晋级成为心中无法超越的美丽的遗憾，那时就真的永永远远卡在他身上，谁也翻不过这页了。死可是解套专用的作弊器。不管是恋人还是朋友，尤其是父母，不管做了多过分的事，仗着自己比较早死，总能得到儿女原谅，你不觉得很狡猾吗？！”

“可是你今天划车明天爆胎，又把他的职业前途给断了，就不怕他被逼急了会想不开？”

“害我们白忙了一年，不整他整谁！有地勤在，想死也没那么容易！”

而且眼下比起成睿光，还有其他不得不关注的事。首当其冲即是英和那小子的动向。虽然荣伸回报说与他取得了联系，听起来对方的态度并没什么异样，但总觉得那小子就像是会在出其不意的地方冒出来的鼹鼠，不得不严加防守。

“主任！”联络员敲门进屋，“技术员发现暗网上有新的安全威胁。”

“啧……就不能平安无事地过一天吗！又怎么啦？学生年册又被拍

卖了？”

“不，是论坛上挑起了关于主机的新猜测。”

“猜测？猜测有什么好大惊小怪的！”

“呃，是关于主机被绑架的猜测……说时间之所以会停下来，是因为有人绑架了主机，而且对方声称知道在哪儿。”

……等一下，这个走向怎么这么熟悉。

航平起身，有气无力地问：“传闻的出处，该不会……是那个吧。”

“没错，就是主机寄出的明信片。有人声称持有这张明信片，准备高价拍卖。我们要买吗？”

“确定是出自主机的明信片？”

“不能确定。”

“不能确定怎么买啊，不就说了不能帮他们炒行情吗……有几个卖家？”

“目前有两个。”

“那就联络情报科，让他们的情报员跟进那两个人，如果是真的，就潜入作业，把东西给偷出来还是销毁，随他们处置……我们日常维护都做不过来了，这种需要肉搏的事情不要总想用钱解决啊。再说……”

咚咚咚，有人敲门。又一位联络员探头进门：“主任，地勤需要指示。”

“又怎么啦？！”

“呃，我们的前方地勤，呃……跟保全的人打起来了。”

“哈？！哈——？！”一跃而起，惊得想抓头发，快步往中控室走，“打起来了是什么意思。我们地勤又没有功夫，不是白白挨打？！”

“不不，应该说是吵起来了。”

“在哪儿？为什么？哪一组地勤？”

“在主机家门口。今天快递送来好几个巨大的包裹，还没到主机手中，保全的人就说要拆开来检查，我们的人试图阻止，言语之间彼此都不太客气……”

“保全检查包裹？就是上次说的那两个新派的保全？”

“对的。他们说只是要确保主机安全。”

“那也得有商有量啊，就这么把包裹拦下来拆开了，破坏了现场，接下来的烂摊子要怎么收拾？不还是我们日常维护的人去擦屁股吗？”

“他们说如果无法复原，为了不让主机起疑，就直接把东西没收作罢。”

“哈？！区区一个保全什么时候有这种权力？！凭什么？”

“他们说自己是总务科派的人，权限比我们高，所以……”

“什么？！”他抓头瞪眼，几乎要爆出粗口。眼下时局紧张，世界崩溃在即，统筹异常关注主机的行动，他可以理解。但是竟然连声招呼都不打，就派人来隔空取物，这操作是要架空工程科，是权力洗牌，还是纯粹忙中出错？恕他无法理解：“现在他们人在哪儿？东西又在哪儿？”

“啊，岸主任。”联络员指着大屏幕。

镜头中，岸主任的车子稳定路边，他下了车，径直朝店门前争执不下的两伙人马走去。航平看着那个一丝不苟的背影，心惊又心安。总算是有个着落了，他想，虽然不知道接下来的是叶落无声，还是腥风血雨。

II

欧飒有个糟糕的预感，仿佛有些不得了的事即将发生。想跟英和说说，电话拨了又挂断。自上次见面，英和已有月余不再主动联络。问他过得怎么样，也只简短地回答应试繁忙。如果真是在忙倒也无所谓，只是……此前小唯也是忽然间疏远得无影无踪，她不禁心有余悸，怀疑自己又做了什么让对方不舒服的事。

但其实，英和也在思考同一件事——星体之间靠得太近都会改变彼此的轨道，他在主机身边生活了那么久，说的话做的事该不会都有直接或间接的影响吧……小飒学姐温柔开朗又善解人意，算是为数不多的愿意听他说些天南海北宅气熏天的疯话的小姐姐，更不要说让他蹭吃蹭喝，还收留他于危难之中，他自然对她也无话不说……现在想起来，该不会他无意中说了什么让对方困扰的话，才把世界卡成这个德行的吧……

越想越心惊，连她的短信也不太敢回了。

更惊悚的是，维护部员工竟然主动露面，承租店铺。如果他们一直以各种身份潜伏在四周的话，那究竟还有多少人是后台卧底？小唯姐、友莉，更不要提身份可疑的荣伸，该不会都有关系吧……想想都头皮发麻。

此时荣伸打来电话，说前阵子忙于公务，现在刚好有空，问他要不要一起去听个计算机讲座。他哪儿敢同意，连忙推说就职在即，无暇分身。虽然有点讽刺，但他身边能够信任的，竟然只剩下从小就每天被相机围绕，绝不可能做什么秘密维护员的双鱼小姐。

双鱼小姐见他疑神疑鬼的尿样，消遣他道："我看你就快要精神分裂了。也许那个男的刚好就对主机感兴趣所以去了聊天室，刚好就是电脑宅，刚好那天在酒吧，又刚好租到这家店……你不要胡乱联想，自己编成一个故事好吗。"

"你自己听听看，你讲的和我讲的，哪个像故事。"

"你自己也觉得那个推测太匪夷所思，所以才没跟学姐说不是吗？"

"这我怎么说得出口啊？！'你可能是主机'……要是这么说了，肯定不是她疯就是我疯啊。不过，我黑进网站的时候，好像发现了人事资料的入口，再黑进去一次，说不定能找到名单，也许还能找到那个甜点屋老板……"

"不用那么麻烦。你要是想要验证谁是真正的维护员，我有办法，就看你敢不敢试试。"

"什么办法……"

"去把你学姐狠狠揍一顿，看甜点屋老板会不会冲过来打死你呀。"

"这是什么馊主意……"

"你也知道是馊主意啊，那就代表还没傻透。你以为当主机有意思吗？

一颗牙叫价 20 万，一根手指、一颗眼球会卖多少钱？像你这样顺藤摸瓜找后台和主机的人肯定也不少，如果你学姐真是主机，我看她也活不久……你听好，我要说金句了！人的善意是有上限，但是恶意是没有下限的。我们这群人，说白了，就是被引力困在地球上的动物，什么别的地方都去不了。现在竟然连别的时间都去不了。不发狂才怪。不是还有人说要把主机抓起来打屁股，逼他往前走的吗。”

“只听过神逼人往前走，没听说反过来的。”

“没有人敬奉，神就不是神。况且，这么多年，你见过你学姐展现出什么超能力了吗。”

“呃，好像没有……”

“所以说啦，神听起来很威风，但根本不是这样。信众们并不是追随者，是使用者。就和偶像一样，你以为我们高高在上，其实也不过是被使用而已。用过就被丢的人比比皆是。我走了，粉丝也能活得很好。”

“可是神走了，人是活不下去的啊。”

“谁说的？”

“欸？！”

“只要吃了唐僧肉，人不就能长生不老吗？吃了神肉，没准就能前进了。”

“吃……”

“是啊。人为了活下去能做出的事可多了，弑神又算得了什么。”

对话往猎奇的方向走去，英和踩了刹车，怕再说下去，会勾出潜藏在深处的更可怕的可能性。

当然这一切欧飒毫不知情，也不关心。她只觉得本来就很小的生活圈里，又一位朋友即将凭空失踪，有些感伤。西餐厅兼职，索性也不去了。反正转掉了铺子，手头宽裕了不少。周末难得可以睡到自然醒，跟堂姐通了一会儿电话，准备去她家改善伙食。

刚下楼，就见岸真站在铺子门前跟几个工人讨论着什么。见了自己，过来打招呼，得知她要去堂姐家，提出开车送行，说反正他也正要回东区的店，刚好同路。

一路上话不太多。她见他像有心事，想聊几句，又怕双方没有熟到那个地步，表现得太过热络，会把他像英和一样吓跑。车里只有音乐电台的慢板爵士，醇厚沉缓的萨克斯风催人入眠。她有点打瞌睡，一点头，真的在镜子里看见外公坐在身后。是梦吗？是梦啊！她竟然坐在人家车上睡着，也太不礼貌，但好久没见外公，又舍不得醒来。她转过身跪坐在椅子上，像个小孩似的笑嘻嘻地看着他，说："你回来啦！"

过去几年，她梦里的外公总是生病后的样子。但这次却清晰而安定，仿佛回到能够正常对话的光景，跟她笑说："你这是去哪儿啊？"

"我去堂姐家。我们一起去呀。"

"我就不去了，我要回家啦。"

"你自己可以吗？知道怎么回去吗？"

"当然啊。"

"啊，可是……"她看看驾驶席的岸真，"我们家，已经卖给这个人了。我也想再撑久一点，怕你回来的时候没有地方住。可是，阿姨说不趁现在转手，以后情况可能会更糟……"

外公好像对这些不感兴趣，看看她，又看看街景，就像普通出门郊游的一天，说："花还没开啊。"

"是啊，还很冷。冷了这么久，还是不习惯。"她说，"虽然大家都说时间能治愈一切。日子久了什么都能习惯。但我每次想起你时还是想哭。想起你蹲在后院择菜的时候，如果当时递一条板凳就好了；还有一个人发呆时，跟你说点什么就好了……还有很小的时候，有一次你冲了两杯果汁，我市侩得很，说'两杯不一样多'，你就说，那你喝多的那一杯不就好了……都是些没头没尾，说出来也没什么意思的小事。但我可能还有很久很久都会活在这些小事里。"

"不是还有很多开心的小事吗。"

“是呀。但是……”

“但是？”

“对不起。”她低下头，“我知道大家都在等着我过去。堂姐，英和，好像有很多人等着我过去，我真的很努力地往前走了，不知道为什么就是动不了。”

“想知道为什么？”

“嗯？嗯！”

“想知道的时候，有一个百试百灵的方法，是邮一张卡片给对方。你要不要试试看给过去的自己写一封分手信。”

“哈哈……这算什么答案。”她压着泪水与酸痛的喉咙，低头笑起来。

“你写写看。说不定她会回你呀。”

“哈哈哈，好呀，不过，我最近哦，好像有预感。”

“预感？”

“嗯，好像，差不多快要到最后了。”

…………

“什么最后？”岸真问，还在开车。

她睁开眼：“嗯？已经到了吗？”

“你说开到最后？”

“不，不用。停在路口就好了。谢谢啦！”她说，在路边下车，道了谢。走几步又回头看，他仍靠在车门上打电话。该邀他来吃饭吗？毕竟也帮了自己那么多次。而且正值晚餐时间，竟然只顾着睡觉，都没问他一句吃了没有，真是失礼。除此以外，好像还有点话要对他说，但一时又想不起是什么。

“欸，怎么这么慢！”身后有人叫她，堂姐快步走来，“快上楼啊。在这儿发什么呆。”随着她的视线看向岸真，打量了几眼，“那是谁？他送你过来的？朋友？要一起来吗？”

“呃，嗯，他就是那个……”

"老板？"

"对。"

"他开车送你？"堂姐微妙地笑笑，"他买你的店，陪你去医院，还送你来吃饭？你这是被富商包养了吗？"

"……他有男朋友。"

"你确定？"

"应该没错。"

"说不定是国际版呢？"

"……国际版？"

"通用插头。"

"……"

"哈哈哈，不闹了，快进屋，冻死我了。"

她跟在堂姐后往屋里走。被冷风一吹，适才浓浓的睡意快速散去。而乘着冷风钻进脑袋的，是另一个游魂一般若明若暗的问题——在上车之前，不，在今天之前，她曾经跟他说过堂姐家住在哪儿吗？为什么他会知道他们同路呢？

Ⅲ

岸真也有危机四伏的恶感，不知是因为店面装修过于劳累，还是别的神秘原因，连火锅都不敢吃。

——不然你以为牧老大当年为什么选你做继任？

林奈一句无足轻重的话在他心里埋下一根刺。且生根发芽，往奇妙的方向探索过去——如果是按照性格和经历的相似程度挑选了他做工程科主任的话，那么，航平真的只是统筹随意而为之的结果？如果从一开始就持放任的态度，何必再派总务部来收拾残局呢……统筹的行动，似乎都有清晰的目的性，只是那个目的就悬浮在虚空中，不知何时何地会突然刺过来，让人心乱如麻。

下午，林奈一通电话打了进来。

“我要辞职。”她说。

“哈？”

“不是跟你说了，风头不对就辞职吗。我觉得那个时候到了。”

“……你又干什么了。”

“不是我！”她压低声音，“今天我们科收到了总务科邮来的东西。”

“……总务科给你们邮东西？”他迟疑，又想起航平的办公室门口的两个总务科邮来的纸箱，“该不会是……资料？”

“你怎么知道！”

“我见过。你拿到了？”

“没有。听说里面是新的调查对象。科长分配给其他组了。总务科之前给保全科派岗，现在竟然开始管起我们来，不是太奇怪了吗。”

确实奇怪。但权力过渡时期，高层管理介入好像也不是那么稀奇的事。他问：“对方做权限以内的事，也挑不出什么错来。”

“我觉得……有点恐怖啊。”

“恐怖？”

“万一新派下来的调查目标是你呢？”

“我？！”他一愣，想想又觉得算是合理推测，“我是一般民众，跟主机又走得近，按流程来说情报科也早该建一份我的档案才对，倒不如说……”似乎有个答案呼之欲出，“倒不如说，事到如今竟然还没有建我的档案才很奇怪……”

“哈？什么？”

“情报科没有我的档案？”

“呃？至少我们组没接到过这个任务，也没听谁说起，如果你成了调查对象，这么大的八卦应该会立刻传开。要么我去资料库找找？怎么了吗？”

“你能不能打听到新派的调查对象都有谁？”

“六组的人说，他们分配到的是广告公司的人。”

“谁？”

“有四五个人。都是客服和销售的人。”

“客服？主机不是在策划部吗？”

“对……没错。如果说这几个人有什么共通点的话，那就是……都跟主机没什么直接联系。工作上的交往也不多。欸，我跟你说这些不是让你掺和进来的。是让你多加小心。总务科的手既然伸到了保全和情报，工程科肯定也跑不了。你以前那些下属同僚，如今都听从谁的命令都还搞不清楚，别轻易相信谁了。”

挂了电话，他越想越乱，某个骇人的可能性正跃跃欲试地向他招手，再坐不住，他决定前往卡片屋。欧飒这个时候应该还没出门打工，哪怕只是看她一眼也好，他想。

车子一路飞驰，拐进商店街，还没停稳，就见两组人马横在卡片屋门前争执不下，旁边摆着好几只一人多高的纸箱。

地勤见了他，迎上前来，顾不得光天化日之下，纷纷叫“主任好”。旁边的两个保全警惕地看着他，没什么动作。

几个巨型纸箱是寄给主机的包裹，写着卡片屋的地址，所以送到门口。两个保全要拆箱没收，与在门口执勤的工程科人员对峙起来。

他扫了一眼那几个天大的纸箱，太阳穴不禁跳痛。这丫头又要干什么。一眼没看住，又要拆家。转而对保全说：“理解你们的担忧。但是东西已经到了门口，邮件跟踪软件也会留下记录，凭空失踪不太好。东西我们检查后再过手。”

“恕难从命。”保全说，“我们也是带着上头的指示。”

“那就麻烦保全科长联络我。”

“我们是总务科的。”对方说，冷眼瞧岸真，“而且，您也已经没有名衔了吧，请不要妨碍我们工作。”

……总务科？所以，总务科把之前的保全撬走，替换成了自己人？

说得好听是莫名其妙，不好听是居心叵测了。

他也冷眼看看对方，哼了一声：“既然我是一般民众，那就没有义务配合你们工作。”转身对地勤，“把东西搬进我的店里去。有人擅闯就报警。”

话音未落，余光扫见了一个人影。

欧飒正看着岸真和几人对峙，像是不知该不该打招呼。

他连忙拉她离开现场。聊了几句，得知她去堂姐家玩，索性送她一程。

一路上话不多。

他先说：“哦，对了。你的包裹邮到店里去了。”

“欸？我的包裹？”

“很大的几个箱子。”

“欸……啊！是模型！对不起哦，好几个月前订的，地址还是店里。”

“模型？”

“哈哈，对，我外甥快过生日了，他想要那个……什么动画里的人物模型，等身高的，国内没有卖，我请人国外代购。不过下了单才发现买错了。对不起啦，我回去就立刻去取回来。”

“不急。”

原来如此。那这边的安全隐患可以暂放一边。总务科的异常活动更值得注意。若是平常，即便不同部门，哪怕从未共事，下面的人见了他总要打声招呼的。那几个保全的态度……就像林奈所说，好像不打算跟任何人打交道，简直就像是……就像是……他们效忠的不是同一个……

哗啦一声。他脑中劈了一道响雷。千头万绪汇聚成一个清晰的箭头，指向他不敢想的可能性。从指间开始发凉，寸寸进犯，渗进心里。

是的，他明白了。原来从一开始就注定了今天的局面。

而他才是罪魁祸首。

“就快到最后了。”她说。

“什么？”他看她，“什么最后？”

“嗯？已经到了吗？停在路口就好了。谢谢啦！”

他送她下车，看她走远，周身凉意依旧，凉得发抖。不适合开车。就靠在门边，看着手机联络人，滑上又滑下，最后选中“小葵”。

小葵还在上班。虽然有岸主任的联络方式，但从没接过对方的电话，吓了一跳，跑到洗手间去接：“主任！干得好！”

“嗯？”

“我们都看见了，你在门口教训那群白痴。就该给他们点颜色瞧瞧，竟然拿权限压人，也太不把我们工程科放在眼里了，幸好……”

他打断她：“可不可以让健诚给我打个电话？”

欸？健诚？她不明所以，但还是照办。

等待来电的片刻，岸真又滑动联系人名单，下翻再下翻，翻到许久没碰过的地方。牧老大的名字赫然眼前。拇指悬在屏幕上方犹豫。心里有个微弱的声音，祈祷一切不过是巧合，是随机，是他想太多。

叮铃铃……

健诚来电：“主任？你找我？”

“嗯，你被派的新岗，区域图能发给我吗？”他说，“我不是你的上司，也不在工程科了，如果不方便，你可以拒绝的。”

“没问题，现在就发。”健诚说，“我、我之前也跟小葵说，这个事应该跟主任说说的……真的太奇怪了。呃，我也说不明白。就是……”

他下载地图，垂眼查看：“是不是整个区域横移了。”

“啊！对。就是那种感觉！虽然仍然覆盖主机的生活区，但是……平白多出一些她不常去的地方。也没听工程科说她要搬家。”

“我知道了。谢谢你。”他说，“这件事暂时别跟别人提起。”

“明白！”

果然是这样。他靠着车子，忽然觉得呼吸困难，弯下腰去。握紧电话，翻出牧老大的手机号码，按下拨通。长久的忙音。对方是不是也早就知道了呢。如果是，或许会选择不接电话。不，事到如今，他还有什么脸面联络他。当初他可是把一个漂漂亮亮、干干净净、温温雅雅的女孩子好好地交到他手上的。维护这件事，说难不难，说简单也不简单。即便在她迷路的时候，你也要记得那条路通往哪里。维护员，就是这样的工作呀。

结果他却比她还先迷路。中途告退。害她走到回不来的地方。

“喂。岸真？”牧老大的声音，“我还在想你会不会打来。”

“我有事想问您。”

“你知道规则的。我就算知道什么，也没法告诉你。”

“我知道。我不问那些。”他说，“我想问规则。”

“哦。你问。什么规则？”

“主机继承的规则。”

牧老大一顿，知道被问到了重点，不知是错愕还是欣慰，略带笑意：“这你应该知道的。传给 16 岁的长子长女。”

“如果主机终生未婚，没有子女呢？”

“死后由年轻略轻的弟妹继承。”

“姐姐呢？”

“不行，版本号哪有往后退的道理。”

“所以……如果在诞下子女之前早亡……”

“你究竟想问什么？”

“如果欧飒现在死了的话，下一任主机是……欧森和欧烁？”

牧老大没有回答，像意料之中，又像感怀释然，沉默良久，说：“不得妄呼神名。你叫了她的名字啊。”

“我……”

“员工手册，是用来保护我们自己的。你叫了她的名字，不再把她当成神的那一刻，才是最危险的。”

“您知道他们要做什么，是不是。”

“我知道。你也早就该知道的。那就是神的使命啊。”

“神的使命是去死吗……”

“你冷静地想一想，这不就是那道问题吗。如果杀了一个人，可以救活另外一千个人，是不是划算的交易。如果她对你来说是神的话，就是值得的牺牲了。错就错在你不该叫她的名字啊。”

结束通话。

他坐回车里，双手依然发麻。

若有似无的耳鸣，夹杂着一年来所有的碎片向他袭来。

…………

候补主任是统筹部某位高管家的二世祖。大概统筹也认准了中枢机已经无力回天,反正也要在漫漫严冬中混吃等死,不如先把儿子送来充个闲职。

…………

不然你以为牧老大当年为什么选你做继任?

…………

“再过几个月就能熬出头了。”

“再过几个月有什么？”

…………

总务科寄来的箱子？首当其冲的是堂姐的照片。为什么总务科会派亲戚的资料给工程科主任?

…………

哈哈，对，我外甥快过生日了……

…………

总务部不就像是一个专门用来肃清内部的白血球部门吗。关键是，有什么好肃清的呢。

…………

是的，他们要排除的异己不是部员，而是神。是完成了历史使命，也没有剩余价值的神。他们不是在严冬中等死，而是在等欧森和欧烁的16岁生日。从一开始，就是按照双胞胎的个性，量身选择了同样家世的航平。

众生不是神的追随者，而是使用者。

为了结束严冬，即便是神，也只能以血肉为人铺路了。

人为了活下去能做出的事可多了，弑神又算得了什么。

叮铃铃……

林奈来电。还需要接吗。他把电话摆上插座，按下免提，无力地向后靠去。

“我问到了哦……”林奈说，“三组，四组，五组拿到的调查对象……”

“是欧森和欧烁学校的老师同学朋友圈？”

“没错。你怎么知……”她霍然噤声，听他低沉的语气，把过去种种零零碎碎的线索拼凑到一起，拼出了个大概，心中一沉，“不会吧……所谓的‘收拾烂摊子’原来是指这个？总务部要杀的是……”

“嗯。他们在等双胞胎成年。”

“怪不得！怪不得要另辟出一个部门。”这种事自然不能让维护员们亲自动手。幽灵一般六亲不认的总务部，刚好可以干净利落地收拾残局，事后其他各个部门仍然能够心安理得地维护新主机，无论在伦理或感情上都不会受到谴责。世界照常运转。“双胞胎的生日不是就快了吗？那……”

“嗯。应该就是那天吧。”

“所以……总务部另外那条不同的员工守则，应该是第二条……吧？”

毋奉他主。

他不知还能说什么，挂了电话。

不晓得该去哪里，就漫无目的地跟着黄昏的车河前进。他想起第一次见欧飒时，她站在占卜摊前，看着满桌不伦不类的各种占卜用品发呆，随后拿起一只四面色看了看，放下之前又用袖口把指纹擦掉，像怕他介意。不知为什么，想起的都是些毫无意义的小事。

窗外的行人裹着厚实的冬装亦步亦趋地前行，公园里的孩子们嬉笑着滑冰，自动贩卖机又推出了好几款新品种热饮……所有人似乎早已接受了永远的严冬。原来并没有。

在无尽的等待中，热情与信心都消失殆尽。而随着工程科主任的离职，最后一个人也撒手放弃之后，主机的寿命也正式进入倒数。

如果用一个人的死，换取几千几万甚至几亿人的希望，是划算的交易吗？当然。他告诉自己。这是当然的。

不只是他，不只是所有人，连她自己都放弃了不是吗。已经是最后了。她自己也这么说。如果她的愿望就是走到这里的话，维护员的工作不就也是停在这里而已吗。他应该要在心中默默感谢她多年来的努力，看着她走完最后一段路。双胞胎上线后，一切都会回归正常。春天会来，3 月会来，什么都会来。

就算她不来，也没关系的。

咚咚咚……

电话铃声？不是铃声。

有人敲他的车窗。

是欧飒。

他才发现自己不知何时已经转回了卡片屋门口，天色也早暗了下来。她提着从堂姐家带回来的便当，说：“老板？不会一直在等我拿包裹吧？！还没吃？”

他开门下车，站在她旁边，第一次有点不知所措：“没有。”

“哈？！呃，我这里有奶黄包、红烧鱼、烧茄子、竹笋……不过都是剩菜，你不介意的话……呃，要不现在我请你出去吃点什么吧？”

“我是说没特意等你。刚忙完。店已经锁了。包裹改天拿吧？”

“哦！那就好。吓了我一跳。改天见喽。”

“等一下！”

“嗯？”

“你……怎么往那边走。不回家吗？”

“哦，哈哈，刚才吃太多了有点渴，去便利店买杯茶。”

“哦。”

“拜拜！路上小心！”

她向前迈步。而他该停在这里了。作为维护员，他应该停在这里的。但他却往前走了一步。又一步。然后他看见自己冷不防伸出手，扯住她的手腕。

“嗯？怎么啦？”她吓了一跳，停下来看他。

一瞬间，空气似乎在升温与降温之间犹豫，模糊不清。

他听见自己说：“我帮你。”

“嗯？”

“我弟弟在国外留学，能代购到你要的模型。”

“欸！真的？！真的可以麻烦你吗？！”

“嗯。我帮你。”他说，握紧她的手腕，“你等我。”

CHAPTER 16

脱出

ESC

I

航平看不懂。他已经看不懂很久了。

一开始，他以为岸主任对主机护犊情深，结果一转眼，人家头也不回地无情辞职了，彻底淡出视线，不闻不问。结果主机和成睿光终于世纪重逢，他又飞身截和，不但打跑了男主角，还在主机楼下筑起铜墙铁壁。城墙筑起来，他又不见人影，好像筑墙以外毫无动机，毫无企图。就在你以为他毫无企图时，他又大半夜跑到主机楼下拉拉扯扯……

航平都看呆了。满嘴薯片，动也不动，看不懂剧情走向。第一次值夜班，本以为可以轻松度过，没想到竟然目睹突如其来的进展。

这是发生什么了。大人谈个恋爱这么麻烦的吗?

"他们说什么？"他问。

"没有收音。"小葵说，"以前门口有保全的帐篷, 现在都移到后门了。"

"这么刺激的画面竟然没有收音？！"

"也许就是问个时间之类的，你别又想歪了行不行！"

他一回身，模仿镜头里的二人，猛地拉住她的手腕："现在几点了。"

她甩手离去："别再吃薯片，换点有营养的补补脑吧。"

躲到走廊，小葵的表情才黯下来，心里不断打鼓，岸主任的行动确实诡异。尤其是晚上才叫她紧急联络健诚，随后就回到卡片屋待到半夜。一定是发生什么了……什么事呢？难道跟保全换岗的一系列事件有关？

她站在门边往里看，航平仍然一脸茫然地仰望屏幕，像是饶有兴趣，又像不胜其烦。正在发生的事，他知道多少呢？如果岸主任想知道什么，直接联络航平这样的高层不就行了吗，却跳开他，去找健诚。难道是不信任他的意思吗？

中控室里，二十几名业务员各自埋首桌前。这些人里，又有多少个能信呢。

不不，她把事情想得太复杂了。希望是她想太多。

而与此同时，另一边的林奈也是不眠之夜。毕竟也算是看着主机长大，她也不至于铁石心肠到盼着她去死，但比起整个世界毁灭，当然是牺牲一个神更合理，不，应该说殉道本来就是神的责任。此前数十甚至百年间并无强制切换主机的记录，统筹出此下策也是不得已而为之。后维部虽说是为了维护主机存在，实际上更是为了世界的正常运行，不会本末倒置。

但是看岸真的样子似乎是不想放弃。在如此敏感的时刻，在统筹已下定决心要快刀斩乱麻的时刻明目张胆地作对，是要把自己也赔进去的……他平日里并不是个感情用事的人，然而谁也摸不准他那出其不意的情绪指针会不会突然对准"爆发"，一口火球喷个鱼死网破。只是，不管感情再怎么浓烈，也撼动不了世界的齿轮。生存和正义本来就是背道而驰的两回事。

林奈思前想后好几天，还没想好对策，岸真就先打来电话。约在火锅店，熟门熟路的包间。

菜上齐了，两人隔着云雾有一搭没一搭地聊起日常。说朋友，说家人，说新闻，说天气。平日三句不离工作的饭局，却始终不聊工作。他连句交代也没有的样子，不像是团聚，反倒像告别。

她越吃越没底，拍下筷子："你这该不会是在跟我吃散伙饭吧？！"

"嗯？"他不置可否，"散什么伙。"

"别装傻。你是有什么打算了吧。"

"也没什么特别的。"

"就不绕弯子了。我知道你想救她。但是你能做些什么？我们所有人试了两年都没用，还剩几个星期而已，你又能做什么。可以让一个人往前走的方法横竖就那么几种。新恋情，新工作，新环境。你还能给她什么……啊！"她戛然而止，瞪大眼，捂住嘴，震惊非常，"我、我知道了！该不会是那个吧？！我知道有一个人，就是一夜之间从心狠手辣的黑长直变成柔情似水的美娇娘，人生不止前进一步，简直飞跃到另一个次元。"

"她怎么了。"

"她怀孕了！换了新身份，整个人都在发光！你该不会要对她……"

"我没那个打算。"

"别骗人了！你肯定想过吧！而且你现在的情况简直得天独厚。她对小美又毫无防备，心怀好感。酒过三巡，你站在他家门口娇羞地说'人家今晚不想一个人'，什么米都会煮成八宝粥的！"

"……别胡说。"

"不然呢？我现在很毛，你到底要做什么……干吗突然约我？！"

"约你是有事告诉你。"他说，"如果近期接到去欧飒家里入室调查的任务，不要进去。"

"哈？"情报科是针对主机身边的人进行调查，她怎么会拿到进入主机家的任务。而且为什么不能进去？疑惑道，"主机可不归情报科管，你说什么呢？"

他没回答，默默夹菜，看了她一眼，等她反应过来。

哦！对了。双核新主机上线的话，欧飒就成了主机身边的卫星，也是要像交际圈里的其他人一样接受调查的。但是，他叫她别进屋？屋里有什么？她警觉起来："你……你在她屋子里装了什么吗？"

“没有。”他思索片刻，还是决定告诉她，“是装在我店里的。”

“装……装了什么。”

“炸弹。”

“……”

静。她怀疑自己幻听，呆呆地问：“你怎么放炸弹？”

“我联络了工程科四组的冠侑，以前，截断学校门口的马路时还剩下一些来路无迹可寻的原料……”

“我不是问你怎么做到的！是说你怎么可以……就这么联络工程科的人？”

“为什么不行。现在不是弄清楚了，总务科的存在就是为了确保其他部门不知情，也就不存在什么内奸。”他说，“我们是目标一致的组织。总务科一手包揽脏活，来维持剩下的科室目标一致。”

“……那也还是挺悬的。你跟工程科的要炸弹，他们没起疑？”

“没有。冠侑以前也帮过我几次。东西已经装好了。只是不能确定什么时间点上爆破比较好，所以提前跟你讲一声，绕道而行就对了。”

她放下筷子，消化了一会儿食物和对话。心中萦绕幽幽的陌生和恐惧，但又似乎对此毫不意外：“你要把房子炸塌？”

“嗯。”他也不躲闪，“你说的没错，新工作和新恋情都太难起步，但新环境可以立刻达成。”

她恍然大悟：“……所以，你把店盘下来，就是这个用意？”

“嗯。本想过段时间问她把楼上的公寓也租下来。商店街的房子，楼上基本都是租给商户，也很合理。”但是，才刚刚把店铺盘走，若紧接着逼问楼上的公寓，恐怕她会心生抵触。而且若是拒绝了一次，下次就不好再开口。

“但是，这样动作会不会太大。会殃及其他住户吧。”

“尽量像之前一样做成路面塌陷的样子。运气好的话还有房屋保险。即便房子修不好，堂姐也会收留她。”

“这么安排似乎是很合理，可是……对主机来说，事情看起来可不是这样啊。”她说，“你还记得小植羽说的吗？在主机的角度看上去，这可不是开始新生活的好机会，而是连房子都没了呀。”

确实如此，他当然也明白：“不然你还有更好的方法吗。”

一时相对无语。

她把玩啤酒杯，晃悠着黄汤，许多话讲不出口。或者说知道讲了也没用。他不是在征求她的意见。就算她不去，他前进的方向也不会改变。那只永远在原地摇着尾巴等她扔飞盘的金毛，在不知不觉间跑得不见踪影。她还记得承诺过，只要有天他要离开，她就好好地送行。现在也一样。

她一饮而尽，推开杯子：“我倒是真有个方法。”

“什么方法。”

“我潜入她家里去，摆出被盗过后的现场。一般独居的女孩子都没办法若无其事地睡在同一个房间吧。等她去了堂姐家避难，再让工程科想办法留下她。怎么样？”她说，“总好过把整栋房炸掉吧。”

“门口是有地勤的，你怎么进去？”

“我可是来无影去无踪的情报一姐，这点小事难不倒我。况且，统筹现在是有意识地在把人力往双胞胎那边移动，不会浪费资源专门留人给她看家。”

似乎是个可行的方案。至少比他那毁天灭地的主意安全又便捷。

他又在脑中把计划从头到尾缕了两遍，没找到明显的破绽。或可一试。

但无论如何收尾，总要牵连到参与者，不该拖她下水，他想。但也明白她不会袖手旁观，于是点头说了谢谢。

她扫光剩下的酒肉，犹豫再三，还是问出口：“你打算做到什么程度？”

什么程度……是说要抢救到什么程度，才撒手放她去死吗？这他当然也想过。虽然说是抢救，但总务科在这件事上并不是站在对立面，他们是为了拯救更多人的性命才做了恶人。不，真要说起来，自己这一方才是阻碍历史进程的恶人。如果到时候新主机上线的条件齐备，而欧飒还全无前进的迹象，难道他还真能厚着脸皮，用所有人的生命当筹码，苦苦等着她回温吗？

“我有分寸的。”他回答。

“真到了那个时候，你会把她交给总务科？”

“……嗯。不然我们过去做的一切还有什么意义。”

“话是这么说。”她寂寥地笑笑，“但我们现在做的又有什么意义呢？”

“嗯？”

“如果这个世界真的只是她做的一场梦，那我们这算是在干什么呢。就算杀了她，我们不也只是换成活在另外一个人的梦里吗。我这么问有点不公平，好像逼你在她死和我们活之间做个选择似的。我不是那个意思。我是觉得，如果她希望梦里永远是冬天，希望这个世界崩坏消失，也没有不对。”

“……你觉得世界毁灭也没关系吗？”

“我是说，如果你无法做到送她去死的话……”

“嗯？”

“就算你带她走，我也不会多说一句话的。不要觉得这是背叛了大家。公务员也是人。做不到的事就是做不到。就算世界因此毁灭了，也没什么所谓的。不满意的人就叫他们去投诉啊。”

Ⅱ

欧飒跟岸真约好下班后去东区的甜点屋吃饭，顺便选模型。

她先到了几分钟，边玩手机边等人。时而不安地环视四周。不知为何，那种被陌生人盯梢的危机感总是萦绕不去。楼下的铺子不再是纸墨的香味，门前的帐篷也消失了，上下班途中的人仿佛也比之前少……简直就像那种自己不知不觉间被异形替换掉，被世界遗忘的恐怖片。她不是还在这里吗。被谁替换掉了呢。

是错觉吗？

突然，餐厅上方的几台电视同时蓝屏，切换成同一个频道。娱乐新闻的主播亲切地报道近日热门头条——曾以“后台崩溃型艺人”自诩的成睿光，通过社交媒体公布，由于健康欠佳，即将暂停一切活动。复出时间另行通知。

短短几句话，配上剧照和影视片段，潦草回顾了数年星途。

欧飒一时没反应过来，怀疑自己听错，又用手机搜索新闻网页。但似乎已经是几天前的消息了，论坛里的讨论声浪如台风过境，热度散尽，迅速掠过为一颗流星的陨落默哀的有效期，将视线转移向下一片星空。

她茫然地盯着手机，呼吸轻飘飘的，好像下错车的旅客，说不上是如释重负还是追悔莫及。不，应该说，那些年，她把他和最糟糕的一段回忆捆绑在一起，而今，当那段人生逐渐淡去，他也从中化解，变成一个干瘪的代名词，一种痛楚的缩影……正如吞噬万象的黑洞，仿佛蕴藏千钧神力，但飘得太远也不过是个黑点。眼下他的结果，仿佛与她十指连心，又似乎毫无干系。

好像是应该做出点什么反应才对的。以此代表她虽然颇为狼狈，但也撑到谢幕的诚意，她想。

轰——轰隆——！

电闪雷鸣。

窗外，岸真的车子已经停了好一会儿。他几分钟前就到了，先是接到林奈的电话，说她已经到达卡片屋附近准备潜入，还要再转悠一会儿，等天光彻底暗下来，方便躲过街灯旁的监视器。到时如果进行得不顺利，再通知他拖久一点。第二通电话来自林大哥。说距离说好的入职日期还剩一周，如果有空，这周五可以先去办公室跟小组的人打个招呼，之后一起吃个晚饭，熟悉彼此，日后好相处。

他如梦初醒，竟然把报社的事完全忘在脑后。说周五可以跟同事聚会，但入职的时间恐怕要再延一些日子。

大哥迟疑，知道他是若非事出紧急不会轻易改口的人，说：“过阵子他们就要出发去伊斯坦布尔，还要帮你一起订票吗？”

“嗯……我这边可能还要……一些日子……”

“或者让他们先去那边等你？方便给个时间吗？”

时间吗？

有串数字徘徊在嘴边，但讲出来就像轻易宣布了谁的死期。他犹豫片刻，听见自己说出了一个日期。过了那天，双胞胎成年，他也只能止步于此。

“明白了。”林大哥说，“那有些事前功课，就只能等你到了那边跟他们会合再恶补了。”

“好。我尽量提早一点……”

轰——轰隆——！咔嚓——！

噼里啪啦噼里啪啦……

突如其来的冰雹密集地撒上车身。

他下意识往店里望，锁了车子走进屋去。只见她坐在角落的桌旁，微微驼着背，面色苍白地盯着手机。上空悬挂的几台电视还播放着过期的娱乐节目。路人们或轻快或漠然地接受采访。有的说希望成睿光早日归来；有的说能够急流勇退也很不错，尊重他的选择；还有的说身为后台崩溃型人生的代言人，这下真的崩溃了，也算是如愿以偿哈哈哈……

啧……岸真抬头瞪了一眼屋角的监视器，暗示对方适可而止。

“你只点了饮料？吃的呢？”他放下大衣，去厨房端菜上桌。

“谢谢！”她说，“呢料大衣淋了雨不好打理，你要不要拿到后面烘干？”

“没关系。是旧衣服。怎么突然下起冰雹？”

“是啊……怎么突然下起冰雹呢。”

……我问的是你啊。他瞥一眼她的手机，指指成睿光的新闻：“你是他的粉丝？他好像要休业了吧。”

“你知道得好详细。”她笑，“你也喜欢他？”

“以前有个女性朋友喜欢，托我买过他演唱会的票。”

“啊，我可能也去过同一场演唱会。一两百人的场，还挺亲切的。不过已经很久没关注了。看他休业还是挺唏嘘的。”

“那你现在喜欢谁？”

“嗯？现在？”她想了想，“大概过了追星的年纪吧。你觉不觉得，人过了某个阶段之后，对谁都提不起劲儿？就好像小时候，距离路口的公车还有几十米，撒腿就能跑过去。长大之后就算是同样的距离，几步就到了，却再也跑不起来。也不是觉得不值得或者心有余而力不足，就是虽然还有电……但整个人……下意识地……以节能状态活着？哈哈，是不是有点难懂？”

“没有特别想做的事情吗？想做的工作。”

“如果我说没有，听起来会不会很糟糕？”

“……也不会。”

“肯定很糟吧！我最怕那种问他的梦想是什么，对方却回答说没什么梦想，只想赚钱吃口饭的……一瞬间连提问的人心情都变坏了。”

“现在没有，可能只是节能模式而已。小时候呢？想做什么？”

“怎么好像变成你在采访我。”她笑，“你小时候想做什么工作？”

“可以系领带的工作。”

“欸！可是现在，连公务员几乎都不必系领带了。”

“是啊……”最后那几年，他几乎都穿运动服坐办公室。一条领带的长度，简直就是梦想到现实的距离。

“为什么？你喜欢领带？”

“我父亲是做销售业的。每天不系领带不出门。见不同的客户，领带也不一样。大概小时候觉得系了领带，人生就有保障了吧。”

“真好。我小时候……”她回想起外公，想起卡片屋，想起那么多年来光顾过店铺的形形色色的客人，想起墨迹斑驳的工作台，暖白色的台灯，想起纸浆和颜料的味道，纸板的触感，想起大门前台阶上的小地毯，门廊的风铃，和每天夕阳西下从街道尽头慢慢爬过整条巷子伸进屋里、折射进橱窗里的暮色……“我小时候，想做跟人说话的工作。”

“说话？”

“嗯，那时候我不知道家里是卖卡片的。以为大家都是来店里跟外公说说话，心情就会变好。还觉得挺开心的。”

“说话的工作……比如，像是电台的 DJ？”

“不不，我口才不好。只是喜欢那种迎来送往，大家带一点你给的东西上路，从此人生很顺遂的感觉。哈哈，是不是又难懂了？”

“不难懂，但你说的那是……庙吧。”

“哈哈哈……”

他还想再问点什么，又觉得不管问什么，好像都还是不太明白她。拿出手机找到模型的照片：“我弟弟说等身高的模型有两个版本，旧版是两年前出的，但好像在网络上更抢手，不知道你要的是哪一种。”手指滑动，翻找照片之际，上方弹出消息通知，是来自林奈的短信。

打开来，里面却只有一段意义不明的乱码。

这是什么意思……是需要拖时间，还是不需要?

“没事吧？”见他脸色不好，她问。

“没事。”收起电话，“如果还能吃得下，有款新甜点，要不要试试？”

“谢谢！”

他起身前往厨房，故意走在监视器下。他们应该也正看着这里吧。他选择在自家店里跟欧飒吃饭，就是为了把注意力都吸引到这里来，放松对卡片屋的警惕。难道林奈还是被发现了？心里有团愈加浓烈的险恶预感，希望只是错觉。

然而很不幸的，那并不是错觉。

几公里外的卡片屋里，林奈正与她许久不见的老友对峙。

几分钟前，她借着夜色绕过所有摄像头，来到欧飒门前。打开门锁的一瞬间，就察觉到异样——门锁之前被启开过，她不是第一个进来的人。室内一片漆黑，主人肯定不在。那进来的是谁呢。更重要的是，那人该不会还没走吧。

她在黑暗中摸索，屏息凝神，等待对方先露出破绽。怎奈吱呀作响的老地板毫不配合，每一步都是惊天动地。她索性打开手电筒，向屋内探去。光柱穿过虚空跌跌撞撞地挥舞，像在深海中溺水的挣扎，划过墙壁、书柜、餐桌……然后冷不防地，触到餐桌后面那一具不属于黑暗的躯体。

“嘿。”对方先打招呼，一只手稍挡住电筒的光线。

她心脏狂跳，视线模糊，看见的是一张熟悉又不太熟悉的脸：“冬丽。”你为什么在这儿，没有问出口。她应该知道的。在看见她的一刹那，就该猜出她为什么在这儿。产假结束，却没有回到情报科，如果调去其他科室，也没有理由不正大光明地通知自己一声……唯一的解释，就是去了那个幽灵部门。

“好久不见。”冬丽说。两人的戒备姿势都没变，知道此番不是好聚好散。

“你竟然又回来了呀。”故作轻松。

“别把我跟那些只出场一次就被作者忘了的角色相提并论啊。”

“哈哈，老朋友再出场变敌人也有点陈腔滥调，咱们不能流于俗套呀。”

“敌人？谁是敌人。”

“哈哈，快跟我说说，你怎么跑到总务科去了。”

冬丽一愣，没想到林奈竟然知道总务科的事。但也没太过惊讶，干脆实话实说。原来她一个月前休完产假回来入职，在人事科门口跟新人一起排队，跟着拿到了总务科的牌子。本以为不过是拿错证件，没当一回事，回头去换，却被请进统筹办公室。对方严肃地说，虽然是人为失误，但已经入职总务科就无法再回普通科室，这是不可逆的单行道。她本来也觉得有点恼火，但经过对方的安抚，又冷静下来思考了一番。总务科的福利跟其他部门相同，光景好的话，几十几百年都蛰伏在暗处，又不必出勤打卡，可以说是闲职中的闲职。她虽然对情报科感情颇深，但同样是赚奶粉钱，哪只铁饭碗吃起来还不都一样。

“就算部门不同，也还算是同事，哪儿来的敌人。”冬丽说。

林奈笑笑：“我们侍奉的神不一样啊。”

冬丽不置可否，忽而伸长手臂，手指一勾，挑开了台灯开关。突然的光亮刺得林奈退了一步，只见对方另一只手垂在背后，应该是藏着惯用的武器。而自己只在靴子里带了把短刀，恐怕是占不了上风。于是边往旁边移步，边偷偷摸出手机给岸真打电话。冬丽先一步喝止，露出右手里的东西，形似手枪，按下枪柄的机关，瞬间展开双翼，变成一只小型的弩。不留弹壳的好工具。

“换我问了。”冬丽说，“你怎么知道总务科。”

“哇，冷静！冷静！才刚说是同事，就拿枪指着我。欸欸，小冬丽，你变心也太快了，不久前我们还维护同一台主机，你怎么一扭头就下得了狠手杀她呀。我可都看见了，你刚才在桌子后面摆弄饮水器吧。让我想想，个把星期才发作的慢性毒药就那么几种，你用的是哪一种呀？”

“不是我杀她，现在是她在杀我们。你是不是搞错了什么。”

“这里是她的世界，要杀要剐也得她做主嘛。”

“别开玩笑了，我丢了半条命生下的儿子，难道是用来等死的吗。”

“呸呸呸，别说那么不吉利的话，什么死不死的，谁都别死不好吗。那……你就慢慢下毒，我先不打扰啦，后会有期哈。”

“站住。”枪口对准眉心，“知道总务科的计划，是不能回去的。要么跟我去统筹，要么，就到这里为止了。”

“哇，你冷静啊！就算知道计划我也不会说出去的。”

“你知道了就等于岸主任已经知道了。他只要说一句保护主机，替他卖命的还不一秒揭竿而起？”

“欸，你还不知道吧，他早就辞职了呀，只是一般民众来着。”

“一般民众，刚好租下主机楼下的店？他现在在干什么，你不会不知道吧。如果装糊涂的话，这天还是别聊的好。”

“好好好，是我错啦。我就说实话吧，其实我们只想最后再努力一下而已。你就也高抬贵手，等一阵子再下毒行不行呀。到了双胞胎成年那天，我们会乖乖交出主机的。”

“都是情报员，何必玩这种把戏。我们都知道放弃这件事，只有现在，没有以后。但凡说‘等一会儿再放弃’的通通都是权宜。拖到新主机上线，还会再编出别的借口。满世界的人可等不下去。”

“呃……”双方都是即刻看穿彼此的算盘，根本没有周旋的余地，“别这样嘛，我们是很有诚意的。你就信我一次嘛。”

“我担不起这个责任。”放了她，明天死的就是自己了。一旦走漏风声，各奉其主的两派阵营针锋相对起来，人数不过两只手的总务科绝对要被生吞活剥，惨遭灭门。而另一种更糟糕的可能性，则是所有科室人心惶惶，龟裂八方，刀光剑影，混战一通。整个后台维护部从此灰飞烟灭。

“欸欸，那你要怎么样嘛。难道就在主机家杀了我？”

“你不也是打算在这儿了结我吗，不然打电话叫什么人呢。”

“……欸，这也太不公平了吧。你的员工守则跟我不一样，可以大杀四方不管不顾。我要是对你出手，可算是犯戒，要被开除的呀，连退休金都拿不到。”

“那就看你了。为了一个小姑娘，值得吗？”

“哈哈，别小看小姑娘啊。”林奈退了一步，转移重心，腾出右手，在心中默默推演接下来即将发生的抽刀，翻滚，弹跳动作，身体在准备好应战的预热中放松下来。该来的还是要来。没想到是这样的局面。不过，对面是势均力敌的强手，输了也不丢人。她深吸一口气，笑说：“没道理只有男性角色各种义薄云天，女生就只能用来尖叫，搞砸，发痴和死在男人怀里呀。”

“有我在，你也不用怕死得不明不白了。”

就是现在！

林奈掷出手电筒，撞歪冬丽的手腕，闪身进入浴室。抽出短刀，蹲在门边聆听客厅的脚步声，蓄势待发。然而下一秒，耳边的门框就钉入了一支钢针。敌人悄无声息地来到眼前，挡住了室内唯一的昏黄的光源。

啊啊，真是的……想当初，这弩还是我送给你的呢。她望着瞄准前额的晶亮针头，徒劳地握紧短刀，心想真是够烦的，到底还是老友反目流于俗套了呀。

轰——轰隆——！

噼里啪啦噼里啪啦……

雷雨一直下到深夜。

岸真拖到无法再拖，直到手机没电也没等到林奈的第二通短信。于是按原计划送欧飒回家。转进小巷，就察觉到不同以往的异样。

“你忘了关灯？”他问。

“我……早上没开灯啊。”

“我陪你上去吧。”他说，自然知道即将看见劫掠过后的现场，之后只要顺水推舟，把她送到堂姐家就算大功告成。

然而，楼才上了一半，就看见公寓大门敞开，借着昏黄的灯光一眼望去满目疮痍，不仅能打翻的全打翻了，墙和地板上还有许多意义不明的孔洞。这算什么……说好的“被盗现场”呢？这是灾难现场吧……

欧飒更加震惊。看见灯光时就已经做好被盗的心理准备，但没想到是这般狼藉。这显然不是普通的入室偷盗。一时被恐慌与无措贯穿。待理智回笼，随之重新聚拢的是一块块回忆碎片，包括第一张勒索信，周遭的异动，被监视的错觉，疯狂搜索主机的舆论……拼成一个无比具有说服力的答案——是的，那些人终于找上门来，要跟寄出勒索信的歹徒，绑架主机的她算账了。

“我帮你报警吧？”岸真问。

“不、不要报警……”若问起缘由，她该怎么回答。难道坦白说寄了勒索信？万一再扯出英和，他好不容易进入梦想的公司岂不是前功尽弃。啊，对了……得尽快告诉英和才行。他们既然能找到自己，肯定也有办法能跟踪到他。

“呃？不报警吗？”岸真一愣。为什么？

“嗯……家里也没什么值钱的东西……应该没关系。”

这算什么理由？但他也不再追问，说：“要么，你去装一点行李，我送你去姐姐家。砸成这样，没办法住吧，而且也不安全。”

“不……不能去。”她怎么能贸然前去。还不知凶犯是否仍在附近，对自己的情报掌握多少，万一把危险的人引到姐姐家去，岂不是酿成大错。

“哈？”

“不用去姐姐家。我自己可以的。”

“……你自己？”他简直无言以对。家都被砸成这样了，难道还能收拾收拾就这么继续睡下了吗？

“嗯，这么晚了，姐姐家还有两个小孩，不好过去打扰。你也是，不好意思打扰你这么晚。我先收拾一下，看有没有丢什么东西好了……”

“我总不能放你一个人在这儿，就这么走了。”他说，“要么，你拿一些随身物品，先去附近的旅馆住几天。白天再回来收拾也不迟。”

她点头，小心翼翼迈过散落一地的残渣，去卧室拿出行李袋收拾细软。

他不动声色地检视残局。立刻察觉这不是刻意做出的现场，而是充满激烈打斗的痕迹。打斗？发生什么了？血迹……有血迹吗？他探寻片刻，只见一只眼熟的手电筒。这不是情报科的配件吗？糟糕……他迅速捡起来收进口袋，起身说：“你白天不要一个人回来比较好。如果没人陪你就叫我。我就在楼下。”

欧飒提着旅行袋走出来：“不好意思一直麻烦……”

“不麻烦。”

他载她转了三四条街区，试了几家旅馆，找到一处空房。送她进屋，告别后回到楼下转了几圈，没看到保全的人，也没见到工程科的地勤。坐回车里等手机充电开机，来自林奈的短信只有一条，又是一串数字。但这次他看得明白。那是他们小时候常玩的用数字代替字母缩写的密码游戏。

为什么连私人短信都要用密码？是怀疑被人跟踪吗？被谁呢……

他解出密码中的地址，驱车前往西区的青年旅社。

上楼敲门，屋里一阵窸窣。好一会儿，门板掀开，正是一瘸一拐鼻青脸肿的林奈，一手握着冰块敷脸，一手拎着啤酒痛饮。一姐叱咤风云多年，从没像今天这么狼狈。边给手臂的伤口消毒，边大肆抱怨：“要死！我家那个刚才还打来电话跟我吵架，说不愿意回去就永远别回去了……我这副德行怎么回去啊！”

他拉过急救箱，帮她缝针：“巧舌如簧的一姐竟然想不出个好听的借口？”

“说得容易！每次临时加班，我都只能跟她说家里的这个猝死了，那个暴毙了，搞得亲戚都快要死光了！啧，现在明白你不结婚有多明智了。”

他熟练地包扎好几处刀伤，说：“她也没下太大狠手，也都不是要害。”

“她本来只是要拉我去统筹，编入总务科。”

“……那你就去啊。何必打成这样？”

“你傻啊？！我要是去了，明天接到的第一个任务就是杀了你这位主机换代路上最大的绊脚石，请问我是动手还是不动手。算了算了，反正木已成舟啦。”

“你要不要给情报科打个电话请假，顺便探探口风？”

“你怕总务科会做小动作，拿我开刀？冬丽应该不会做那种事的……况且事到如今找我麻烦也只会把事情闹大，又没好处。”总务科最为忌惮的就是行迹败露，轻则导致主机的保护升级，让他们更难得手；重则把部门分裂成几个阵营自相残杀。而让林奈活着离开的那一刻，就已经是一盘死棋了。

“他们也算是用心良苦。”他说。

“用心良苦？！”

“嗯。在饮水机里下毒，好过其他意外身亡。不声不响，负责保护主机的地勤和保全也不用背锅。而且最后还能留个全尸。”

“你倒是很会为别人考虑嘛！我这还皮开肉绽着呢！话说女人生完小孩力气可真够大的，据说常常抱孩子，上肢会变得异常健壮，看来是真的。”她扔掉染血的纱布包，“话说，不是下冰雹了吗。还以为你那边有什么进展呢。”

“没有。她看到了成睿光休业的消息。但好像没什么反应。”

“没反应？！”

“一般来说，应该解气了才对吧？”

“看我干吗，我也不懂啊。就算是女生，性格也各有不同的。被喜欢的人伤害了，或者开始新恋情，或者强制原谅，再不济，看到对方过得那么惨，也该释怀了。如果是我，发泄一通，或打一架，或骂他几句，气也就消了。再怎么样也不会记得两三年的。这事问你自己还比较准吧。”

“我？”

“你们不都是闷骚内伤的个性吗。如果被喜欢的人拒绝，要怎么才能放下？躲起来，远走高飞，还是看到对方不得好死？哦，对了，我忘了，你是倒追小王子嘛，从来都是你伤害人家。你快打电话问问前女友们，都是怎么放下的。”

“……我先走了。有进展再联络。”

“等一下！”

“怎么？”

她故作欲言又止的娇羞状，说：“人家今晚不想一个人。”

…………

他没出声。好像想让那句话完整而清晰地回荡在耳里。然后，他该有所反应的。或是惆怅，或是恼火，或是酸楚，或是苦涩，至少也应该有被调侃过往和耻笑真情的尴尬，但都没有。他回身看她那张肿脸，只觉得有点好笑。明白她是在试温度。而这样的温度好像已经不会再烫伤他。

他伸手捞起那袋冰块送到她胸前。

她笑嘻嘻地接住："开个玩笑嘛，发什么脾气呀。"

"走了。"

"啊对了。还有一件事。"

"怎么？"

"我在想……如果总务科来玩邪门的，我们也不能示弱啊。"

"你有什么好建议？"

"想办法把主机送去堂姐家，最好让她跟双胞胎形影不离。总务科的家伙再神勇，我就不信他们敢当着新任主机的面杀了他们的小阿姨。那样的新主机，我看还有谁敢用。"

Ⅲ

英和接到欧飒的短信已经是几天后的事。

他的电话掉进浴缸，送去修理。取回来才发现小飒学姐的几通未接来电和语音留言。说家中被人刻意破坏过，不像是为财而来，反而像是在找东西。八成是收到过勒索信的人找上门来。她已经暂时离开家，住在外面。不知对方掌握多少私人情报，如有异样，他和双鱼小姐也该尽快动身避难。

他回电话给她，始终没再接通。

一时间，关于末世乱象与信众弑神的各种臆想都浮在眼前。

他捧着电话，茫然若失地回家。双鱼小姐正在客厅做瑜伽，指着电视大呼小叫："英阿宅！这该不会就是你之前说的那件事吧？！"

新闻频道播放着某处的暴乱景象。群众正在围攻某个建筑和住户。

原来，网络上传出一个新说法，声称现任主机之所以会卡顿是由于版本过时，而后台维护部也早就准备好了替换的新主机，之所以一直无法更新，就是因为旧主机被绑架了。早在一年前，绑匪就寄出勒索信，只是当时无人理睬。但现在不同了。人们已经无法再等。

“这……他们这找错人了吧？电视里的那人我不认识啊。”

“暗网上拍卖的勒索信有好几个版本。大概是有人伪造了卡片，想跟风捞一笔。把无辜的人也拖下水了。你们寄出的那些卡片肯定也在其中。赶快叫你学姐离开她家吧。”

“她已经逃走了，好像有人去她家把东西都砸坏了。”说罢，又要开门往外走，“不行，我得去找找她……”

她拉住他：“你还担心她？这些人找得到她，就找得到你呀。你们可是共犯！网络时代，你以为跑得了吗？”

“找到我也没关系，我又不是主机。”

“你说不是就不是？！我可是被当成主机，拍卖过牙齿。到时候群众来了，把你当成绑架犯，再看看被你囚禁失踪多时的主机我，全对上号了呀！你解释得清楚吗？”

“呃，不会吧，群众也没有那么傻。”

“哈？！不傻？”她直指电视，“你自己看。”

镜头中，有人冲撞大门，有人攀爬墙壁，还有人向窗口丢掷石块。而窗子里的青年惊恐地抱着狗狗，无能为力地看着大片僵尸般的人墙朝自己涌来。

“如果你说的那个维护部真的存在的话，他们不是早就该出现了吗。”

“是……是啊。”是啊，为什么他们没出现呢……他暗暗心惊，那位甜点老板在干什么呢？难道他还不知道学姐身处险境吗？不、不会连他也遇害了吧？！

厮打声，号叫声，破碎声，糅成一团直冲天际。荒唐，诡异，神魂颠倒……终于有那么一点世界末日的感觉了，他想。这是一场战争。是人和世界，不，或许是人和其他什么东西的战争。并非滚滚天雷，并非浑然地动，也没有什么淹没世界的瓢泼洪水，只是几张卡片而已，但他头一次感到终点无限接近。

“你要不要回老家去躲躲？”她说。

“有什么好躲的。我下个月还要去新公司报道呢。”

“世界真能撑到下个月吗。搞不好到时只有你一个人去上班……”

“那你呢？你也回老家？”

“我不要。”她老家只有一个末日饥荒会先煮女儿吃的爹，回去做什么。

“那我也不走。”

“……哇。”她不知该害羞还是感动，“突如其来的男子气概，真是意外惊喜，你是不是也幻想过在最后关头扑到我前面挡子弹还是……”话没说完，回头只见英和已回到卧室，埋头电脑前，根本没在听，“欸！给我回来！这种时候竟然去玩电脑！电脑能拯救世界吗！”

电脑能拯救世界吗……

也许能，也许不能。但世界又跟他没什么关系。他只是个宅，只要保护身边的人就够了。这里是他熟悉的战场。除此以外，他也不知道其他的战斗方式了。

总之先找到学姐再说，他想。如果保护她的维护员也遇害，那就只剩她一个人了。电话只要有电，就算没联网也能发送定位信号。就算电话扔了，走过的地方也总会留下痕迹。除非她不吃不喝不移动也不投宿，否则总能找到……

“欸……假设……”双鱼小姐欲言又止，“我是说假设，传言是真的，你那位学姐真的是版本过时的主机，还有新主机等着上任……那她可就是众矢之的了。你……不怕也跟着变成全民公敌吗？”

全民公敌……吗？

似乎很有道理。但道理不是说给没有方向感的人听的吗？他的定位可是相当地明确。说到众矢之的，有谁能比他感受更强烈。身为一个死宅，竟然坐拥偶像女友，根本就是全民公敌的代名词。他当然明白生死不是说说那么简单，对错和正义也常常背道而驰。但他此刻能够信任的只有鲁莽的直觉。如果非要让他在自己和电视中的那些人里做一个选择的话，那他宁可就停在这里。

“别的我不敢说。”他说，“当全民公敌这件事，我最有经验了。”

“……”

…………

而此刻，城市另一端的中控室也目睹着同一则新闻。

航平刚来上班，一手拿着咖啡，一手按揉太阳穴。连日加班到半夜，头还痛着。自从主机突然改变作息，工程科人仰马翻。

那天，他们本来喜滋滋地看着岸主任和主机约会，之后一同回家，一起上了楼……还没来得及开启八卦模式，只见二人又原路返回，送主机去了旅馆，岸主任也驱车离去。这是怎么了？家里发生什么了吗？不一会儿，地勤来报，主机的公寓几乎变成废墟。

怎么会突然被盗呢？不，不是被盗，而是被破坏。事发当时没有一个地勤在场，摄像头更是一无所获。

一桩悬案还没查清，另一边主机又开启了暴走模式——她跟堂姐请了假，窝在旅馆足不出户，只叫过几次外卖。地勤驻守在外，将旅馆围了个里三层外三层，奈何等不到人出来……连影子都见不到，更别提维护。

要死的节奏！这是要死的节奏啊！航平烦躁地快把头抓秃。紧急联络岸主任，低声下气地问他好端端的突然间怎么回事……他却说，家中遭劫，主机大概心情也不好，等她平复下来自然会回家。他也给她打过电话，想去旅馆探望，但她只回答很累，所以也不便再打扰。

不对……！肯定还有什么事瞒着本少爷！航平想。但人家不肯说，也没义务帮你跑腿，他还能怎么办。只能加班。然而，这一边还没研讨出把主机从冬眠洞穴里挖出来的维护计划，那一边技术科又来报，暗网拍卖传出新动向。不仅主机的勒索信被高价买走，还同时出现了许多相似的卡片，叫价一个比一个高，显然是有人发现商机，要趁火打劫狠捞一笔。

…………

……辞职。

让他辞职算了！

他要呕出一口老血。他就没有一天是无事一身轻地离开办公室的。接下来还会发生什么？天崩地裂？百鬼夜行？人类集体蒸发？

都不是。

他握着咖啡走进办公室，只见所有人围着大屏幕看新闻。

“又怎么了……这又是怎么了……不，先别说，等一下……”他有气无力，抬头猛灌几口咖啡，壮士断腕状道，“来吧。告诉我。谁死了。”

“有人公布了一个‘主机嫌疑人列表’。”

“……其中也有我们的主机？”

“……是。”

“怎么不早点叫我来？！”

“早些时候还不到安全级别。昨天夜里还风平浪静，还有人声讨暴露隐私的恶行……但是从早上开始，突然出现了暴力事件。像滚雪球一样，队伍越来越大，一路喊着‘更换主机’的口号包围了其中一个受害者……”

“主机的旅馆不是还安全吗？”

“目前还没有动静。”

“嗯……但也太不方便了。”他喝光咖啡，思索片刻，“不能一直看不到人。她不出来，我们就进去。四组留在外面，三组派两三个入住酒店，就选她旁边和对面的房间。确定她在里面的活动和位置。”

“明白！”

业务员各自散去，动作起来。

屏幕上的新闻仍在继续。航平盘坐桌上，听主播一遍遍提起“后台维护部”的名字，仿佛在责怪他的疏失。心越来越沉，头越来越痛，在思维的大后方，某个撩搔不到的角落，有个问号越来越大——主播说，后台维护部早准备好替换主机，由于现任被绑架所以一直无法更新……

替换？

有这么一回事吗？

用谁替换……

“小葵！”他叫。

小葵换一杯新咖啡到他手上：“有事？”

拉她进入办公室，关了门：“你听说过替换主机的事吗？”

“欸？”她面色一窒，话到嘴边又咽了回去，“没听过。”

“主机的更新规则，是16岁的长子长女继承吧？如果没有小孩，就是弟妹。那如果弟妹都没有小孩，就死了呢？如果主机现在暴毙，下一任是……”他摸着下巴陷入沉思，顺着思路牵起一根线头，越扯越深，越扯越远，眼看着要拉开那张若隐若现的幕布。

不，不能拉开。拉开幕布，后台就要暴露在观众眼前了。

“我……”小葵压着呼吸，像怕出口的字变成真的似的轻声说，“我听说……听健诚说……保全科和情报科的任务……”

“怎么？说啊！都这种时候了还犹豫什么！”

“他们的任务区域，都横移了。”

“横移？”

“移到堂姐……”

轰！轰隆隆……

脑中的雷鸣劈开云雾，直达地心。被撕开的天际后是万丈辉煌。但他此刻却只想把乌云拉回来挡住刺眼的光芒。原来他并不是被派来拯救世界，也从没人指望他拯救过什么……他只是跟无知的群众一样等待着苟延残喘之后的朝阳而已。

不，不会的。是他揣测得太过于邪恶了。不会有这种事的。

笼罩在对未知的恐惧和愤怒中，愈加纠结，积压多时的怒火一口气喷了出来：“那你刚才又说没听过？！听过怎么不早点报告！你不知道自己的工作是什么吗？！若是以往也就算了，这么重要的时候，是你拉帮结派，徇私站队，跟旧主表忠心的时候吗？！不管你喜不喜欢，现在在这里的人是我，你如果不想做可以不要做，不是非留下不可。”

“我……”她有些委屈，但也知道他说得不无道理，“我哪知道你是站在哪一边的啊，我以为统筹派你来就是……”

“哪儿有那么多个边！又不是五角大楼。在这里只有一边！”

“我……那……如果你需要我辞职的话……”

“辞个屁！本少爷现在没工夫处理辞呈！去给我调双胞胎的档案！生日到底是哪天！现在在哪里！身边都有谁！什么时候才……”

“报告！”联络员敲门进来，“地勤汇报，主机……主机……”

“又怎么了！说！”

“主机不见了。”

“……嗯？”

“主机不见了！”

“嗯？

“不见了。”

不见了。三个字清清楚楚，在他脑中不停跳针，解读不能。

“不见了。是什么意思。”

“前方地勤刚才去订主机旁边的房间，但是前台说旁边的房间还在打扫，推荐我们住在326。”

“326不是主机的房间吗……”

“前台说326的客人前天夜里就退房了。”

“……”

CHAPTER 17

遗产

Legacy

I

常在固定区域内活动的人，一旦出现在不同的场合，几乎立刻就会被发现。

欧飒入住旅馆后没多久，就察觉在后街徘徊的两名保全。平日偶尔见他们在商店街附近穿着无线网络维修公司的制服徘徊，还曾在店门口跟工人起过争执。如今竟然现身商业区，难不成是修理旅馆的网络？不……即便如此，逗留超过五个小时也太可疑了。不管怎么样，家是不可能再回去了。

也没别处可去。

现下她真被困在哪儿也去不了的黑暗洞穴里了。

继续等下去的话，会有谁来吗？会有谁伸出手，拉她去水面稍微透口气吗？

会有谁来吗。

谁啊。

成睿光。

…………

她心下有些疲倦。像听到一个嚼烂了的笑话。坐在没开灯的房间，穿过窗帘的缝隙遥望几公里外商店街的方向，像在观望别人的人生。啊，原来已经走出这么远了。虽然感觉没走几步路，但隔着夜空看起来，距离卡片屋还是挺远的呢。

是怎么来到这一步的呢。据说人高度集中在某件事上的时候，反而会突然溜号。是大脑为了避免过度运行而强行散热的防卫机制。她不确定成睿光是否就是那个防卫机制。但偶像也好，神也好，他们的功效好像也仅止于此。当一瞬的幻觉消失，仰望头顶的海面，仍然橡胶一般坚韧顽固。神从来没有伸出过手。

首先，得确保与自己有关的人不被牵连，她想。给英和留了言，又打给堂姐告假，说想休息一段时间。

堂姐倒是毫不惊讶，立刻点头："我知道，我都听说了。"

"……听说什么了？"

"听欧烁说，成睿光休业了。"

"呃……不是，跟他没关系的。"

"不用解释，就趁这个机会休息一下也好。欧森欧烁学校快放假了，过几天我们可能会去国外玩。你也一起来吧？"

"不用不用……我只想一个人待一段时间。"

"那好吧。你照顾好自己。我们回来再联络。"

"好。"她的手指悬在挂断按钮上挣扎片刻，又贴近耳边叫道，"姐姐！"

"……嗯？喂？你叫我？"

"啊，嗯。谢谢……"

"什么？"

"谢谢。过去几年给你添了不少麻烦……"

"突然说这些做什么，怪恶心的。我又没嫌你麻烦。每个人的愈合速度不一样，我也没有权利告诉你，人应该要伤心多久，才算是尽了伤心的义务。但你不停地原地转圈，对奇怪的男人投怀送抱，简直就像是在用头撞他的胸口，撞得人家烦不胜烦，你自己也头破血流，真的很吓人，我……”

“我知道……那……我可能只是在散热。”

“哈？！”

“呃……就是机体过热的时候……”

“不用解释那么多。我知道你跟外公的感情很好，最后那段日子又过得非常窒息，很多事都不尽如人意，但你也已经尽力了，没必要自责到这个程度的。”

“不是自责……”

不是自责。那是什么呢。

愤怒？悔恨？困惑？好像都不是。她只记得那天接到邻居的电话，在台阶上看见外公无辜地望着自己，望穿自己，仿佛将她与她所有那些该做却没做的事情一起抹除归零，她就知道已经太迟了。他对她的记忆将永远凝固在现在，凝固在她既不是肩负家族的继承者，也不是独当一面的上班族，不是机智沉着的拓荒者，更不是灵巧温暾的小妇人的现在。在他还能够记得她的最后时刻，她也只是一块自私而懦弱的顽石。而在那之后，不管她出落得多么精彩出色，也毫无意义，且愈加讽刺。从那天起，她的烙印，永远只是一个没有接电话的人。

这迂回而沉重的心思，她没法对堂姐或任何人说出口。

她说：“可能因为，我是那种爱跟长辈献宝的小孩。外公不在，我好像就没有必要对任何人表现出‘我过得不错，不用担心’的傻样了。我也明白是卡在这个牛角尖里，不豁出去做点什么不行，不小心往相反的方向走了个极端……不过哦，跟你说，我最近梦见外公了。他说，你要学会跟自己分手才行啊。不是跟别人分手，而是跟自己。那样春天才会来。”

“……啊啊，最受不了你们祖孙俩这种‘文艺青年’了。”

“哈哈，嗯，我没事啦，别担心！”

挂了电话，她又裹着黑暗坐在窗前看了一会儿后街的维修车。有个模糊的计划逐渐成形。说是计划，也不是什么败敌之计。但总比坐以待毙的强。首先得离开这里，消失在敌人的视线中。如果走过的地方就会留下线索，任意用度都需要地址，那她就得去没有地址的地方才行。

前两天，她按兵不动，把自己锁在房间，只给外卖小哥开门。其间还接到一通来自岸真的电话，提议去接她回家里看看。她拒绝说心情尚未平复，还想再休息一段时间。第三天，她于夜里退房，然后在大厅的休息区坐到凌晨，等来赶早班飞机的游客，上前搭话说自己也去机场，是否可以同乘一辆车。就这样，贴在一堆行李箱后面不声不响地上了车。

旅馆在后车窗中逐渐缩小，她抱着仅有的旅行袋，望着远去的街区，不敢回头，不确定前方的路将通向哪里。

而另一方，岸真也不知道前方等着自己的是什么。

先是欧飒拒绝了他见面的要求，然后航平致电说欧飒失踪……自那之后不久，就出现了被跟踪的恶感。对方身份目的不明，但不外乎是工程科或总务科的地勤为主机下落而来。恐怕他已经成了被全世界通缉的、绑架主机的犯人。

这种关键时刻，他应该要集中精神应敌的，但有一句不轻不重的话在眼前不断地闪来闪去，害他不停放空。

——如果被喜欢的人拒绝，怎么才能放下？躲起来？远走高飞？还是看到对方不得好死？不是问你自己最清楚吗？

林奈竟然这么说。就好像是在问他，她该怎么办才好。该怎么做他才会满意，才能消气，才可以全身而退。要她低头认错，避而不见，还是不得好死。问他自己最清楚。他最清楚吗？对于她，他想要的难道只是一个周全的告别？那个时候，她做些什么，他才能毫发无伤地抽离。有那样的解药吗？有那么一句话，是只要他听见了，就能自然而然地放下一切，替自己松绑的吗？

人的事，感情的事，真有那么简单的一道后门吗？

叮铃——

短信提示。来自林奈。又是一大串意义不明的字符。

他刚买完快餐，赶紧坐回车里细看密码。只来得及解出几句“快跑”“在路上”，就从后视镜中发现两个来势汹汹的家伙，正是不久前在店门前交过锋的总务科保全。多半是为了主机而来。自己交不出人，相互纠缠一会儿也就算了，为什么林奈会叫他“快跑”？又是谁“在路上”呢。

发动车子，正要驶离，却见仪表盘里灯光闪动，警告胎压异常。啧……糟糕。被动了手脚。看来是不打算放他走了。前方也包抄过来四五个人。看打扮和面孔，似乎是情报科的人。前后左右都被封死，开车遁逃是不太容易了。

他探身从手套箱里掏出一把微型的折叠式双刃刀，藏进袖口。开门下车。

总务科的两人跟上前来，没有说话。情报科的人先开口，说，麻烦岸主任跟我们去科室，协助调度。

他退开一步：“别这么客气，我不是主任了。”

对方也没打算劝服他，直接贴近前来。便利店门口的行人道开始有人侧目。但包围圈丝毫没有放松的意思。是势在必行的决心。

他的掌心按压在弹簧开关上，稍一用力两侧的刀刃就要弹出来。压制七八个人自然是有些吃力，但光天化日之下，撑到有人出声制止，再找机会逃逸总不成问题。只是，刀一旦出了鞘，可就没法收回来了。且不说整件事情上，他跟维护部根本算不上是敌对关系，没有必要决裂到这个地步。一旦出了手，确立了敌对关系，周遭与他过从甚密的人都要跟着遭殃。林奈说不定现在就已经被扣住了。

然而局势艰险，现下要他三言两语解释自己与此事无关，轻松解套，肯定也是不可能的。哪有什么和平落幕的方法。

箭在弦上。他调整重心，身体的记忆被肾上腺素迅速唤醒，视线缩小到敌方个体，飞快地锁定动脉的位置……保全人员从技术到体能训练都比情报员多，那就只能从前方破敌了，首先折断……

“住手！”一声厉喝。

众人一僵，齐齐转头，见工程科的冠侑带着四组的业务员从一旁突入。

岸真松开刀柄，递回袖口。四组全员现身于此，就代表并非个人行动。中控室此刻必定看着这里吧，他们又有什么打算呢……

他的想法没错。工程科确实注视着这里，而且并不是从现在开始。

自从几天前，主机神不知鬼不觉地从眼皮底下失踪后，前主任就成为严密的监视对象。自然也是第一时间发现总务科和情报科也紧跟其后。起初不过远远地尾随，似乎是不想打草惊蛇，企图顺藤摸瓜，看他把主机藏在哪里。结果几天过去，他不但没去找人，连电话也没打一通。不是对监视有所察觉，就是确实对主机失踪一无所知……可这谁相信呢。所有人目睹他费尽周折地跑到她面前，叫了名字，买了房，约了人……事到如今怎么可能任由他伪装成局外人。

航平本人也无法确定岸真藏得多深。共事时，他就没看明白过他。离职之后，又见他反反复复进进出出，绕得人晕头转向。像这种只有一潭死水和万丈深渊两种模式的狠角色，不管做出什么来都不太奇怪。而自己唯一能够确认的，是即便岸真做了什么，也肯定有他的理由。而眼下，无论总务还是情报科都不想再听理由。他们围成圆形的旋涡，切断所有出口，要将岸主任吞没其中。

航平一挥手，命令周围待机多时的工程四组上前留人。

小葵劝道：“我们这么出面，不就等于宣战了吗？”

“不然还能怎么办？眼看着他们把人带走吗？你没看到来要人的不是保全，是情报科？那可是进得去出不来的地方。不把你们岸主任剥一层皮，搞到什么都吐出来，是不会罢手的。那五个绑匪的事你忘了？更不要提他现在的身份本就是一般民众，进去了能有什么好下场！”

“他们要的是主机的下落，应该不会特别针对岸主任吧，毕竟也曾经是同事，就算现在情况特殊……”

“管不了那么多，先把人要过来再说。”

敌我针锋相对，谁也不肯撤开第一步。一群西装革履上班族打扮的人就这么突然在街角对峙，冷峻险恶，画面要多诡异有多诡异。双方久持不下，一触即发。所有人都暗暗瞄准着对方的要害，只等着各自的顶头上司一声令下。

“打！给我打！”航平对着话筒喊。

“不、不能打！不能动手！”小葵也喊，“还有行人呢！”

“谁还管得了行人啊！？”

“最可怕的就是行人啊。你看现在这个大眼瞪小眼的阵势，搞得像是什么行为艺术还是快闪行动似的，被拍下来还得了？等一下如果再升级为上班族武装械斗，不上新闻才怪！整个维护部不就晾在太阳下面了吗？”

“那就赶紧把人让给我啊！竟然当着本少爷的面劫人，当我死的吗？！”

冠侑听着耳机里的命令，不知如何下手。正如小葵所说，工程科的地勤没有经过特殊训练，又手无寸铁，唯一的优势只在人数众多。但真打起来也根本不是人家的对手。最明智的出路只有一条，就是逃跑。他低声吩咐同伴把自己的机车牵过来。而敌方也立刻明白了他的意图，紧咬不放，进一步包夹岸真的去路。

“打啊！快动手！等什么！”航平喊，“打人永远要先出手！先机先赢！”

“别打！”小葵嚷，“我们是业务地勤，又没有武器，拿什么打啊！”

“那就调其他七个组过去，都在什么位置……”

叮铃——

叮铃——叮铃——叮铃——

静。

中控室中心的红色电话发出久违的洪亮的响声。

航平说了半截的话和口水一起咽下去，压不住悬起的心跳。故作镇定地走向控制台，一口气拿起话筒。电话另一头自称总务科的负责人，指挥了此次任务，希望得到工程科的协助与配合。

“协助与配合，难道不是事先说吗。”他说，“现在这只能叫胁迫。”

“抱歉了，我们不知道工程科也找岸主任有事。没有事先知会。”

“那你现在知道了。人我是要带走的。麻烦你们的业务员后退。”

“也得分个先来后到吧。不然这样，我们结束后再把岸主任送去工程科。”

“说到先来后到，工程科才是存在最久的科室，半路冒出来的总务科，有没有这个权限我还要打个问号。”

对方哼笑出声，不耐烦道：“我们是统筹直属的科室。有没有这个权限，甚至有没有今天这个任务，你应该比谁都清楚的吧。”

统筹直属。

哼哼，终于把他爸给亮出来了吗。

啧，又来这一套，又来他已经吃腻了的这一套。

他没有发火，笑道：“官腔？跟我打官腔？本少爷在什么地方长大的，跟我打官腔，你还早了八百年啊。”

见他软硬不吃，对方干脆直说：“我们是以主机的利益为最优先……”

“行了不必说了。”他打断他，“你们以什么为优先，我已经知道了。能用就尽量利用，不能用就丢掉，对东西是这样，宠物是这样，对人对神还是这样，还好意思嚷嚷着想活久一点？一句话，岸主任不会交给你，主机也不会给你。”

“……你也是有家人朋友的，难道眼看着被她毁掉？我们当然也希望自己的部门可以永远不用出动。但事已至此，这样的牺牲也是逼不得已。”

“如果世界是建立在某个人的牺牲上，还……”

“难道不就是这样吗？！世界就是建立在很多人的牺牲上啊！就算是养尊处优的大少爷也该知道这一切不是白白得来的吧？不管在哪里，少数人的牺牲都是必须的。这是为了让更多人活下来。”

航平没有立刻反击，想起什么不重要的事似的落寞地笑笑：“既然如此，这种世界，她想毁掉不是很自然的事吗。说到底，这里还是她的地盘。不要仗着握有一点科技资源，就企图做出凌驾于神的事情。太好笑了。你所谓的‘更多人’是谁，我不认识。我认识的全部的人，就在这个房间里了。有本事，你就来围攻控制室。”转而拿起耳机话筒，“冠侑！”

冠侑意会。掏出车钥匙，抛出一个直线。岸真一把接过，径直走入四组的人墙后，跨上机车。

“你这么做是没有意义的。”总务科长一声叹息，徒然道，“这件事只有一种发展方向。我们现在带走他，或者迟一些带走他。”

确实，他说的没错。工程科已非立足之地，就算把岸真带回来也不过一群人抱在一起等死。但若放他去逃亡，无所不在的摄像头之下，一切都无所遁形。逃也逃不出多远。不过是现在被抓，和等一下被抓的区别而已。

怎么做才好……

怎么在无处不在的敌人面前凭空消失。

“多谢你提醒了我。”他说。

“什么？”

“我明白你有你的信条，但我也有我的做法。也许我是错的。但是，反正结局是世界末日嘛。不管谁错都一样的。”该说的都说完了，他挂上红色话筒，在一片死寂中走到控制台，向后方的技术科发话，“荣伸，把他们的系统关掉。”

“关、关掉？！”

“对。关掉他们切入公共监视系统的权限。”

“……这……可我们的系统是联动的，权限也是共享的……锁死他们，也就等于锁死自己。我们也没法再用了啊……”

“我知道。叫你动手就快一点！”

小葵出声阻止：“你这是要做什么？”

“给他们跟踪的权限，岸主任三分钟不就被抓到了吗。我们能看到的，他们都能看到，那逃还有什么意义。”

“可是如果锁死系统，我们自己也就瘫痪了呀？”

“系统瘫痪，我们还有人力。土法炼钢，总有办法提供支援。岸主任是情报科出身，有擅长的武器，也没那么容易被找到，至少得为他争取足够的时间消失。快动手啊，还等什么，手上握着敌人的眼睛，还不赶紧戳瞎！”

……这实在算不上是什么好点子，不，根本是伤敌一千自损八百的馊主意。但谁叫敌我双方一身同体，优势与要害也都是一样的。

荣伸于心不忍。怎么说也是几年来苦心维护加固的系统，要他亲手扼杀，可能比眼看主机被杀还心疼。他飞快地想了几条方案，又一一否决。

“快一点，好了没有？”

“再、再等一下……”

再等一下，让他想想，还有别的方法没有……他飞快地敲打键盘，理智跟不上思考的速度，只循着直觉将一份份文件打包、压缩、加密……

然后，输入一个他从没想过会使用的邮箱地址。

发送。

“可以了。”

就是现在。

航平仰望屏幕，轻声说：“主任啊，通话就到这里了。”

屏幕上的岸真也像听见了似的，坚定地戴上头盔，发动机车，绝尘而去。

“荣伸。”他发令。

下一秒，中控台前无数个大大小小的屏幕依次熄灭，伴随着所有机体一齐断电的叹息声。只留下机车被淹没在人群与车流中的渺小的残影。

失去了生命般的控制室寂静异常。众人惊魂未定，像刚从一个精疲力尽的梦里醒过来。

航平转过身，面对满屋的眼睛：“把丧脸收起来！我最怕丧脸了！我明白！要请假请辞的人，把申请递到桌上，从现在起发生的所有决定与你们无关，本少爷立马放人。”

没人说话。各自埋首黑洞洞的电脑屏幕前。

“要走的就趁现在，这一层要锁起来了。如果被围攻，可就真的是‘死在岗位上’了哦。维护世界和平而已，不用这么拼也没关系的。”

还是没人说话。

他摸起桌上已经凉掉的咖啡，喝了几口，等不到人起立，点了个头，说："那好。要关门了哦。既然电脑已经废了，就拆吧。里面的零件够不够改装成无线电台的？只要能发送消息就够了，摩斯密码也无所谓……愣着干什么，考验死公务员动手能力的时候到了，别露怯啊。"

II

英和断断续续地搜索了两个礼拜，还是没有欧飒的消息。双鱼小姐端茶倒水并兼职小厨娘，一点成果都没伺候出来，抱怨道："你这样也算是合格的死宅吗？我还以为你会变身精英大显身手……结果根本什么也没找到！"

"这也没办法啊……找人本来就不是那么简单的事。"

"是谁信誓旦旦地说，只要走过就有痕迹，住过就有地址……"

"但她如果去了没有地址的地方，我也束手无策呀。"

"……那是什么地方。"

他放大电脑上的地图，指着一条蓝色线路和红色区块："只能确定她现在在这个红色的区域活动。下面的蓝色箭头是走过的路径。这里是她的手机最后一次连接信号塔，在两个礼拜前。这里最后一次连接 Wi-Fi。之后就消失了。"

"消失了？"

"大概是没有再给手机充电了。"

"那你怎么知道是在这个红色区域活动？"

"因为只有那个区域最近频繁地下冰雹。"

"……这个判断科学含量太高了，我简直无言以对。"

"别说风凉话啦！找一个不想被找到的人本来就很难嘛。很多贴满通缉令全城追捕的人还不是悄无声息地逃走了吗？这个区域内的酒店旅馆本来就不多，而且也都没有她的入住信息。况且我也不觉得她会笨到去住酒店……比如，如果是我的话，就会去订一些不需要联网身份登记的民宿。但这边民宅也不多……”

“如果是我，就会到国外去避难。”

“那是明星的特权！动不动就跑到国外去散心，充电，逃避现实……老百姓怎么可能说走就走。况且又不知道事件何时平息，难道还能在国外待一辈子。再者，也没有一辈子那么久。万一世界没几天真的毁灭了，死在一个连名字都叫不出来的地方，不冤吗？”

双鱼小姐蓦然沉默，若有所思道：“如果世界毁灭真的是她的错……”

“什么？”

“我是说网站上的传闻……新主机替换旧主机什么的。如果她真的是旧主机，只要被牺牲，世界就恢复正常的话，那你……”

“我什么？”他转头看她，“我会不会抓她去送死？”

“只是个假设啦。欸欸，干吗这么看着我，我是刁钻了点，但也没那么歹毒，可没有咒她去死的意思！只是……你们虽然亲近，毕竟也没有血缘关系，真的可以为了保护她，活活看着世界毁灭？”

“我跟你也没有血缘关系啊。”

“……这是什么逻辑！”

“只要牺牲一个人，就能挽救全世界，要不要牺牲？这个问题里，只要牺牲的那个人不是自己，就没有选择权不是吗。”他说，“有人觉得，不太熟的人死了也无所谓，若是熟人，答案自然不一样。但根本没有这种区别。能看着陌生人去死，就能看着亲朋好友去死。如果我回答，可以看着学姐去死，不就代表有一天我也能看着你死吗。”

“现实世界可不是二分法的呀，也不是 1 和 0 那么简单……”

“是你想得太复杂了吧。无论什么不都只有生和死两种状态吗，是……”

叮叮。新邮件提示。

无标题，也无内容。只有一个格式陌生的附件。

标准的垃圾邮件。他想，刚要顺手删除，突然注意到发件人的地址后缀不是一般的域名，而是一串 IP 地址。

……是那个 IP。是那个 A 类地址。

不……不会吧。

他僵硬地打开邮件，解压附件。

一瞬间，无数行代码在眼前爆炸，屏幕也像是承受不住似的疯狂闪烁。

“这……这是什么……”双鱼小姐瞠目结舌。

英和从震惊中缓过来，艰难地辨认飞快划过眼前的符号的银河：“好像……是……钥匙。好像是一个程序后门的钥匙。”

“什、什么程序……”

话音未落，文件解压完毕。

一瞬的静默后，下一秒钟，屋子里一切带有屏幕的电器产品，包括手机、平板电脑、游戏机，甚至投影仪都依次亮了起来。正前方的墙壁上投射出一个闪亮的方块，然后分解飞散开去，分裂成无数个小方块。千万个正在运行的公共闭路画面铺在墙壁的每一个角落。

“这……这该不会就是传说中的后台？”她走近墙壁，试图看清每一个镜头里的动向，“是谁发来的？为什么会发给你啊？”

“我不是黑进过他们的网站几次吗，会不会是……系统把我也识别成同伴？”信息量过于繁杂，他凌乱异常，脑内出现大规模拥堵现象。为什么要发给他呢？是意外，还是考验？难道他的怀疑没错，保护主机的维护部成员都遇害了？这是最后的呼救？不会吧……

来不及分析因果，他已经手痒难耐。一头扎进数码的海洋。

“这不就是巨大的监视系统吗。”双鱼小姐感叹不已，“天哪，原来真的存在上帝视角这件事……”

他双眼发光：“虽然系统很庞杂强大，但内核却又简洁又漂亮。不愧是珠穆朗玛……啊，不，简直是个小型的宇宙呀。”

“怎么样？你会用吗？”

“还不太懂，哇哈哈，太好玩了……让我好好研究一下！”

“先别玩啊！”她狠敲他一记，“人家把系统给你是干正事的吧？看看有没有找人功能？能用上帝视角看到你学姐在哪里吗？”

“根本不需要我啊。你看。”指着控制面板上方的任务列表里，最优先的目标即是“主机定位”，而千万个不断切换的小方块正是在城市各处不断进行人像扫描，试图寻找名为“中枢机”的学姐。虽然早就推测出了这个结论，如今明晃晃地展开在眼前还是非常震撼。他看着“主机”的各项指标信息，又想起平日与自己吃喝玩乐的学姐，浮上如梦似幻的眩晕。

“找不到学姐吗？”

“几千万人口的城市，加上周边的区域，还有不断流动的人群，搜索起来难度也太大了……而且只要戴了口罩，人像扫描没有用武之地了。如果没有确切的范围的话，根本是大海捞针。”

“那如果把范围缩小到你刚才说的红色区域呢？”

他照做。系统像是得到一剂强心剂，运行速度忽然翻倍。二人目光炯炯地盯着不断翻新的搜索结果，等待胜利的号角。原来站在云端俯视人间的滋味，就和从下面往上看一样期待又怕受伤害……

“对了。”她说，“不如趁现在也找找别人吧？”

“……你是说，老板？”

“对呀。如果他是维护员，系统里有没有他的资料？”

他尝试了几种口令，都不得其法：“员工列表确实有，但没有名字，只有员工号码，又没有照片，也不知道哪个是老板。而且你看，如果尝试与任意一位员工远程连接或发送指令的话，就会出现‘声讯未连接’的提示。”

“什么意思？不能用电脑的话筒吗？”

“不……他们应该是有自己的收音和交流系统。”

“为什么？”

“防止监听和音频外泄？”

"这样啊，那就直接用最简单的方法找啊。"她指指搜索程序，"你不是知道那个老板的姓名和长相吗。他应该跟学姐在一起吧？找到他不就找到学姐了吗。如果不在一起的话，就请他过去帮你学姐啊。专业保镖总比你这种弱不禁风的要强多了吧？"

"但是如果他已经遇害了呢……现在连后台系统都放弃了……"

如果神已经不在了呢。如果这个系统就是神留下的最后的废墟呢。如果世界上只剩下渺小又迷茫的他们自己呢。

"那就我去。"双鱼小姐说。

"……什么？"

"你先定位，然后我去把她带回来。"

"你开什么玩笑？！外面到处都是找主机砸主机的僵尸，你现在出去？"

"那难道你出去吗？这个什么系统的我也不会操作啊。"

"不行……你先等一下……"

她才不等。或者说，这是她有生之年第一次感到被世界需要。不是她的皮相，不是她蹩脚的歌舞，也不是她造作的表演，世界需要的是她。她说："我去接她，你搜索到准确的定位再发给我。"

"你去能干什么呀？"

"哈哈，不忍心看我去死啊？"她说，"不用怕啦。僵尸确实有很多，但本小姐也是有很多真爱粉的。我保证你学姐安全回家。"

"你不要闹了！平常就已经够呛了，街上可都是盲目的民众！"

她戴上帽子和口罩，露出机灵的大眼："本小姐是干什么的。神佛鬼怪什么的我管不了。但如果对手是盲目的民众，我这辈子还没输过哪。"

CHAPTER 18

解析

Resolution

I

岸真睡得很浅。凌晨就被经过门口的脚步声吵醒。

几天前，他驾车驶离事件中心。丢掉电话和机车，确定摆脱了跟踪后，迅速回了一趟家。从退役员工配件箱里拿出所有证件与卡片，又带上两件贴身武器。还翻出箱底的耳机，连接了几次，只有一句了无生气的“System Down”。

系统下线……是指整个维护系统吗？

若果真如此，那现在就是逃出生天的最佳时机了。他可以用任意一张证件出国，消失个无影无踪。

但工程科如此果断地用尽力气保护他，多半是相信着他知道主机的去向，也确定他会保她平安。可他根本毫无头绪。而且没有系统支持，又腹背受敌，找都无从找起。是束手无策，也无法一走了之。

家里是无法再待下去了。他去里隔间的衣柜换上一身清洁工制服，又顺手带了两套空军制服和白领西装以备不时之需，先到大学图书馆等到傍晚，又跟车站的背包客一起找了家偏僻的青年旅社住下。一夜没睡，等人找上门来。但太平得很。不知是在守株待兔，还是对他失去了兴趣。

不，他可是主机绑架犯，怎么可能放了他。

第二天夜里仍旧无人来袭，只有窗外不时经过的暴乱人群，和城市中此起彼伏的救护车警笛声。他睡了几小时，用前台的名义叫了份外卖。第三天还是没有动静。他坐不住了。几次浅眠中的梦魇里，都听见有人在床边坐下来，伸手摸他的脸说，老板，你怎么啦？你怎么睡在这儿？他惊醒过来，看窗外灰沉沉的天空松了口气。新主机还没上线，他们还没找到她。

但……她能撑多久呢。就连自己这种全副武装、配件齐全的特工都困难重重，更别提一个小姑娘。他该是她的引路人才对。如果他也不知要往哪儿走的话，该怎么做才好。

如果世界上真的有神，会心生悲悯，暗示他往哪个方向走吗？

第四天清晨，他被门口的响动吵醒。房间的门缝下透进明明灭灭的光亮，闪烁不停，像有人在玩走廊的照明开关。他握紧武器凑上前去，一鼓作气打开门，空无一物。只有天花板的灯光煞然熄灭。剩走廊尽头逃生出口指示。

EXIT。

巧合？

不管是不是巧合，先跟着走走再说。

他提起背包，从逃生楼梯绕出后门。

冷风吹在脸上，又清醒了一点。望着空荡荡的清晨街道，心想该不会是过于神经质了吧。来不及细想，停在路边的一台车子突然弹开驾驶席大门。他一惊，连忙快步移开。然而下一辆车门也突然向他弹开。下一辆。再下一辆。

……这是什么。要他上车的意思？

系统不是下线了吗，还有谁有这种权限？

总务部要抓他，上前押解即可，大可不必费如此周章。那会是谁呢？

他挑了一辆坐进去。导航终点自动设定在商圈的西区。

……如果世界上真的有神，这大概已经是最清晰的方向了吧。

而终端的另一边，英和总算放下心来。他昨天夜里才找到学姐，又见岸真不但不在她身边，而且还匿名入住一家青年旅社。想打电话给前台转接，怕他不肯接，又不能一间一间去找人，就算找到人家也不一定会承认。况且，真正的维护员怎么可能躲在旅馆不肯出门呢……最糟的情况就是一场误会。

幸好，看来没找错人。

只要把他护送到学姐身边，就算是胜利的一步。

此刻，街角的两位总务科的保全也迅速行动起来。这次他们没有打草惊蛇，在旅社附近潜伏许久，就不信岸主任沉得住气不去找主机。多亏了这位传奇的主任，主机也丢了，系统也塌了，一夜回到蒸汽时代……无论如何得做个了结。

两辆车在清晨稀疏的街道一先一后前往目的地。

而此时，在目的地的欧飒也精神紧绷。从旅馆逃离之后，她在机场待了半天。在资讯网站上查到一个找人短期看房的广告，立刻联络对方商定入住。

随后的两个礼拜，她住在西区的民宅。不开手机，不出门，用原户主的名字点外卖。几天过去，风平浪静。逐渐安心时，她在论坛里看到“主机嫌疑人列表”，自己的名字、住址，甚至学生年册上的照片，都跟其他十几个“嫌疑人”一起明晃晃地接受检视。

如果世界上真的有神，现在就是你大显神通的时候了呀，她想，或者，你仍是一如既往地幸灾乐祸，重复着赠予与掠夺呢。

两周过去，原户主旅行归来。她暂时找不到下一个落脚点，又不敢回家，就住进附近的胶囊旅馆。夜里她不敢睡得太死，就半靠在墙边，迷迷糊糊地看电视。什么地方的河川沸腾，什么地方的暴雪不断，什么地方的地面开裂，又吞噬是数十条性命……白天，她等到下午，在人潮最汹涌的时候出门，去两条街外借用公共电话，又顺便买了几碗泡面，为接下来的几天做准备。排队付款时，窗外的行人道一闪而过熟悉的身影。

老板？！他怎么会到这条街区来呢？

她诧异。见岸真神色匆匆，像在赶路。想追上去问问，忽见他身后不远处跟着那天守在旅馆外的两名保全，面露凶光，紧追不舍。一时间，所有线索都连起来了——卡片屋的地址遭到曝光，老板也受到牵连了！啊啊……她可真是蠢透了。连楼上的家都被砸了个干净，她怎么会以为只要人间蒸发就能保身边的人一个周全。她怎么能让他替自己背锅。丢下购物篮，快步跑出去。

而另一边，岸真当然知道正在被保全跟踪。他在路上就注意到了，于是中途下了车，在热闹的街区不断绕圈。但保全的技术与毅力也不遑多让，无论怎么虚晃诱导，总保持着视线内的距离。一个多小时过去，猎人与猎物都有些精疲力尽。四周增援的人数也越来越多。这一次是走不脱了。

既然如此，得尽快离开这个区域。如果主机确实在这附近，他得把他们带离这个地方，越远越好，他想。干脆不躲了，走出巷子，打算搭一辆往东的公车。

还没到路口，那张他切切于心的脸就猛然跳到跟前。

“老板！”

他僵了两秒，看清是她。排山倒海的急火攻心。早不来，晚不来，偏偏在这种四面楚歌狼烟滚滚的时候来打招呼，而且还陷在包围圈的最中心，也太考验他的基本功了。不，不是打招呼的时候，也没时间编个更好的理由，得先带她逃跑才行，就算被质疑也只有之后再说了。

他拉住她，一句“快走，后面有人”还没说完，她却先把他拉到身后，越过人群怒视紧追不舍的两位保全，提高声音：“欸！你们！给我过来！”

……呃。

欸?

欸？潜伏于四周虎视眈眈的地勤都跟着定了格。说话了。主机刚刚是跟他们说话了吗……两位保全无处可躲，硬着头皮近前，好像忽然暴晒在阳光下的小蘑菇一样动摇起来。她怒目圆瞪，说：“你们要找的是我。”

“……”

“主机在我手上。是我干的。跟他无关。”

“……”

“再跟着我要报警了。”

“……”

…………

?

谁?

主机在谁手上？是谁干的?

有人听懂了吗?

能听懂的只有岸真。眼看保全头上瞬间冒出无数个问号，一副破解失败即将死机的绝望表情。若不是如此情势，几乎要笑出来。趁对方断片的空当，扯住她的手腕：“快走。跟我走。”

两人移步后撤。这个动作唤醒了地勤的理智，紧紧跟上，作势飞扑擒拿。而周围各科室的业务员也包夹而至，做好在此决一死战的准备。岸真看见几个眼熟的工程科地勤，盘算着能拖多久，一边站定，拦住保全的视线，一边将欧飒往前推：“往人群里走，进商场，走后门，不要坐电梯……”

但她决绝地站定，没有要走的意思。

“啧……你听话。先往前走。我去找你。”

“我不要。”她又不傻，怎么会看不出这根本不是够轻易金蝉脱壳的局面。丢下他挡枪，自己撒腿就跑，她死也干不出来。

保全可不顾这一方的犹豫，抓准时机一跃而上，眼看要碰到衣袖。

轰——

轰轰轰——

脚下一震。一道天雷落在眼前。保全被震得眼冒金星，再稍一动弹，又一道轰轰天雷砸在几米远处。

岸真也吓了一跳，欧飒似乎也惊魂未定，不明白发生了什么。而对方显然也不想等她明白过来，继续包夹过来。十几个地勤七手八脚，几秒钟就会将他们牢牢擒拿。他将她塞到身后，知道这不是靠拖延就能赢的局势，而且她又不肯逃跑……最好的状况也不过是双双落难。但他无法弃械投降，无法告诉她路就到此为止，他只有计算着距离死亡的时间，眼看如气势汹汹的洪水般冲刷至眼前……

突然，敌我之间多出一个人影。

一个不该存在的人影。

戴着棒球帽、墨镜和口罩的娇小人影。

双鱼小姐摘下口罩，面对岸真与欧飒："是我的舞台啦。你们走。"然后转过身，拦住保全的去路。像身怀绝技的大侠，露出必胜的笑容。

必胜？怎么必胜呢。神功护体，还是无边法力呢。

没有。她没什么绝世武功。她笑，像面对笼中的蚂蚱一样得意。本小姐生得如花似玉，怎么会去练什么怪力神功，但你们也别小看花的实力呀。她抬起手，没亮出什么武器，只是从容地摘掉了墨镜和帽子。脸上恶作剧的笑容瞬间消失，换上凄凄楚楚的哭腔，哀哀叫道："就已经说了我不是什么主机了……你们可不可以不要再缠着我了……到底想怎么样！难不成要我死在这里吗！会不会太过分了！呜呜呜……太过分了！"

哭声之凄厉，感天动地，成功吸引到整条街的注意力。

哇……双鱼小姐！那不是失踪很久的双鱼小姐吗？！被人跟踪？！被谁跟踪了？！她面前那两个可疑的家伙是谁？……群众哗然，纷纷往事件中心聚拢，把几名当事人团团围住。

欧飒伸手去拉双鱼小姐，要带她一起走，被岸真制止，扯着她往后撤。

路边的几辆车门同时弹开。他拽着她上车，迅速启动。前方的路面，直到地平线尽头，所有的交通信号都依次切换成绿色。

不管是神也好，谁也好，多谢了，他想。一脚油门窜了出去。

双鱼小姐站在焦点中心，看见人墙越来越厚重地包裹过来，适才的英雄气概逐渐冷却，开始后怕。正要打退堂鼓，忽然被谁拉住了手臂。回头一看，竟然是许久未见的经纪人。二话不说拉着她往保姆车上塞。她置气道：“放开我！”

“别闹了，人再多一点，我可就救不了你了！”

“谁要你救啊，滚开！”

“不就是你让我来接你的吗？！”

……哈?

她一愣,立刻明白过来。英和这个死宅！绝对是他替她打电话求了救！反了他了！她还想拒绝，想申诉，但脚下一空，已经被原地捞起搬上了车。英阿宅！你给我等着！

在卧室里目睹一切的英小宅准确接收到屏幕彼方传来的滚滚怒火。但他也没有更好的办法……总不能坐视她自我毁灭。半个钟头前就给经纪人发了短信求救。抱歉啦……他想，大不了下次你再无理取闹提分手，我就当作没听见嘛。

他收拢精神，继续跟上学姐的车辆，一边引导车流，一边调整信号。啊啊……神的工作真是够精密复杂的。他现在成了神，如果学姐出了什么事，就无法再埋怨神，而完全是自己的错了呀。刚才，除了护在学姐面前的老板，现场似乎还有许多分散在四周、保持同一警觉频率的人……那些不同职业装扮的人，难道也全都是维护员？维护员……是这样的吗?

…………

“我跟面试官提起了荣伸哥的名字和部门，他们都说没听过这个人……”

“荣伸当时有跟你交换名片吗？”

“名片？”

…………

他又打开邮箱，看那封精准地发给自己的后台钥匙。假设，这是指定发给自己，那代表对方是认识的人吧？是谁呢……是人吧，还是神呢?

此时，真正的守护神们仍然反锁在中控室里。

人困马乏，精疲力尽。由无线电接到现场地勤的实况汇报。现场竟然有系统支援？而且简直是百无禁忌地胡来，不但随意调动车辆，还任意操纵交通系统。这是谁啊？！怎么莫名其妙出现了如此任性妄为的援军……

航平无言地瞪着荣伸。让你关掉系统，你干什么了……为什么这里会有一位比他还胡来的指挥官？！

荣伸才一脸震惊。本来只是想暂时把后门钥匙发给英和，想多半会被他当成垃圾邮件丢进垃圾箱，过了眼前的难关，若要重建系统，只要去他的垃圾箱，在自动删除期限内取回就行了……没想到他竟然打开文件，还运行了起来。

航平火光：“你发给他？！发给一般民众？！你在想什么？”

荣伸急忙解释：“他不是维护部的人，不会立刻被察觉。又懂电脑，不会做出些什么超常的事情。而且就算被其他科室的发现，毕竟他也是主机身边的人，跟双胞胎也见过面，不会被怎么样……”

说得竟然还有点道理。

比这些更重要的是，情报科比想象中更快地破解了我方通信系统，对工程科前去保护岸主任的地勤动向几乎了如指掌。当然这也并非预想之外，无线调频本来就无法封锁，双方的技术彼此都一清二楚，信息加密也没什么意义……

“不愧是情报科……”他挠挠头，“跟情报员玩情报战果然是没有胜算。”

“要针对情报科吗？”小葵问。

“不。情报科跟总务科不一样。情报科是以为岸主任绑架了主机，危及她的人身安全。总务科则是要找到主机强行关闭。一个要救她，一个要杀她。只不过都要通过岸主任这一关……”

“如果……”她大胆设想，“把事情说开，情报科会站在我们这一方吗？”

“哈哈，你终于被我带坏了，这个想法很有灵性啊！”

“别笑了！行不行啊？”

“现在就已经四分五裂了，如果说开了，维护部就真的土崩瓦解了……

到时会发生什么更无法预料。从现在起，每两分钟切换一次频段。找到岸主任的人不要靠太近，不要发送信号，静默待机就好。”

他揉揉干涩的眼睛，低头看表。

就快了。不久后，就不会再有两军对峙的尴尬，而是大开杀戒。接下来的夜晚将会极其漫长啊……他想。没人知道该怎么落幕才恰如其分，只好背负着绝望前行，等待来自神的一句“安息”。

II

岸真带欧飒一路换车，直到近郊的机场酒店。订了一个套间，化名入住。

确认过酒店的几个逃生出口，又去附近观察了一下地形，回来时发现欧飒已经蜷在沙发上睡着了。他放了洗澡水，叫她起来：“不知什么时候要再启程，你梳洗一下，我去楼下餐厅打包点饭菜。”

她迷迷糊糊坐起来：“酒店房间有送餐服务的吧？”

“是有。不知道来的人是谁，不惹这个麻烦。”

“哦……”

他对这种事也太熟练了吧，她想。去泡了个澡，又差点睡着。出了浴室，见他站在窗口，隔着纱帘往外看。白衬衫，西装裤，叉着腰的动作好像哪所高中的理科老师，因为学生太笨而面对黑板生着闷气。她竟然悠哉地想起这种事……与其说是安心，不如说是倦怠。就算真的有人从门口冲进来，她大概也没兴趣逃。或者说逃也没有意义。她的私人信息已经暴露在外，被僵尸围攻只是迟早的事。

他见她傻站着，招呼她吃饭。问她身上有没有伤口，这些天都见过谁，住在哪里。她照实回答，看他的表情，又好像不管说什么都是错误答案。

“在胶囊旅馆里继续躲下去不是很好吗。”他说，“为什么跑出来？”

“想借用电脑和公用电话，快到外甥的生日了，我们约好……”

“那也可以用手机啊。”

“怕被人跟踪，电视上被跟踪时不是都要把手机砸烂吗？”

“你先睡一会儿。我们凌晨再出发。你护照带了吗？”

“没有，公司一起出国团建，放在堂姐那儿了。一直也没什么用，就没特意去要。为什么要护照？出国？这……那也太……”

“没事。我就是问问。”

“而且……”愧疚，“你没有必要一起来的。真的很抱歉拖你下水。我可以去说清楚，房子一直是我一个人在住……”

“你先睡一会儿再说。”

她没法拒绝。也实在太困乏，脸贴到枕头，几乎立刻昏睡过去。杂乱无章的梦一波接一波。睡了，又像没有睡。每次稍微一睁眼，都看见他坐在旁边，靠着床头看电视。你不用睡的吗？她想问，又被睡意吞没。阴暗的房间里，闪烁的屏幕在他脸上留下无数道光影。越看越觉得眼熟。

再睁开眼时，看见堂姐站在屋里，生气地说：“我不同意。”

嗯？不同意？在说什么呢？

她看见自己坚决地追上去，说：“为什么？”

“因为你现在的状态不对。我不知道你这是在干什么，但这不是追星，不是恋爱，也不是工作，我不知道你想对自己做什么。我不同意。”

“只要最后一次就好。拜托帮帮我，让我再最后见他一次。”

“再见一次能得到什么结论？他说记得你，不过是在逗你罢了。你到底是中了什么邪，怎么会看不出那是吊人胃口的手段？你不管再见他几次，都不会得到答复。人这种东西，就是能够心安理得地浪费别人的时间。”

“我知道……但是我就是想再确认一次……”

“确认什么。”

“确认我……”

“什么！”

“确认我还有想做的事情。”

“……什么？”

“我……我也不知道该怎么解释。”她哭出来，“我就是很害怕，自己不会再有想做的事情了。变得去哪里也无所谓，见谁也无所谓，做什么也无所谓。但我记得我不是这样的。你记得吗？我不是这样的。”

“你那个症状……该不会是……抑……”

“我就是想趁现在再往前走走看……趁我还认为前面有好东西的时候。”

“前面当然有好事啊，你才几岁……”

“真的吗？你确定吗？”她看着她，想让她看见自己眼中逐渐熄灭的火苗，“我以前一直相信，所有事情的发生都是有意义的。但后来才发现不是这样。没有什么事是非要截断两条腿才能学会的。外公辛辛苦苦，做了一辈子好人，最后也不值得被那样对待。如果世界上是没有神的，如果公平是不存在的，因果只是幻觉，我们现在在做什么呢。我们是为了被神考验而活着吗？是为了不断失去什么而活着吗？是为了见证越来越丑恶，越来越无助的自己而活着吗？你凭什么相信前面有好事，凭什么相信最好的还没来。”

“……你说的这些，跟你要做的是两回事。”

“是一回事。我想看看前面有什么。就算没有好事也无所谓。趁我现在，还觉得，就算没有好事，也想去看看的时候。”

姐姐叹气。知道是一场务实主义与理想主义两败俱伤的辩论。

“我知道了。”她说，“那就说好，这是最后一次。”

“真的？！”

“嗯，但是要你自己去联络业务。我没办法再动用资源、精力和时间在这种事情上。就快立春了，下个月内得拍完夏装。你去问问他有没有兴趣吧。价码、时间、细节都由你自己沟通。你谈下来，我就送他去拍摄。可以吗？”

于是，她开始跟前辈学习起草商务文件。计算成本，安排时间，写了企划案，万事俱备后，以自己的名义，给成睿光的经纪人发了第一封信。拜托，回复我吧。拒绝也无所谓。只要给我一个答复，我就能往前走了，她想。

几天后，等来了经纪人的回信。没有拒绝，也没同意。而是强调目前“正在跟艺人协商中，日程还需要再规划，如有确切的结果会立即告知”。

她不禁雀跃。以为得到神的首肯。

但一个星期过去，对方毫无反应。于是她又写了一封邮件跟进。两天后得到回复：“正在跟艺人协商日程中。”又过了一个礼拜。跟进。回复。闭口循环。再一个礼拜，还是一样。不拒绝，也不前进。她一筹莫展，去请教前辈。同事看了邮件往来，悻悻地说：“真看不懂她这是什么意思……身为经纪人，唯一的工作就是替艺人回答‘要’或者‘不要’，她这样拖拖拉拉，是想抬价，是安排不到日程，还是希望我们等不下去终止合作意向，根本不明白。怎么能在业界混这么久……我看你还是不要在他们身上浪费时间。这种咖位的人就是很会作怪。真正的明星都有礼貌又专业，根本没有这样的麻烦。”

是吗……是这样吗。要放弃吗？

她应该止步于此的。但她还是点击回复，恳切地向对方说明情况，不同季节的时装都要提前拍摄，2 月之内无法完成的话，场地、工作人员都要调整。几日后，对方也郑重回复：“正在与艺人协商，安排日程中，月底之前给您答复。”

月底。2 月底吗。可 2 月马上就要见底了呀。

她觉得徒劳无功，甚至有些生气。但，对谁生气呢？这不是她自己要做的事情吗。她苦苦哀求，心心期盼神能给她一个干脆的拒绝，赏她一个响亮的嘴巴，但人家不想打她，就只晾着羞辱她，也没什么可抱怨的。

不是你自作自受吗。她想。

然后，一个礼拜过去，又一个礼拜过去。一年中最短的那个月转眼就要结束。她没有再回复邮件跟进，知道不过是自取其辱。前辈问她进展，她也自嘲地笑笑，说多半是泡汤了。前辈说：“这人是对你有什么意见吗？”

“应该不会吧……上次见面，经纪人还说过想再合作呢。”

“那这态度真够匪夷所思的。没办法，又没签约。沟通前期，也没什么实质性的约束和惩罚，就算被耍也只有认了。别在意，总能碰上一两个无赖。”

是吗。她只是碰上了几个无赖而已吗？这样写上结论就够了吗？只要别在意就行了吗？那她满腹的委屈、惆怅、渴望、愤怒和绝望，要怎么办呢？

她跟堂姐报告现状，问道：“不能延期吗？”

“延期？拍摄？！你还没放弃？！”

“不，我是说……如果夏装拍不成，也还有秋装，这次不行还有下次……”

“下次？！他这种行为，哪有人敢再跟他合作？你清醒一点！你到底要为了这件事耗多久？我真的想不通，那种人到底有什么好见的。”

“我知道见面的要求很任性，就只是……”

“欧飒，你给我听好，这个世界没那么大，如果两个人一直碰不到面，只说明人家不想见你。如果你连这也搞不清楚，最好回家去反省一下，想不明白就不要回来，否则会给周遭的人添麻烦。”

“……”

然后，她回家去。何必呢，她想。你从来不是这么小心眼的人，何必纠结在这种小事上。前辈叫她别太在意，那她就别在意好了。

29 日来临。29 日过去。

清晨，她照常早起，洗漱。学弟姗姗来迟，说你快看看今天几号，还交什么房租啊，房租不是每个月的 1 号吗？现在可还是 2 月啊。

2 月深不见底。漫长的轮回开始了。

开始下雨，下雪，下冰雹……她无休止地、劈头盖脸地浇自己冷水，但无论怎么浇，就是醒不过来。

“醒醒……”她感到脸颊上温凉的手掌，睁开眼，看见岸真。

“你一直没睡？”她问。

“得离开了。你清醒一下，去洗把脸。”

外头天还暗着，不过凌晨四五点。她想多问几句，又觉得只要跟着他，去哪里也好。醒过神来，又自责太过萎靡，事情因自己而起，得更主动地负起责任才行。怎么做才好呢？她的照片已经昭告天下，被围攻只是时间问题，连累老板也被攻击就太抱歉了。

“我觉得，还是回去取一下护照好了。”她说，“如果我走远一点，大概就没有这么多麻烦了……”

“现在去取？”

“嗯，我有堂姐家的钥匙。”

“好吧，走。”

“啊，我自己去就行了。”

“那怎么行，太危险了……”

“我想说如果取到了，就立刻订票……”

“等一下！”他说，视线被电视机吸引，拿遥控器放大音量。

播放的是娱乐新闻，正是在西区中心人来人往的街道与总务科对峙的画面。突然间，两道天雷骤然而降，人群哗然。娱乐主播拿着小教鞭，一会儿解说雷电的位置，一会儿分析行人的反应，轻巧地点点打了马赛克的欧飒的脸，说双鱼小姐背后的这位小妹妹的反应很惊人呀，我差点就要以为她是雷神了。那个都市传说是怎么说的来着？主机应该不会有打雷的功能吧，哈哈哈……

好，真是猝不及防，被围攻的时间无限提前了。

“呃……”尴尬，“被打了马赛克，应该没那么容易被找到吧？”

“会打马赛克，就代表他们有原图。现场有手机的人也不少……”

“那……”

“护照改天再说。先换酒店。”

“你……”你没有必要跟着一起来的，我们在这里分手就好了，前面没有路了，走下去也哪里都不会到达的，“我自己一个人就够了。我一个人可以的。你跟来只会更危险。就在这里分头走吧。”

他停下动作，仔细看她。好像很困惑，又好像终于弄明白。向她伸出手，犹豫在半空中，不该拍肩膀，像在安慰下属，也不该碰脸蛋，显得过分亲密，停了好一会儿，拍拍她的头，说：“你现在可能还不想哭。因为精神紧张，情绪后置，在后台空跑。但是，等一下如果突然想哭的话，哭出来也没关系的。”

她感到头顶的温度。全身的细胞似乎都贪婪起来，想顺着手臂往前走，抵着肩膀吸取意外的温热。但不行，她怎么能趁机任性地享用别人的温柔。可她又想耍赖，就脆弱一小会儿。挣扎之间，眼底越来越热。啊……糟糕。不能哭的。陪她的人都还坚持着，她怎么能先崩溃，那不就等于把负面情绪丢给对方消化了吗，也太狡猾了。不行不行……

于是她就只是站在原地，像做错事的小孩，低下头揉眼睛。揉着揉着，泪水从指缝淌下来。

头上那只手没有移开，而是缓缓梳开她的前发，又绕上她的后颈，引她往前，一小步，又一小步，直到额头埋进温热的棉布衬衫。

“对不起。”她说，声音闷在衣服里。

“嗯。”

“对不起……”

“嗯。我知道。”他说，“都过去了。”

CHAPTER 19

重启

Reboot

I

岸真带欧飒又换了两三次酒店，一次比一次艰难。走上街头的人越来越多。穿梭人群的风险太高，也不能在同一个地方久留。几天下来，精疲力尽。他几乎是靠本能地前进，不断搜索下一个落脚点。

他也知道她累了，走不动也不愿意走，大概觉得处于被拯救者的立场没有资格先说放弃，从没抱怨过。他也说不上这是在救她，还是救自己。

从以前开始，他就常常搞不懂该在什么时间点上放弃。一不小心就会交往过头，工作过劳，自闭过度。林奈骂他，伤了人家女孩子的心，为什么反而你先摆出这副受伤的表情啊？他不解："是她先说分手的。"

"不然呢？"她掀高声音，"你不往前也不后退，她也不能永远在原地等着。像这种要结束又不结束的才最难受。既然那么喜欢工作就别恋爱啊。谁会愿意一直活在你的余光里。不想正眼看人家，一开始就痛快拒绝啊。"

……但你对我不也是这样吗？他想。没说出口。我不也永远挂在你的后台空转吗。活在余光里的人，或许称不上幸福，但也说不上是不幸。就像站在照片角落的人，即便站在角落，也要留在照片里，追求的并不是此刻的满足，而是还没来的，更好的未来。至少在当下，没人觉得这种等待是没有意义的。

有时不管等多久，前方或许都没有好事。

这一点，此刻的林奈比任何人都清晰地感觉到了。

她擅自向岸真发送了警告信息之后，就被关进情报科的“VIP”室。气垫家具和墙壁，无隔间，淋浴与坐便只拉一片帘子。每天十四个钟头，有人来问她相同的问题。但只要他们来逼供她，就代表还没找到人，她想。那还是被逼的好。

软硬兼施，密不透风。

——我们保证不会伤害岸主任，他们说，只想知道主机的下落。

——林组长，都是同事，拜托你别逼我们动手。

——你也听过吧，那位“钟情妄想”的维护员是被一般障碍处理掉的。只要你肯配合，我们会立刻送岸主任去接受治疗。长年的维护工作，是会给人造成巨大的精神压力，这些都能理解。只要找到主机，什么都好说。

她笑笑说：“前几天你们没来找我。是追到他了。现在这是又追丢了？那你们找到他的时候，主机在旁边吗？她看起来有不愿意的样子吗？”

“所以你知道岸主任的意图？”

“我怎么会知道。你该去问工程科的人啊。”

“工程科不惜血本保岸主任一个人，不只是为了主机吧？”

不惜血本保护岸主任……看来航平那小子还有点脊梁骨嘛。那她也不能输了。

“你看看人家工程科多明事理，再看看你们，我平常真是白疼你们了。”

“林姐，别为难我们。”

“是你们为难我才对呀。都关了这么多天了，早该看出我毫无用处。要我说呀，人家工程科那才是真正为了主机的安全而保护岸主任。”

“为了主机的安全？”

“对啊。主机和岸主任私下往来也有一段时间了，不算情深也算意切。要么你们就当着主机的面伤害岸主任试试看。看她会不会当场给你们死机。”

“……”

当然，这种耍无赖式的太极也不是每次都管用。她与他们受过相同的训练，对审讯步骤再清楚不过，深知不仅止于此。只要一天不找到主机，刑讯迟早要进行到下一步。到时他们会客客气气地请她进入另一个房间。在那里，有一整面墙的小工具排队等着在她身上留下各式各样的痕迹。

在这种时候，如果抖出总务科的料，或许能把注意力分散开？但无法预料对方的反应，只会把水搅浑……但是，为求自保，拖下水也没关系吧？她想。但维护部可能就真的就此一盘散沙，更别提保护岸真或任何人……

怎么办才好呢？

禁闭室的房门打开，该来的来了。两人站在门口，似是无奈，又或疲倦，架起她，有请到刑讯室。狭长的走廊，通向暗不见天日的尽头。啊……这就是所谓的“死得不明不白”的最高境界了吧，她想。

刑讯室里充满清洁剂的味道。她坐上冰冷的椅子，凉到心里。有句话说“靠枪讨生活，必定死于枪口”，大概就是这种局面。她试图想些开心的事，免得等一下眼泪掉得太猛。这么说来，她甚至不太记得上一次落泪是什么时候。

她不认为自己是个多愁善感的人。跟两个哥哥一起长大，即便磕磕碰碰，或受了委屈，一旦掉泪，就要被嘲笑娇弱难搞。她索性不哭给任何人看。心想若父母亲再帮她添一个小妹妹，她就成天宠着她，什么时候哭，哭多久都行。不久后，隔壁就搬来了扎着小马尾的小真。过了好几天才发现人家不是小妹妹。

上一次差点落泪，就在几个月前。大哥打来电话，说生日那天包了个酒吧，要她跟小真一起来。她说，你自己叫他吧，他不接我电话，如果知道我去，说不定都不肯来了。大哥叹气，说你明明知道的，只要你开口，他就算把疙瘩吞进肚子里，也会原谅你。就是不想听你开口，才躲进山洞。你还在洞口敲个不停，到底想他怎么样？你不能两边都要。一边以他的朋友自居，一边叫他理智面对感情。如果真是他的朋友，就该劝他早日远离那个忽冷忽热收放自如的交际花。

“你这是在说我？我是交际花？你说我是交际花？”她被迎头一击。

“因为是他的朋友，我就会那么说。”大哥说，“但因为我也是你哥哥，所以，我会打电话叫他来聚会。如果他还是不肯理你，就别勉强了。朋友一场，疏远也算是体面的告别，不是非得要一个结论的。”

但幸好，最后他还是来了。

她把涌上来的眼泪咽回去。

大门打开，推进来一个担架车，搁在角落。等着运尸体。她的尸体。

她深呼吸，握紧拳头，见对方拿起钻头模样的小手枪向自己走来：“我不懂你在等什么。岸主任已经不是工程科主任，就算来也救不了你。”

“听说优秀的特工都会在大牙里放几毫克毒药，你不怕我现在就咬破？”

“……这几年二课的体检报告，好像没人用牙医保险。”

“哦，是吗。你确定吗。”

互相试探也毫无意义。对方戴上手套和安全镜，扭动开关，走上前来：“前辈。得罪了。”

她蜷起脚尖，直视对方的眼睛，不做多余的动作和表情，不想被蛛丝马迹出卖，心想如果早点装毒药就好了，可惜她从小爱护牙齿，一颗蛀牙都没有，刨空健康的牙齿她又舍不得。啧……看来她还是没有优秀情报员的觉悟。看样子对方会按照老规矩，先从她的手指下手。啊啊，早知道就不去美容院做奢侈的手护了。她无法想象没有双手的自己。几乎要失声喊停。但是，失去双手也好，失去些什么也好，似乎又是末日之下最应景的情节。

吱吱吱——

钻头接近。她尽量不往下看。

咚咚咚！咚咚！

什么声音？骨头？

咚咚！

不是骨头。

有人敲门。

钻头停止，撤开。回身盯着门口。

门推开。几名同事朝里面招手，叫他近一步说话。

发生什么了？林奈尚未从震惊中缓过神，只见门外有个人不顾阻拦朝自己走来，边推开旁人，边替她松绑："起来啊，还愣着干什么！"

"……冬丽？"她不知所措，一口气还提在喉咙。

几人出手阻拦，被冬丽快步闪开，怒目而视："怎么？你们也要跟工程科一样反了不成？跟他们要岸主任，不交。跟你们要林组长，也不交？！"

"不……但这么重要的事，要等我们科长回来才行。"

"你们科长现在就在统筹开会。不然我为什么会过来。还是，你们不信我带的是总务部的话？"她扯开领子，亮出下面的声筒，"看清楚，这是不是统筹的配件。还是要我现在联络科长，让他从统筹直接打红电话回来跟你们要人？"

"没有那个意思……"

"咱们以前也是同事。我没有拿官阶压人的意思。但我也是刚入职总务部不久，你们这样为难我，一个人我都接不到，回去也很难做。"

"……"

她替她松绑，披了件衣服，在众目睽睽下往外走。林奈不明所以，还未从情绪中抽离，茫然地看着老搭档，想问一句"统筹叫我去做什么"，却见冬丽不动声色压低声音："走快一点。"

啧！果然是假的！

两人加快脚步走出科室，经过细长的走廊，提心吊胆走进电梯，就怕最后一秒伸进一只手。出了大门，坐上冬丽的车，一口气开出了十里地，才在巷子里停下来。相对无语，好像都在回味适才的惊险。

良久，林奈先说话：“所以，不是统筹派你来的。”

冬丽不置可否，从后排拿来汉堡和可乐递给她，说：“你早点跟我去总务科报到，不就没这些事了。”

“你怎么知道他们要对我动手？”

“怎么，只许你有眼线，别人就不能放眼线。”

“哈哈，情报员的职业病？”她喝了几大口可乐，冰镇起沸腾的情绪，整理好思路，“可是，你这么做……没法回总务科了吧？”

“别把统筹想成反派 boss。他们最不希望维护部四分五裂。如果刚刚的事进行到底，把自己人刑罚至死，情报科也就算废了。我确实没跟统筹报备，但他们就算知道了也不会反对。没来救人是根本顾不上你。”

“等一下……”放下可乐汉堡，“这该不会是那种，把我从坏人手里救出来，让我对你放松警戒敞开心扉的套路吧？话说在前头，我可不知道岸主任在哪儿，如果想从我这儿……”

“我知道。”

“嗯？”

“我知道他在哪里。”拿出手机，打开网页，视频，论坛，社交网站，爬满了关于主机的热烈讨论。而置于中心的话题都是那天在西区的对决。双鱼小姐时隔半年的首次露面吸引了大量眼球，路人纷纷用手机从各个角度记录了事件始末，而后视线迅速转移到背景中的欧飒身上。无数条评论、图片、弹幕飞快掠过，都在揣测这位雷神到底是谁。

——怎么这么眼熟啊？你们有人见过她吗？

——啊，这就不是那本学生年册里的主机吗？主机会发电啊。

——谁有照片，快发一下对比！

——就是这家伙害我两年没过到生日的吗？！

——我已经穿够羽绒服了，来人啊，谁能把她往前踢一踢。

——谁知道她住在哪儿?

——杀了她杀了她杀了她杀了她杀了她杀了她杀了她杀了她……

急转直下，聚焦主机的人肉搜索。偶尔也有一两条“你们冷静一点，不要欺负无辜的小女孩”夹杂其中，立刻被汹涌的杀意淹没。

林奈看得心里发毛：“所以……你已经找到他们俩了？”

“暂时还没有，但照这个进度……被人找到也不会太久。系统是下线了，人的眼睛可是比镜头还密集而且无处不在的。”

“那你还找她做什么？”

“我现在是总务科的人，我找她还能做什么。”

“还是要杀她？”

“……你看看现在，不是我，那些人也会动手。你真以为她能逃得掉？”

“那就这么放着不管，等她被那些人杀了，不是正合你意。”

“合我意？”气不打一处来，“‘我意’，是每天躺在家里不劳而获金子大把。不要说得好像是我要杀人一样行不行。如果她现在真的被外面那些奇怪的人绑架了，从此被关在什么地下室，下落不明，跟你刚才一样生不如死，那才叫真正的地狱好吗。我们至少还考虑到最无痛的死法，甚至还尽量留个全尸，伤口也不要太大。说到底，如果我上一次就得手，她也能走得安详一点，哪有今天这些麻烦事。”

“……所以你现在找她，就是要给她一个痛快？”

“你别忘了还有岸主任在她身边啊。她如果被抓去煎炒烹炸，岸主任也得被千刀万剐，好不到哪里去。你想想清楚行不行。不要一味把统筹总务放在对立面。”手指窗外，“真正的敌人在那里啊。”

是的。她说的没错。如果主机被居心叵测的人劫走，被杀还是小事，如果被囚禁起来，求死也不得……那就别提什么换代，所有人都要死在这个版本的严冬。况且还有她身边的岸真，即便有些身手，以一敌百也是不可能的。

冬丽掏出一只深蓝色的绒布小盒，放在她手上。

“哇！求婚？”她夸张地拉长声音。她当然知道那是什么。打开盒子，是嵌入式耳机与徽章型声筒，与其他科室不同，声筒外有一圈金边。是统筹的配件。

她拿在掌心掂了掂，然后，将声筒扣在领口，耳机塞进耳朵，扎起马尾，整装待发。

就算没有结论也没关系，她从没想过什么体面的告别。她想，她要奔赴战场，她的朋友还在等她。

II

岸真两天没睡，眼睛又酸又涩。去酒店附近勘察了几遍路况，顺便买了几杯咖啡，不知还能撑住多久不睡。身体机能正在稳步下降，注意力难以集中，越想保持警觉，越是头昏脑涨。

傍晚，带着饭菜回到酒店房间。屋里没有开灯。找过卧室、浴室和客厅，都不见欧飒的影子。心火正要蹿上来，见她就席地坐在套间的墙边，借着微光，隔着纱帘看窗外。外面一波波空洞茫远的沸腾人声车声，好像某处的节日盛典。是呢，末日也是纪念日的一种呢。她大概在想，真可惜没人为末日设计卡片吧。

他走过去，在旁边坐下。她回过神，像刚刚意识到他的存在，翘起嘴角笑笑，继续看窗外。沉默蔓延开来，又似乎刚刚好，就像之前那次一样。许久过去，先打破寂静的是饥肠辘辘的叫声。

她低头笑出声：“我真是制造尴尬画面的冠军。”

“要吃东西吗？”他问。

“还不用。”她说，继续望着窗外月色初上柔和淡然的光，“现在这样最好了。好吃的就在旁边，但还没吃的时候。有点期待但还没实现的时候。是不是很难懂？”

“不会。”他说，“你不饿就好。”

其实应该在还有余裕的时候尽量补充能量，因为有规律的进食很快就会变得奢侈。但他现在只想短暂地由着她去，沉溺在模糊的光亮中，好像此外的一切都事不关己。不知算是绝望地逃避现实，还是坦然的平静。

“好像跟想象中不太一样。”她说。

“什么不一样？”

“末日。”

“末日应该什么样？”

“嗯……像彗星撞地球，和恐龙一样，一下就结束的。现在想想，大部分事情都有个明确的起点，但结束的界限都很模糊。”

“除了死以外？”

“也不尽然。有人说肉体的死亡不算真正的死亡，关于某个人的记忆消失了才是死亡。那如果他失去了自己人生的记忆呢，算死了吗？又或者，无亲无故，没人记得他，算不算死了？人会那么拼命恋爱，是不是希望有人记得自己呀。”

“恋爱有用吗？”

“恋爱也很麻烦。比如‘死心’这件事，你不觉得界限就很模糊吗。”她说，“人真的很强。求生也好，求爱也好，哪怕有一点光也舍不得放手。会自欺欺人，以为放弃了，其实把它最小化藏在脑后，悄咪咪地期待它在不经意间开花结果。死心，常常是发生在失恋很久很久以后的事。”

“……”一句话顶到他的死穴，原本要说的话截回来，咽了下去。

“欸？我说错什么了吗？”

“……没有。”

肯定有。但她也乖巧地不再追问，自顾自说：“所以，这么一想，‘现在’这个词不就也挺可怕的吗。”

“现在？”

“因为‘现在’有起点，但没有结束。就像永远被困在这儿一样。”她转头看他，“为什么你好像看起来什么都没所谓，什么都不怕似的。”

“也不是。只是脸长成这样。”

“哈哈……好吧。”

他不知还能回答什么。他想不起是怎么来到现在，来到这里的。好像昨天才看着她升入高三，跟朋友们一起说说笑笑地回家，而自己就不远不近地跟着，记下是谁要教她吸烟，谁要和她去图书馆温习，哪些最好尽快剥离，哪些有持续发展的必要，哪些有暧昧有发展有未来……然后今天，就蓦然走到了最后一步。

如果世上真的有神，如果所有事情的发生都有意义，如果过往的一切努力注定迎来今天的破局，那……他们一直以来究竟是为了什么活着呢?

他回头看她，见她眯着眼，身体缓缓下滑，就快睡着似的。向她抬起一只手臂。她会意，往他身边挪了挪，歪歪地靠着肩头，打算就这么眯一会儿。又听见他低柔的声音，说：“有人跟我讲过一个离开这里的方法。”

“嗯？”

“她说，到了很难熬的时候，有一个离开现在的好方法。”

“什么方法？”

“去十年后。那时候的你在做什么。”

“十年后……那么久啊。”她顿了一下，“该不会还是冬天吧？”

“可以不是冬天。”

“那如果是深秋的气候，想在后院架个火锅，边吃边看漫画。然后去公园散步，和两条狗一起。拉布拉多或者边牧。援助中心领养的杂种狗也可以。路过书店就顺便逛逛，租个电影或是热门剧集，最后盯着电视看到睡着。”

“这个行程不好。容易出事。”

“欸？”

“没什么……”

“那你呢？十年后，有什么想做的事吗？”

“想在什么地方写战地报道。”

“记者？”

“嗯。”

“在什么地方？”

“哪里都好。哪里都有战争。”

“真羡慕你们头脑好的人。比起来我的生活简直废柴。之前说到适合开庙，我竟然还认真地思考了一下，现在觉得好蠢啊。”

“怎么会。挺好的啊。有人类的地方就有这两样东西。”

“这两样？”

“战乱与信仰。”

“冬天也有战争？”

“据说夏天战争更多一些。”

“……我好像已经无法想象冬天以外的季节是什么样了……”

他听她的声音软下去，感到肩膀的重量，和均匀的呼吸。绕过她后颈的手抚上她的头顶。柔顺的发丝下是温热的脑壳。温度在他掌心弥弥晕开，凝聚着整个世界的生命力，如烛火一般炽热脆弱。他想起牧老大的话——她拥有的，世界也才拥有。如果她已经不再需要夏天，甘愿留在寒冷的季节，甚至希望永远困在这里，那还有前进的必要吗。

双胞胎的生日已经是前天的事。如果现在，就现在，他在她颈项上的手突然往反方向用力的话，烛火就会立刻熄灭。只要一秒钟就够了。不会有挣扎，也不会有痛苦。然后，新世界就会来临。巨大的齿轮会碾过“这里”，碾过“现在”，往温暖而灿烂的前方驶去。

然而他稍一动弹，脸颊蹭上她的发心。心底像是浸满了水的棉花，沉重而泥泞。仿佛听见谁在耳边说话。

…………

这世上谁离开了谁也不是末日。离不开才是。

…………

他放松手腕与肩膀，像挣脱了什么，又像被绑得更紧。不知还能做些什么，就像她一样靠着墙看窗外越来越稀薄的光亮。

然后真的听到有人说话。

“没关系的。”她说，呼吸仍旧轻柔而均匀。

“嗯？”

“我也不知道自己说的对不对。但总觉得，你就像是那几年的我一样。我姐姐说，我为了自我惩罚，不断原地画圈找罪受。但你不用这样也没关系的。他会原谅你的。”

“她应该不会。”

“男朋友？”

“女朋友。”

“呃？”呃？

“女性朋友。”

“哦，只要诚恳道歉，女孩子还是会原谅的。认识很久的朋友吗？”

“八九年吧。”

“然后呢？”

“然后她状况最糟的时候，我逃跑了。”

“你有试着跟她道歉吗？”

“有。但是她并没有变得比较好过。”

“哦——我懂了。所以，认识很久的朋友，在境遇最糟的时候，把你当成最后一根救命稻草，结果被你拒绝了？”

“嗯？……呃……嗯……”

“但这也不是你的错。做不到的事就是做不到嘛。”她抬头看他，释然地笑笑，“其实这种时候，无论你做什么，她都不会比较好过的。我也有过这种……怎么说呢，近乎歇斯底里的任性地渴望对方满足自己的期待的时候。”

“被拒绝了？”

“也没有明确地拒绝。但人家也没有义务浪费精力去拒绝你。”她说，“当然这些道理，即便明白，感情上也还是不好过。我也想过，到底要他怎么样，我才能好起来。要他低头认错，销声匿迹，还是一败涂地。后来某天，突然看见他一落千丈，倒地不起，变成路人。但我也没有比较好过。”

“为什么？”

“因为就算要他比我更痛苦，我也不会从中获得快感。只不过是大家一起在泥沼里游泳，彼此都活得很狼狈。有什么可开心的。”她说，“人生里有些事就是十分难堪的，没有什么能化解这种难堪。人又不是程序，怎么会有后门。我想你的那位朋友也一样，她不是不肯原谅你，不，应该说，她知道没什么可原谅的……难堪还是要慢慢吃下去。不是说时间能够治愈一切吗。再给她一点时间。等她好起来，还会跟以前一样喜欢你的。”

“会吗。”

“会的。八九年的感情不会不见的。不管发生什么，你也还是你呀。你们共同度过的事也不会消失。有些难堪就是要一个人挨过去。你救不了她。”

“我……”

“她一定也明白这些。虽然也许没说出来，但她心里是明白的。所以，就算救不了她，她也会像以前一样喜欢你的。我保证。没关系的。”

“……”

他还想说点什么。说点什么也好，无意义的牢骚也好，若有似无的安慰也好，只希望对话能够不着痕迹地、心不在焉地继续下去。好像继续下去天就会亮起来。但微光始终忽明忽暗地笼罩着沉静的房间，似乎在抚慰着旧伤，又或预示着离别。是的。他救不了她。

他比谁都清楚这件事。

他也无法独善其身，离开这场末日。

他听见她规律的呼吸和心跳，确认她真的睡着，抱她去卧室。自己靠在另一边，望着天花板发呆。没开电视，只有轻微的耳鸣。眼睛越来越酸涩，但他不能睡。还不能睡，只要思考下去，总能想出点什么的……他想。但连续几日没停转的大脑却不听使唤，将他一寸寸拖入柔软的黑暗。

或者只睡一小会儿好了，他想。想再确认一次她还安好，但眼睛怎么也睁不开。意识被无边无际的混沌吞没。然后，就在这一小会儿里，闪过无数个梦。每个人都想跟他说什么，要什么，他谁也看不清，谁也顾不上。伸手去抓，捞了一个空。抽着冷气醒过来。

天已经大亮了。

糟糕。明明好像只过了十分钟……睡得太沉了。

他翻身坐起，长叹一口气，还是觉得缺氧。习惯性地回身看了一眼她的位置，瞬间僵住。人不在。

不在？

他迅速起身，叫她的名字。没人回答。不在。不在客厅，不在浴室，不在阳台……出去了？不会吧。不是说了出门要跟他说吗？他环视四周，灯没闪，铃没响，什么提示都没有。系统当机了？还是，代表她没事，只是出去一下就会回来？要等多久？不，他可一刻都等不下去，拿起大衣，走出门去。

啧，早知道该买两只可抛型电话的。但他就没想过她会离开自己的视线。太大意了……竟然又回到大海捞针的状态……一簇火苗在胸口团团燃烧，越烧越大，他烦躁以极，快气得呕血。一边快步下楼，一边思考对策……还没到达酒店大门，就在大厅休息区的电视上看到熟悉的字样一闪而过……

“主机”……

主机？主机怎么了？

他迅速上前。只见屏幕正在实时转播市中心的骚动。镜头剧烈地晃动，看不清欧飒是否身在其中。主播兴奋地讲解，十分钟前，在东区惊现疑似前几日新闻主角的雷电少女，更有知情人经过比对宣称，她就是学生年册中那位主机。她到底是谁，有什么样的故事呢，让我们拭目以待……

拭目以待个屁。他火冒三丈。走出大门，路边的车门朝他敞开。坐进去，导航系统立刻显示欧飒的方位，且不断在移动。绿色的箭头正在往南边前进。

十分钟前在东区……往南。这是什么路线？她要回卡片屋？

他看不明白。但那些都不重要。方向只有一个。

踩下油门，车子向前冲出去。

Ⅲ

欧飒在岸真身边醒来。见他背对自己，枕着手臂和衣而眠。白衬衫有些褶皱，宽阔的肩膀稍稍前弓，凸出结实的肩胛。无意识伸出手想碰碰看，又缩回来，怪自己没睡醒。

怕吵醒对方，她轻手轻脚地洗漱完毕，去客厅找东西吃。昨夜打包的食物又腻又凉。回头看他疲惫的睡颜，心生愧疚。决定学他的样子去酒店的餐厅买点早餐回来。几步路几分钟而已，也没留什么字条。

她在餐厅点了餐，坐在角落的空桌等待。送来餐盒的小妹还未行至她跟前，表情突然定格，盯住她身后的电视屏幕，又看看她，惊恐地后退了一步。

她恶感飙升，回头仰望。电视里正播放着某个谈话节目，主持人正指着学生年册上的照片，与那段雷电少女的视频侃侃而谈。她低头看自己，衣服还是视频中那一件，发型身形也清晰可辨。

服务生大吃一惊，她百口莫辩。慌忙起身要往外走，刚一转身，又碰到另外一双震惊的眼睛。来人大学生模样，正戴着耳机专注于手机画面，视频里同样播放着搜寻主机的专题，照片没打码。再一抬头，撞见一模一样的活人，吓得不轻。

“是你！”他伸手指她，惶恐与惊喜参半，二话不说举起手机要拍照。

“不是，不是我。是误会。”她慌乱地说，快步走开。而身后，四面八方的视线如多米诺一样接二连三地追随而来。有的交头接耳，有的怒目而视，有的意志高昂，趁乱跟上，要将她这不速之客捉拿归案。她无处可躲，前进的每一个方向似乎都有视线围堵而来。不能在众目睽睽之下回房间了，不过是引狼入室，瓮中捉鳖，还会害了老板。得离开，得尽快离开，她想。迅速步出酒店大门，二话不说坐上一辆等在门口的计程车。

“去哪儿？”

“……东区。”她说。她也不知道该去哪儿才对。眼下只有一个模糊的方案——先去堂姐家拿护照，再往机场走。随便挑个目的地，只要不是这里，哪里都好。最重要的是保持移动。

车子匀速行驶，暂时抛开紧追不舍的视线。没人说话。只有驾驶席椅背上的小电视播放着嘈杂的综艺节目。

短短几分钟内，她就从温暖的房间来到寒冷的风中，该不会是一场噩梦吧，也许真实的自己还在床上做梦，翻过身去就能闻到棉布衬衫的香味。她用力地眨眼，没有醒来。然后听见有人说“主机”。眼前的小电视里，综艺节目正热烈地讨论着主机的去向。专家们指着她的照片、视频，报道片段，大肆分析这个小女孩是主机的可能性。有人说，既然不是，就该主动出来自证，这可是关乎人类命运的关键，怎么能像缩头乌龟一样躲躲藏藏。也有人反对，说再怎么看也不过是个小女孩。之前几个被错认为是主机的年轻人伤的伤，疯的疯，闹得还不够凶吗？难道真的要闹出人命来，你们才肯罢手？另一方也急了。人命？她的命是人命，我们的命就不是人命吗？

她调低音量，偷看一眼司机，确认他没有注意自己。

只要再几分钟就好了，她对自己说，只要几分钟，就能到达姐姐家。让她稍微喘一口气，从长计议，总有办法的。她想，姐姐和两个孩子一周后才回来，在那里住几天总可以吧……但到时候如果情况更加激烈，害他们也受到牵连就糟糕了，不如先……一条想法还未成形，突然感到车体传来微妙的停顿。

她警觉地抬头。看见马路对过百货大楼的电视墙上，播放着同样的节目。她的脸放大几百倍，浮在城市上空，仿佛昭告天下的悬赏公告。

主机的狩猎季节开始了。

她低下头往后缩，但一抬眼，就与司机在后视镜中视线相交。

车子依旧稳步前行。仍然没人说话。

她是不是应该做些什么？还是只要敌不动我不动就好。在思索的时候，有什么东西已经悄悄地改变了。路线。是路线。车子已经在她不经意之间默默地拐了个小弯，拐进她不认识的斜街。

这不是去堂姐家的路。

“停车。我就在这里下。”她说。

“别急，很快就到了。”

“我在这里下就好。”

“别急嘛。”

她握上内开把手，提高声音：“停车。”

车没有停。没有谈判的余地了。她握紧把手，准备一鼓作气跳出去，下一秒，门锁按钮“唰”的一声缩了进去。看你往哪儿逃。她绝望地看他，后视镜中回望她的是平静而玩味的眼神。

停车！停车……停车停车停车！

她在心中呐喊。理智被恐惧淹没。就要用徒手去敲玻璃窗……

轰——！轰轰轰！

雷声灌顶而至。

惊天巨响落在眼前。她跟着急速刹车往前扑去，险些挫伤手腕。车子歪歪地刹在马路当中。距车轮几步远的路面，浅坑中还冒着烟。又是雷电？她不及细想，再试图开门，依旧紧锁。司机不但没有放人的意思，反而由雷电确认自己捞到的确是真金，眼中闪烁狂喜的光芒。车子再次往前窜去。

轰轰——！啪啦！

又一道惊雷。这次落在车前盖上。

仪表盘闪了几闪，门锁弹开。

她抓紧机会跳下去，往路边的人群里钻，寻求掩护。路人也为这两道从天而降的巨雷震慑。一双双眼睛不但没有为她提供庇护，反而锁定她的一举一动。无所遁形。不能再往街头走。也不能再坐车，免得又自投罗网。有人在吼着什么，她不敢细听，随手推开一扇巨大的玻璃门，进入百货公司。

购物天堂里，人们暂且不知道窗外发生了什么事。她隐入人流，转了几个弯，上了几层楼，顺手拿了一件小夹克套在身上，躲进试衣间。躲也躲不了多久，如果有人跟着自己的话，现在也应该距离不远，随时有可能推门进来。得随时保持移动，而且还得找机会给老板打个电话。不知那些人发现他与自己同行，会不会找他的麻烦。

焦躁和恐慌像小虫不断啃咬着理智。无法思考。而且若真的冷静思考……那一路跟着自己的雷暴不是太诡异了吗？之前那次还可以说是巧合，那今天是什么呢？似乎有些不堪细想的东西盘绕在脑后，愈加混浊晕眩……十分钟过去，店员跑来殷切地询问她是否需要帮助。只好推说衣服不合身，匆忙离场。一走出商家，那种被无数双眼睛监视着的恶感又席卷上来。她往楼上的美食广场前进，想躲进嘈杂的娱乐场……然而休息区的大电视正在播放着综艺节目。也不敢看是不是在讨论主机，总之先逃为妙。

往哪儿逃呢……

眼前出现一道闪光。是摄像机的闪光灯。有人在朝她拍照。咔嚓，又一张。她不敢确认是谁，是不是在拍自己，掉头跑开。得出去才行，如果被困在这栋大厦里，与刚才的结果是一样的。到了一楼，却见外面已经围了一层人。几个出口都徘徊着路人，对刚刚的雷暴事件议论纷纷。没有路了。她抬头往上看，唯一的方法大概只有从楼顶跳下去了。

这时，其中一个出口出现骚动。人群推推搡搡地往旁边撤开。原来是一辆车压上行人道，并正往玻璃大门逼近。看那势头，似乎要顶进屋里来。

……不会吧。她惊呆。车里的人……老板?

她着了魔似的往门口走去，越走越快，跑起来。推开大门，车门近在咫尺。突然，眼前扑来一个硕大的黑影，吓得她退了好几步。一个醉汉模样的人凶狠地盯着她，嘴里嚷嚷着丢了工作都是她的错，一边高举尖锐的瓶颈朝她刺来。

躲不开了。至少第一下是要挨住的。她咬紧牙关，抬起手臂去挡。

啪——！啪啦啦啦……

玻璃瓶掉在地上。

该来的疼痛没来。她睁开眼，见醉汉也一脸迷茫，酒瓶已滚落在地，瓶口里插了一根……箭。箭？！

来不及多想，她连忙扑进车里。车子急速后退，赶开包夹两侧的行人，再一个转弯驶上车道，绝尘而去。

而此时，在马路对面的另一辆车旁，冬丽收起垫在车顶瞄准的双臂，坐回驾驶席，又给弩上了一支木箭。身边的林奈无法从刚才的一幕中回神:“欸！你刚才那是手滑吗？！不是说好结束了主机吗？怎么又救她！”

“妈的……习惯了。”她也是情报科出身好吧，老毛病犯了有什么办法。

“……能不能别闹！你这样搞得我很慌啊！”

“话还真多！不然你来动手！”

“我是短刀派的，只能近战肉搏！怎么暗杀啊！”

“我一根箭也只能戳一个洞。如果不能一箭毙命，也只不过是害她又痛又窝囊地落到那些人手里，被慢慢搞死。那还有什么意义。”她按了一下耳珠，打开声筒联络总务科其他组员，“目标移动中，跟岸主任在一起。无法靠近。”说罢发动车子，继续尾随那二人离去的方向。

“现在怎么办？”

“有两个总务应该是佩戴热兵器的。如果其他人都不行的话……”

“枪？”

“不过眼下这副情形，就算当街结束了主机，僵尸也不会停止攻击的，岸主任应该是救不回来了。你最好有点心理准备。”

“……”

前方路段的交通灯依次变成绿色，就像神对他们敞开了大门。还有什么可准备的呢，她想。人的一生能够做的只有前进和祈祷两件事。而现在，他们只能祈祷，敞开大门的不是死神。

城市上空，代替着“神”见证这一切的英和也在想着同一件事。

他过去几天也没睡几个小时。世界各处搜寻主机的过激行动越来越多，心也悬得越来越高。保护主机的责任完全落在他肩上，如果学姐出了事，他可就是毁天灭地的罪人。夜里不敢合眼，因为岸真常带欧飒凌晨退房。白天更不敢放松，只怕街头的野火不知何时就要烧到他们身边来。终于眯了一小会儿，就被系统的警告声吵醒，提示主机正在移动中。他连忙连接镜头，见学姐坐上计程车，一路往东区开去，而老板则是按兵不动，没有退房。这是什么兵分两路的打法。还没等他看明白，计程车就转了个方向，开上弯道，不知要去向何方。另一边，老板终于步出酒店。他刚把追踪定位安排好，这一边学姐的车就被两道惊雷击中，慌忙出逃……他在屏幕这边手忙脚乱，不知该提供什么支援才好……心想这根本不是一个人能完成的工作，急得就快中风。

幸好老板驾车赶到，学姐也惊惊险险地躲过刺杀，暂时脱险。

至于马路另一侧射出暗箭的人，可没逃出他的眼睛。如此训练有素，是维护员无误了。这么说，四周应该还环绕着许多维护员才对吧。

他的猜想没错。追随同一条新闻来的除了总务，自然还有情报科和工程科的地勤……但双方都不敢近前。情报科缺乏直接接触主机的经验，只能待机；而工程科这边一样无能为力，即便接到她也无处安置，且不说突然出面会不会把她吓死，之后既不能带回封锁的工程科，也不能带她闲逛，还得一边对抗来自其他两个科室的攻击……几方人马缩手缩脚地徘徊在附近，不但无法有效地保护她的安全，反而还增加了人群密度，引来过多不必要的关注。

英和目睹一切发生，体会到神的束手无策。哪怕可以控制交通信号，但无法引流……只有眼看着车辆、人群，从各个街道巷口，四面八方奔涌而来，牢牢地咬住车尾，企图围堵传说中的罪魁祸首。

无论如何，崩盘只是时间问题。

岸真也明白这件事。

但他停不下来。握紧方向盘，往每个看起来能够前进的方向试探。同时看见几辆眼熟的机车，在四周不远不近的位置周旋，应该是冠侑带的四组，也在往四周推进，试图撕开一个出口，但行人，车辆，吼叫声，摄像头只如潮水一般波波进犯，无坚不摧，为自己几年来的怨气找到了一个合理的发泄对象。今天，现在，这里，他们就要以时间的名义，以民众，以正义的名义就地执法。

道路越来越狭小，只留出一条笔直前往卡片屋的选择。

终点即是起点。

应该要接受这个结局的。

欧飒握紧微微发抖的手："让我下去吧。让我自己下去。"

他没回答，握了握她的手，油门踩到底，飞一般地向前冲去。轮胎与地面激烈地摩擦，与引擎一起发出吼叫。仿佛也在助威。一个急转弯与刹车，车子停在卡片屋前。他说："门没锁。进去，走后门，去后院。"

"那你呢？"

"我去绕几圈，把人引开……"

话还没说完，车窗就发出沉闷的撞击声。有人丢来了坚硬的砖块。僵尸大军已经拥入街角，前锋们也依稀到达马路对面，比想象中跟得还紧……调虎离山掩人耳目已经不管用了。他干脆下车，推她进屋，往后院走。还没走到后厅，就听见店门被踢开的声音。

"主任！"进来的是冠侑，带几个人守在门前，喊道，"撑不了多久的。"

门外又冲进来几个人，是情报科的地勤。立场微妙对立的两伙人对视片刻，似乎立刻化解了什么，面对窗外掏出武器，等待着共同敌人。

岸真推欧飒往后院走："躲进仓库的墙后，别出来。"

欧飒盲目地往后院走，脑中一片嗡鸣，达到混乱的最顶峰。这些人是谁……警方？但又没穿制服。他们认识老板吗？为什么会站在自己这一边？问题层出不穷，与那几道不堪细想的惊雷连在一块，敲打着她的理智。眼前的景象变得极其诡异，合理中透着极端的不合理。她踉跄后退，穿过门廊，看见守在前门的人被从门口拥进的大军不断向后逼退，再逼退，就快进入后院。而无法从大门进入的人，则是叫嚣着攀登楼房侧面的防火梯往后院袭来。

"岸真！"有人叫。

岸真抬头，见林奈和冬丽正从防火梯上滑下来，跳落地面，被拥进后院的人一齐往里推。她冲他摇摇头。没有救了。已经是没有救的局势了，你也明白吧。走吧，放弃她。你自己还是可以逃掉的。

他当然明白。但他只是把欧飒挡在身后，没有离开的意思。

冬丽看看那两人，提起手中的弩。这么近的距离，应该不会手滑了。

突然，讨伐的吼声中出现一声维护员的惨叫。有人先动手了。这声惨叫就像是在野兽面前落了一滴血，是助燃的最佳调味品……所有人都在等着谁先挥出第一拳打破对峙，而现在，他们就像得到了暴力的许可证。一瞬的寂静后，是震天的吼叫，是捕食之前的兴奋昂扬。惨叫接二连三传来，挡在前排的维护员寡不敌众，纷纷挂彩。

林奈还想叫岸真快走，转眼只见冬丽面色凝重地紧握着弩，举起手腕，转了个方向。将武器对准外围。

"欸！你干什么？！"她拉住她，"不能伤害无辜民众。"

"无辜？！"她怒不可遏，"你看看他们这副德行，哪里无辜？！"

"……想想你是来干什么的！你的目标在后面。"

"我的任务是终结目标，但可从来没答应过让这群弱智一人一拳把她活活捶死！就已经要为了他们去死了，还得被侮辱？！一群杂碎，真够不值的！”她喊道，“谁敢再往前，老娘戳死你！”

“冷静！你冷静！想想你儿子！”

“想到我儿子要跟这群智障活在同一个世界我就想吐！”

“……”

欧飒也听到冬丽的喊声，顺势看到林奈的脸，电光火石间，激起零星碎片。

…………

“快看，那边有个帅哥。要不要过去说说话，认识一下？”

“呃，不好吧，他身边好像有女朋友。”

“那个不是，呃，不像是女朋友。”

“后台员工在这儿的意思……不就是……是主机也在这儿？”

…………

吱吱——脑中的电路板冒出了一寸火花。她双腿发麻，跪坐下去。

岸真一把搀住她，知道逃跑或躲藏都是不可能的。维护员一个个倒下，再过几分钟，所有人都会被吞没。他看看林奈，又看看压倒性人数的敌军，明白局势已定。扬声喊道：“冠侑！”

冠侑回头，与他对视一秒，明白了他想做的事。是下下策。但已经没什么可顾忌的。他一手抵挡人墙，另一手从里袋掏出手机大小的仪器。输入密码。就绪。“掩护！”他叫道，向后扑去。

得到指令的维护员几乎都同一时间做出反应。

岸真也转过身，把欧飒裹进大衣，俯低身体，等待即将到来的崩塌。

轰——轰轰轰……

这次巨响不是来自上方，而是地下。

几声混沌的巨响后是地动山摇。石块崩裂，玻璃碎片齐飞。

欧飒只觉得枪林弹雨擦身而过。抬头看见岸真的右颊被划出一道狭长的口子，渗出血来。而在他身后，楼体随地面下陷，拧成奇怪的形状。适才激烈的吼声化为惊恐的呜咽。被打断的激战像被火焰暂时喝退的猛兽，悬在半空中虎视眈眈地等待下一次进攻。

结束了吗?

拜托，结束吧。不要再进攻了……不要有更多信息涌进来了，电路板就快要彻底烧焦，这已经是她的极限了……然而，并没有结束。沉寂只维持了几秒钟，一头头被彻底激怒的野兽再次从废墟中爬起。她几乎听见他们的嗤笑。太天真了。以为区区几声爆破就能压制所有人几年来的怨气吗?今天要在这里发生的是你死我活，别想蒙混过关。

她感到环抱着自己的身躯一震，听见他一声闷哼。野兽们激昂地越过防线，捡起碎裂的石块往这边砸来。一下又一下。声声闷响，越来越密集地打在他背上。

没有胜算。

岸真很清楚。视界暗下来，疼痛令知觉敏感，一切变得缓慢而清晰。他又回头看了最后一眼。同伴们徒劳地抵挡着张牙舞爪的人墙，节节败退，林奈的袖口不知被谁的鲜血浸透，单薄的武器在僵尸大军面前显得无力可笑。而在这筋疲力尽的时刻，新的一拨讨伐的队伍又从四面八方冲刷而来，踩过坍塌的废墟，嚣张挺进……是的，没救了，已经是没救的局势了，他想。

没救了。不是主机，而是世界。世界没救了。

然而，这样的世界却不会结束，被献祭的只有她。与这个世界共生息的她就要被留在今天，留在永远无法到达未来的现在。他救不了她。即便救不了她，她也明白的，她说。但是如果真的有神的话，如果一切都有意义的话，难道这么多年来他就只是为了等待今天的结局吗，就只是为了看到这一幕而活着吗?

他无法接受。

无论人或神，真的是没有一道后门的吗?

…………

一般来说，一个在做梦的人发现自己在做梦，不就会醒过来吗？那我们这些活在她梦里的人会怎么样?

…………

或许是没有出口的，但他要让永无止境的今天结束。

欧飒完全瘫痪在混沌之中，周身麻痹，动弹不得。万钧雷电在脑内炸开，越想睁眼，眼前越模糊。那些不堪细想的细枝末节就像缠绕在潘多拉宝盒外的蝴蝶结，等着她拉开。不行，如果拉开，就要去到无法回来的地方了。在这里也好。就算永远停在现在也没关系。她没有什么地方想去了。但她没的选择。只感到一只手将她捧在胸口，脸颊紧贴着温暖的衣料，耳边响着沉重而激烈的心跳。

然后，她听见抵在头顶的声音。

“想起来。”他说。

想起来。

想起……来?

想起来。想起来想起来想起来……

想起为什么你喜欢的季节总是长一点，为什么越担心下雨就越是下雨，为什么迟到时教授总比你晚进教室，爱吃的点心总买得到最后一份，丢了很久的东西有人捡到归还，无论走在哪儿都找得到人问路，公车也会多等你几秒，排队时不用耽误太久，偶尔也会抽到幸运奖品，伤心时从不会落单，生病时从没人打扰，喜欢的人能够常常在身边，不喜欢的也会很快离开……虽然都是些微不足道的小事，看起来缥缈、零碎又随机的，不值一提的小事，但每一件都为你发生。

想起来，快点想起来。

想起哪里也不在，又哪里都在的，谁都是，又谁都不是的神的事情。

想起来，想起来，想起来……

想起我来。

…………

轰——

脑中每个角落都爆出火花，将她的视野染成一片亮白。她越过他的肩头，看见竭力挡在她与厄运之间的人，平凡又渺小，像雪花一样枯燥无味。无数片雪花飞出潘多拉的盒子，拼出说不清道不明的，若有似无的，关于神的事情。

是的。神没那么了不起。既不能上天入地，也没有法力无边，他们也许只是循规蹈矩，看上去没什么用的公务员。每天为了你小小的需求四处奔走。最终的结果或许不尽如人意，让你失望了，对不起，但他们真的已经尽力了。

想起来。

想起来。

想起我来。

随着那道声音，无数零碎的随机的画面呼之欲出，似乎就要拼出完整的图形。想起来想起来想起来……就快想起什么来。

想起来了。

下一瞬间，想起的千万个画面依次粉碎崩裂。

剧痛。从大脑中心向四周扩散，每个想起来的微小节点都即刻熄灭，一寸寸将她拖入黑暗。不能想起来啊。果然还是不能想起来。打开的盒子，要把她带去无法回来的地方了。她明白过来，虽然已经太迟了，但还不行……还不行，她想。撑住一口气与剧痛做最后的拉锯。他们都尽力了，那她也得尽力才行。

往前。

往前往前往前往前往前往前往前……

拜托你，秒针啊，快点给我往前走……

电路板以最大功率燃烧，只为了推动秒针向前一格。明亮再明亮，明亮再明亮。亮到极限。然后，砰！喷出最后一口火花，断电。

她感到被一只坚硬的铁锤迎面痛击，将意识敲出本体。四周一片黑暗。她浮在一望无际的海域，即将沉入深渊。终点就在这里了。她还想说点什么。在那一刻之前，还想再做点什么，至少也该说声谢谢的。但下一刻迅速到来，她被黑暗吞没，眼前只剩依稀残像……他温暖的领口之下，那颗模样独特的纽扣。是什么的徽章来的。不对……有点像中心大学的字形，又不尽相同。那条线和圆形组成的图形看起来好眼熟，是什么来的……

直线与圆圈。是什么图标来的。

……开……关?

啊，电源。

是电源啊。

啪。

电源关闭。画面缩成一条线，消失。

她从他怀里滑下去。

轰轰轰轰轰——

世界也像被拔了电源，瞬间暗下来。伴随着震耳欲聋的轰鸣。滚滚天雷在云层后嘶吼。地面剧烈震动，与先前的爆破完全不同，从地底掀起飓风，打着旋翻搅而上，像要将一切生灵剥离母体。真正的末日到来了。适才嚣张放肆的野兽们在天地的异动面前如婴儿般弱小而无助，或四散逃窜，或掩面呜咽，或跪地求饶。但电闪雷鸣，地动山摇，飞沙走石毫无停歇的迹象。

神的怒火越烧越旺，似乎要带着所有人下地狱。

就快画上句点的那一刻，戛然而止。

尘归尘，土归土，风歇雨息，静得像什么都没发生，仿佛刚才都是幻觉。当然并不是幻觉，废墟横陈眼前。废墟上一一爬起的人来不及庆幸或反省，只定定地望着异样的天空。说是异样，也并没出现什么惊人的怪物，只是许久未见的光芒，从逐渐散开的云层后崭露头角。

“……那是太阳……吗？”林奈从废墟上爬起，眯着眼，不敢确认。

“旁边那个呢？”冬丽一齐抬头仰望。

“也是太阳？”

“两个太阳？幻日？”

“……不会吧。”她反应过来，“双胞胎？新主机上线了吗？”

“怎么会？原来主机拥有自我意识就会强制重启，更换版本？”

“别问我，我也没经历过。”低头看表，“还是2月，日期没变啊……”

“是不是有延迟？”

“如果新主机上线的话，那……那不就表示……”

两人同时看向岸真，和他怀里的人。

他没有注意天空的阳光，仍是一动不动地跪坐在原地，低着头，不见表情。脊背疲惫而单薄，好像又变成许多年前的那个少年，独自坐在占卜摊位里，弓着背，修理着一枚他修不好的耳机零件。就算修不好，她也能明白的。谢谢你呀。他好像听见谁这样说。既然如此，应该如释重负了才是。但他长长地叹出一口气，叹不开浓郁的苦味。

林奈想上前安慰几句，冬丽一把拉住她，摇了摇头。让他待一会儿吧。有些事是要一个人挨过去的。

城市上空，绚丽的光芒逐渐晕染开来。废墟内外，街道上，维护部的科室里，和英和卧室的窗台，都披上一层暖黄的薄纱。大家沉默地共享着这久违的暖意，说不上是开心或不开心。再过不久，积雪就会融化。在这个久到有点过分的春天里，有些还没盛放的悄然逝去了，又或许只是被藏进无人知晓的角落，一边努力地空转，一边等待也许不会来，又也许就在明天的花季。只要不去看它，它就永远充满活力。

CHAPTER 20

追加下载

DLC

I

两位情报科的地勤坐在医院的长廊。

小植羽带着新人后辈，正在执勤中。自从气温回升，各个科室终于都换上了春秋制服。春眠不觉晓，温柔的暖意诱人时时犯困。两人强打精神，有一搭没一搭地聊天。走廊对过的病房里，欧森和欧烁坐在床边的沙发，一个吃苹果，一个玩游戏机，像在度假。墙角的电视正无声回放着那天的新闻——暴乱群众袭击民宅，路面坍塌引起事故，数十人受伤，两人死亡。官方一再安抚民众，请不要再相信捕风捉影的传闻。千篇一律，毫无起伏，看得人昏昏欲睡。

“前辈！别睡着了……”新人轻轻捅了一下植羽。

“没、没有！”她慌忙抬头。她进入情报科时间也不算太长，本不该由她来带新人，但近期人事更动，她也只好赶鸭子上架，可不能在后辈面前丢人。话虽如此，但双核主机需要的精力远远翻倍，人力不足，无人换手，已经三周没休过正经的假，体力也实在顶不住了。她拍拍脸，赶走瞌睡，无奈道，“原来春困是真的……欸，暖春也不怎么好过啊。”

"怎么会？现在的天气是一年里最舒服的了。"

"越是舒服的天气，对公务员来说越是考验啊。而且，就算是喜欢的东西，不停地吃也会腻的。仔细想想，如果从现在开始永远都是春天也很可怕……"

"那个……"压低音量，"我听说3月就快来了。"

"听谁说的？什么时候？"

"从更替版本的原点算起四十九天。所以再过一两周……"

"这又是谁说的呀。"她不敢苟同，"人怎么总是爱编造一些奇怪的数字安慰自己。什么九天、十二天、二十一天……什么只要做了这件事，三天之内就会发生奇迹……为什么是三天啊？！为什么不是三秒？好白痴啊……"

"这回也许是真的。"

"怎么说？"

"因为强制重启，更替版本，就等于重新创世纪啊……"

"创世纪那是七天！你怎么算出四十九天的？！"

"七天那是对神来说呀，天上一日，人间一年嘛，七七四十九，佛陀不是也很偏爱四十九这个数吗……"

"啊！"植羽倏地起立，打直脊背，朝走廊尽头敬了个礼，"组长好！"

后辈也跟着起身，朝来者行礼："一姐好！"

"稍息稍息！"林奈信步前来，"我已经不是一姐啦。别客气。"

植羽有些局促。她怎么说也是组长一手带出来的人。上次二人见面还是在决战之前。她被委派跟着双胞胎去国外，关键时刻什么忙都没帮上。听说组长被带进隔离室，局势还一度十分紧张，自己却是逍遥海外，还吃胖了几斤，羞愧不已。她搓搓手，略显紧张："听说组长去总务科了？"

"啊！"后辈倒抽一口冷气，"总务科，听说是个杀人不眨眼的……"

"啊？"林奈打断他，"别瞎说哦。总务科只是个资料管理科室而已。"

"真的吗？可是我听说……"

“当然是真的。交接时期不是很多资料箱都是总务分配来的吗。”

“可是……我听说……”

“听谁瞎说。我就在总务科，每天打印归档，可没杀过什么人。人员交替时期是会有些流言蜚语，你们可别跟着胡闹。”

“啊，说到人员交替……”后辈继续献宝，“我听说工程科大换血啦。那位新主任性情古怪，疑心前任的部署不忠，整个部门都辞退啦。”

“欸！”林奈厉声喝止，又轻描淡写地笑笑，“虽然我也不太喜欢官阶上下那一套，但上司就是上司。他虽然跟你们年纪差不多，但到底是主任，如果不懂得尊重上司，就也不能指望上司保护自己哦。所谓情报员呢，是要积极搜集资料没错，但要在最有效的时刻拿出最有效的信息。否则只不过是嚼舌根罢了。”

“对不起……”植羽压着后辈的头一起道歉。

“哈哈，稍息稍息。我随便说说而已。也不是来检查工作。”话头一转，看了一眼病房，“就是来看看她。情况怎么样啦？”

“呃，不清楚……”植羽回答。

“不清楚？！”

“呃，我们只负责新主机。没太注意其他人的事。”

“其他人？”林奈笑笑，“她已经是‘其他人’的级别了吗？真是人走茶凉。才报废没多久就被抛弃了呀。”

“呃，不，不是那个意思……双核主机工作量真的很大，我们……”

“那个……”后辈小心翼翼地举手，“我、我倒是听说了点事情。”

“哦？说来听听？”

“官方说法是脑震荡。”

“谁想听官方说法啊？！”

“呃，就是机芯烧坏了，还在重建中。”

“烧坏了？”

“毕竟是强行关机，没彻底烧毁变成植物人已经算是奇迹了。重新装系统，恢复得也很慢。听说，到昨天为止，刚想起今年的事。”

“今年……”林奈若有所思，“那继续往前的话，不就……”

“应该不会了。”后辈说，“烧坏的那部分机芯是回不来了。就算是一台电脑，引起崩溃的软件肯定也不会再装进去的。”

“引起崩溃的软件？你是指谁呀？”

“呃……我……我不敢说……”

“你知道我想问什么？”这孩子挺机灵的嘛。

“嗯……”他吞吞吐吐，“我……我看见岸主任来过一次。但是只在一楼大门口的服务台转了几圈就走了，大概也明白是……啊，呃！不是，我不会说出去的！我什么都没看见。”

“哈哈，真是做情报员的好料子。”林奈笑说，“小植羽，好好关照这位小老弟呀。我先走了。”

又往屋里看了一眼，撤身离去。边走边掏出手机，翻出岸真的名字，在发送短信的按键上犹豫了一会儿，又收了起来。室外，冬丽的车等在门口。林奈坐进副驾驶席：“久等啦。可以走了。”

“怎么样？新人还顺利吗？”

“还算机灵可靠。就是双核主机有点吃力。”

“多核总比单核好，有个备用。只要不生什么大病，基本上都能应付。”

“你说得轻松？多核有多核的麻烦好吗。”神秘兮兮地说，“我可是听说，曾经有一届主机生了十胞胎，天下大乱，还是靠总务科的战士们消灭了九个才平息的哦。”

“……少来了。”瞪她一眼，“这种话你拿去骗骗新人就算了，跟我说算什么意思。”

“你可别以为跟你无关！多胞胎的基因可是大概率会生多胞胎的。你最好祈祷里面那两个不要生出一个足球队来。到时候还得你出马呀，后羿大大，就看你箭法准不准啦。”

“……闭嘴吧。”

一脚油门，向前驶去。她们正要前往统筹的人事部，上缴证件，封存武器，之后就将进入漫长的休眠待机期。如果可以的话，希望任内都不用再次上班。只要熬过了这辈子，就可以甩锅给下一届总务们。想法是有些消极，但……谁叫他们是公务员呢。身为公务员，不就应该恪守本分又消极怠工吗。

现在的麻烦事，就留给在职的社畜们处理吧。

而在几公里外，社畜们的头号上司航平主任正走在前往科室的路上。连日加班，精神不济。等在科室大门口的，是新来的联络员小南。一手捧着要签字的资料，另一手拿着准备好的咖啡。恭敬而冷淡地点头："主任好。"

"好。"他接过咖啡，揉着太阳穴往办公室走。

沿途的办公区，一大半都是新面孔。

是的，工程科确实刚刚经历大换血——对总务科的真实存在目的有所察觉的员工都被强制性移籍总务科，只剩下少部分单纯地认为之前的对峙只是在保护岸主任的技术员……从行政处理上来说，换血是为了保全维护部的一致性。而对员工们本身来说，提早退休，坐领终身俸也实在说不上是坏事。最悲哀的只有他这位主任，不能移籍退休，也无法跟谁诉苦，还要被谣传疑心病重，凶狠残暴，连同事都不放过……

他还能怎么样呢。英雄总是悲摧的。

一迈进办公室，就见桌上又多了两摞厚厚的文件夹，心火忍不住上扬："又怎么了？！昨晚不是刚批改过维护方案吗。怎么又往我桌上放！"

"这是人事科送来的资料。今天下午有五个新员工入职。请您过目。"

"……知道了。"

他坐进位子，痛饮咖啡。环视四周，纸山不但没有变小，反而开始繁殖，不断生出新的纸堆……随便一个维护方案，现在都要为了双核主机分两套做。他连咖啡都开始喝双倍，还是心力不支。一口气批完了五份人事档案，又犯了咖啡瘾，掏出钱包要叫小南帮他跑腿。一个用力，钱包夹层里的照片掉了出来。

是一张略泛黄的，他与双胞胎姐姐的合照。

直到 20 岁为止，他们都形影不离。每次与父亲吵架，都是姐姐站出来调停。自从她过世，他与父亲也几乎没再说过话了。

他迅速将照片塞回夹层。抽出几张纸币，按下呼叫键。

“主任。”小南一丝不苟地来到门边，还没等他开口，就抱进一台新型的咖啡机，放到他桌上，“费用就从您这个月的薪水里扣了。”

“……我就是因为不会用这种东西才去买的呀！”

小南打开纸箱，掏出一本厚厚的说明书，放在他面前：“请您过目。”

……他说什么来着！又繁殖了！纸又繁殖了！

他看看咖啡机，又看看小南的背影，和门外大厅里所有还认不太清楚名字的新同事，心情略复杂。但这不是缅怀和抱怨的时候。少爷他本来也不是爱缅怀和抱怨的人。这里是他的战场，而战场是只能向前看的。虽然不过是公务员，虽然不是什么大不了的战斗，维护世界和平而已。

II

英和对着镜子整整衣领，准备出发。约好了去帮学姐搬家。

他的卧室还跟往常一样，床、沙发、书桌、电脑……没有铺满墙壁的投影，没有窥视世界的窗口。那天的事就像一场幻觉。

事件之后，他发现学姐周围的维护员直线减少。没过几天，他电子设备里的后台系统也被抹得干干净净。多半是被维护部清场了。他当然明白，将流落在外的系统取回，是再无可厚非的举动。但竟然做得如此干脆利落不留痕迹，也实在太……公事公办了。早知如此，该拍个照留作纪念的。

所谓黄粱一梦也不过如此。

至少有短暂的几天，他曾是世界的守护神。

而知道这件事的……只有他自己，和双鱼小姐。但，由于他擅自向经纪人求救，双鱼小姐已经许久不肯理他。电话不回，邮件不复。也不知算不算是又一次分手了。他与她唯一的联结，只剩下在电视上看她的访谈。

她坐在主持人身边。娇小柔弱，楚楚可怜。一边真诚地感谢身后的组员耐心等自己归队，一边娇弱动人地描述过去几个月以来的遭遇：“这段时间，经纪人也煞费苦心，为了保护我，取消了一切行程，还安排我住在朋友家。最近的新闻真的吓到我了。受害者也是一个年轻的女孩子。同样的事情，即便没有发生在她身上，也会发生在我身上。在这个特殊的时刻，希望大家保持理智，就算时间定格在春天，我们也会永远陪大家一起走下去的。这次带来的是我们的新专辑主打歌《时间旋涡转转转》，感谢一直以来支持我们的粉丝。爱你们哟。”

音乐声响起，歌舞灯光，眼花缭乱。短暂的盛世太平的假象。

……啧，还冲镜头比心呢。英和忍不住撇嘴。啊啊，盲目的民众朋友们啊，你们太天真了。那家伙可从来没对我比过心。不仅凶恶不讲理，零食吃得到处都是，睡觉还会打呼呢。他望着空空如也的客厅，和缩在墙角的睡袋，不想承认房间看起来似乎比原先大。

身为一个合格的宅人，他能做的也就只有在网上发表点看法，帮她删删恶评，顺便做点视频。某天，竟然收到后援会成员的私信，问他要不要加入粉丝团。年费合理，福利优渥。不但有各种周边和礼物，还会定期邀他参加各种发布会，生日会、演唱会可以提前抽票，握手会时还能亲手赠送卡片哦。他心情复杂，百感交集。也不知怎么鬼使神差地竟然同意加入了。

啊啊，算了……或许他们之间还是比较适合这样的距离。就像后台与主机一样。就算相隔万里，就算永不相见，就算彼此都认不出对方，他在这个小小的宅窝里，也还是能尽微薄之力保护她的嘛。只是偶尔午夜梦回，看见世界还停在冬天，会有一丝丝的侥幸，心想又重又暖的被子也很舒服。

然后梦醒过来。冬眠结束。他也准备走出洞外迎接新人生。

一开门，见地上放着一个大纸盒箱。快递收件人写着他的名字。

拖进门口，割开封条……里面是满满的零食。

双鱼小姐的招牌求和。

“啊……又来这一套。”他嘟囔着，抱起箱子往里走。

“哈？！什么意思？！”双鱼小姐从门侧闪进来，原本决定要久别重逢或羞涩或欣喜地拥抱一下的好兴致都飞到天外，气鼓鼓地说，“你还看不惯了？！”

他吓了一跳，惊魂未定，也有点生气：“你、你、来干什么！”

“我、我来拿我的睡袋！”

“天天住酒店的人要什么睡袋啊……”

“哦，你这变态死宅怎么知道我住酒店，难不成加入了后援会！”

“谁会加入那种无聊组织。你不是要搞失踪，不回信了吗？还来干什么！”

“搞失踪？！我可是每天正大光明在用自己的美貌服务苍生。再说，我不回，你就不会多发几条吗？”

“我发了十几条了！”

“如果是认真的，就应该发几百条让我看到你的诚意啊！”

“几百条？！你是活在什么世界里啊？哪儿有人像你这么蛮不讲理！”

“我蛮不讲理是天生的。你看不惯就跟我分手啊！”

“……”

又来了。第三万次分手。他有点生气、委屈，又有点想笑。想起之前决定若她再提分手就当作没听见，要出口的话又咽了回去，小声嘟囔道：“我也想啊。这不是卸载不掉吗。就让它在后台跑着好了。”

“哈？！你说什么？！”

“没什么。”他放下箱子，“我说别闹了，我没有那么多体力追追跑跑，本来就没怎么睡，等下还要帮学姐搬家呢。”

总算找到个台阶下，她瞪他一眼：“我才刚来欸。”

“谁让你事先不打个招呼。”

“那我也要去。”

“你去干什么呀？新闻里你们俩就同框过。万一再被人看见了，岂不是又要出新闻？”

“现在不一样了呀。她都断电了，日期都还是没有往前，基本上已经洗脱了主机的嫌疑嘛。”她说，“身为治愈系的女神的我去慰问受害者有什么不对？如果现场有摄像机正好。我就哭到如果以后有人动她一根汗毛就会被千夫所指。”

“别开玩笑了，好不容易平息，就别再招惹注意力了。”

“好吧。那你先陪我吃个饭再去吧。”她说，“不过，说起来，现在到底是什么状况？突然间暖成这样，也让人心里毛毛的。”

“或许真如传言所说，主机更换完毕了吧。”

“那为什么日期还是没往前走呢？”

“不清楚。应该是有什么规则存在吧。比如新系统还在开机中？”

“开机？这么慢的吗？”

“谁知道呢。但各种意义上来说都是好事。如果她被袭击之后日期立刻更正，就算是坐实了主机的身份，从今往后的日子可就难过了……”

她沉默地看了他一会儿，说：“别垂头丧气了，快跟我吃好吃的去吧。”

“哪有沮丧，只是没睡好而已。”

“这有什么好遮遮掩掩的，难过就说出来嘛！”

“你怎么知道我难过！”

“因为我也很难过啊！”她说，“那天我神勇无敌，视死如归，可以说是拯救了世界啊，结果竟然没有人知道。对我这种表演型人格来说简直生不如死！”

“你……”他哭笑不得，也不费力反驳。宅也好，明星也好，只要是对生活还抱有期待的人，就在不断寻找与世界的联系。或许她说的没错。虽然只有短暂的时光，但他确实曾经把什么活生生地握在手里过。

“别伤心啦。我知道就够啦。”她说，转而得意道，“而且你不觉得只有这样的结局才最适合你吗？身为死宅，你应该非常能够理解其中的美感吧？”

“啊？什么意思……”

“就是宅人最爱的超级英雄什么的，可全都是蒙着脸的。面具一旦拿掉就会死。电影里都是这么演的。”

“……你还真会自圆其说。”

“彼此彼此。”她从箱子里拿了一袋零食，边吃边往门口走，“快走啊，我还有两个钟头。难得借了经纪人的车，怎么也得好好兜几圈。”

他点点头，拿起钥匙和钱包跟上她。刚走到门口，突然听见屋里的电脑发出信件提示音。

“等一下，我去看看，可能是 GR 的人事安排好了入职时间。”他回到屋里，打开电脑，点进邮箱。

并没有来自 GR 科技的邮件。

而是一封垃圾邮件。

你的智商有多高？全球有 300 万人都做过这个测验。想试试吗？想知道自己的隐藏人格吗？想了解还有多少未开发的潜力吗？世界各地使用的官方 IQ 测试。进入请点击。

…………

哈?

他愣了一下，手指悬在删除键上。心头一动，看向发件人栏。空。发件人为空？不……不是空。而是知道他能猜得出来是谁，所以没有多此一举使用假地址。他的胸口激烈地鼓动，明白了意味着什么。

入职测试。

是维护部的前端入职测试啊……

他手指发抖，想点击链接，又怕美梦醒来。

“怎么了？”双鱼小姐探头进来，“怎么这么慢？发生什么了吗？”

是的，发生不可名状的大事了。有人……给他送来了他一直想要的面具。他喜不自持，几乎跳起来。但不行，他要好好地珍惜这顶面具才行。他扭头看她，想故作镇定，但还是忍不住笑开一朵花，说："没什么。"

III

欧飒从混沌中醒过来，没有梦境，舒适而满足。

出院后，在堂姐家住了几天。去废墟取回了侥幸没被损毁的家当。不多也不少，十一个纸箱。堆在堂姐的车库，进进出出都不太方便。借宿也不是长久之计，她提议在房子翻修好之前用保险赔偿金在附近租个公寓。堂姐也并未多加阻拦，明白她这个年纪的女孩子总得有点独立空间。于是帮她在公司附近找了间一居室的开放式工作室型公寓，又挑一天，请搬家公司把纸箱都送过去。本来约好英和也来帮忙，但他临时有事，推迟了一会儿。两个女生先动手整理打扫。

收拾累了，就坐在楼下门廊前的台阶上，倚着纸箱晒太阳。

欧飒张开手，看摊在掌心的阳光，说不出地陌生。就好像最近大家对她的态度，轻柔又谨慎，像担心她在日光直射下化成灰。但她完全不觉得自己像大家想得那么虚弱。据说楼体坍塌时，她刚好在后院的仓库，万幸躲过了一劫。虽说是脑震荡，但也没有明显的外伤。昏迷了七天才醒来，记忆一点点回笼。她想起幼时的玩伴，中学的好友，想起堂姐、英和、学长和外公。想起外公在梦里对她说"你要不要试试看给自己写一封分手信。说不定她会回你呀"。但再往后，就是被黑色的马克笔涂掉了似的断层。

堂姐说这已经是不幸中的大幸。想不起来的也不是非要去想。在海上，如果一艘船破了洞进了水，下沉之前，不是都会把最重的货物丢下去吗。也许最重的已经被丢掉了。那就也不必费心捡回来。

但是，万一丢掉是什么重要的事就糟糕了，她想。

“你想起什么来了？”堂姐说，递了一罐冰镇饮料给她，在身旁落座。

“成睿光……”

“……哈？！”大惊失色，“真的假的！别开玩笑了行不行。想起什么来不好，好死不死想起那个、那个、那个……”脏话简直不够用。

“哈哈，别紧张嘛。只是想起他是不是好像……休业了？”

“嗯……好像是吧。你、你、你该不会又要……”

“我没有！我对他一点兴趣都没有！”

“你确定？！”

“我确定！我确定！就算在马路上碰见我也不会想去打招呼的。”

“呼——那就好。吓死我了。”

“别紧张嘛。我还没有傻到那个程度。”

“谁知道你……”大口喝冷饮给自己压惊，“话说你能想起成睿光，为什么想不起你那位小男朋友？他竟然也不来看看你。”

…………

谁？

一口饮料差点喷出来：“我有男朋友？”

“反正对你挺殷勤的。”

“……是什么样的人？”

“脸长得比你好看。”

“……我是说，是怎么样的一个人！”

“我哪儿知道啊！你又没带回来过。”

“……哈？！你……骗人的吧？你这是在逗我吗？欸，我现在很脆弱的，你不要这样啊。信不信我崩溃给你看？”

“好好，不闹了。英和刚才打来电话说快过来了。这里不太好找，你迎他一下吧，免得迷路。”堂姐说罢，起身上楼。只剩欧飒一头雾水。

真的有那么一个人吗？开玩笑的吧……她想。就算她想取证，存有短信与通话记录的手机也早就砸烂了。唯一的联结只剩店铺转让合同上的一枚印章和电话。但即便打过去，接起来的也只会是连锁店的老板娘，岸真的婶婶。

阳光渐渐西斜，将人的影子拉长。

身上泛凉，她想进屋加件衣服，刚起身就看见英和一路小跑而来，身后还跟来一辆货车。

“你……你这是带谁一起来啦？”

“哈哈，不是我，是你之前订的桌子啦。”他一边指挥货车停在门边，一边解释，“我刚好从老房子那边路过，就看见他们在废墟前面打转。说你的电话停机了无法联络，又不能留字条在废墟，正在发愁呢。我就把他们带过来了。”

“我的桌子？”

“对啊，外公的工作台。修好啦。”

“不是被压在废墟里了吗？”

“没有啦！出事的时候没放在家里，送去修理了。”

“送修？为什么？”

“被你养的松鼠给咬坏了。”

“我……我养的什么？”

——你养老鼠？！

——呃，松鼠。

电光石火之间有什么闪过。呼之欲出又尽数消散。她试图抓住线索的尾巴，但它顷刻间灵巧地从指缝间滑走。

“不舒服？”他伸手扶她。

“没事。刚才站起来太急了，有点眼花。”她边说，边推他进屋，“先放在屋角就好，东西都摆进去，我以后再挪位置。姐姐说等下干完活去她家吃饭。你刚吃了一大堆吧？还能吃得下去吗？”

“没问题。我觉得我最近又有长高的趋势。可以再努力一下的……”

她看着几个人把包裹得严严实实的工作台搬进门廊，消失在楼梯转角，想跟上去，又有些犹豫。想回头去找，又不知究竟忘了什么。徘徊之间，似乎听见耳边有人说话，又听不清说了什么。她深呼吸，狠狠地转过身。果然什么都没有。只有坚毅而淡泊的阳光。

那里应该有什么吗？应该有谁吗？该不会真的忘了什么重要的事吧，她想。

不会的。那个声音说，如果是重要的事，就不会错过，他会一直出现一直出现，直到你认出他为止。

真的是这样吗？她不能确定。虽然活了这么久，也见识过了几段生老病死，但她还是不敢说与神亲近过。她只知道神没有那么了不起。有柔肠，也有脾气，偶尔自私胆怯，偶尔充满勇气。有做得到的，也有做不到的事。无论追不追随他，都不一定得到好结局。只有盲目地相信着，无论最后是什么样的结局，他都会选择跟你在一起。

她再看一眼清澈的天空，裹紧外套，转身进屋。

有，或没有那样一个人也不重要。现在的她只能盲目地相信着，这个世界没那么大，想见总是能见到的。

Ⅳ

因为错把935看成936，岸真晚了一天到达机场。他没有林二哥的暴脾气，没跟工作人员大吵，就乖乖在机场等了一晚。幸好天气转暖，休息室也不太难熬。他跟报社的同事核对了时间，调整了行程，然后枯坐在沙发里等天亮。这样的光景，以前夜班时也无数次上演过。中控室的屏幕定格在卡片屋门前的路口，路灯忽明忽暗，静静地守望着对面的老房子。二楼卧室的小窗偶尔会忘了关，他就得派地勤出动，免得她着凉。

林奈翻他白眼，说人就是着凉才会学乖啊。太多温存是会上瘾的。

他说，没你想得那么严重。不过是琐碎的小事，没有这些她也能过得很好。

她当然能过得很好！她说，我担心的不是她离不开你。是相反啊！

…………

后来的许多年里，尤其是辞职后，他都几乎习惯性地时不时问自己现在过得好不好。答案是还不错。这世上谁离了谁都能活下去。离不开才是末日。

末日降临，又悄然离去。令人猝不及防。

他记得自己抱起她轻飘飘的身体，交给在场的地勤，看他们七手八脚地将她运上开往医院的车子。他两手空空站在原地，越呼吸越痛，才发现侧腹部不知什么时候刺进一块爆破时崩裂的碎玻璃。伸手去拔，被冬丽一把拦住。开车带他去统筹的后勤科，一通缝缝补补打针输液。他任他们上下其手。太久没合眼，身体透支到意识涣散。

再醒来已经是五天后，退了烧。他等着被人处理，但没人来安排他。他拔了针头，去隔间冲了个澡，换了件制服，往外走。经过人事科，见门口的长椅上排排坐了十几个人……全是他熟悉的面孔。

“主任。”小葵先起身，其他人也跟着站起来。

他一眼看见他们领口的金边声筒，明白过来。是为了保全维护部，做到信息隔离，将所有知情者都编入了总务科。闲职高薪，按道理不是坏事。但对一部分人来说也是梦想的终结。

他想道歉，但她先一步说：“航平让我带话，说你用过的车子已经报废处理，酒店的闭路电视也都消磁了。不用担心。网上难免还流传着一些视频，带到脸的，能删会尽量删。但是最近一段时间，最好还是远离事发地点避一避。”

“我明白了。其他人还好吗？”

“大家都很好。”

“那就好……”他拍拍她的肩膀，再无话可说，与众人致意，举步向外走。昏暗的长廊尽头，门窗透进灼烁的光线，些许耀眼。刚要推门，听见身后传来小葵的声音：“主任！”

他回头：“嗯？”

“不用外套了。”

“嗯？”

以为他没听清，她拢起声音，又喊一次：“已经是不用外套的天气了！”

是吗？

他推开门，万丈光芒瞬间抚摸上他的脸。

啊……真的。他解开外套的口子，让微风吹进领口。温柔的凉意擦过他的脸颊，像一张清凉干爽的手帕。艳阳高照，积雪消融。已经是另一番景象。他伸出手，摊开手掌，看掌心的明亮，像在确认这一刻拥有什么，又失去了什么。

不，不对。这已经不是来自欧飒的光线。

他已经无法由天空的颜色，雷雨的缓急，云雾的方向推测她的处境。

他早该想到的。

为了避免拥有自我意识的主机为所欲为，强制更换版本简直是不可或缺的机制。失常的主机应该会彻底报废才对。

报废……真是壮观。

他大概是唯一一届把主机维护到报废的主任。

他回到久违的公寓，打开隔间的衣帽间，拿出各色制服来叠好，收进纸箱。不能随意扔掉，得找个机会送去烧毁才行。现在他没有任何机会用到了。

收完了衣服，再收拾房间。打扫到没东西可扫，就开始清理自己。揭开纱布，清洗伤口，给自己拆线，换药。然后坐在沙发里发呆。回过神来时，饿得胃阵阵作痛，已经是第二天的凌晨。啊，对了，他想起来了。时间停下来就是这样的感觉啊。没有那么难过，而且越是静止就越不想动。他甚至觉得就这么一直一动不动，看看到底能撑多久，会发生什么，好像也挺有趣的。

电话铃声响起。他没接，任它转入语音信箱。

是林奈的声音。

“你在吧？快接起来。我知道你在。快接电话。”等待，叹息，“她醒过来了哦。还不知道能醒多久，是不是回光返照……想见面的话就是现在了。”

他还是没有动，也没接电话，只是呼出含在胸中许多天的一口气。一仰头，感到有液体流进耳朵。

起身洗漱，被一周没刮的胡子吓了一跳。稍事整理，前往林奈说的地址。

在医院门口的咨询台转了一圈，看到候诊室徘徊着几个不像病人的面孔，应该是维护员没错。正值敏感时期，不该贸然前来的。但只看一眼应该没关系吧？犹豫之间，有个声音叫住他。

“来了？”

循声望去，是牧老大。亲厚而严肃地望着他。一时间百感交集，有面对上司的昂然，面对敌人的决绝，和面对父亲的愧疚。

他带他去后院的花园小径暂歇。

“您也是来看……”

“我女儿在住院。刚好同一家。”

“之前给您添麻烦了。”

“你来看朋友？”

“嗯……嗯。我以为……”

“既然已经醒了就没事。就怕开不了机。只要开了，就没什么大问题。”老大摸出一根烟，磕磕打打，又想起在医院，收了回去，“要从零开始安装系统，分区，重建记忆，不知道能恢复多少，但是引起死机的那部分是不可能重建的了。正因为无法重建，才允许开机。你明白的吧。”

“……明白。”

“太胡来了。”

“……我不知道会引起强制版本轮替。”

“那是因为没人试过，这种事也不可能有机会反复实验，也就无法写进教科书。毕竟人不是机器，理论上来说拥有自我意识会强制更替没错，但实际操作上谁也没个准……你还真敢……”

“我以为统筹对我会有行政处理。”

“你以为他们不想处理你？以为这是精诚所至金石为开，放你一马？”他看他一眼，“当然是为了防止局面更动荡。怕一旦动了你，又要三足鼎立。”

“当时没想那么多……”

“我也没什么资格质疑你的选择。如果她是我女儿，我也说不准会干出什么来……而且，说不定你也不是第一个。”

“不是第一个？”

“不是都说世界已经毁灭过好几次了吗。瞬间石化的古城。人去楼空的高度文明。沉入大海的宝藏。莫名其妙地归零了很多次……谁知道背后有没有就算跟自己的神同归于尽迎接末日也不肯主动更替的铁了心的维护部呢。啊，扯远了……”拍拍他的后背，“别想太多。她是新主机的小阿姨，不会有人把她怎么样的。”

“我以为机体会报废……”

“理论上来说是应该报废的，但竟然逃过了一劫。也许因为在更替之前的两年多，她都刚好处于‘安全模式’吧。”

“原来是这样？”

“我也不清楚。也或许是神在保护着她。说不定这世界上真的有神呢。”意味深长地笑笑，“毕竟我们能做的事情非常有限，做不到的，就只能寄希望于神，仰仗于信仰。只能盲目地相信，就算没有我们，她也能过得很好。”

…………

她可以过得很好的。

没有这些，她也能过得很好。

那你呢?

他与前辈告别，离开了医院。回到公寓，收拾行囊，打电话给林大哥确认行程，订了前往阿姆斯特丹的机票。然后去叔叔婶婶家好好地吃了一顿饭。

接下来的日子，天气好得不像话。他在爬满晨光的被子里醒来，看书看电影，试着煮黑暗料理，散步到很远的地方。平和得有些诡异。又或者是在伏案倾听，像站在深谷外等回音。但他知道不会有回答。一草一木，斜风细雨，都不再那么息息相关。但即便如此，也只能相信所有人都能过得很好。他也是。

出行前最后的恬淡时光，他悠闲得非常充实。一不小心看错了出发日期，晚了一天才到机场，只能在休息室等天明。

天渐渐亮起来。勃勃生机从地平线升起，向内陆蔓延，唤醒沉睡中的世界。是新的一天了。

他算了算时间，提起行李，悄悄走出仍被笼罩在朦胧瞌睡中的休息室。没有包裹需要托运，他直接去换登机牌。然后站在休息区的一角，透过巨大的玻璃窗望着水蓝色的天空和笔直的跑道，享受凌晨的机场最后的平静。

然后，突然发现了什么。

登机牌上的日期……

不再是……

冗长的数字。

而是一个简约而坚定的个位数。

1。

他又眨了眨眼，确定自己没有看错。胸口有一股温热浮了上来，就好像在那个地平线，也升起了一团火热的光。他想对谁说些什么，又好像并无话可说。或许，有些感动和喜悦，也是要一个人挨过去的。

他握着那张薄薄的登机牌，心想原来外公说得没错，卡片真的可以带你到任何地方去。虽然也许是一个人的旅程，但还是会确实地行走，确实地抵达。他很好。现在他过得很好。

他抬起头，恍然看见天空中飘着一团怪异的东西。

说怪异……也不怪异。只是一团云而已。

是一团胖嘟嘟的三角形，下方还飘着一个长长的尾巴。那个熟悉的形状，好像在哪儿见过……

幸运饼？

——新主机上线的时候，不是会承袭一部分从前任中枢系统下载来的运行资料嘛……

是这样吗？

胸口的暖意浮上来，攀上面颊，又化于无形。那朵云回望着他，翩然、恳切，又些许笨拙。像是探索、期许、怀念，又或是感谢。他看着它，直到视线几乎被暖白灼伤，直到风将它推向远方。

这样就够了，他想。至少现在，这样就够了。

身后不远处，传出一声撕心裂肺的欢呼。他不再是唯一一个怀抱着喜悦的人了。再过不久，一簇簇雀跃喝彩将开放在候机大厅的每个角落。伴随着渐渐升起的暖阳，唤醒熟睡的城市。是时候前进了。他提起背包，往出口走去。

…………

晴空万里。

是起航的好日子。

亲爱的女士先生，这里是本次航班的机长。欢迎您的搭乘。本次旅途飞行距离约 8800 公里。预计空中飞行时间 11 小时 45 分钟。将在当地时间 3 月 1 日上午 9 点 5 分抵达。根据气象观测，前方将会是平稳的旅程。

再次感谢您的搭乘。全球航空，今天也无事运行中。

Music

小夜子 -- 伊东歌词太郎

僕が死のうと思ったのは -- 中岛美嘉

Dark Paradise -- Lana Del Rey

Retrograde -- Overgrown

Say Something -- A Great Big World

Soledad -- Bosques de mi Mente

Truth Vibrations -- Alexis Ffrench

Arrival of The Birds -- The Cinematic Orchestra

The Ninth Tale -- Fox Amoore

Leave a Light On -- Tom Walker

刃雨 -- 圭贤

幸福的我 -- 金艺琳

你是我的春天 -- 成始璄

“希望音乐和文字能陪你走一段路。”

图书在版编目（CIP）数据

2 月 937 日晴 / 天宫雁著 . — 北京 ：文化发展出版社，2020.4

ISBN 978-7-5142-2960-8

Ⅰ . ① 2… Ⅱ . ①天… Ⅲ . ①幻想小说 – 中国 – 当代 Ⅳ . ① I247.5

中国版本图书馆 CIP 数据核字 (2020) 第 032632 号

2 月 937 日晴

天宫雁　著

责任编辑：唐小君
执行编辑：杨　琪　　　责任校对：岳智勇
责任印制：邓辉明　　　责任设计：侯　铮
出 品 人：林连连　　　监　　制：央　央
策　　划：薄　荷　　　特约编辑：丘　丘
封面设计：山川制本 workshop　　　内文版式：一九八四
营销支持：得满文化
出版发行：文化发展出版社（北京市翠微路 2 号　邮编：100036）
网　　址：www.wenhuafazhan.com
经　　销：各地新华书店
印　　刷：天津冠豪恒盛业印刷有限公司

开　　本：150mm × 210mm　1/32
字　　数：318 千字
印　　张：11.5
印　　次：2020 年 11 月第 1 版　2020 年 11 月第 1 次印刷
定　　价：49.80 元
I S B N：978-7-5142-2960-8

◆ 如发现任何质量问题请与我社发行部联系。发行部电话：010-88275710